Uma História dos Piratas

Daniel Defoe

Uma História dos Piratas

Seleção e apresentação à edição brasileira:
Luciano Figueiredo
*professor do Departamento de História da UFF
e editor da* Revista de História

Tradução:
Roberto Franco Valente

1ª reimpressão

Copyright © 2008 by Editora Zahar

As notas de Manuel Schonhorn, gentilmente cedidas para esta edição brasileira, foram traduzidas da edição norte-americana de *A General History of the Pyrates*, editada por ele e publicada por Dover Publications, em 1999.

Grafia atualizada segundo o Acordo Ortográfico da Língua Portuguesa de 1990, que entrou em vigor no Brasil em 2009.

Título original
A General History of the Pyrates

Capa
Miriam Lerner

Ilustração de capa
© Bettmann / Corbis

cip-Brasil. Catalogação na fonte
Sindicato Nacional dos Editores de Livros, rj

M912m
Defoe, Daniel, 1661?-1731
Uma história dos piratas / Daniel Defoe; [comentários e notas de Manuel Schonhorn]; seleção e apresentação à edição brasileira, Luciano Figueiredo; tradução de Roberto Franco Valente. — 1ª ed. — Rio de Janeiro: Zahar, 2008.

il.

Tradução de: A General History of the Pyrates.
Inclui índices
isbn 978-85-378-0098-0

1. Piratas – Obras anteriores a 1800. i. Schonhorn, Manuel. ii. Figueiredo, Luciano, 1961-. iii. Título.

08-3283
CDD: 364.164
CDU: 343.712.2

[2022]
Todos os direitos desta edição reservados à
EDITORA SCHWARCZ S.A.
Praça Floriano, 19, sala 3001 — Cinelândia
20031-050 — Rio de Janeiro — rj
Telefone: (21) 3993-7510
www.companhiadasletras.com.br
www.blogdacompanhia.com.br
facebook.com/editorazahar
instagram.com/editorazahar
twitter.com/editorazahar

Sumário

Apresentação à edição brasileira, Luciano Figueiredo 7
Prefácio 11
Introdução 19

I O capitão Avery e sua tripulação 43

II O capitão Teach, conhecido como Barba Negra 59

III O major Stede Bonnet e sua tripulação 82

IV O capitão John Rackam e sua tripulação 101

V O capitão Bartholomew Roberts e sua tripulação 120

VI O capitão John Smith e sua tripulação 219

VII O capitão William Kid 233

Comentários e notas 245
Índice de nomes, lugares e assuntos 256

Apresentação à edição brasileira

Luciano Figueiredo*

"Bando de ladrões", "vermes", "vagabundos", "celerados que nada têm de humano". Parece difícil acreditar que o mesmo autor de definições tão fortes e sinceras a respeito dos piratas tenha também contribuído para ilustrar a aura romântica, heroica e às vezes até libertária que esses personagens viriam a merecer séculos depois. Esse sinal trocado, algo involuntário, é uma das dimensões mais fascinantes da obra que se publica.

O livro original, do qual selecionamos alguns capítulos, nasceu na Inglaterra em 1724 com o quilométrico e sensacionalista título de *História geral dos roubos e assassinatos dos mais conhecidos piratas, e também suas regras, sua disciplina e governo desde o seu surgimento e estabelecimento na ilha de Providence em 1717, até o presente ano de 1724. Com as notáveis ações e aventuras de dois piratas do sexo feminino, Mary Read e Anne Bonny antecedida pela narrativa do famoso capitão Avery e de seus comparsas, seguida da forma como ele morreu na Inglaterra*. Era assinado por certo capitão Charles Johnson, o que ajudou a sustentar a versão de que fora escrito por um marinheiro ou por um ex-pirata. Isso até os anos 1930, quando foi estabelecida a autoria de ninguém menos que Daniel Defoe (1661?-1731), escritor prolífico de libelos políticos e de algumas obras consagradas, dentre as quais *Robinson Crusoé* (1717).

---

* Luciano Figueiredo é professor do Departamento de História da Universidade Federal Fluminense e editor da *Revista de História* da Biblioteca Nacional do Rio de Janeiro.

O título e as aventuras cativaram o público, transformando-se em um retumbante sucesso que assegurou recursos muito bem-vindos ao eternamente endividado Defoe, protegido pela falsa autoria. O original completo é formado por trechos mal costurados pela urgência daqueles que, vivendo da agilidade da sua pena, precisavam lançar com frequência novos livros. Pouco lembra a fluência que marcou seu nome na literatura.

Se escondia o autor, eram claros os objetivos do livro: oferecer subsídios críticos bem-fundamentados para a política de destruição definitiva dos piratas. Daniel Defoe promove um verdadeiro ajuste de contas com o passado da Inglaterra. O reino que tanto dependera da pirataria, incentivando e patrocinando suas ações nos mares que se abriram com a expansão marítima europeia, tem pressa em exterminá-la quando a situação internacional se redefine no início do século XVIII. Com o fim da Guerra de Sucessão da Espanha e o reconhecimento, pela Paz de Utrecht em 1713, dos direitos das nações europeias sobre o comércio nas Antilhas e América, assiste-se ao refluxo da pirataria. A trajetória dos "pequenos lobos" que outrora frequentavam a corte – como no período de Elizabeth I, quando fustigavam a exclusividade de espanhóis e portugueses na América e na África com os célebres John Hawkins e Francis Drake – converte-se em flagelo. Apesar das ações isoladas, foi determinante a ação repressiva movida pela Inglaterra e a França, defendendo agora o comércio legal e regular por um lado e, por outro, investindo no aperfeiçoamento das defesas dos navios de comércio.

Nesses novos tempos, o mar de Defoe não é o cenário de romances e aventuras para distrair leitores. Coalhado de piratas, ali prosperam os vícios e as ambições que ameaçam a Inglaterra, exposta à leniência da monarquia em combatê-los. Ao avisar no prefácio que a movimentação dos piratas estava sujeita às estações do ano, atacando na costa da América do Norte no verão e descendo para o Caribe no inverno, Defoe provoca: "Já que temos plena ciência de todos os seus movimentos, não posso entender por que as nossas fragatas, sob uma regulamentação adequada, não podem também dirigir-se para o sul, em vez de permanecerem inativas durante todo o inverno." Ele também não perdoa, nesse escrito de intervenção a favor do sucesso do comércio marítimo inglês, os governadores coloniais por sua confortável permissividade. Ainda que descreva um bando de ladrões, como acredita Defoe, o livro merece trazer no título a nobre palavra história, pois encerra lições que poderiam salvar o Império da destruição. Não é por outro motivo que evoca o que se passara na Antiguidade com os romanos e sua atitude para com os piratas do Mediterrâneo.

As narrativas que o autor produz estão irrigadas com bebida – muita bebida –, constantes traições, crueldades, precariedade e miséria, naufrágios, saques de riquezas fabulosas, tempestades devastadoras, combates navais espetaculares, abordagens, duelos, prostituição e devassidão moral. *Uma história dos piratas* expõe vidas sem qualquer virtude, expostas a situações plenamente verossímeis em cidades, províncias ultramarinas, tavernas e rotas reconhecidas pelos leitores. Ali qualquer um sucumbia irremediavelmente à pirataria: oficiais de marinha, comerciantes, fidalgos, mulheres.

Todos esses traços ilustram este livro, que tomou como base a cuidadosa e completa edição crítica de *História geral...* feita em 1972 – e corrigida e aumentada em 1999 – por Manuel Schonhorn. Desse volumoso material, selecionamos alguns capítulos que procuram oferecer ao leitor uma combinação de registros familiares sobre a pirataria com documentos de época e situações relevantes apesar de pouco conhecidas. Estão aqui figuras célebres como o Barba Negra, o capitão Kid, John Smith e outros que marcaram seu tempo – por exemplo, o eficiente Bartho. Roberts, que aprisionou mais de 400 navios, e Mary Read e Anne Bonny, mulheres que atuaram como piratas. Pelos quadrantes da geografia comercial inglesa, esses personagens circularam na Europa, América do Norte, Caribe, África e Oriente.

As valiosas notas da edição de Schonhorn, aqui reproduzidas, ajudam a compreender os fundamentos da obra de Daniel Defoe, desenhando com grande precisão as fontes originais dos relatos, além de situar personagens, lugares e fatos.

Não deixamos escapar também a possibilidade de divulgar alguns documentos preciosos na presente edição, como a proclamação da monarquia inglesa concedendo o perdão aos piratas em 1718 e prometendo pesada repressão aos que insistissem na atividade; transcrições dos depoimentos feitos durante o julgamento de réus suspeitos de pirataria, assim como suas punições; e os códigos de conduta formalizados pelos próprios piratas para ordenar seu modo de vida. Ou, como diz o autor, os "principais costumes e a forma de administração daquela comunidade de bandidos".

Não escapou da escolha a passagem – tomada emprestada de um viajante inglês – em que Defoe trata da situação do Brasil (repleta de equívocos na fixação das datas) no século XVII e início do XVIII, com algumas lutas entre piratas e portugueses na costa, descrições sobre a conduta dos colonos e a situação das cidades de Salvador, Rio de Janeiro e "Pernambuca". Claramente, ele sinaliza oportunidades comerciais com dicas para assegurar aos ingleses um bom relacionamento por aqui.

A seleção feita sugere também um convite para aqueles que já foram conquistados pelo fascínio dessas histórias: ao percorrer as passagens escolhidas, o leitor aos poucos poderá identificar a origem dos personagens e das cenas apresentadas em óperas, no teatro, nos romances históricos e no cinema, responsáveis por formar o vasto imaginário da pirataria. Sobre essa pedra fundamental, quem sabe também o pesquisador brasileiro descubra esse tema tão negligenciado por aqui, malgrado a abundância de documentos e o indiscutível papel que as ações desses grupos desempenharam no vasto e rico litoral da América portuguesa.

Já é hora de içar âncora e navegar por algumas extraordinárias histórias de piratas. Brutais e gananciosos, eles não têm o charme romântico de Errol Flynn, Johnny Depp ou Geena Davis, mas suas trajetórias, contadas aqui no calor da hora, alertam para valores universais. E melhor ainda: são capazes de nos divertir e surpreender.

Prefácio

Depois de enfrentarmos dificuldades maiores que o normal para reunir os materiais desta história, não estaríamos satisfeitos se a ela faltasse algo que fizesse o público aceitá-la integralmente. Por este motivo é que lhe acrescentamos um pequeno resumo da lei ora em vigor contra os piratas, e selecionamos alguns casos particulares (os mais curiosos que pudemos encontrar) que já chegaram ao tribunal, e através dos quais ficarão evidentes os atos considerados como pirataria, e os que não o foram.

É possível que este livro venha a cair entre as mãos honestas de comandantes de navios e de outros homens do mar, que vivem enfrentando grandes aflições por ventos adversos ou outros acidentes tão comuns nas viagens longas, tais como a escassez de provisões ou a falta de estoques. Acho que o livro poderá servir-lhes como uma orientação, sejam quais forem as distâncias a que se aventurarem sem violar a Lei das Nações, no caso de serem lançados a alguma praia inóspita ou se depararem com outros navios no mar, que se recusem a negociar o que for extremamente necessário à preservação da vida, ou à segurança do navio e da carga.

No decorrer desta história, forneceremos instâncias de alguns recrutamentos, quando os homens não encontram outra opção senão a de mergulharem num tipo de vida que para eles é tão cheia de perigos e, para a navegação comercial, tão devastadora. Para remediar esse mal, parece não haver mais que dois caminhos: ou se arranja emprego para o grande número de marujos que ficaram sem destino após o fim da guerra — impedindo assim que eles recorram a tais soluções — ou se exerce uma vigilância satisfatória nas costas da África, das Índias Ocidentais e de outros locais aos quais costumam recorrer os piratas.

Devo registrar aqui que durante esta longa Paz[1] quase não ouvi falar de algum pirata *holandês*. Não que eu considere os holandeses mais honestos que os seus vizinhos, mas, quando vamos dar uma explicação para esse fato, talvez ela represente para nós uma censura pela nossa inatividade. A razão disso, a meu ver, é que depois de uma guerra, quando os navios holandeses ficam inativos, recorre-se ali ao exercício da pesca, no qual em pouco tempo os marujos vão encontrar trabalho e ganho tão garantido quanto antes. Tivéssemos nós esses mesmos recursos nos tempos de necessidade, e estou certo de que chegaríamos a resultados equivalentes. Pois a pesca é um comércio que não pode ser estocado em excesso. O mar é suficientemente grande para todos, não há necessidade de se brigar por espaço. São infinitas as suas reservas, que sempre irão recompensar a quem trabalha. Além disso, a maior parte das nossas costas abastece os holandeses, que estão constantemente empregando centenas de barcos nesse comércio e, dessa forma, vendendo para nós o nosso próprio peixe. Digo o nosso peixe, porque a soberania das águas britânicas é até hoje reconhecida pelos holandeses, como por todas as nações vizinhas; pelo que, se existisse algum espírito público entre nós, muito valeria a pena que estabelecêssemos uma pesca nacional, o que representaria o melhor recurso do mundo para se impedir a pirataria, para dar emprego a muitos pobres e também aliviar a nação desse grande fardo, baixando o preço geral dos mantimentos, além de diversos outros artigos.

Não é necessário apresentar prova alguma do que estou insinuando, ou seja, que hoje existem centenas de marujos desempregados. Isso fica logo evidente ao se considerar a sua perambulação e mendicância por todo o Reino Unido. E tampouco se deve atribuir o fato de serem desprezados após a conclusão do trabalho, de passarem fome ou praticarem roubos, a alguma inclinação natural pela inércia, ou ao seu próprio destino difícil. Há muitos anos não chega ao meu conhecimento de alguma fragata encarregada de uma missão, porém já por três vezes, num período de 24 horas, toda uma tripulação se ofereceu para trabalhar. Os comerciantes se aproveitam disso, diminuindo os salários, e os poucos (marujos) em atividade são mal pagos, e praticamente mal alimentados. Tal costume aumenta os descontentes, fazendo-os ansiarem por mudanças.

Não vou repetir o que disse nesta história sobre os navios corsários das Índias Ocidentais nos quais, segundo eu soube, eles sobrevivem graças aos butins de guerra. Uma vez que o hábito se torna uma segunda natureza, não nos surpreende que, diante das dificuldades em se conseguir um modo honesto de vida, eles recorram a algum outro meio tão semelhante ao anterior. Tanto que se pode dizer que os navios corsários, nos tempos da guerra, são um verdadeiro berçário de piratas, nos tempos da paz.

Agora que demos uma explicação para a sua origem e proliferação, será natural pesquisar o porquê de não serem eles presos e aniquilados antes de ocuparem alguma posição eminente. Devemos observar que dificilmente se encontram menos que doze fragatas estacionadas em nossas colônias na América, mesmo durante os períodos de paz. Essa força é suficiente para enfrentar um inimigo poderoso. A presente investigação talvez não resulte muito favorável aos que se relacionam com esse trabalho. Entretanto, espero que me desculpem, pois as minhas insinuações visam apenas a servir ao público.

Quero dizer que acho muito estranho uns poucos piratas poderem devastar os mares durante anos, sem que nem ao menos sejam localizados por algum dos nossos navios de guerra. Enquanto isso, eles (os piratas) podem apossar-se de frotas inteiras. É como se aqueles fossem muito mais eficientes em seus negócios do que estes últimos. Só Roberts, com os seus tripulantes, se apoderou de quatrocentos barcos, antes de ser derrotado.

Provavelmente irei expor esse tema adequadamente em outra ocasião. Agora limito-me apenas a observar que os piratas têm, no mar, uma sagacidade equivalente à dos ladrões em terra. Assim como eles, sabem quais estradas são mais frequentadas e onde há maior probabilidade de encontrar butim e também conhecem bem a latitude em que devem ficar para interceptarem os navios. Uma vez que os piratas estão sempre precisando de provisões, estoques ou qualquer outro tipo de carregamento e circulam sempre em busca dos navios que os transportam, animados pela certeza de encontrá-los; pelo mesmo motivo, se as fragatas navegarem por aquelas latitudes, poderão ter tanta certeza de ali encontrarem piratas quanto os piratas têm de ali se depararem com navios mercantes. Se as fragatas não encontrarem piratas naquelas determinadas latitudes, então com toda certeza os navios mercantes poderão chegar a salvo a seus portos, navegando por elas.

A fim de tornar isso um pouco mais simples para os leitores do meu país, devo observar que todos os nossos navios que seguem para o exterior, às vezes pouco depois de se afastarem da costa, dirigem-se para a latitude do local aonde se destinam: se é para as ilhas das Índias Ocidentais, ou qualquer parte do continente da América, como Nova York, Nova Inglaterra, Virgínia etc., eles então velejam na direção do oeste — já que a única certeza que se pode ter nessas viagens é a da latitude — até chegarem a seu porto sem que o seu curso sofra qualquer alteração. É nesse caminho para o oeste que se encontram os piratas, seja na direção da Virgínia etc., seja na de Nevis, São Cristóvão, Montserrat, Jamaica etc., de maneira que se os navios mercantes com tal destino não se tornarem um dia vítimas de algum deles, em algum momento fatalmente se tornarão. Por isso, sabendo-se que ali onde está a caça, também se encontram os vermes, afirmo que se as fragatas seguirem pela mesma trilha, infalivelmente os piratas irão cair-lhes nas mãos, ou serão afugentados para longe. Se isso acontecer, os navios mercantes, como falei antes, poderão passar a salvo, sem serem molestados, e os piratas não terão outra opção senão a de se refugiarem naqueles buracos onde costumam ficar à espreita, nas ilhas desertas, e nos quais o seu destino será como o da raposa na toca: arriscando-se a sair, serão caçados e presos, e se permanecerem lá dentro, morrerão de fome.

Preciso fazer notar ainda uma outra coisa: geralmente os piratas vivem mudando seus trajetos de acordo com a estação do ano: no verão, eles circulam principalmente ao longo da costa do continente americano, mas no inverno, que é um tanto frio demais para eles, seguem em busca do sol e se encaminham para as ilhas. Qualquer pessoa com experiência no comércio com as Índias Ocidentais sabe que isso é verdade. Por isso, já que temos plena ciência de todos os seus movimentos, não posso entender por que as nossas fragatas, sob uma regulamentação adequada, também não podem dirigir-se para o sul, em vez de permanecerem inativas durante todo o inverno. Porém eu poderia ir longe demais nessa investigação, e assim devo deixá-la agora para falar algo a respeito das páginas seguintes. Aventuro-me a afirmar ao meu leitor que elas possuem algo que muito as recomenda: a verdade. Os fatos dos quais eu mesmo não fui testemunha ocular, obtive através de relatos autênticos de pessoas relacionadas com a captura dos piratas, como também pelos próprios piratas após serem presos, e acho que ninguém poderia produzir melhores testemunhos em apoio à credibilidade de qualquer história.

Poderá observar-se que a narrativa das ações do pirata Roberts é mais longa que as demais, e isto por dois motivos: primeiro, por ele ter assolado os mares por mais tempo que os outros piratas, e consequentemente, haver um cenário maior de atividades em sua vida; em segundo lugar, porque resolvi não aborrecer o leitor com repetições cansativas. Quando constatamos que certas circunstâncias são as mesmas tanto na vida de Roberts quanto na de outros piratas, quer seja sobre assuntos de pirataria, quer de qualquer outra coisa, achamos melhor apresentá-las apenas uma vez, e a vida de Roberts foi escolhida com este propósito, por ter provocado no mundo maior alarde do que muitos outros.

Quanto às vidas das duas piratas femininas, devemos confessar que elas podem parecer um tanto extraordinárias, mas não menos verídicas por isso. Como as duas foram julgadas publicamente por seus atos de pirataria, existem testemunhas vivas em número suficiente que poderão confirmar tudo o que registramos sobre elas. É verdade que apresentamos alguns detalhes menos conhecidos por parte do público porque fomos mais investigativos sobre as circunstâncias do passado delas do que outros pesquisadores, os quais não tinham outro desígnio senão o de satisfazer sua curiosidade particular. Se nessas histórias temos incidentes e lances que lhes podem conferir um certo ar romanesco, estes não foram inventados ou tramados com tal propósito. Esse é um tipo de leitura com a qual este autor não tem muita familiaridade, mas, assim como eu me diverti imensamente quando me foram relatados, achei que poderiam causar igual efeito sobre o leitor.

Presumo não ser necessário nos desculparmos por atribuir o nome de História às páginas que se seguem, embora elas não contenham senão os feitos de um bando de ladrões. São a bravura e a estratégia na guerra que fazem com que as ações mereçam ser relatadas. Neste sentido, pode-se pensar que as aventuras narradas aqui merecem esse nome. Plutarco é muito circunstancial quando descreve as ações de Spartacus, o escravo, e faz da vitória sobre ele uma das maiores glórias de Marcus Crassus. E é provável, caso aquele escravo tivesse vivido um pouco mais, que Plutarco nos tivesse dado a sua vida mais extensamente.[2] Roma, a senhora do mundo, inicialmente não passava de um refúgio de ladrões e de fora da lei. E, se o progresso dos nossos piratas equivalesse à sua fase inicial, se todos se tivessem unido para se estabelecerem em alguma daquelas ilhas, eles agora poderiam estar sendo honrados com o nome de nação, sem que nenhum poder nestas regiões do mundo pudesse contestá-lo.

Se demos a impressão de alguma liberdade quanto ao comportamento de certos governadores de província no exterior, foi com cautela que o fizemos. E é possível mesmo que não tenhamos declarado tudo o que sabíamos. No entanto, esperamos que os que ocupam tal posição, e que jamais deram motivo para censura, não se sintam ofendidos, embora a palavra "governador" seja aqui empregada várias vezes.

P.S. É necessário incluir ainda uma ou duas palavras neste Prefácio, para informar ao leitor sobre os diversos acréscimos de material que foram feitos nesta segunda edição, os quais, dilatando o tamanho do livro, aumentaram também uma pequena parcela do seu preço, consequentemente.[3]

Tendo a primeira impressão conseguido tanto sucesso com o público, isto levou a uma demanda muito grande para uma segunda. Nesse intervalo, várias pessoas que haviam sido levadas por piratas, como também outras que atuaram na captura destes, tiveram a amabilidade de nos comunicar diversos fatos e circunstâncias que nos haviam escapado na primeira edição. Isso causou um certo atraso, e assim, se esta edição não chegou ao público tão cedo quanto esperávamos, foi para que pudéssemos torná-la mais completa.

Não vamos entrar em detalhes sobre o novo material inserido aqui, porém a descrição das ilhas de São Tomé etc., como também a do Brasil, não devem passar sem uma pequena nota. Deve-se observar que os nossos tão especulativos matemáticos e geógrafos — cuja erudição, sem dúvida alguma, é grande —, entretanto, quando querem obter suas informações etc., vão pouco além do que aos seus próprios gabinetes de estudo, sendo incapazes de nos fornecer uma descrição satisfatória dos países. Por esta razão todos os nossos mapas e atlas contêm erros tão grosseiros, pois eles só podem conseguir seus relatórios através de descrições de gente ignorante.

Deve-se notar também que quando os comandantes de navio descobrem algum novo percurso, eles não têm muita inclinação em divulgá-lo. O fato de alguém conhecer melhor do que outros este ou aquele litoral geralmente o recomenda em seus negócios, tornando-o mais necessário, e, assim como o comerciante prefere não revelar os segredos do seu comércio, tampouco o navegador irá fazê-lo.

O cavalheiro que se deu ao trabalho de fazer estas observações é o sr. Atkins,[4] cirurgião, homem muito habilidoso em sua profissão, alguém que não se prende a escrúpulos menores para prestar algum serviço ao público, e que ficou generosamente satisfeito por comunicá-las pelo bem da sociedade. Não tenho dúvidas de que as suas observações serão consideradas interessantes e de muita utilidade para o comércio com aquelas regiões, e, além disso, é aqui apresentado um método de comércio segundo os portugueses, o qual poderá ser de grande proveito para alguns conterrâneos nossos, caso seja seguido literalmente.

Esperamos que tais informações possam satisfazer ao público. O autor destas páginas não considerou nada mais importante do que tornar o livro útil, apesar de ter sido informado de que certos senhores levantaram objeções quanto à verdade do seu conteúdo, como, por exemplo, que este parece ter sido calculado com o fito de entreter e de divertir o público. Se os fatos nele relacionados assumem um certo tom agradável e vívido, esperamos que isto não seja imputado como defeito. Mas, em nome de sua credibilidade, podemos garantir que os senhores navegantes, isto é, aqueles que conhecem bem a natureza dessas coisas, não puderam opor a menor objeção a essa mesma credibilidade. E o autor afirma, com a maior franqueza, que em todo o livro dificilmente se encontrará algum fato ou circunstância que não possa ser provado por confiáveis testemunhos.

Além dos piratas cuja história é aqui relatada, houve ainda outros, que posteriormente serão mencionados, e cujas aventuras são tão repletas de extravagâncias e maldades quanto as que são tema deste livro. O autor já deu início à sua compilação metódica, e assim que receber os materiais necessários para completá-la (os quais espera chegarem em breve das Índias Ocidentais), caso o público lhe dê estímulos para isso, ele tem a intenção de se aventurar em um segundo volume.

Introdução

Uma vez que os piratas nas Índias Ocidentais têm se mostrado terríveis e numerosos a ponto de interromperem o comércio europeu naquelas regiões e que os nossos comerciantes ingleses, particularmente, têm sofrido mais com as suas depredações do que com as forças reunidas da França e da Espanha na última guerra,[1] não temos dúvidas de que o mundo terá curiosidade de conhecer a origem e a evolução desses facínoras, que foram o terror da atividade comercial do mundo.

Mas, antes de penetrarmos em sua história particular, será oportuno, à guisa de introdução, demonstrar, por alguns exemplos, a grande maldade e o perigo que ameaçam reinos e nações provenientes do desenvolvimento desse tipo de ladrão, quando, quer por problemas da época em particular, quer pela negligência dos governos, eles não são esmagados antes de ganharem força.

Até agora, o que vinha acontecendo é que, ao se tolerar que um simples pirata percorresse livremente os mares — como se não merecesse nenhuma atenção por parte dos governos — ele crescia gradativamente até se tornar tão poderoso que, antes que o pudessem eliminar, despendia-se muito sangue e riquezas. Não iremos analisar como se passou o constante crescimento dos nossos piratas nas Índias Ocidentais, até recentemente. Esta investigação cabe à Legislatura, aos representantes do povo no Parlamento, e a deixaremos a seu encargo.

Nosso trabalho será demonstrar brevemente como outras nações já sofreram também do mesmo problema, iniciado de forma igualmente trivial.

Nos tempos de Marius* e de Sylla,[2] Roma se encontrava no auge do poder, e mesmo assim foi tão dilacerada pelas facções daqueles dois grandes homens, que tudo o que se relacionava ao bem público também foi negligenciado. Foi quando irromperam na região certos piratas provenientes da Cilícia, país da Asia Minor situado na costa do Mediterrâneo, entre a Síria, a leste, da qual se separa pelo monte Tauris, e a Armenia Minor, a oeste. Esse início foi medíocre e insignificante: não mais que dois ou três barcos e uns poucos homens, com os quais eles circulavam pelas ilhas gregas apossando-se dos navios que se encontravam desarmados e desprotegidos. Entretanto, ao capturarem grandes quantidades de despojos, logo eles cresceram em riqueza e poder. Sua primeira ação a ficar famosa foi o sequestro de Júlio César, então ainda um jovem e que, vendo-se forçado a fugir das crueldades de Sylla, que pretendia acabar com a sua vida, partiu para a Bitínia. Ali permaneceu por algum tempo com Nicomedes, rei daquele país. Em seu retorno por mar foi interceptado e preso por alguns piratas, perto da ilha de Pharmacusa.[3] Esses piratas tinham o bárbaro costume de amarrar os prisioneiros uns aos outros pelas costas e depois atirá-los ao mar. Porém, percebendo que César deveria ser alguém de alta linhagem, a julgar pelas suas vestes púrpura e pelo grande número de criados que o cercavam, acharam que seria mais lucrativo poupá-lo, podendo receber uma grande soma por seu resgate. Assim, disseram-lhe que ele obteria sua liberdade se lhes pagasse vinte talentos, o que achavam ser uma exigência bem elevada — em nossa moeda, cerca de três mil e seiscentas libras. César sorriu e, por sua livre vontade, prometeu-lhes cinquenta talentos. Eles ficaram muito satisfeitos e ao mesmo tempo surpresos com a resposta, consentindo em que vários criados dele partissem com as suas instruções para levantar o dinheiro. E assim César foi deixado no meio daqueles rufiões, com três criados apenas. Ficou ali por trinta e oito dias, e parecia tão despreocupado e sem medo que muitas vezes, ao ir dormir, costumava ordenar que ninguém fizesse barulho, ameaçando enforcar quem o perturbasse. Também jogava dados com eles, e algumas vezes escreveu versos e diálogos que costumava repetir em voz

---

* Optamos por conservar a grafia que o autor dá aos nomes próprios. Assim procedemos também com nomes espanhóis e portugueses, tais como *Martinico*, *Pernambuca*, *Bahia los todos Santos* etc. (N.T.)

alta, obrigando-os também a repeti-los, e se eles não os elogiassem e os admirassem xingava-os de animais e bárbaros, declarando que os crucificaria. Eles interpretavam aquilo como meras tiradas de humor juvenil, e mais se divertiam com a coisa do que se desagradavam.

Passado o tempo, os criados retornaram, trazendo o resgate, que foi devidamente pago, e César foi libertado. Velejou então para o porto de Miletum[4] onde, tão logo chegou, concentrou toda sua arte e diligência na preparação de uma esquadra naval, equipada e armada à sua própria custa. E, içando suas velas na busca dos piratas, foi surpreendê-los ancorados entre as ilhas. Prendeu aqueles que o haviam sequestrado, além de mais alguns outros, tomou-lhes como butim todo o dinheiro que possuíam para reembolsar suas despesas no empreendimento, e os transportou para Pérgamo — ou Troia — deixando-os presos lá. Em seguida, recorreu a Junius, que então governava a Ásia, e a quem cabia julgar e determinar a punição devida àqueles homens. Mas Junius, percebendo que não lhe caberia nenhum dinheiro com aquilo, respondeu que ia pensar com calma no melhor a fazer com os prisioneiros. César despediu-se dele e retornou a Pérgamo, onde ordenou que lhe trouxessem os prisioneiros e os executassem, segundo a lei própria para aquele caso, a qual vem referida em um capítulo ao final deste livro sobre os regulamentos nos casos de pirataria. E assim, com toda a seriedade, ele lhes aplicou a mesma punição com que, brincando, tantas vezes os havia ameaçado.

César partiu diretamente para Roma, onde passou a empenhar-se nos desígnios de sua própria ambição, como faziam quase todos os homens importantes de Roma, e dessa forma, os piratas que restaram tiveram tempo suficiente para crescerem até atingir um poder prodigioso. Pois, enquanto perdurava a guerra civil, os mares ficavam desprotegidos, tanto que Plutarco nos conta[5] que os piratas puderam construir vários arsenais, com todo o tipo de estoques de guerra, amplos portos, erguer torres de observação e faróis ao longo de toda a costa da Cilícia; que dispunham de uma poderosa frota, muito bem equipada e abastecida, com galeotes nos remos e manobradas não apenas por homens com a coragem que confere o desespero, mas também por experientes pilotos e marinheiros; possuíam potentes navios, além de leves pinaças para circular pelos mares e fazer descobrimentos, num total não inferior a mil barcos. E se exibiam com tamanha magnificência que despertavam tanto inveja pela sua aparência galante quanto temor pela sua força.

A popa e os alojamentos dos navios eram folheados a ouro; os remos, revestidos de prata, e as velas eram em tecido de púrpura. Assim como se o maior deleite deles fosse glorificar a própria iniquidade. E também não se contentavam em cometer no mar os seus atos de pirataria e de insolências, mas praticavam além disso grandes depredações em terra, e realizavam conquistas, pois tomaram e saquearam nada menos do que quatrocentas cidades, exigindo tributos de muitas outras, devastando também os templos dos deuses e se enriquecendo com as oferendas ali depositadas. Muitas vezes desembarcavam bandos de homens que não apenas saqueavam as cidades do litoral, como também assaltavam as belas residências dos nobres ao longo do Tibre. Um grupo desses sequestrou certa vez Sextilius e Bellinus, dois pretores romanos, que se encontravam em seus trajes púrpura, indo de Roma para os seus governos, e os levaram com todos os seus atendentes, oficiais e mestres de cerimônia. Também raptaram a filha de Antonius — um cônsul que já fora honrado com o Triunfo — quando ela viajava para a casa de campo do pai.

Mas seu mais bárbaro costume acontecia quando se apoderavam de algum navio, ao interrogarem os passageiros sobre os seus nomes e países de origem. Se algum deles declarasse ser romano, eles então se atiravam teatralmente aos seus pés, como se estivessem apavorados diante de toda a grandiosidade daquele nome, e lhe suplicavam perdão pelo que lhe haviam feito, implorando-lhe misericórdia, agindo ao redor dele como se fossem verdadeiros criados. Quando percebiam que o haviam iludido quanto à sua sinceridade, então desdobravam a escada exterior do navio e, aproximando-se da vítima cheios de demonstrações de cortesia, declaravam-lhe que ela estava livre, e que podia ir-se embora do navio, e isso em pleno oceano. Vendo a sua surpresa, o que era perfeitamente natural, então a jogavam ao mar, aos gritos e gargalhadas, tão libertinos eram em sua crueldade.

Assim, Roma, nos tempos em que era a "senhora do mundo", sofria, mesmo às suas portas, tais insultos e afrontas desses poderosos ladrões. Mas o que por algum tempo fez cessar o faccionarismo interno e levantar a coragem daquele povo, que jamais fora acostumado a sofrer injúrias de um inimigo à sua altura, foi a excessiva escassez de provisões em Roma, ocasionada pelo fato de todos os navios com grãos e outros suprimentos, vindos da Sicília, da Córsega e de outros lugares, serem interceptados e tomados por aqueles piratas, a ponto de ser a cidade quase reduzida à situação de fome. Naquele momento, Pompeu, o Grande, foi imediatamente nomeado general para dar início à guerra. Quinhentos navios foram logo equipados, e ele contou com quatorze senadores como vice-almirantes, todos com grande experiência na guerra. E os rufiões se haviam transformado num inimigo tão considerável, que foi necessário nada menos que um exército de cem mil soldados a pé e cinco mil cavalarianos para os enfrentar por terra. Para grande sorte de Roma, Pompeu lançou seus barcos ao mar antes que os piratas fossem informados sobre a operação que se armava contra eles, de forma que os seus navios tiveram de debandar por todo o Mediterrâneo, assim como abelhas fugindo em todas as direções da colmeia, tentando levar para a terra os seus carregamentos. Pompeu dividiu a sua frota em treze esquadras, que destinou a diversos postos, de modo que os piratas foram caindo em suas mãos, em grande número, navio por navio, sem que nenhum se perdesse. Quarenta dias ele passou vasculhando o Mediterrâneo em todas as direções, alguns barcos da frota circulando pela costa da África, outros perto das ilhas, e outros ainda percorrendo as costas italianas, de modo que frequentemente os piratas que fugiam de uma esquadra eram capturados por outra. Mesmo assim, alguns conseguiram escapar, indo diretamente para a Cilícia e dando conhecimento a seus confederados na praia sobre o que havia acontecido. Marcaram um encontro de todos os navios que se puderam salvar no porto de Coracesium, naquele mesmo país. Quando Pompeu viu que as águas do Mediterrâneo já estavam limpas, acertou uma reunião de toda a sua frota no porto de Brundisium. Em seguida, velejando dali para o Adriático, foi atacar diretamente os fugitivos em suas colmeias. Assim que se aproximou de Coracesium, na Cilícia, onde estavam os piratas remanescentes, estes tiveram a ousadia de se voltarem para enfrentá-lo em batalha. Mas prevaleceu o gênio da velha Roma, e os piratas sofreram uma arrasadora derrota, sendo todos capturados ou aniquilados. Entretanto, como haviam construído um grande número de sólidas fortalezas por todo o litoral, e também castelos e fortes no interior, perto da base do monte Taurus, Pompeu viu-se forçado a sitiá-los ali com seu exército. Alguns locais ele tomou nos ataques, outros se renderam à sua mercê, e a estes ele poupou suas vidas, realizando finalmente uma conquista total.[6]

Entretanto, é provável que caso aqueles piratas tivessem recebido informação suficiente sobre os preparativos dos romanos, de maneira a terem tempo de reunir as suas forças espalhadas em um só corpo, enfrentando Pompeu no mar, a vantagem penderia grandemente para o lado deles, tanto em número de navios quanto de homens. Tampouco lhes faltava coragem, o que ficou claro quando eles saíram do porto de Coracesium para enfrentar Pompeu em batalha, contando com forças muito inferiores às dele. Acho que se houvessem derrotado Pompeu, provavelmente executariam outros atentados maiores, e Roma, que conquistara o mundo inteiro, poderia vir a ser submetida por uma turma de piratas.

Esta é uma prova de como é perigoso os governos serem negligentes e não tomarem providências imediatas para suprimir esses bandidos do mar, antes que eles possam se fortalecer.

A verdade desta máxima pode ser mais bem exemplificada na história de Barbarouse,[7] natural da cidade de Mitylene, na ilha de Lesbos, no mar Egeu. Homem de origem simples que, educado para a vida marítima, partiu dali pela primeira vez, segundo relatos de piratas, apenas com um pequeno barco, porém, pelos despojos que capturou, pôde juntar uma riqueza imensa. Ao saberem que ele já dispunha de numerosos navios de grande porte, todos os sujeitos atrevidos e dissolutos daquelas ilhas acorreram para ele, alistando-se ao seu serviço, cheios de esperanças por butins. De maneira que as suas forças cresceram até se converterem numa imensa frota. Com esta, ele realizou tais proezas de audácia e aventura, que acabou se transformando no "Terror dos Mares". Por essa época, aconteceu que Selim Entemi, rei da Algéria, que se recusava a pagar tributo aos espanhóis, e vivia em constante apreensão ante uma possível invasão deles, fez um trato com Barbarouse, com base numa aliança, pelo qual aquele viria dar-lhe ajuda e liberá-lo do pagamento do tributo. Barbarouse concordou prontamente. Partindo para a Algéria com uma grande frota, desembarcou naquela praia uma parte de seus homens e, de acordo com um plano para tomar de surpresa a cidade, executou-o com grande sucesso, assassinando Selim quando este se encontrava na banheira. Logo em seguida, foi coroado ele próprio rei da Algéria. Depois disso, declarou guerra a Abdilabde, rei de Túnis, derrotando-o numa batalha. Ampliou as suas conquistas em todas as direções. E assim, passou de ladrão a poderoso rei. E, não obstante ter sido finalmente morto numa batalha, mesmo assim se estabelecera tão bem naquele trono que, ao morrer sem herdeiros, deixou o reino para seu irmão, um outro pirata.

Agora passo a falar dos piratas que infestam as Índias Ocidentais, onde são mais numerosos que em qualquer outra parte do mundo, e por diversas razões:

A primeira: porque existem tantas ilhotas desertas e bancos de areia,* com portos convenientes e seguros para se descarregarem os barcos, e abundantes naquilo que eles estão sempre necessitando: provisões, ou seja, água, aves marinhas, tartarugas, mariscos e outros peixes. Ali, se trouxerem consigo bebidas fortes, eles ficam se deliciando por algum tempo até estarem prontos para novas expedições, antes que alguma denúncia os alcance e os derrube.

Talvez não seja desnecessária aqui uma pequena digressão para explicar o que se chama *key* nas Índias Ocidentais. São pequenas ilhas de areia, aparecendo apenas um pouco acima da superfície da água, com alguns arbustos somente, ou sargaços, porém (aquelas mais distantes de terra firme) cheias de tartarugas, esses animais anfíbios que escolhem sempre os locais mais tranquilos e menos frequentados para depositar os seus ovos, atingindo um grande número na estação apropriada, e que pouco são vistos (exceto pelos piratas) a não ser nessas ocasiões. Então, barcos vindos da Jamaica e de outros governos empreendem até elas viagens chamadas *turtling*,** que se destinam a suprir a população desse tipo de alimento, que ali é muito comum e apreciado. Sou levado a crer que essas *keys*, especialmente as mais próximas das ilhas, eram unidas a elas em tempos passados, e depois foram separadas por terremotos (que ali são frequentes) ou inundações, pois algumas delas, que eram sempre visíveis, como as que ficam mais perto da Jamaica, agora verifica-se, em nossa época, que estão se consumindo, e desaparecendo, e diariamente outras também vão reduzindo de tamanho. Elas não têm exclusivamente a utilidade mencionada para os piratas, mas acredita-se que sempre foram usadas como esconderijo de tesouros, nos tempos dos bucaneiros, e frequentemente como abrigo enquanto os seus protetores, em terra, tentavam encontrar meios de lhes conseguir imunidade pelos seus crimes. Pois é preciso que se entenda que quando os atos de clemência

---

* No original: *key*. (N.T.)
** Pesca de tartarugas. (N.T.)

eram mais frequentes, e menos severas as leis, aqueles homens continuamente conseguiam favores e estímulos na Jamaica, e talvez mesmo agora nem todos ainda estejam mortos. Disseram-me que muitos com o mesmo tipo de prática ainda estão vivos, e que só são deixados em paz porque agora podem ganhar honestamente a vida, com risco apenas dos pescoços alheios.

A segunda razão pela qual aqueles mares são preferidos pelos piratas é o grande comércio que ali se pratica com navios franceses, espanhóis, holandeses e principalmente ingleses. Ali, na latitude daquelas ilhas tão boas para o comércio, eles estão certos de encontrar muitos despojos, butins de mantimentos, vestuários e estoques navais, e também dinheiro, uma vez que por aquela rota seguem grandes somas para a Inglaterra (os pagamentos pelos contratos do *Assiento*[8] ou pelo comércio particular de escravos com as Índias Ocidentais espanholas), resumindo: todas as riquezas do *Potosí*.*

Uma terceira razão é a natural segurança que lhes proporcionam as dificuldades das fragatas para persegui-los, em meio àquelas inúmeras enseadas e lagoas e ancoradouros das ilhas solitárias e dos bancos de areia.

É geralmente ali que os piratas dão início aos seus empreendimentos, estabelecendo-se primeiro com uma força bem reduzida. Depois, à medida que vão infestando os mares locais e do continente norte-americano, dentro de um ano, se a sorte lhes for favorável, eles conseguem acumular um poder que os habilita a se lançarem em expedições ao estrangeiro. Normalmente, sua primeira expedição é para a Guiné, atacando pelo caminho as ilhas dos Açores e de Cabo Verde, e depois o Brasil e as Índias Orientais, e, caso tenham sido lucrativas essas viagens, desembarcam em Madagascar ou nas ilhas vizinhas, onde, junto aos seus companheiros veteranos, vão desfrutar com total impunidade as riquezas que conseguiram ilicitamente. Mas, para não parecer que estamos encorajando essa profissão, devemos informar aos leitores que se dedicam à navegação que a grande maioria desses bandidos é logo exterminada durante as perseguições, e que de uma hora para outra eles se vêm precipitados no "outro mundo".

---

* Potosí, cidade na Bolívia, tinha a famosa montanha de Prata, considerada a maior jazida de prata do mundo. (N.T.)

A ascensão desses vagabundos desde a Paz de Utrecht (1713) — ou, pelo menos, a sua grande proliferação — pode imputar-se com toda a justiça ao estabelecimento das colônias espanholas nas Índias Ocidentais. Lá os governadores, muitos deles cortesãos ávidos, que para ali foram enviados com o fito de fazerem fortuna, ou reconstruí-la, geralmente empregam todos os procedimentos que costumam acarretar lucros: pretendendo impedir a intromissão de algum outro comerciante, concedem autorizações a grande número de fragatas para capturarem quaisquer navios ou barcos que ultrapassem o limite de trinta quilômetros ao longo da costa, coisa que os nossos navios ingleses não conseguem evitar muito bem, quando se dirigem para a Jamaica. Porém, se acontecer de os capitães espanhóis abusarem dessa incumbência, roubando e saqueando à vontade, permite-se que as vítimas apresentem queixa e entrem com um processo no tribunal. Após muitas despesas com trâmites legais, prorrogações de prazo e diversos outros inconvenientes, é possível que eles acabem por obter uma sentença favorável. Mas, quando vão reclamar o navio e a carga, depois de novas despesas processuais, eles descobrem, para sua angústia, que estes foram previamente desapropriados e o espólio, distribuído pela tripulação. Vem-se a descobrir que o comandante que fez a captura, considerado o único responsável, é um pobre-diabo desonesto, que não vale um vintém e que, sem dúvida, foi colocado naquele posto propositadamente.

As frequentes perdas sofridas pelos nossos comerciantes no exterior, graças a esses piratas, constituíram uma provocação suficiente para que se tentasse alguma coisa em represália. E no ano de 1716 uma ótima oportunidade para isso se apresentou, e os comerciantes das Índias Ocidentais tiveram todo o cuidado de não deixá-la escapar, fazendo dela o melhor uso que as circunstâncias permitiam.

Cerca de dois anos antes, alguns galeões espanhóis — a *Frota da Prata* — tinham naufragado no golfo da Flórida, e diversos barcos de Havana ali se encontravam trabalhando, com equipamentos de mergulho, para recuperarem a prata que estava a bordo daqueles galeões.[9]

Os espanhóis já tinham recolhido alguns milhões em moedas de ouro de oito dólares, e levado todas para Havana. Porém agora já estavam com cerca de 350.000 moedas de prata de oito dólares, ali naquele local, e diariamente conseguindo resgatar ainda mais moedas. Foi quando dois navios e três barcaças, com tripulações da Jamaica, Barbados etc., sob o comando do capitão Henry Jennings, velejaram até o golfo, deparando-se com os espanhóis ali no local do naufrágio. O dinheiro a que nos referimos antes tinha sido deixado num armazém na praia, sob a supervisão de dois comissários e de uma guarda de cerca de sessenta soldados.

Para resumir, os bandidos foram diretamente para o local, desembarcando trezentos homens que atacaram a guarda, que se pôs imediatamente em fuga, e se apoderaram do tesouro, levando-o o mais rapidamente possível para a Jamaica.

Infelizmente, no caminho encontraram um navio espanhol, viajando de Porto Bello com destino a Havana, cheio de artigos preciosos como fardos de cochonila, tonéis de índigo e mais sessenta mil moedas de ouro, do que se apoderaram logo e, tendo pilhado todo o navio, deixaram-no ir.

Zarparam para a Jamaica com o seu butim, mas foram seguidos até o porto pelos espanhóis que, tendo-os visto se dirigindo para lá, retornaram até Havana, onde relataram o ocorrido ao governador, o qual imediatamente mandou um navio ao governo da Jamaica para se queixar daquele roubo e reclamar de volta os artigos roubados.

Como aquele fato ocorrera em período de plena paz, e fosse totalmente contrário à Justiça e ao Direito, o governo da Jamaica não pôde tolerar que eles ficassem impunes, e muito menos que recebessem proteção. Por isso, não tiveram outra saída senão arranjarem-se sozinhos. Assim, para piorar ainda mais as coisas, eles voltaram ao mar, mas não sem antes dispor vantajosamente de sua carga e se abastecerem de munição, provisões etc. Então, o desespero fez com que acabassem se tornando piratas, roubando não apenas os espanhóis, mas também os seus próprios conterrâneos, e navios de qualquer nacionalidade em que pudessem pôr as mãos.

Por esse tempo aconteceu que os espanhóis, com três ou quatro pequenas fragatas, caíram sobre os nossos cortadores de pau-campeche[10] nas baías de Campeachy e de Honduras. E, após terem capturado os navios e barcos a seguir mencionados, entregaram três chalupas aos homens que neles se encontravam, para conduzi-los de volta. Mas os homens, desesperados com sua desgraça e depois do contato com os piratas, passaram-se para o lado deles, aumentando assim o seu número.

*Lista de navios e embarcações tomados
pelas fragatas espanholas no ano de 1716*

O Stafford, capitão Knocks, da Nova Inglaterra, com destino a Londres

Anne,	Gernish, para o destino citado;
Dove,	Grimstone, para a Nova Inglaterra;
Uma barcaça,	Alden, para o local citado;
Um bergantim,	Mosson, para o local citado;
Um bergantim,	Turfield, para o local citado;
Um bergantim,	Tennis, para o local citado;
Um navio,	Porter, para o local citado;
Indian Emperor,	Wentworth, para a Nova Inglaterra;
Um navio,	Rich, comandante.
Idem,	Bay;
Idem,	Smith;
Idem,	Stockum;
Idem,	Satlely;
Uma barcaça,	Richards, pertencente à Nova Inglaterra;
Duas barcaças,	pertencente à Jamaica;
Uma barcaça,	de Barbados;
Dois navios,	vindos da Escócia;
Dois navios,	vindos da Holanda.

Sentindo-se agora muito poderosos, aqueles bandidos consultaram-se entre si sobre a necessidade de arranjar algum local para onde se retirar, em que poderiam acomodar todas as suas riquezas, limpar e consertar os navios, arrumando também algum tipo de residência duradoura. Não demoraram muito em fazer a sua escolha, fixando-se na ilha de Providence, a maior das ilhas Bahamas, na latitude de aproximadamente 24 graus Norte, e a leste da Flórida espanhola.

Essa ilha mede aproximadamente quarenta e cinco quilômetros de comprimento e dezoito e meio na sua parte mais larga. O porto é suficientemente grande para abrigar quinhentos barcos, e diante dele fica uma pequena ilha, formando duas enseadas; de ambos os lados uma barragem impede a passagem de qualquer navio de quinhentas toneladas. As ilhas Bahamas foram possessão inglesa até o ano de 1700, quando os franceses e espanhóis de Petit Guavus* as invadiram, capturaram o forte e prenderam o governador na ilha de Providence, pilharam e destruíram a colônia etc., levaram metade dos negros, e o restante da população — que fugiu para a selva — retirou-se depois disso para a Carolina.

Em março de 1706, a Câmara dos Lordes, em mensagem à sua última rainha,** descreveu como os franceses e espanhóis haviam devastado e saqueado as ilhas Bahamas por duas vezes, durante a guerra, e que ali não estava havendo nenhuma espécie de governo; que se poderia facilmente equipar o porto da ilha de Providence como posição de defesa, e que haveria perigosas consequências se aquelas ilhas caíssem nas mãos do inimigo; pelo que os lordes humildemente imploraram que Sua Majestade empregasse os métodos que achasse mais adequados para manter a posse daquelas ilhas, com o objetivo de garanti-las para a Coroa do Reino, como também para segurança e proveito do comércio na região.

Mas, apesar do ocorrido, nada se fez para cumprir aquela petição garantindo a posse das ilhas Bahamas, até que os piratas ingleses fizeram da ilha de Providence o seu retiro e abrigo. Em seguida, achou-se que era absolutamente necessário desocupar aquela tumultuada colônia. E, após chegarem ao governo informações dos comerciantes sobre as atrocidades que ali se cometiam, e as que fatalmente ainda se iriam cometer, Sua Majestade dignou-se a expedir a seguinte Ordem:

Whitehall, 15 de setembro de 1717

Tendo chegado até Sua Majestade queixas vindas de um grande número de comerciantes, comandantes de navio e outros, como também por parte de vários governadores das ilhas e colônias de Sua Majestade nas Índias Ocidentais, de que os piratas cresceram em número a tal ponto que infestam não apenas os mares próximos da Jamaica, mas até os do continente norte da América; e que, a menos que se empreguem certos meios eficazes, todo o comércio da Grã-Bretanha com aquelas regiões ficará não apenas obstruído como em iminente risco de ser perdido, Sua Majestade, após madura deliberação em Conselho, tem a satisfação, em primeiro lugar, de ordenar o emprego de uma força adequada para a supressão dos referidos piratas, e esta força deverá ser como se segue:

---

* Cidade do Haiti. (N.T.)
** A rainha Anne, que morreu subitamente em 1714. (N.T.)

Lista dos navios e barcos de Sua Majestade que já estão sendo empregados, e os que deverão ser empregados nos governos e colônias britânicos nas Índias Ocidentais:

DESTINO	QUANTIDADE	NAVIOS	CANHÕES	
Jamaica,	5	Adventure,	40	Encontra-se no local.
		Diamond	40	Partiu para o local no dia 5 do mês passado.
	6	Ludlow Castle,	40	Deve transportar o Governador.
		chalupa Swift,	6	Encontra-se no local.
		Winchelsea,	20	Vigiando o litoral das Índias Ocidentais, devendo retornar depois; porém durante sua estada na Jamaica deve reunir-se aos outros pela segurança do comércio e a interceptação dos piratas.
Barbados, Ilhas Leeward,	5	Scarborough,	30	Encontra-se no local.
	6	Seaford, chalupa Tryal,	6	Encontra-se no local.
Virgínia,	6	Lime,	20	Encontra-se no local.
	5	Shoreham,	30	Ordem para retornar.
		Pearl	40 / 6	Retornou dali no dia 7 do mês passado e deve circular pelos cabos.
Nova York,	6	Phoenix,	20	Encontra-se no local.
Nova Inglaterra		Squirrel,	20	
		Rose	20	Ordem para retornar.

Os que se encontram na Jamaica, Barbados e nas ilhas Leeward devem se juntar, de acordo com a ocasião, para perseguirem os piratas e também pela segurança do comércio. E os da Nova Inglaterra, Virgínia e Nova York devem fazer o mesmo.

Além dessas fragatas, duas outras foram designadas para atenderem ao capitão Rogers, último comandante dos dois navios de Bristol, de nomes Duke e Dutchess, que capturaram o rico navio Acapulco e fizeram uma volta ao redor do mundo.[11] Aquele cavalheiro foi encarregado por Sua Majestade para ser governador da ilha de Providence, e foi investido do poder de empregar quaisquer métodos para aniquilar os piratas. E para que nada lhe faltasse, ele levou consigo a Proclamação de Perdão do Rei, para os que retornassem a seu dever dentro de um determinado tempo. A Proclamação é a seguinte:

Pelo Rei,
Proclamação para a supressão dos piratas

George R.
Embora nos tenham chegado informações de que diversas pessoas, súditos da Grã-Bretanha, vêm cometendo desde o dia 24 de junho do ano de Nosso Senhor de 1715 diversos atos de pirataria e de roubos em alto-mar, nas Índias Ocidentais, ou próximo às nossas colônias, que podem e deverão ocasionar grande prejuízo para os comerciantes da Grã-Bretanha, e de outras nações que comerciam naquelas regiões; e embora tenhamos designado uma força que consideramos capaz de suprimir os referidos atos de pirataria, e com a maior eficácia pôr um fim a estes, pensamos ser apropriado, segundo o parecer do nosso Conselho do Rei, expedir a presente Proclamação Real, por meio da qual prometemos e declaramos que no caso de um desses piratas — ou alguns deles — no dia 5, ou antes, do mês de setembro do ano de 1718 de Nosso Senhor, pretender ou pretenderem se render a algum dos nossos principais secretários de Estado na Grã-Bretanha ou Irlanda, ou a qualquer governador ou vice-governador de qualquer das nossas colônias de além-mar, esse ou esses piratas que se renderem, como já foi dito, obterão o nosso gracioso Perdão dos seus atos de pirataria cometidos antes do dia 5 do próximo mês de janeiro. E por meio da presente, ordenamos estritamente a todos os nossos almirantes, capitães e outros oficiais marítimos, e a todos os governadores e comandantes de quaisquer fortes, castelos ou outros locais em nossas colônias, e a todas as nossas demais autoridades civis e militares, que capturem e prendam os piratas que se recusarem ou

que custarem a se render devidamente. E pela presente, declaramos também que no caso de qualquer ou quaisquer pessoas que, no dia 6 de setembro — ou antes — do ano de 1718, venham a descobrir ou a capturar, ou a descobrir ou fazer com que sejam descobertos qualquer ou quaisquer desses piratas que se recusam ou demoram em se render, como foi dito antes, fazendo com que estes compareçam perante a Justiça e sejam condenados pelas referidas ofensas, essa ou essas pessoas, efetuando assim tal descoberta ou captura, ou causando ou provocando essa descoberta ou captura, deverão ter e receber de nossa parte uma Recompensa por isso, ou seja: para todo comandante de qualquer navio ou barco particular, a soma de cem libras; para todo tenente, comandante, contramestre, carpinteiro, atirador de canhão, a soma de quarenta libras; para todo oficial subalterno, a soma de trinta libras; e para todo homem particular, a soma de vinte libras. E se alguma pessoa, ou pessoas, pertencendo ou fazendo parte da tripulação de algum desses navios ou barcos piratas, no dia 6, ou antes, do mês de setembro de 1718, capturarem e entregarem, ou fizerem com que sejam capturados e entregues qualquer ou quaisquer comandantes desses navios ou barcos piratas, de forma que estes venham a comparecer perante a Justiça, e a serem condenados pelas referidas ofensas, tal pessoa ou pessoas receberão como recompensa por isso a soma de duzentas libras para cada comandante capturado. O Lorde Tesoureiro ou os atuais Encarregados do Tesouro têm orientação para pagarem devidamente essas quantias.

Expedido em nossa Corte, em *Hampton-Court*,
no dia 5 de setembro de 1717,
no quarto ano de nosso Reinado.
Deus salve o Rei.

Antes que o governador Rogers partisse, a Proclamação foi enviada aos piratas, que fizeram com ela a mesma coisa que Teague fez com o acordo*, ou seja: apossaram-se de tudo — do navio e também da proclamação. Em todo caso, mandaram retornar os que andavam circulando pelos mares, e

---

* Teague é o nome da personagem principal da comédia "The Committee or the Faithful Irishman", do dramaturgo inglês sir Robert Howard (1626-1698).

convocaram um conselho geral de guerra. Porém o tumulto e a confusão no decorrer deste foram tais que não se pôde chegar a acordo algum. Para uns, a solução seria fortificarem a ilha, permanecerem nas suas posições e negociarem com o governo, como se constituíssem uma nação de verdade. Outros, que também eram a favor de se fortificar a ilha em nome da segurança, por outro lado não davam muita importância às formalidades, preferindo um perdão generalizado que não os obrigasse a qualquer restituição, retirando-se, com todos os seus bens, para as colônias britânicas mais próximas.

Porém o capitão Jennings, que era o seu comodoro e que sempre exerceu grande influência sobre todos eles, sendo um homem de bom-senso, e também bom político — antes de ser assaltado pelo capricho de tornar-se pirata —, resolveu render-se sem mais delongas, aceitando os termos da proclamação, o que desarticulou de tal maneira o Congresso que este terminou precipitadamente, sem se chegar a conclusão alguma. Então Jennings — e com o seu exemplo, mais outros cento e cinquenta homens — dirigiram-se até o governador das Bermudas e obtiveram os seus certificados, embora a maioria deles retornasse depois à pirataria, como cães retornando ao próprio vômito. Os comandantes que se encontravam então na ilha, além do capitão Jennings, acho que eram os seguintes: Benjamin Hornigold, Edward Teach, John Martel, James Fife, Christopher Winter, Nicholas Brown, Paul Williams, Charles Bellamy, Oliver la Bouche, major Penner, Ed. England, Thomas Burgess, Tho. Cocklyn, R. Sample, Charles Vane, e mais dois ou três outros. Hornigold, T. Burgess e La Bouche naufragaram posteriormente. Teach e Penner foram mortos e suas tripulações, presas; James Fife foi assassinado por seus próprios homens; a tripulação de Martel foi aniquilada e ele, abandonado em uma ilha deserta. Cocklyn, Sample e Vane foram enforcados. Winter e Brown se renderam aos espanhóis em Cuba, e England vive hoje em Madagascar.

No mês de maio ou junho de 1718, o capitão Rogers chegou ao local de seu governo, com dois navios de Sua Majestade. Ali encontrou vários dos piratas acima referidos, os quais, à vista das fragatas, renderam-se todos para obterem o perdão, exceto Charles Vane e seus tripulantes, fato que se passou da seguinte maneira.

Já antes fiz referência às duas enseadas que o porto possuía, formadas por uma pequena ilha que ficava diante de sua abertura. Por uma dessas enseadas entraram as duas fragatas, deixando livre a outra, pela qual Vane soltou suas amarras, ateou fogo a um grande barco roubado que mantinha ali e retirou-se intempestivamente, disparando contra os navios enquanto se afastava.

Tão logo instalou-se o capitão Rogers em seu governo, construiu um forte para defendê-lo, guarnecendo-o com todos os homens que conseguiu reunir na ilha. Os ex-piratas, em número de quatrocentos, foram organizados em companhias, e ele concedeu patentes de oficial àqueles em que mais confiava. Em seguida, partiu para fazer comércio com os espanhóis no golfo do México. E foi em uma dessas viagens que ele morreu. O capitão Hornigold, um daqueles famosos piratas, foi lançado contra uns rochedos a grande distância da terra, e pereceu, embora cinco de seus homens conseguissem subir a uma canoa e se salvar.

O capitão Rogers tinha enviado uma chalupa para obter mantimentos, entregando o comando a um certo John Augur, um dos antigos piratas que aceitaram o Ato de Clemência. Durante a viagem, eles cruzaram por duas chalupas, e então John e os seus camaradas, ainda não esquecidos do seu anterior meio de vida, usaram de sua antiga liberdade e as capturaram, roubando o dinheiro e artigos no valor aproximado de quinhentas libras. Depois disso, dirigiram-se para Hispaniola [Haiti], sem saber se o governador admitiria que mantivessem duas atividades comerciais a um só tempo, e dessa forma, decidiram dar adeus às ilhas Bahamas. Mas como a má sorte os pegou, enfrentaram um violento tornado, ficando sem o mastro do barco, e foram arrastados de volta a uma das ilhas desertas das Bahamas, perdendo-se completamente a chalupa. Os homens conseguiram chegar até a praia, e viveram como puderam por um certo tempo na floresta, até que o governador Rogers, ouvindo falar daquela expedição, e aonde eles tinham ido parar, enviou uma chalupa armada para a referida ilha. O comandante desta, com belas palavras e boas promessas, conseguiu que os náufragos subissem a bordo, levando-os todos para Providence. Eram onze homens. Dez foram julgados por um tribunal do almirantado, condenados e enforcados, graças ao testemunho do décimo primeiro, diante de todos os antigos companheiros de roubos. Os criminosos estavam loucos para instigar os antigos piratas perdoados, e recuperá-los das mãos dos oficiais da justiça, dizendo-lhes, de dentro da prisão, que jamais poderiam pensar que dez homens como eles se deixassem amarrar e enforcar como cães, enquanto trezentos de seus leais companheiros e amigos, comprometidos por juramento, tranquilamente assistiam ao espetáculo. Um certo Thomas Morris foi mais longe ainda, acusando-os de fraqueza e de covardia, como se fosse uma desonra eles não se revoltarem e os salvarem da morte ignominiosa que iriam sofrer. Mas foi tudo em vão. O que lhes responderam foi que agora o que eles precisavam fazer era voltar suas mentes para o outro mundo, e se arrependerem sinceramente de todas as maldades que haviam praticado neste. "Sim", respondeu um deles, "eu me arrependo terrivelmente, me arrependo de não ter praticado mais maldades ainda, e que não tenhamos degolado todos os que nos prenderam, e sinto uma pena enorme que vocês não sejam enforcados como nós." Ao que um outro comentou: "Eu também." E um terceiro: "E eu a mesma coisa." E assim, foram todos eliminados, sem poder fazer mais nenhum discurso final, a não ser um certo Dennis Macarty, que contou aos presentes que uns amigos seus muitas vezes lhe diziam que ele haveria de morrer calçado em seus sapatos, mas que agora ele faria com que eles fossem uns mentirosos, e então chutou os sapatos para longe. E assim, chegaram ao fim as vidas e as aventuras daqueles pobres desgraçados, as quais poderão servir como triste exemplo de que o perdão de pouco serve para os que se deixaram levar por um mau caminho na vida.

Para que não me julguem muito severo quanto ao repúdio que sinto pelo modo como nos tratavam os espanhóis nas Índias Ocidentais, mencionarei apenas um ou dois exemplos, procurando ser o mais conciso possível, e em seguida transcreverei algumas cartas originais, do governador da Jamaica e de um oficial de uma das fragatas, aos alcaides de Trinidado, na ilha de Cuba, com as suas respectivas respostas traduzidas para o inglês. Depois, procederei à narrativa daquelas histórias de piratas e seus tripulantes que maior perturbação causaram no mundo dos nossos dias.

Por volta de março de 1722, o capitão Walron, comandante de uma de nossas fragatas — a galera Greyhound — durante uma viagem comercial pelo litoral de Cuba, convidou alguns comerciantes para jantar, com seus atendentes e amigos, os quais subiram a bordo, em número de dezesseis ou dezoito pessoas. E, após as mesuras de praxe, seis ou oito deles sentaram-se à mesa do comandante, na cabine, enquanto os outros permaneciam no convés. Nesse momento, o contramestre soou o apito do jantar para toda a companhia do navio. Imediatamente os tripulantes apanharam as bandejas, receberam suas refeições e desceram ao porão, deixando lá em cima, além dos espanhóis, apenas quatro ou cinco marujos, os quais imediatamente foram mortos, enquanto os alçapões eram fechados sobre os demais. Os que se encontravam na cabine já estavam preparados para aquilo, assim como seus comparsas, pois na mesma hora sacaram suas pistolas e mataram o capitão, o cirurgião e mais um outro convidado, ferindo gravemente o tenente. Este entretanto conseguiu fugir pela janela e salvar-se, utilizando uma escada lateral. Dessa forma, em apenas um instante eles ficaram senhores do navio. Por uma acidental boa sorte, entretanto, antes que pudessem levá-lo embora, ele foi resgatado. Pois o capitão Walron alguns dias antes enviara a Windward, para fazer comércio, uma chalupa levando trinta marujos de sua tripulação, fato este que era de pleno conhecimento dos espanhóis. Assim que a ação destes terminou, eles avistaram a referida chalupa aproximando-se do navio com ventos favoráveis. Imediatamente eles apanharam dez mil libras em espécie, segundo me informaram, abandonaram o navio e se foram na sua embarcação, sem serem molestados.

Aproximadamente na mesma época, uma Guarda del Costa,[12] de Porto Rico, comandada por um italiano de nome Matthew Luke, capturou quatro embarcações inglesas, matando todo os tripulantes. Porém foi por sua vez capturada, em maio de 1722, pela fragata Lanceston, que a levou para a Jamaica. Ali, excetuando-se sete dos seus homens, todos os demais foram devidamente enforcados. É provável que a fragata não lhes houvesse prestado muita atenção, caso não fossem eles próprios que, por confusão, abordaram o Lanceston[13] pensando tratar-se de algum navio mercante, e que, portanto, conquistariam uma bela presa. Mais tarde, durante as buscas, foi encontrado um cartucho de pólvora fabricado com um pedaço de jornal inglês e que, em minha opinião, pertencia ao brigue Crean. Finalmente, após os devidos exames e serem interrogados, descobriu-se que eles haviam capturado aquele barco e assassinado toda a tripulação. Um dos espanhóis confessou, antes de ser executado, que só ele, com suas próprias mãos, matara vinte ingleses.

Jago de la Vega, 20 de fevereiro.
Carta de Sua Excelência Sir Nicholas Laws, nosso governador, para os Alcaides de Trinidado, em Cuba, datada de 26 de janeiro de 1721.

Cavalheiros,
As frequentes depredações, roubos e outros atos de hostilidade cometidos contra os súditos de meu Real Senhor, o Rei, por uma turma de bandidos que pretende possuir autorização V. Sas., e que são na realidade protegidos pelo vosso governo, dão motivo a que eu envie o portador desta,

capitão Chamberlain, comandante do brigue Happy, de Sua Majestade, para exigir satisfações de V. Sas. por tantos roubos evidentes que recentemente vosso povo tem cometido contra os súditos do Rei nesta ilha. Particularmente, pelos traidores Nicholas Brown e Christopher Winter, a quem V. Sas. concedem proteção. Procedimentos como esses não constituem apenas uma brecha na Lei das Nações, mas devem aparecer ao mundo como de natureza absolutamente extraordinária, quando se vê que os súditos de um príncipe que mantém relações de cortesia e amizade com outro aprovam e encorajam essas vilanias. Confesso que sempre tive a maior paciência, evitando empregar meios violentos para obter uma satisfação, com esperanças no tratado de deposição de armas[14] que tão oportunamente foi firmado entre os nossos respectivos soberanos, e que teria colocado um ponto final nessas desordens. Mas, pelo contrário, descubro agora que o porto de Trinidado é um abrigo para vilões de todos os países. Por isso, acho bom avisar a V. Sas. — e o afirmo em nome de meu Senhor, o Rei — que se no futuro efetivamente eu vier a encontrar algum desses velhacos navegando pelas costas desta ilha, vou ordenar que sejam imediatamente enforcados, sem apelação. E espero e exijo de V. Sas. que façam plena restituição ao capitão Chamberlain de todos os negros que os referidos Brown e Winter recentemente levaram da parte norte desta ilha, como também das chalupas e outros bens que foram capturados e roubados desde a assinatura do tratado de deposição de armas. Espero também que V. Sas. entreguem ao capitão portador os ingleses que se encontram agora confinados, ou que ainda permanecem em Trinidado, e que de agora em diante evitem conceder quaisquer autorizações, ou tolerar que esses notórios bandidos sejam equipados e preparados em vosso porto. Caso contrário, podem V. Sas. ter a certeza de que os que eu vier a encontrar serão qualificados e tratados como piratas. Do que achei apropriado dar-vos conhecimento, e sou &c.

Carta do Sr. Joseph Laws, tenente do brigue Happy, navio de Sua majestade, aos Alcaides de Trinidado.

Cavalheiros,
Fui encarregado pelo comodoro Vernon, comandante em chefe de todos os navios de Sua Majestade nas Índias Ocidentais, de exigir, em nome de nosso senhor, o Rei, [a devolução de] todas as embarcações, com

seus bens, &c., e também dos negros tomados da Jamaica, desde a cessação das hostilidades. Igualmente, de todos os ingleses que se encontram detidos, ou que permanecem em vosso porto de Trinidado, especialmente Nicholas Brown e Christopher Winter, ambos os quais são traidores, piratas e inimigos comuns de todas as nações. O referido comodoro também ordenou-me que vos desse conhecimento da sua surpresa ao saber que súditos de um príncipe, que tem relações de cordialidade e amizade com outro, conceda abrigo a tão notórios vilões. Aguardando vossa imediata concordância, sou, cavalheiros,

Vosso humilde servidor,
Joseph Laws.
Ao largo do rio Trinidado
8 de fevereiro de 1721.

Resposta dos Alcaides de Trinidado às cartas do sr. Laws:

Capitão Laws,

Em resposta a vossa carta, a presente pretende dar-vos conhecimento de que nem nesta cidade, nem no porto encontram-se quaisquer negros ou embarcações que tenham sido tomados na vossa ilha de Jamaica, ou naquela costa, desde a cessação das hostilidades. E que os navios apreendidos naquela época o foram porque realizavam um comércio ilegal nesta costa. Quanto aos ingleses fugitivos mencionados, eles se encontram aqui, assim como outros súditos do Rei nosso senhor, tendo-se voluntariamente convertido à nossa fé católica, e recebendo a água do batismo. Mas se eles provarem ser bandidos e não cumprirem com seus deveres, para os quais estão presentemente destinados, serão devidamente castigados segundo as prescrições de nosso Rei, que Deus o preserve. Pedimos que vosso navio recolha sua âncora o mais rápido possível, e se afaste deste porto e destas costas, pois em hipótese alguma será tolerado que este realize comércio ou qualquer outra atividade, pois estamos decididos a não mais permitir estas coisas de ora em diante. Que Deus vos guarde. Beijamos as vossas mãos.

Assinado, Hieronimo de Fuentes,
Benette Alfonso del Manzano
Trinidado,
8 de fevereiro de 1721.

Resposta do sr. Laws à carta dos Alcaides:

Cavalheiros,
Vossa recusa em entregar os súditos do senhor meu Rei é de fato surpreendente pois acontece em tempos de paz. A detenção deles consequentemente é contrária à Lei das Nações. Apesar da vossa frívola pretensão (para a qual o único fundamento é forjar uma desculpa) de impedir-me de realizar um inquérito para chegar à verdade dos fatos que expus em minha carta anterior, devo dizer-vos que minha decisão é de permanecer na costa até realizar minhas represálias. E se por acaso encontrar algum navio pertencente a vosso porto, não irei tratá-lo como súdito da Coroa da Espanha, mas sim como pirata, uma vez que é parte de Vossa religião nesse lugar proteger esses bandidos.

Vosso humilde servidor
Joseph Laws.
Ao largo do rio Trinidado,
8 de fevereiro de 1721.

Resposta de um dos Alcaides à réplica do sr. Laws:

Capitão Laws,
Podeis ficar certo de que jamais faltarei com os deveres próprios do meu posto. Os prisioneiros que aqui se encontram não estão na prisão, mas sim são mantidos aqui apenas para serem posteriormente enviados ao governador de Havana. Se, como dizeis, vós comandais no mar, eu comando em terra. Se tratardes os espanhóis, que por acaso capturardes, como piratas, farei o mesmo com qualquer um do vosso povo que eu venha a capturar. Usarei de boas maneiras, se assim também fizerdes. Sei também agir como soldado, caso a ocasião se ofereça, pois conto aqui com muita gente para tal propósito. Caso exista alguma outra pretensão de vossa parte, podeis executá-la nesta costa. Que Deus vos guarde. Beijo as vossas mãos.

Assinado, Benette Alfonso del Manzano
Trinidado
20 de fevereiro de 1721.

As últimas informações que obtivemos das nossas colônias na América, datadas de 9 de junho de 1724, relatam-nos o seguinte: que o capitão Jones, do navio John and Mary encontrou, no dia 5 do referido mês, nas proximidades dos cabos da Virgínia, uma Guarda del Costa espanhola comandada por um certo Don Benito, que dizia estar autorizado pelo governador de Cuba. Sua tripulação era de sessenta espanhóis, dezoito franceses, dezoito ingleses e um capitão que era tanto inglês quanto espanhol, um tal Richard Holland, que antes pertencera à fragata Suffolk, da qual desertou em Nápoles, asilando-se em um convento. Serviu na frota espanhola sob o almirante Cammock,[15] na guerra do Mediterrâneo. E, após o tratado de deposição de armas com a Espanha, estabeleceu-se com diversos conterrâneos seus (irlandeses) nas Índias Ocidentais Espanholas. Essa Guarda del Costa capturou o navio do capitão Jones, mantendo sua posse do dia 5 até o dia 8, e durante esse tempo ela também tomou o Prudent Hannah, de Boston, cujo comandante era Thomas Mousell, e o Dolphin, de Topsham, cujo comandante era Theodore Bare, ambos carregados e com destino à Virgínia. Enviaram o primeiro destes, com três homens e o imediato sob o comando de um oficial espanhol e de uma tripulação também de espanhóis, no mesmo dia em que foi capturado. O segundo eles levaram consigo, colocando o comandante e toda a tripulação a bordo do navio do capitão Jones. Saquearam este último, apoderando-se de trinta e seis escravos homens, certa quantia de ouro em pó, todas as suas roupas, quatro canhões grandes e pequenas armas, e ainda cerca de quatrocentos galões de rum, além dos mantimentos e estoques, num total de mil e quinhentas libras esterlinas.

I
O capitão Avery e sua tripulação

Jamais algum desses intrépidos aventureiros conseguiu ser tão comentado, e por tanto tempo, quanto o capitão Avery. Produziu ele tanto alarde pelo mundo quanto agora o faz Meriveis.[1] E foi considerado uma pessoa de extrema importância. Na Europa, representavam-no como alguém que chegara até a dignidade de um verdadeiro rei, com capacidade para fundar uma nova monarquia. Dizia-se que ele se apoderara de imensas fortunas, e que se casara com a filha do Gran Mogol,[2] raptada de um navio indiano que ele capturou. E que teve muitos filhos com ela, vivendo em grande fausto e realeza. Que construiu fortalezas, grandes arsenais e que foi senhor de uma poderosa esquadra de navios, manobrados por indivíduos capazes e desesperados, provenientes de todas as nações do mundo. Que distribuía autorizações em seu nome aos capitães dos seus navios e aos comandantes dos fortes, e que por estes era reconhecido como o seu Príncipe. Escreveu-se até uma peça teatral sobre ele, chamada *The Successful Pirate*.[3] Essas histórias conseguiram uma tal credibilidade que diversos planos foram apresentados ao Conselho para a equipagem de uma esquadra para aprisioná-lo, ao passo que muitos outros eram a favor de conceder, a ele e a seus comparsas, um Ato de Clemência, chamando-o para a Inglaterra com todos os seus tesouros, uma vez que o seu crescente poder ameaçava o comércio da Europa com as Índias Orientais.

Entretanto, tudo isso não passava de falsos rumores, aumentados pela credulidade de uns e o senso de humor de outros, que adoram contar coisas bizarras. Pois, enquanto se dizia que ele aspirava à Coroa, na verdade ele estava à cata de pelo menos algum shilling. E ao mesmo tempo que se espalhava ser imensa a sua riqueza em Madagascar, na realidade ele estava passando fome na Inglaterra.

Sem dúvida alguma, o leitor terá curiosidade de saber o que aconteceu com esse homem, e quais seriam os fundamentos para tantos relatos falsos a seu respeito. Por isso, da maneira mais sucinta que puder, irei contar a sua história.

Ele nasceu no oeste da Inglaterra, perto de Plymouth, em Devonshire. Tendo recebido educação para a vida marítima, serviu como imediato num navio mercante em diversas viagens comerciais. Isso foi antes da Paz de Ryswick (1697),[4] quando havia uma aliança entre Espanha, Inglaterra, Holanda &c. contra a França, pois os franceses de Martinico realizavam um comércio de contrabando com os espanhóis do continente, no Peru, o que, pelas leis da Espanha, não é permitido às nações amigas em tempos de paz, pois ninguém, a não ser os espanhóis nativos, têm permissão para comerciar naquela região, ou desembarcar no litoral, a menos que sejam trazidos como prisioneiros. Por isso são mantidos navios constantemente circulando ao longo da costa, chamados Guarda del Costa, com ordens de apreender quaisquer embarcações que possam ser localizadas dentro do limite de trinta quilômetros da terra. Com os franceses mostrando-se cada vez mais audaciosos no comércio, e os espanhóis dispondo de pouquíssimos navios — e os que possuíam, sem poder algum —, frequentemente acontecia que ao localizarem os contrabandistas franceses eles não contavam com uma força suficiente para atacá-los. Por isso a Espanha resolveu contratar dois ou três navios estrangeiros poderosos para o seu serviço. Ao saberem disso em Bristol, alguns comerciantes daquela cidade equiparam dois navios, cada qual com trinta e poucos canhões e cento e vinte tripulantes, bem abastecidos de provisões e munição, e com todos os demais estoques necessários. E, uma vez aprovado o contrato por alguns agentes da Espanha, os navios receberam ordens para navegar com destino a Corunna (Groine) para ali serem instruídos e tomarem como passageiros alguns cavalheiros espanhóis que iam para a Nova Espanha.[5]

Em um daqueles navios — que segundo acredito, chamava-se Duke, comandado pelo capitão Gibson — Avery estava como primeiro imediato. Sendo um indivíduo mais astucioso do que propriamente de coragem, ele soube insinuar-se nas boas relações com vários tripulantes dentre os mais corajosos, a bordo de ambos os navios. Sondando as inclinações deles antes de revelar suas verdadeiras intenções, e percebendo que eles estavam maduros para os seus desígnios, finalmente lhes propôs fugirem com o navio, falando-lhes sobre a imensa fortuna que poderiam obter nas costas da Índia. Mal acabou de falar e já todos concordavam, ficando resolvido que a conspiração seria executada às dez horas da noite seguinte.

Deve-se notar que o comandante era daqueles profundamente dados ao vício do ponche, tanto que a maior parte do tempo ele passava em terra, bebendo em alguma pequena taverna. Entretanto, naquele dia, contrariando o costume, ele não foi para terra, o que contudo não atrapalhou o plano, pois ele ficou bebendo as suas doses usuais a bordo mesmo, e assim, foi deitar-se antes da hora combinada para o negócio. Os homens que não estavam informados sobre a conspiração também foram para os seus catres, não ficando ninguém no convés além dos conspiradores. Os quais, diga-se de passagem, constituíam a maioria da tripulação. Na hora combinada, o escaler do Duchess surgiu e, a um sinal combinado de Avery, os homens que se encontravam nele deram a senha: "Seu comandante bêbado está a bordo?" À resposta afirmativa de Avery, dezesseis homens muito fortes subiram a bordo e se juntaram ao grupo.

Quando o nosso pessoal viu que estava tudo em ordem, aferrolharam os alçapões e puseram-se ao trabalho. Não recolheram a âncora, mas sim deixaram que esta pendesse solta, para que dessa forma pudessem ir para o mar sem qualquer distúrbio ou perturbação, apesar de vários navios estarem naquele momento ancorados na baía, entre os quais uma fragata holandesa de quarenta canhões, cujo capitão recebera uma grande oferta para que acompanhasse o navio em sua viagem. Porém Mynheer, certamente não pretendendo encarregar-se de tal missão, e também não podendo convencer algum outro navio a fazer o trabalho, permitiu que o sr. Avery seguisse sua viagem, para onde tivesse a intenção de ir.

O capitão, que nesse meio-tempo acordou, quer pelo movimento do navio, quer pelo barulho nos cordames, tocou a sineta. Avery e mais dois outros chegaram até a cabine, e o capitão, ainda meio dormindo e numa espécie de pavor perguntou: "O que é isso?" Avery respondeu friamente: "Nada." Ao que o capitão replicou: "Está acontecendo alguma coisa com o navio, ele está à deriva? Como está o tempo?" — achando que certamente estava havendo uma tempestade, e que o navio fora arrastado do ancoradouro. Avery respondeu: "Não, não. Estamos em alto-mar, com vento favorável e o tempo está muito bom." Exclamou o capitão: "Em alto-mar! Como é possível?" E Avery: "Vamos, não fique tão apavorado. Olha, vista-se, que vou lhe contar um segredo: Você precisa saber que agora eu é que sou o comandante deste navio, e que esta é a minha cabine, e que por isso você deve dar o fora daqui. Nosso destino é Madagascar, onde vou fazer a minha própria fortuna, e todos os companheiros de coragem estão comigo."

O capitão, que ainda não recobrara totalmente os sentidos, só então começou a entender o que se passava. Mas o seu pavor continuava tão grande como antes, e Avery, percebendo isso, disse-lhe que nada temesse; "Pois", falou, "se o senhor quiser se juntar a nós, nós o aceitaremos, e se ficar sóbrio e cuidar das suas coisas, talvez oportunamente eu o torne um dos meus tenentes. Se não, tem um escaler preparado e o senhor poderá voltar nele para terra."

O capitão gostou de ouvir essa proposta, e a aceitou. Chamou-se então toda a tripulação para saber quem queria voltar para a terra, com o capitão, e quem preferia ficar e buscar sua fortuna com os demais. Não mais do que cinco ou seis homens apenas mostraram-se desejosos de abandonar o navio. Pelo que, foram no mesmo instante postos no escaler, com o capitão, dirigindo-se para o litoral do jeito que puderam.

O navio seguiu viagem para Madagascar, porém parece-me que eles não capturaram nenhum navio pelo caminho. Ao chegarem à região nordeste da ilha, deram com duas chalupas ancoradas na costa. Os homens que lá se encontravam largaram imediatamente os cabos e correram para terra, embrenhando-se no mato. As embarcações tinham sido usadas por eles para fugirem das Índias Ocidentais. Ao verem o barco de Avery, acharam que devia tratar-se de alguma fragata enviada para prendê-los e assim, sabendo que não dispunham de força suficiente para enfrentá-la, fizeram o possível para se salvar.

Imaginando onde poderiam estar, Avery enviou alguns de seus homens para informá-los que eram amigos e propor-lhes que ficassem juntos em nome da segurança comum. Os homens das chalupas estavam bem armados e se haviam embrenhado num bosque deixando sentinelas para observar se o navio iria desembarcar os seus homens para persegui-los. Ao verem apenas dois ou três caminhando em sua direção, e desarmados, não lhes opuseram resistência. Mas deram-lhes ordens para se identificar, e a resposta foi que eram amigos. Então os conduziram até o seu grupo, onde a mensagem foi transmitida. A princípio acharam que podia ser uma armadilha para prendê-los, quando estivessem a bordo, mas à proposta dos embaixadores, de que o próprio capitão e alguns tripulantes, citados nominalmente, estavam dispostos a encontrá-los sem armas na praia, eles acreditaram na sua seriedade e imediatamente se estabeleceu uma mútua confiança: os que estavam a bordo desceram à praia, e alguns dos que estavam na praia subiram a bordo.

Os homens das chalupas comemoraram a nova aliança, pois as suas embarcações eram pequenas demais para atacar algum navio, de qualquer potência que fosse, tanto que até então não haviam capturado nenhuma presa considerável. Mas agora esperavam poder voar bem mais alto. Avery também gostou daquele reforço, que vinha aumentar a sua capacidade para algum empreendimento mais audacioso, e não obstante o butim tivesse de diminuir para cada um, tendo de dividir-se em muito mais partes, mesmo assim ele descobriu um expediente para que ele próprio não levasse prejuízo por isso, como será demonstrado oportunamente.

Tendo todos deliberado o que fazer, decidiu-se que a galera e as duas chalupas largariam velas numa viagem de exploração. Assim, lançaram-se todos à preparação das duas chalupas para a viagem, partindo em seguida em direção às costas da Arábia. Ao chegarem perto do rio Indus, o vigia do mastro principal avistou velas ao longe, e imediatamente eles iniciaram a perseguição. Aproximando-se mais, perceberam que o navio era de grande altura, e acharam que poderia ser algum navio holandês retornando das Índias Orientais. Porém logo descobriram que a presa ainda era maior. Quando deram tiros para rendê-la, ela içou a bandeira do Mogol, aparentando ficar na defensiva. Avery atirou com seus canhões apenas de longe, pelo que alguns dos seus homens desconfiaram que ele afinal não era aquele herói que esperavam. Entretanto, as chalupas não perderam tempo e, chegando uma até a proa e a outra ao tombadilho,[6] chocaram-se com o casco[7] e invadiram o navio, que imediatamente recolheu sua bandeira e se entregou. O navio pertencia à frota pessoal do Mogol, e nele se encontravam vários dos mais importantes membros da sua corte, entre os quais, dizia-se, uma de suas filhas, em viagem de peregrinação a Meca — pois os maometanos são obrigados a fazer, pelo uma vez na vida, uma visita àquele local. E levavam ricas oferendas para colocarem no túmulo de Maomé. Como se sabe, os povos orientais costumam viajar em grande magnificência, e assim, vinham com todos os seus escravos e criados, riquíssimos vestuários e joias, jarros de ouro e prata, e ainda, grandes somas de dinheiro para arcarem com suas despesas em terra. Pelo que, o que se conseguiu saquear ali dificilmente poderá ser contabilizado.

Depois de transportarem todo o tesouro para os seus navios, e de despojarem a presa de tudo o mais que admirassem ou cobiçassem, eles deixaram o navio partir. Como este não tinha mais condições para prosseguir viagem, teve de retornar. Tão logo as notícias chegaram até o Mogol, e este ficou sabendo que o roubo fora praticado por ingleses, fez grandes ameaças, declarando que iria enviar um poderoso exército, armado com espadas e armas de fogo, para expulsar os ingleses de todos os seus povoados na costa indiana. A Companhia das Índias Orientais, na Inglaterra, ficou grandemente alarmada. Entretanto, pouco a pouco foi encontrando meios para pacificar o Mogol, prometendo envidar todos os esforços possíveis para prender os ladrões e entregá-los nas suas mãos. Em todo o caso, o grande alarde que a notícia provocou na Europa, como também na Índia, foi o que ocasionou a criação de todas essas histórias românticas a respeito da grandeza de Avery.

Enquanto isso, os nossos bem-sucedidos saqueadores eram de opinião que se devia fazer tudo para retornar a Madagascar, estabelecendo ali um local para armazenar seus tesouros, com a construção de uma pequena fortaleza, e deixando sempre na praia alguns homens para vigiá-la e defendê-la de possíveis assaltos dos nativos. Mas Avery rejeitou o projeto, achando-o desnecessário.

Enquanto eles seguiam seu caminho, como foi dito, Avery enviou um escaler até cada uma das chalupas, solicitando a vinda de seus chefes a bordo do navio para realizarem um conselho. Assim fizeram, e ele lhes declarou ter uma proposta, em nome do bem comum, relativa às medidas necessárias de precaução contra acidentes. Propôs que considerassem bem se os tesouros que possuíam eram suficientes para todos, e se poderiam responder pela sua segurança em algum local, ou alguma praia. Caso contrário, tudo que tinham a temer seria que alguma desgraça acontecesse aos tesouros durante a viagem. Sugeriu-lhes que examinassem bem as consequências de se verem, de uma hora para outra, separados uns dos outros pelo mau tempo, caso em que as chalupas — se caíssem em poder de algum navio de guerra,[8] qualquer uma delas — ou seriam apreendidas, ou naufragariam, e os tesouros que levavam a bordo seriam fatalmente perdidos para todos. Isto, para não mencionar os acidentes que costumam acontecer no mar. Ele, por sua parte, dispunha de força suficiente para enfrentar qualquer barco que lhe surgisse à frente, nos mares; e se algum se mostrasse acima das suas possibilidades, e ele não pudesse capturá-lo, tampouco o poderiam capturar a ele, uma vez que contava com uma tripulação tão capacitada como a sua. Além disso, o seu navio navegava em grande velocidade, e podia desfraldar velas quando as chalupas não o podiam. Pelo exposto, o que lhes recomendava era que colocassem todos os tesouros a bordo do seu navio, lacrando cada cofre com três selos, um selo para cada um deles. E propunha também combinarem um ponto de encontro, para o caso de uma consequente separação entre as embarcações.

Depois de examinarem bem a proposta, a acharam tão razoável que prontamente concordaram, raciocinando que de fato poderia ocorrer algum acidente com uma das chalupas, enquanto a outra pudesse escapar, pelo que aquela medida era pelo bem de todos. A proposta foi concretizada conforme o combinado, os tesouros foram transportados para o navio de Avery e os cofres, devidamente selados. Eles navegaram juntos naquele dia e no dia seguinte com tempo bom. Nesse ínterim, Avery ficou tramando com seus companheiros, dizendo-lhes que agora sim, dispunham do suficiente para viver folgadamente, pois o que os impediria de ir para algum país onde ninguém os conhecesse, e viver na abundância, nas praias, pelo resto dos seus dias? Todos compreenderam o que ele insinuava, e concordaram em ludibriar os novos aliados, os homens das chalupas. Acho que nenhum sentiu a menor náusea percorrer-lhe o estômago, diante daquela desonra, e que o fizesse desistir daquele ato de traição. Em resumo, eles se aproveitaram da escuridão da noite, mudaram o rumo para outra direção e, pela manhã, já não mais podiam ser vistos.

Vamos deixar que o leitor imagine as pragas e a balbúrdia que reinaram entre o pessoal das chalupas pela manhã, ao perceberem que Avery lhes pregara uma peça. Pois logo puderam ver, pelas boas condições do tempo e a rota que tinham combinado, que a coisa só poderia ter sido proposital. Mas devemos deixá-los agora, passando a acompanhar o sr. Avery.

Avery e os seus homens, após deliberarem qual destino a tomar, chegaram a uma resolução: a de procurarem o melhor meio de chegar à América. Como nenhum deles era conhecido naquelas regiões, a intenção era repartir os tesouros, trocar os seus nomes, desembarcar em diferentes partes do litoral, comprar casas e então passar a viver folgadamente. A primeira terra a que chegaram foi a ilha de Providence, recentemente colonizada. Ali ficaram por algum tempo. Até que, refletindo que quando eles chegassem à Nova Inglaterra, as grandes proporções do navio haveriam de provocar muitas perguntas; e que, possivelmente, algumas pessoas da Inglaterra, já tendo ouvido contar a história do navio roubado em Groine, poderiam suspeitar serem eles os autores do roubo; em vista disso, eles resolveram colocar à venda o navio, em Providence. Avery, pretendendo que ele fora equipado particularmente como um navio corsário, no que não fora bem-sucedido, declarou ter recebido ordens dos proprietários para que dispusesse do barco da melhor forma possível, e logo encontrou um comprador. Imediatamente, ele próprio comprou uma chalupa.

Nessa chalupa, ele e seus companheiros embarcaram, parando em diversos pontos da América onde ninguém suspeitava deles. Alguns foram para terra, e ali se dispersaram pelo país, depois de receberem os dividendos que Avery lhes deu. Pois ele escondeu a maior parte dos diamantes consigo, já que na pressa do saque destes não prestaram muita atenção à quantidade e tampouco conheciam o seu valor.

Finalmente chegou a Boston, na Nova Inglaterra, aparentemente com a intenção de se estabelecer ali. Alguns companheiros também desembarcaram, mas ele acabou mudando de ideia. Propôs aos poucos homens que ainda o acompanhavam navegarem rumo à Irlanda. Todos concordaram. Achava que a Nova Inglaterra não era o lugar adequado, pois uma grande parte da sua riqueza era em diamantes e se os exibisse ali, com toda certeza seria preso como suspeito de pirataria.

Em sua viagem à Irlanda, eles evitaram passar pelo canal de São George, desembarcando num dos portos ao norte daquele reino. Venderam o navio e, chegando até a praia, ali se separaram, alguns indo para Cork, outros para Dublin. Dentre esses, dezoito obtiveram, mais tarde, o perdão concedido pelo rei William. Depois que Avery permaneceu por algum tempo naquele reino, começou a sentir medo de colocar os seus diamantes à venda, pois uma investigação sobre a maneira como foram obtidos poderia levar à descoberta de tudo. Assim, refletindo consigo mesmo o melhor a fazer, lembrou-se de que em Bristol viviam algumas pessoas nas quais ele poderia arriscar-se a confiar. Imediatamente resolveu atravessar para a Inglaterra. Assim que chegou lá, foi a Devonshire, onde mandou um recado para um desses amigos encontrá-lo na cidade de Biddiford. Encontrando-se com ele e consultando-o sobre os meios de dispor da sua mercadoria, ambos chegaram à conclusão de que o melhor seria colocá-la nas mãos de alguns comerciantes que ele conhecia e que, sendo homens ricos e com crédito na sociedade, não provocariam nenhuma investigação a respeito. Aquele amigo lhe revelou ser muito íntimo de alguns deles, que eram mais indicados para o negócio, e se lhes fosse concedida uma boa comissão, realizariam a coisa de forma bem confiável. A proposta agradou a Avery, que também não via outro modo de conduzir os seus negócios, visto que não podia aparecer neles pessoalmente. Assim, seu amigo retornou a Bristol e apresentou a questão aos comerciantes. Estes seguiram para Biddiford, para encontrar-se com Avery. Ali, depois de muitos argumentos em favor de sua honradez e integridade, Avery lhes entregou sua mercadoria, que consistia em diamantes e alguns vasos de ouro. Os comerciantes lhe deram um pouco de dinheiro, para sua subsistência por aquele momento. E se foram embora.

Avery trocou de nome e viveu em Biddiford sem chamar atenção, e assim quase não foi percebida a sua presença ali. Entretanto, deixou que uns poucos conhecidos seus soubessem do seu paradeiro, e eles vieram vê-lo. Em pouco tempo, o seu dinheiro acabou, e ele continuava sem qualquer notícia dos comerciantes. Escreveu-lhes muitas cartas e, ao cabo de muitos incômodos, eles acabaram enviando-lhe uma pequena soma, o bastante apenas para ele saldar as suas dívidas. Resumindo, as quantias que lhe enviavam, de tempos em tempos, eram tão escassas que nem para o pão eram suficientes, e tampouco podia obtê-las senão à custa de muitos problemas e incômodos. Pelo que, cansado daquela vida, ele foi em segredo a Bristol entender-se pessoalmente com os comerciantes. Mas lá, ao invés de dinheiro, o que ele recebeu foi uma violenta rejeição. Pois quando quis que lhe prestassem contas, eles o fizeram calar-se, ameaçando denunciá-lo. Assim, os nossos comerciantes se revelaram tão bons piratas em terra quanto ele havia sido nos mares.

Não se sabe se ele se amedrontou com as ameaças, ou se viu alguém que achou que o reconhecia, o certo é que ele partiu imediatamente para a Irlanda, de onde ficava insistentemente pedindo dinheiro aos comerciantes, mas sem qualquer resultado, pois chegou mesmo a ver-se reduzido à mendicância. Naquela situação extrema, decidiu voltar e atacá-los, fossem quais fossem as consequências. Embarcou num navio mercante para Plymouth, pagando a sua passagem com trabalho, e dali foi a pé até Biddiford onde, apenas alguns dias depois, ficou doente e morreu, sem merecer ao menos que lhe comprassem um caixão.

Assim, apresentei tudo o que me foi possível reunir com alguma certeza a respeito desse homem, rejeitando as histórias infundadas que se criaram sobre a sua fantástica grandeza, e pelas quais fica demonstrado que as suas ações foram mais inconsequentes que a de outros piratas depois dele, embora provocassem maior alarde pelo mundo.

E agora retornaremos para oferecer aos nossos leitores alguma informação sobre o que se passou com as duas chalupas.

Referimo-nos ao ódio e à confusão que certamente tomaram conta deles, ao darem pelo desaparecimento de Avery. Prosseguiram no seu curso, alguns ainda animando-se uns aos outros, dizendo que ele apenas os ultrapassara durante a noite e que com certeza iriam encontrá-lo no local combinado. Mas ao chegarem lá, sem quaisquer notícias sobre ele, as esperanças se extinguiram. Era hora de pensar no que fazer, eles mesmos: todo o estoque de mantimentos estava quase acabado e, não obstante haver arroz e peixe, e aves que se poderiam abater na praia, ainda assim a quantidade não seria suficiente para se manterem no mar sem se abastecerem adequadamente de sal, o que não era possível fazer ali. Assim, já que não mais podiam sair circulando pelos mares, era tempo de pensar em se estabelecerem em terra. E com esse propósito, retiraram tudo das chalupas, fabricaram barracas com as velas e armaram um acampamento. Era grande a quantidade de munição e de pequenas armas de que dispunham.

Ali encontraram vários conterrâneos, da tripulação de um navio corsário comandado pelo capitão Thomas Tew. E, uma vez que isto constituirá apenas uma pequena digressão, vou relatar como eles chegaram até lá.

O capitão George Dew e o capitão Thomas Tew tinham sido autorizados pelo então governador das Bermudas a levarem seus navios diretamente até o rio Gâmbia, na África, onde, com a assessoria e a assistência dos agentes da Royal African Company, tentariam ocupar uma fábrica francesa em Goorie (Goree), que ficava no litoral.[9] Poucos dias após a partida, durante uma violenta tempestade, Dew não só viu rachar-se o mastro do seu navio, como também perdeu de vista o companheiro. Assim, teve de retornar para fazer reparos na embarcação, enquanto Tew, ao invés de prosseguir viagem, dirigiu-se para o cabo da Boa Esperança, que contornou, direcionando então o seu curso para o estreito de Babel Mandel [*Bab el Mandeb*], que é a entrada para o mar Vermelho. Lá ele se deparou com um grande navio, ricamente carregado, viajando da Índia para a Arábia, e com trezentos soldados a bordo além dos marinheiros. Mesmo assim, Tew teve a audácia de abordá-lo, dominando-o logo. E dizem que, com aquela presa, os homens dividiram cerca de três mil libras para cada um. Conseguiram dos prisioneiros a informação de que outros cinco navios, com carregamentos igualmente ricos, iriam passar por ali, e seguramente Tew os teria atacado, mesmo sendo eles muito poderosos, não fosse dissuadido disso pelo contramestre e por outros tripulantes. Essa desavença de opiniões criou um certo clima rancoroso entre eles, tanto que resolveram acabar com a pirataria. Nenhum lugar seria mais apropriado para recebê-los do que Madagascar, e foi para lá que se dirigiram, decidindo viver nas praias e desfrutar o que haviam ganho.

Quanto a Tew pessoalmente, em pouco tempo, com alguns outros, embarcou para Rhode Island, para viver em paz dali por diante.

Assim descrevemos a companhia que os nossos piratas acabaram encontrando.

Deve-se observar que os nativos de Madagascar são negros, porém de uma espécie diferente dos da Guiné: o cabelo é comprido e a tez não é negro azeviche. Organizam-se em pequenos principados numerosos, que estão constantemente fazendo guerra uns aos outros. Escravizam os seus prisioneiros e, ou bem os vendem, ou os matam, segundo sua disposição de ânimo no momento. A primeira vez que os nossos piratas se estabeleceram ali, a aliança com eles foi algo que aqueles príncipes muito desejaram, de forma que às vezes os piratas se associavam a um determinado príncipe, outras vezes a um outro, mas, de qualquer lado que se colocassem, sempre saíam vitoriosos. Pois os negros não tinham armas de fogo, e nem sabiam como usá-las. Tanto que, por fim, os piratas se tornaram figuras tão terríveis para eles que, ao entrarem em guerra entre si, o fato de haver mesmo que apenas dois ou três piratas dando apoio a um dos lados fazia com que o outro fugisse imediatamente, sem desferir nem um só golpe.

Dessa forma eles se tornaram não apenas temidos, como também poderosos. Todos os prisioneiros eram escravizados. Tomaram como esposas as mais belas negras, não uma ou duas, porém quantas desejassem. E tantas que cada um deles dispunha de um harém tão vasto quanto o do Grande Senhor de Constantinopla. Empregavam os escravos na plantação de arroz, na pesca, na caça etc., além de, para se garantirem contra possíveis ataques de seus poderosos vizinhos, darem também proteção a muitos outros nativos, os quais por esse motivo retribuíam-lhes prestando-lhes espontâneas homenagens. Até que começou a se verificar uma divisão entre os próprios piratas, cada qual indo viver com suas esposas, seus escravos e dependentes, como um verdadeiro príncipe, separado dos demais. E, como o poder e a fartura naturalmente geram as contendas, algumas vezes eles brigavam um com o outro, atacando-se reciprocamente diante de seus numerosos exércitos. E muitos foram mortos nessas guerras civis. Porém um acidente sucedeu que os forçou a se unirem novamente, em nome da salvação comum.

Deve-se observar que esses homens, tornados grandes de uma hora para outra, usavam o poder como verdadeiros tiranos, e foram ficando cada vez mais desumanos em sua crueldade. Nada mais comum entre eles do que, pela mais simples ofensa, mandarem amarrar a uma árvore algum dos seus dependentes e o matarem com um tiro no coração, qualquer que fosse a espécie de crime cometido, leve ou grave. Era essa sempre a punição. Diante disso, os negros tramaram uma conspiração para, numa única noite, livrarem-se daqueles depredadores. E como agora eles viviam separados, a coisa poderia ter sido facilmente executada, não fosse uma mulher, que fora esposa ou concubina de um deles, ter corrido em três horas quase trinta quilômetros para revelar-lhes o plano. Imediatamente após o aviso eles se juntaram o mais depressa que podiam, de modo que quando os negros chegaram lá encontraram-nos completamente em guarda. Assim, bateram em retirada, sem nada tentar.

O fato de conseguirem escapar fez com que dali em diante eles ficassem muito mais cautelosos. Vale a pena descrever aqui a política desses homens brutais, e as medidas que tomaram para se garantirem.

Descobriram que o medo que despertava o seu poder não constituía nenhuma segurança contra um possível ataque de surpresa: quando está dormindo, o mais corajoso homem pode ser morto por qualquer um, por pior que seja, em coragem e força. Por isso, sua primeira medida de segurança foi fazer tudo para fomentar as guerras entre os negros vizinhos, enquanto para si mantinham sempre a neutralidade. Assim, era frequente que os derrotados corressem para eles em busca de proteção, para não serem mortos ou escravizados. E eles apoiavam aquele determinado partido, forçando alguns membros a se comprometerem, por interesse. Quando não estava havendo nenhuma guerra, ficavam maquinando algum modo de incitarem uma disputa qualquer entre eles e, ao menor desentendimento, faziam que um lado ou o outro se vingasse, ensinando-os como atacar ou surpreender os adversários, e emprestando-lhes pistolas ou mosquetes carregados para darem cabo uns dos outros. A consequência disso era que o assassino era forçado a procurar refúgio entre eles, para salvar a sua vida, e das suas mulheres, filhos e parentes.

E esses então se tornavam amigos fiéis, uma vez que as suas vidas dependiam da segurança daqueles protetores. Pois, como observamos antes, nossos piratas tinham se tornado de tal forma terríveis que nenhum dos vizinhos era suficientemente audacioso para atacá-los em uma guerra declarada.

Com semelhantes artimanhas, e no decorrer de alguns anos, o grupo deles aumentou muito. Então começaram a se separar, distanciando suas moradias cada vez mais uma da outra, pretendendo necessitarem de mais espaço para si, e se dividiram assim como os judeus, em tribos, cada qual carregando consigo mulheres, filhos (por essa época eles já contavam com famílias muito numerosas), e também a sua cota de dependentes e de seguidores. E, se o poder e o comando servem para distinguir um príncipe, então aqueles rufiões portavam consigo todas as marcas da realeza, e até mais que isso, pois sofriam dos mesmos temores que comumente afetam os tiranos, como se pode constatar pelo extremo cuidado com que fortificavam suas moradias.

Quanto ao plano dessas fortificações, eles se copiavam uns aos outros. Suas residências eram mais propriamente cidadelas do que casas. O lugar que escolhiam era sempre cercado de florestas, próximo a algum lago, ou rio, enfim, alguma fonte de água. Ao redor, construíam uma muralha tão vertical e alta que seria impossível escalá-la, principalmente quem não dispunha de escadas de assalto. Sobre aquela muralha, faziam uma passagem para a selva. A residência, que na verdade era apenas uma cabana, situava-se naquela parte da floresta considerada mais adequada pelo príncipe morador, porém ficava tão encoberta pela vegetação que ninguém podia vê-la antes de chegar bem perto. Mas a maior demonstração de astúcia era o caminho que levava até a cabana, tão estreito que só uma pessoa roçando-lhe ambos os lados podia caminhar por ele, e concebido de maneira tão intrincada que na verdade constituía um confuso labirinto, dando voltas e mais voltas, e com diversos cruzamentos. Assim, alguém que não conhecesse bem o caminho poderia ficar andando ali, para lá e para cá, por horas e horas, sem conseguir encontrar a cabana. Além disso, por todos os lados dessas estreitas passagens eram fincados no chão longos espinhos de uma determinada árvore da região, com a ponta em riste para cima, e, como o traçado do caminho era recurvo e serpenteante, se alguém pretendesse chegar à cabana durante a noite, certamente seria atingido por um deles, mesmo que contasse com a mesma chave que Ariadne deu a Teseu, quando este penetrou na gruta do Minotauro.

E assim viviam todos lá, como verdadeiros tiranos, a tudo temendo e por todos temidos. E nessa situação foram encontrados pelo capitão Woodes Rogers, quando este foi a Madagascar a bordo do Delicia — um navio de quarenta canhões destinado à compra de escravos — a fim de vendê-lo aos holandeses na Batávia, ou na Nova Holanda.[10]

Aconteceu de ele aportar a uma região da ilha em que, nos últimos sete ou oito anos, jamais navio algum fora visto, encontrando alguns piratas que, por aquele tempo, já se encontravam ali havia mais de vinte e cinco anos, agora com uma variegada descendência de filhos e netos, onze dos quais ainda estão vivos.

Quando viram aquela embarcação de tamanha potência e tantos carregamentos, acharam que seria algum navio de guerra enviado para prendê-los. Por isso, correram a esconder-se em suas fortalezas. Mas, quando alguns homens do navio desembarcaram na praia sem darem qualquer sinal de hostilidade, e ainda oferecendo-se para comerciar com os negros, então eles se aventuraram a sair de suas tocas, cercados por seus criados, assim como uns verdadeiros príncipes. E, uma vez que de fato eram reis, por uma espécie de direito adquirido, é assim que temos de falar sobre eles.

Pode-se bem imaginar que, tendo passado tantos anos naquela ilha, suas roupas há muito se haviam rasgado, tanto que Suas Majestades tinham os cotovelos de fora. Não posso dizer que estivessem propriamente esfarrapados, visto que não eram roupas de verdade o que vestiam: cobriam-se apenas com couros de animais, crus e com toda pelagem. Não tinham sapatos ou meias, parecendo-se com a figura de Hércules com a pele do leão. E também, com as barbas e os cabelos crescidos, seu aspecto era o mais selvagem que a imaginação humana pode conceber.

Entretanto, logo eles puderam recompor-se, pois barganharam muitos daqueles coitados que subjugavam por roupas, facas, serras, pólvora, balas, e tantas outras coisas. E se mostraram tão à vontade que decidiram subir a bordo do *Delicia*, sempre tantas curiosos a respeito de tudo, examinando todo o interior do navio, e também amigáveis com os tripulantes, a quem convidaram para visitá-los em terra. Seu propósito, como mais tarde confessariam, era tomar de surpresa o navio durante a noite, o que pensavam que seria fácil pois a guarda de bordo era insuficiente, e eles dispunham de barcos e de muitos homens sob o seu comando. Mas parece que o capitão estava ciente da sua intenção, pois manteve uma vigilância tão cerrada no convés que eles concluíram que seria vã qualquer tentativa nesse sentido. Diante disso, ao desembarcarem alguns tripulantes, eles procuraram engodá-los, propondo-lhes uma conspiração para sequestrar o capitão e prender o resto dos homens debaixo dos alçapões quando estes fossem fazer a vigia noturna. Ficaram de lhes dar um sinal para subirem a bordo e se juntarem a eles. Caso fossem bem-sucedidos, a ideia era saírem juntos pelos mares, praticando a pirataria. Sem dúvida que com um navio daqueles eles seriam capazes de capturar qualquer coisa que encontrassem pelo mar. Porém o capitão, observando a crescente intimidade entre os piratas e alguns dos tripulantes, concluiu que aquilo não poderia visar nada de bom, e assim pôs-lhe um ponto final antes que fosse tarde, e não permitiu mais qualquer comunicação entre eles. E quando enviou à praia um barco com um oficial para negociar a venda de escravos, a tripulação teve de permanecer no barco, não se permitindo que ninguém mais se entendesse com eles, a não ser a pessoa designada para isso.

Antes que o barco partisse, e vendo que nada poderiam fazer, eles confessaram os desígnios que tinham contra o capitão. E assim, o capitão deixou-os da mesma forma que os encontrou, ou seja, no mesmo estado de realeza e de imundície e com muito menos súditos do que antes pois, como observamos há pouco, vários foram vendidos. E, se a ambição costuma ser a paixão preferida dos homens, não há dúvida de que eles eram felizes. Um daqueles grandes príncipes havia sido antes barqueiro no Tâmisa de onde, depois de cometer um assassinato, escapou para as Índias Ocidentais. Fazia parte do grupo que fugiu com as chalupas. O restante compunha-se de antigos vigias de mastro. Entre eles não havia um só que soubesse ler ou escrever, e tampouco os seus secretários de Estado tinham mais instrução. E é este o relato que podemos fazer sobre aqueles reis de Madagascar, alguns dos quais provavelmente ainda estejam reinando em nossos dias.

O pirata Barba Negra

II

O capitão Teach, conhecido como Barba Negra

Edward Teach era natural de Bristol. Nasceu ali, mas por certo tempo velejou em navios corsários a serviço da Jamaica, durante a última guerra contra os franceses. Entretanto, embora muitas vezes ele se distinguisse pela audácia e a coragem pessoal incomuns, jamais chegou a um posto de comando. Isto, até iniciar os seus atos de pirataria, o que creio ter acontecido em fins do ano 1716, quando o capitão Benjamin Hornigold colocou-o para comandar uma chalupa que havia capturado. A parceria deles prosseguiu até pouco antes de Hornigold se render.

Na primavera do ano de 1717, Teach e Hornigold zarparam da ilha de Providence para o continente da América, e pelo caminho capturaram uma chalupa procedente de Havana, com 120 barris de farinha de trigo, e também outra das Bermudas, comandada por Thurbar, de quem levaram apenas alguns galões de vinho, deixando-o depois seguir seu rumo. E também apreenderam um navio da ilha da Madeira com destino à Carolina do Sul, no qual fizeram pilhagens de valor considerável.

Após limparem as costas da Virgínia, retornaram às Índias Ocidentais e, na latitude 24, tomaram um navio de grande porte da Guiné Francesa, com destino a Martinico onde, com o assentimento de Hornigold, Teach assumiu o comando como capitão, iniciando um cruzeiro na embarcação. Hornigold voltou com sua chalupa para Providence e ali, quando da chegada do capitão Rogers, o governador, ele aceitou o Ato de Clemência do rei, conforme a proclamação.

Já no comando de sua embarcação da Guiné, Teach equipou-a com quarenta canhões, trocando o seu nome para Queen Ann's Revenge.* Vagueou pelas proximidades da ilha de São Vicente, capturando outro grande navio, o Great Allen, comandado por Christopher Taylor. Os piratas saquearam tudo o que lhes interessava, desembarcaram toda a tripulação na mencionada ilha, e em seguida o incendiaram.

Alguns dias mais tarde, Teach deparou-se com a fragata Scarborough, de trinta canhões, que o enfrentou em combate por algumas horas. Mas vendo que os piratas se defendiam muito bem, mesmo tendo usado toda sua munição, a fragata desistiu da luta e retornou para Barbados, onde costumava ficar estacionada. E Teach se dirigiu para a América espanhola.

Pelo caminho encontrou com um navio pirata de dez canhões, comandado por um certo major Bonnet (que mais tarde tornou-se um cavalheiro de boa reputação e proprietário na ilha de Barbados), e ao qual ele se juntou. Porém poucos dias depois, achando que Bonnet nada entendia da vida no mar, colocou outro homem, chamado Richards, para comandar a chalupa, com o consentimento dos próprios tripulantes. E levou Bonnet para o seu navio, dizendo-lhe que, já que não estava acostumado às fadigas e aos cuidados de um posto como aquele, seria melhor ele renunciar a ele, vivendo mais folgadamente e à vontade ali naquele outro navio, onde ninguém o forçaria a realizar as obrigações necessárias a uma viagem marítima.

Em Turniff, a sessenta quilômetros da baía de Honduras, os piratas se abasteceram de água fresca. E enquanto desciam âncora ali, avistaram um barco aproximando-se, ao que Richards, na chalupa Revenge, recolheu as amarras e apressou-se a enfrentá-lo. Este, assim que viu hasteada a bandeira negra, baixou suas velas e se rendeu ao implacável capitão Teach. O barco chamava-se Adventure e era da Jamaica, sob o comando de David Harriot. Teach conduziu este e os seus homens ao seu navio, e mandou certo número de tripulantes com Israel Hands, contramestre do navio de Teach, para dirigirem a chalupa em outras ações de pirataria.

No dia 9 de abril eles levantaram âncora de Turniff, depois de permanecerem ali por cerca de uma semana, e velejaram para a baía. Ali avistaram um navio e quatro chalupas, três das quais pertencentes a

---

* "Vingança da Rainha Ann". (N.T.)

Jonathan Bernard, da Jamaica, e a outra ao capitão James. O navio procedia de Boston, chamava-se Protestant Caesar, e tinha o comando do capitão Wyar. Teach içou a sua bandeira negra e disparou um canhão, ao que o capitão Wyar e todos os seus homens imediatamente abandonaram o navio em um escaler, e foram para terra. O contramestre de Teach e mais oito homens de sua tripulação tomaram posse do navio de Wyar, e Richard se encarregou das chalupas, uma das quais foi incendiada, por ódio a seu dono. Também incendiaram o Protestant Caesar, depois de saqueá-lo, porque ele era de Boston, local onde alguns homens haviam sido enforcados por pirataria. E às três chalupas pertencentes a Bernard eles deram permissão para irem-se embora.

Dali em diante, os bandidos velejaram para Turkill, depois para Grand Caimanes, pequena ilha a cerca de cento e oitenta quilômetros a oeste da Jamaica, onde capturaram um pequeno pesqueiro de tartarugas, e em seguida para Havana, para as carcaças das Bahamas, seguindo dali para a Carolina, e pelo caminho capturando um brigue e duas chalupas. Fizeram uma parada de cinco ou seis dias ao largo da baía de Charles-Town. Ali capturaram um navio com destino a Londres, comandado por Robert Clark, assim que este zarpava para a Inglaterra, com alguns passageiros a bordo. No dia seguinte, apossaram-se de uma outra embarcação que saía de Charles-Town, e mais dois pesqueiros que se dirigiam para lá. E mais um brigue, com quatorze negros a bordo. Tudo isso diante da cidade, provocando um grande terror em toda a província da Carolina que, tendo pouco antes recebido a visita de Vane, outro famoso pirata, rendeu-se ao desespero, sem quaisquer condições de resistência. Havia oito barcos no porto, prontos para partirem, mas sem coragem de se aventurar a isso, pois seria quase impossível escapar. Igualmente, os barcos que chegavam também sofriam do infeliz dilema, tanto que o comércio dali fora totalmente interrompido. O que agravava ainda mais essas desgraças era que, pouco antes que os piratas infestassem a região, a colônia enfrentara uma longa e dispendiosa guerra, recentemente encerrada, contra a população nativa.[1]

Teach deteve consigo todos os navios e prisioneiros que capturara e, como estava precisando de medicamentos, resolveu exigir que o Governo da Província lhe entregasse uma caixa deles. Por isso enviou Richards, o capitão da chalupa Revenge, acompanhado de mais dois ou três piratas, com o sr. Marks — um dos que foram feitos prisioneiros no navio de Clark. Fizeram as suas exigências da forma mais insolente, ameaçando, caso não recebessem logo a caixa de medicamentos, e não se permitisse que os piratas-embaixadores retornassem sem se cometer qualquer violência contra eles, todos os prisioneiros seriam assassinados, suas cabeças enviadas ao governador, e também seriam incendiados todos os navios capturados por eles.

Enquanto o sr. Marks apresentava ao Conselho o requerimento dos piratas, Richards e seus companheiros caminhavam ostensivamente pelas ruas, à vista de todos. Eram olhados com toda indignação, como ladrões e assassinos, autores de atos de injustiça e de opressão. Porém não se podia pensar em vingança, por medo de se provocar ainda maiores calamidades contra si mesmos. Assim, foram todos forçados a deixar que os bandidos passeassem impunes pelo meio deles. O Governo não levou muito tempo para concluir a deliberação, apesar de ser aquela a maior afronta que já recebera. Mas, para salvar tantas vidas humanas (entre as quais, a do sr. Samuel Wragg, membro daquele Conselho), eles agiram conforme a necessidade, e enviaram a bordo um cofre, com um valor aproximado de quatrocentas libras, e os piratas retornaram incólumes aos seus navios.

Barba Negra (pois foi assim que Teach passou a ser geralmente conhecido, como adiante mostraremos), tão logo recebeu os medicamentos e seus companheiros bandidos, libertou os navios e os prisioneiros, tendo antes tirado deles, em ouro e prata, cerca de mil e quinhentas libras esterlinas, além de mantimentos e outros bens.

Da baía de Charles-Town, eles navegaram para a Carolina do Norte. O capitão Teach seguia no navio chamado por eles de fragata, e os capitães Richards e Hands nas chalupas, chamadas de navios corsários, e mais outra chalupa servindo como barco de apoio. Agora, Teach já planejava desfazer a companhia, garantindo para si próprio e para os companheiros com quem tinha mais amizade, o dinheiro e a maior parte dos bens roubados, aplicando um golpe nos demais. Assim, sob a alegação de que precisava entrar no estreito de Topsail para fazer uma faxina, ele fez com que seu navio encalhasse. Depois, como se aquilo tivesse acontecido acidentalmente, deu ordens para que a chalupa de Hands viesse ajudá-lo, mandando-o seguir novamente, e ao fazer isso, levou a chalupa a se juntar à outra, na praia, e assim ambas se perderam. Feito isto, ele foi para o barco de apoio, com quarenta homens, e deixou lá o Revenge. Tomou então dezessete outros homens e os abandonou numa pequena ilha de areia deserta, a cerca de seis quilômetros do continente, sem quaisquer pássaros, animais ou vegetação para que pudessem subsistir, e onde teriam fatalmente morrido se o major Bonnet não aparecesse dois dias depois e os resgatasse dali.

Então, Teach foi até o governador da Carolina do Norte, acompanhado de uns vinte homens, e apresentou a sua rendição, de acordo com a proclamação de Sua Majestade, recebendo o seu certificado de perdão das mãos de Sua Excelência. Mas parece que aquela submissão ao Ato de Clemência nada tinha a ver com uma regeneração real de comportamento, sendo apenas pretexto para aguardar a melhor oportunidade para seguir com o mesmo jogo de antes. O que ele conseguiu de fato, pouco depois, e com maior segurança para si próprio, além de perspectivas de sucesso muito maiores, pois por esse tempo ele havia cultivado um relacionamento muito bom com Charles Eden, Esq., o governador que mencionamos antes.[2]

O primeiro favor que esse amável governador prestou a Barba Negra foi conceder-lhe direitos sobre o grande navio que capturou — e que passou a chamar-se Queen Anne's Revenge — quando nele percorria os mares praticando seus atos de pirataria. Para isso, um tribunal do Vice-Almirantado foi realizado em Bath-Town. E, apesar de Teach jamais ter recebido qualquer autorização em sua vida, e de a embarcação pertencer aos comerciantes ingleses, sendo capturada em tempos de paz, mesmo assim aquele barco foi desapropriado e qualificado como presa tomada aos espanhóis pelo referido Teach. Tais procedimentos demonstram que governadores, afinal, não passam de simples homens.

Antes de zarpar para novas aventuras, Teach casou-se com uma jovem de uns dezesseis anos, numa cerimônia que foi oficiada pelo governador. Enquanto aqui o costume é um padre celebrar os casamentos, lá é um magistrado que os celebra. E aquela esposa, segundo fui informado, era a décima quarta com que Teach se casou, donde se conclui que pelo menos doze outras esposas ainda deviam estar vivas. O comportamento dele naquele estado foi simplesmente extraordinário, pois, enquanto a sua chalupa se encontrava no estreito de Okerecock (Ocracoke), e ele em terra, na fazenda onde vivia sua esposa, e com a qual passava todas as noites, era seu hábito convidar cinco ou seis dos seus brutais companheiros, e forçar a sua mulher a se prostituir com todos eles, um em seguida ao outro, e diante dos seus olhos.

Em junho de 1718 ele seguiu em nova expedição marítima, dirigindo sua rota para as Bermudas. Encontrou pelo caminho dois ou três barcos ingleses, roubando-lhes apenas as provisões, os estoques e outros artigos necessários para o seu consumo. Porém perto das mencionadas ilhas, deparou-se com dois navios franceses, um carregado de açúcar e cacau e o outro vazio, ambos com destino a Martinico. O que nada transportava, permitiram que seguisse viagem, antes transferindo para ele todos os homens do navio carregado, e este ele trouxe de volta à Carolina do Norte, onde o governador e os piratas dividiram o butim.

Quando Teach e a sua presa chegaram, ele e mais quatro tripulantes foram até Sua Excelência e assinaram uma declaração de que encontraram o navio francês no mar, sem sequer uma alma a bordo. Em seguida, reuniu-se uma corte e o navio foi desapropriado para o bem público, ficando o governador com sessenta tonéis de açúcar como seu dividendo, um tal sr. Knight, secretário do governador e coletor de impostos da província, ficou com vinte tonéis, e o restante foi dividido entre os outros piratas.

Antes ainda de se concluir o negócio, o navio permanecia ancorado, com a possibilidade de alguém vir pelo rio e reconhecê-lo, e descobrir toda a velhacaria. Mas Teach maquinou um jeito para evitar isso e, sob o pretexto de que o navio estava com muitos vazamentos e com o risco de afundar, obstruindo assim a saída do estreito, ou enseada, onde se encontrava, obteve uma ordem do governador para conduzi-lo até o rio e ali incendiá-lo, o que foi logo executado: o navio foi queimado perto da margem, o casco afundou e, com ele, todos os temores de por acaso se levantarem suspeitas contra eles.

O capitão Teach, conhecido como *Barba Negra*, passou três ou quatro meses percorrendo o rio, algumas vezes ancorando nas enseadas, outras velejando de um estreito a outro, comerciando com os barcos que encontrava o butim de que se apropriara, muitas vezes dando-lhes de presente os estoques e os mantimentos que tirara deles próprios. Isto é, sempre que se encontrava com humor propenso à generosidade. De outras vezes, ele se mostrava atrevido, apossando-se de tudo o que quisesse, sem nem dizer "Com a sua permissão", sabendo que ninguém se atreveria a enviar-lhe depois a conta. Muitas vezes ele se divertia, indo a terra misturar-se aos fazendeiros, onde fazia farras por vários dias e noites. Era bem recebido por eles, mas não posso garantir se era por amizade ou medo. Às vezes ele se mostrava extremamente cortês, dando-lhes rum e açúcar de presente, em recompensa pelo que lhes havia tirado. Quanto às libertinagens (era o que se dizia), ele e os seus companheiros frequentemente tomavam as esposas e filhas dos fazendeiros, e não posso assumir a responsabilidade de afirmar se ele pagava ou não por elas *ad valorem*. Outras vezes, comportava-se com nobreza para com eles, colocando mesmo alguns como seus pensionistas. E não apenas isso, muitas vezes ele intimidava o governador.

Não que eu tenha descoberto o mais leve motivo de rixa entre ambos, mas parece que ele o fazia só para mostrar que do que era capaz.

As chalupas que faziam o comércio acima e abaixo daquele rio eram saqueadas com tanta frequência pelo Barba Negra, que elas resolveram entrar em entendimentos com os comerciantes e alguns dos melhores fazendeiros da região quanto ao melhor caminho a seguir. Tinham perfeita noção da inutilidade de qualquer recurso ao governador da Carolina do Norte, a quem cabia propriamente encontrar algum tipo de reparação, de modo que se não recebessem algum socorro por parte de outra região, provavelmente Barba Negra continuaria reinando impunemente. Por isso, sob maior segredo possível, eles enviaram uma delegação à Virgínia para apresentar o assunto diante do governador daquela colônia,[3] solicitando uma força armada das fragatas que lá se encontravam, para prender ou eliminar aquele pirata.

O governador conferenciou com os capitães das duas fragatas, a Pearl e a Lime, que há dez meses aproximadamente se encontravam estacionadas no rio James. Ficou combinado que algumas chalupas menores seriam contratadas pelo governador, e as fragatas lhes forneceriam os homens e as armas. Isto foi feito, ficando o comando delas com o sr. Robert Maynard, primeiro-tenente da Pearl, um oficial experiente e cavalheiro de grande bravura e resolução, como ficará demonstrado por seu valente comportamento nessa expedição. As chalupas foram bem equipadas com munição e armas de pequeno porte, porém não dispunham de nenhum canhão.

Próximo ao momento da partida, o governador convocou uma assembleia na qual ficou decidido publicarem uma proclamação oferecendo recompensas a todos que, no período de um ano a contar daquela data, prendessem ou acabassem com qualquer pirata. Temos essa proclamação em nossas mãos, e a reproduzimos a seguir:

Pelo Vice-Governador de Sua Majestade e Comandante em Chefe da Colônia e Domínio da Virgínia.

Proclamação
Onde se publicam as recompensas pela prisão ou morte dos piratas

Pela qual — por um Ato de Assembleia aprovado em uma sessão, realizada na capital, Williamsburg, no dia 11 de novembro do Quinto Ano do Reinado de Sua Majestade, e intitulado *Ato Para Encorajar a Prisão e o Aniquilamento dos Piratas* — fica aprovado, entre outras questões, que toda pessoa, ou pessoas, a partir e após o décimo quarto dia de novembro do ano de Nosso Senhor de mil setecentos e dezoito, e antes do décimo quarto dia de novembro do ano de mil setecentos e dezenove; toda pessoa ou pessoas, pois, que prender — ou prenderem — qualquer pirata, ou piratas, em mar ou em terra, ou que em caso de resistência, venham a matar esse pirata, ou esses piratas, na localização entre os graus trinta e quatro e trinta e nove de latitude norte, e dentro dos limites de seiscentos quilômetros do continente da Virgínia, ou no âmbito das províncias da Virgínia, ou da Carolina do Norte, diante da convicção ou da devida prova da morte de todos e de cada um desses piratas, perante o governador e o Conselho, estarão capacitados a ter e a receber dos cofres públicos, pelas mãos do tesoureiro desta Colônia, as diversas recompensas a seguir relacionadas, e que são: para Edward Teach, comumente chamado capitão Teach, ou Barba Negra, cem libras; para qualquer outro comandante de navio, chalupa ou qualquer outra embarcação pirata, quarenta libras; para todo imediato, comandante, timoneiro ou contramestre, mestre de equipagem, ou carpinteiro, vinte libras; para qualquer outro oficial inferior, quinze libras, e para todo pirata capturado a bordo de um navio, chalupa ou qualquer embarcação desse tipo, dez libras. E para qualquer pirata capturado em qualquer navio, chalupa ou embarcação pertencente a esta Colônia, ou à Carolina do Norte, dentro do prazo mencionado acima, e em qualquer localização, as mesmas recompensas serão pagas de acordo com a qualidade e a condição desses mesmos piratas. Pelo que, para o encorajamento de todos os que desejam servir à Sua majestade e ao seu país num empreendimento tão justo e honrável, qual seja o da supressão de um tipo de pessoas que podem ser verdadeiramente chamadas de Inimigos da Humanidade. Por tudo isso, achei apropriado — com a opinião e o consentimento do Conselho de Sua Majestade — expedir esta Proclamação, pela qual declaro que as referidas recompensas serão pontual e judiciosamente pagas, em moeda corrente da Virgínia, de acordo com as instruções do referido Ato. E ordeno efetivamente e determino que esta Proclamação seja publicada pelos oficiais municipais, em suas respectivas sedes administrativas, e por todos os prelados e leitores nas diversas igrejas e capelas por toda esta Colônia.

Apresentado em nossa Câmara do Conselho
em Williamsburg neste dia 24 de novembro de 1718,
no quinto ano de reinado de Sua majestade.
Deus salve o Rei.
A. Spotswood.

No dia 17 de novembro de 1718, o oficial zarpou de Kicquetan [Hampton], no rio James, Virgínia, e na noite do dia 31 chegou à embocadura do estreito de Okerecock, onde logo pôde avistar o pirata. Aquela expedição fora feita sob sigilo, e ele manobrou com toda a prudência necessária, impedindo que todos os navios e barcos que passavam pelo rio prosseguissem viagem, impossibilitando dessa forma que qualquer informação chegasse até Barba Negra, ao mesmo tempo que recebia destes relatórios sobre o local onde o pirata se emboscava. Porém, apesar das precauções tomadas, Barba Negra conseguiu informações sobre a operação, por meio de sua Excelência o Governador da Província. E o secretário deste, o sr. Knight, escreveu a ele uma carta mostrando-se particularmente preocupado, e insinuando ter-lhe enviado quatro dos seus homens, os que pôde encontrar pela cidade e arredores, e por isso insistia para que ele ficasse em alerta. Aqueles homens pertenciam a Barba Negra e tinham sido envidados de Bath-Town para o estreito de Okerecock, onde a chalupa estava estacionada, e que fica a cerca de cento e vinte quilômetros.

Barba Negra já recebera diversos relatórios antes, que provaram não ser verdadeiros, de modo que deu pouca atenção àquele aviso. E tampouco ficou convencido do fato, até que avistou as chalupas. Então, já era tempo de pôr o navio em posição de defesa. Não tinha mais do que vinte e cinco homens a bordo, embora dissesse que eram quarenta a todos os barcos com que se comunicou. Quando viu que já estava preparado para a batalha, então desembarcou e passou a noite bebendo com o comandante de um navio mercante que, como se dizia, tinha mais negócios com Teach do que deveria.

O tenente Maynard precisou ancorar, pois sendo aquela uma região de águas rasas, e o canal muito intrincado, não havia como chegar até Teach aquela noite. Porém na manhã seguinte ele levantou ferros, enviando o seu escaler à frente das chalupas, para fazer uma sondagem. Assim que chegou à distância de um tiro de canhão do pirata, este disparou imediatamente, ao que Maynard içou a bandeira do rei, partindo diretamente para cima dele, com o máximo de velocidade que permitiam suas velas e seus remos. Barba Negra recolheu os seus cabos e tentou combater durante a fuga, mantendo um fogo incessante de canhões contra os adversários. Maynard, que não dispunha de nenhum canhão, respondia ao ataque com as suas armas de pequeno porte, enquanto alguns homens davam tudo o que podiam nos remos. Pouco tempo depois, a chalupa de Teach encalhou. Maynard retirava do seu barco mais água do que Teach do dele, de modo que não podia aproximar-se. Teve de ancorar à distância da metade de um tiro de canhão e, para aliviar o peso de sua embarcação e lançar-se à abordagem, o tenente ordenou que todo o lastro fosse lançado ao mar, e que se abrissem buracos no casco para que toda a água pudesse sair. Logo em seguida levantou ferros e rumou para onde estava o pirata. Foi quando Barba Negra gritou-lhe grosseiramente: "Malditos vilões, quem são vocês? De onde vêm?", ao que o tenente respondeu: "Podes ver pela nossa bandeira que não somos piratas." Barba Negra propôs que ele viesse num escaler até o seu navio, para saber de quem se tratava. Porém Maynard respondeu: "Não posso desperdiçar o meu escaler, mas abordarei o teu navio o mais rápido que puder, e com a minha chalupa." Ouvindo isso, Barba Negra apanhou uma taça e fez um brinde a ele, proferindo as seguintes palavras: "Maldita seja a minha alma se eu me apiedar de ti, ou merecer alguma piedade de ti." A isto, Maynard respondeu que não esperava piedade alguma de sua parte, e tampouco teria alguma por ele.

Nesse meio-tempo, o navio de Barba Negra conseguiu flutuar, enquanto as chalupas de Maynard remavam em sua direção. As velas, entretanto, tinham na sua parte baixa pouco mais do que trinta centímetros, o que deixava os homens cada vez mais expostos, à medida que se aproximavam (até aquele momento pouco ou nada ainda fora feito, por qualquer dos lados). Foi quando do flanco do navio o pirata disparou uma descarga simultânea de todas as suas armas, o que foi uma fatalidade para Maynard, pois vinte dos seus homens morreram ou ficaram feridos, e mais nove de outro barco também morreram. A situação não apresentava saída, pois, sem que qualquer vento soprasse, eles eram forçados a continuar remando, caso contrário o pirata poderia fugir, e isto, ao que parece, o tenente estava resolvido a impedir a todo custo.

Depois desse desafortunado golpe, a chalupa de Barba Negra adernou na praia. Uma outra embarcação de Maynard, que tinha o nome de Range, recuou, por estar muito avariada naquele momento. Então o tenente, achando que o seu próprio barco tinha condições, e que em pouco tempo poderia abordar o de Teach, ordenou que todos descessem ao porão, com medo de uma outra descarga de tiros, o que poderia significar a sua destruição e o fracasso da expedição. Só Maynard permaneceu no convés, além do timoneiro, a quem ele mandou que se agachasse e ficasse escondido. E aos homens embaixo ordenou que estivessem com as pistolas e as espadas prontas para uma luta corpo a corpo, e que subissem assim que ele os chamasse. Para isso, puseram duas escadas junto aos alçapões, para maior agilidade. Quando o barco do tenente abordou o do capitão Teach, os homens deste começaram a atirar-lhes granadas feitas com garrafas[4] cheias de pólvora, chumbo, balas, pregos e outros pedaços de ferro, com um pequeno pavio preso no gargalo. Quando aceso este, a chama ia do gargalo até a pólvora e, atirando-se logo em seguida a garrafa, geralmente o dano era muito grande, além de provocar uma enorme confusão entre os homens. Porém graças à boa sorte, ali elas não produziram o efeito desejado, pois os homens se encontravam escondidos no porão. Barba Negra, quando não viu ninguém a bordo, concluiu que estavam fora de combate, a não ser uns dois ou três. Portanto, exclamou ele: "Vamos pular a bordo e fazer todos em pedaços!"

Em seguida, oculto pela fumaça da explosão de uma das garrafas mencionadas, Barba Negra penetrou no barco seguido de quatorze homens, sem que Maynard se desse conta logo. Entretanto, assim que a fumaça se foi dispersando, Maynard deu o sinal para seus homens subirem ao convés, e então eles atacaram os piratas com uma bravura inigualada numa ocasião daquelas. Barba Negra e o tenente foram os primeiros a atirar, um contra o outro, deixando o pirata ferido. Em seguida, eles lutaram com as espadas até que, por má sorte, a de Maynard se partiu. Quando este recuou para recarregar sua pistola, Barba Negra atacou-o com um cutelo, mas um dos homens de Maynard desferiu-lhe um terrível golpe no pescoço e na garganta, salvando Maynard, que ficou apenas com um pequeno ferimento nos dedos.

Agora, todos lutavam ardentemente num corpo a corpo, de um lado o tenente com doze homens; do outro, Barba Negra e os seus quatorze piratas, até o mar ao redor da embarcação se tingir completamente de sangue. Barba Negra levou um tiro de Maynard, mas mesmo assim se manteve firme e prosseguiu lutando furiosamente. Recebeu ao todo vinte e cinco ferimentos, cinco dos quais a bala. No final, quando engatilhava uma outra arma, depois de tantas que havia usado, ele tombou morto. Até então, oito dos seus quatorze companheiros já haviam morrido, e os outros, já gravemente atingidos, pularam no mar e suplicaram por clemência. E isto lhes foi concedido, embora aquela prorrogação de suas vidas não fosse além de uns poucos dias, apenas. A chalupa Ranger chegou e foi combater os piratas que haviam permanecido no barco de Barba Negra, lutando com a mesma bravura, até que eles também pediram clemência.

E ali se acabou a vida daquele homem brutal, que era dotado de muita coragem, e que poderia ter passado pelo mundo como um herói caso se houvesse empregado em uma boa causa. Seu aniquilamento, que foi da maior importância para as colônias, deveu-se inteiramente à conduta e à bravura do tenente Maynard e de seus homens. Eles poderiam tê-lo morto ao custo de muito menos vidas, caso pudessem contar com um navio bem equipado com canhões. Mas foram forçados a empregar embarcações pequenas, pois não se poderia chegar até as tocas e outros redutos onde se escondia o pirata em navios de maior calado. E não foram poucas as dificuldades que aquele cavalheiro enfrentou para chegar até ele, encalhando com seu barco umas cem vezes, pelo menos, na subida do rio, além de outras tantas situações desanimadoras, que teriam feito qualquer outro senhor, menos resoluto e audacioso que aquele tenente, desistir da empresa sem prejuízo da própria honra.

A descarga de artilharia disparada por Teach, que tanto dano produzira antes da abordagem, com toda certeza acabou salvando os outros de uma destruição total, pois pouco antes Teach, já sem esperança alguma de poder escapar, postara no quarto da pólvora um comparsa criado por ele próprio, um negro resoluto, mantendo um pavio aceso entre as mãos e pronto a detonar tudo ali, a uma ordem sua. O momento combinado seria o da entrada no barco de Maynard com os outros homens. Assim, ele destruiria tanto os vencedores quanto a si mesmo. E quando o negro descobriu o que se passara com Barba Negra, dois prisioneiros que estavam no porão da chalupa o dissuadiram a muito custo daquele ato temerário.

O que nos parece bastante estranho é que alguns homens daqueles, que com tanta bravura se comportaram contra Barba Negra, mais tarde também se tornaram piratas, um deles tendo sido levado por Roberts. Porém não acho que estivessem preparados para tal atividade, a não ser um deles, que foi enforcado. Mas isto é uma digressão.

O tenente ordenou que arrancassem a cabeça de Barba Negra e a pendurassem na ponta do gurupés.[5] Em seguida ele zarpou para Bath-Town, para tratar dos seus feridos.

Devemos observar que, ao ser revistada a chalupa do pirata, foram encontrados cartas e documentos diversos, que revelaram a correspondência entre Barba Negra e o governador Eden, com o secretário e coletor, e também com alguns comerciantes de Nova York. É provável que ele, em consideração aos seus amigos, destruísse aqueles papéis antes da batalha, a fim de impedir que caíssem em mãos que não dariam um destino nada bom para a reputação desses cavalheiros. Isto, se não fosse a sua firme resolução de explodir com tudo, ao ver que não havia possibilidade de escapar.

Quando o tenente chegou a Bath-Town, ele foi corajosamente até o depósito do governador tomar os sessenta tonéis de açúcar que ali se encontravam, e também os vinte tonéis do honesto sr. Knight, coisas que, ao que parece, eram o seu dividendo pela pilhagem do navio francês. Este último cavalheiro não sobreviveu àquela vergonhosa apreensão pois, com medo de ser chamado a explicar semelhantes quinquilharias, caiu doente de tanto pavor, vindo a morrer poucos dias depois.

Depois que os feridos se recuperaram completamente, o tenente velejou de volta ao rio James, na Virgínia, onde se encontrava a fragata de Barba Negra. A cabeça do pirata seguia pendurada na ponta do gurupés, e o barco também conduzia quinze prisioneiros, treze dos quais acabaram enforcados. Durante o julgamento, revelou-se que um deles, de nome Samuel Odell, saíra com o navio mercante apenas na noite anterior à batalha. Esse pobre indivíduo teve muito pouca sorte naquela nova profissão: depois da batalha, apresentava no corpo nada menos que setenta ferimentos, e apesar disso conseguiu sobreviver e se curou de todos eles. A outra pessoa a escapar das galés foi um certo Israel Hands, contramestre da chalupa de Barba Negra, e ex-capitão desta, antes que o *Queen Anne's Revenge* encalhasse no estreito de Topsail.

Acontece que o referido Hands não participou da batalha, tendo sido preso mais tarde, em terra firme, em Bath-Town. Barba Negra o aleijara pouco tempo antes, num daqueles seus selvagens acessos, o que se passou da seguinte maneira: certa noite, bebendo em sua cabine em companhia de Hands, do piloto e de mais outro homem, Barba Negra, sem que ninguém o provocasse, pegou escondido um par de pequenas pistolas e carregou-as por debaixo da mesa. Percebendo isso, o terceiro homem imediatamente saiu para o convés, deixando na cabine Hands, o piloto e o capitão. Carregadas as pistolas, Teach soprou a vela e, cruzando as mãos, disparou contra os companheiros. Acertou Hands num joelho e o deixou coxo pelo resto da vida. A outra pistola não acertou ninguém. Ao lhe perguntarem por que tinha feito aquilo, ele respondeu apenas, enquanto os xingava, que se de vez em quando não matasse alguém ali, eles acabariam por esquecer quem ele era.

Depois de preso, Hands foi julgado e condenado, mas, pouco antes da sua execução, aportou na Virgínia um navio com uma Proclamação que prolongava por um determinado prazo o perdão de Sua Majestade para os piratas que se rendessem. Apesar de já sentenciado, Hands requereu o perdão e obteve o benefício. Há pouco tempo ele foi visto em Londres, pedindo esmolas para sobreviver.

Agora que já apresentamos um relato sobre a vida e os feitos de Teach, não seria inoportuno falarmos a respeito da sua barba, já que a contribuição desta não foi de pouca monta para que o seu nome se tornasse tão terrível naquelas regiões.

Plutarco e outros historiadores sérios já observaram que entre os romanos diversos homens notáveis recebiam os seus apelidos por certos sinais característicos em suas fisionomias. Como Cícero, que era assim chamado por um sinal, ou verruga, no nariz;[6] Também o nosso herói, o capitão Teach, ganhou o cognome de Barba Negra a partir daquela enorme quantidade de pêlos ocultando totalmente o seu rosto, e que, tal como um terrível meteoro, amedrontou a América muito mais do que qualquer cometa que por lá tivesse surgido há tempos.

A barba era efetivamente negra, e ele a deixou crescer até um comprimento extravagante. De tão ampla, batia-lhe nos olhos. Costumava amarrá-la com fitas, em pequenos cachos, lembrando as perucas em estilo Ramilies,[7] contornando com eles as orelhas. Quando em ação, ele trazia uma funda sobre os ombros, onde carregava à bandoleira três braçadeiras de pistolas, dentro dos seus coldres. E prendia mechas de fogo no chapéu, de cada lado do rosto, o que lhe dava uma tal figura — que naturalmente já era tão feroz e selvagem, pela expressão do olhar — que não se poderia imaginar uma fúria do próprio inferno mais aterrorizante.

Se o seu olhar era o de uma fúria, os seus humores e paixões não ficavam atrás. Vamos contar mais duas ou três extravagâncias dele, que omitimos no corpo desta narrativa, e através das quais ficará evidente até que ponto de maldade a natureza humana pode chegar, se as suas paixões não forem contidas.

Na comunidade dos piratas, aquele que levar mais longe as suas maldades é invejado pelos outros, como um homem de extraordinária valentia, e capacitado por isso a destacar-se em algum posto. E se além disso esse alguém ainda é dotado de coragem, então com toda certeza deve ser um grande homem. O herói sobre o qual escrevemos aqui era totalmente realizado naquela maneira, e algumas das suas loucuras e maldades eram de tal forma extravagantes que o seu objetivo parecia querer que seus homens acreditassem ser ele a encarnação de um demônio. Pois certa vez, no mar, já um tanto tonto de bebida, ele disse:

"Venham, vamos criar nosso próprio inferno, e ver até que ponto poderemos aguentar." Então, acompanhado por mais dois ou três homens, desceu até o porão onde, depois de fechadas todas as escotilhas, encheu vários jarros com enxofre e outros materiais inflamáveis, e atearam fogo neles. E ali permaneceram até alguns sufocarem, gritando que precisavam de ar. No fim ele abriu as escotilhas, e não ficou nem um pouco satisfeito por ter resistido mais que os outros.

Na noite anterior à sua morte, ele se sentou para beber até de manhã com alguns dos seus homens e com o comandante de um navio mercante. Informado que duas chalupas aproximavam-se para atacá-lo, como já observamos antes, um dos homens lhe perguntou se, caso algo lhe acontecesse durante a batalha, a sua mulher saberia onde ele enterrara o seu dinheiro, ele respondeu que além dele e do diabo ninguém mais sabia, e que quem vivesse mais tempo ficaria com tudo.

Os que sobreviveram de sua tripulação, e que foram presos, contaram uma história que pode parecer um tanto inacreditável. No entanto, achamos que não seria justo omiti-la, uma vez que a obtivemos de suas próprias bocas. Um dia, durante um cruzeiro, eles descobriram que havia a bordo um homem a mais na tripulação. O homem foi visto por diversas vezes entre eles, umas vezes no porão, outras no convés, mas ninguém no navio sabia dizer quem ele era ou de onde viera. E ele desapareceu pouco antes de haverem naufragado em seu navio, e parece que todos acreditavam que fosse o diabo.

Imaginávamos que esse tipo de coisa pudesse convencê-los a mudar de vida, mas toda aquela gente perversa se reunia o tempo todo encorajando-se e animando-se uns aos outros para cometer maldades, além da bebida constante que também não era um estímulo pequeno. Pois no diário de Barba Negra, que se conseguiu obter, havia diversos memorandos, escritos de próprio punho, e da seguinte natureza: "Que dia, todo o rum foi embora. Nossa turma um tanto séria. Maldita confusão entre as pessoas! Os velhacos conspirando. Muita conversa de separação. Por isso tive que procurar muito por uma presa. Dia desses consegui uma, com muita bebida a bordo, e a turma ficou quente, quente pra danar, e aí tudo ficou bem novamente."

E era dessa maneira que os desgraçados passavam a vida, com pouquíssimo prazer ou satisfação, na posse daquilo que eles violentamente tomavam dos outros e na certeza de, finalmente, terem de pagar por tudo um dia, com uma morte ignominiosa.

Os nomes dos piratas mortos na batalha são os seguintes:
Edward Teach, comandante.
Philip Morton, artilheiro.
Garrat Gibbons, contramestre.
Owen Roberts, carpinteiro.
Thomas Miller, intendente.
John Husk
Joseph Curtice
Joseph Brooks (1)
Nath. Jackson

Todos os demais, com exceção dos dois últimos, foram feridos e mais tarde foram enforcados na Virgínia.
John Carnes
Joseph Brooks (2)
James Blake
John Gills
Thomas Gates
James White
Richard Stiles
Caesar
Joseph Philips
James Robbins
John Martin
Edward Salter
Stephen Daniel
Richard Greensail
Israel Hands, perdoado.
Samuel Odell, absolvido.

Nas chalupas piratas e no interior de um galpão em terra, perto do local do navio, havia vinte e cinco tonéis de açúcar, onze barris e cento e quarenta e cinco sacos de cacau, um barril de índigo e um fardo de algodão. Isto, com o que se recuperou do governador e do secretário, e acrescentado à venda da chalupa, chegou a um valor total de duas mil e quinhentas libras, tudo dividido entre as companhias dos dois navios, Lime e Pearl, ancorados no rio James. Além disso, as recompensas foram pagas pelo governador da Virgínia, de acordo com sua proclamação. Os bravos companheiros que as receberam, e que o fizeram apenas para obterem o seu quinhão entre os demais, só foram pagos quatro anos mais tarde.

Sobre o capitão Teach
[Do apêndice no volume II]

Vamos agora acrescentar alguns detalhes sobre o famoso Barba Negra — que não foram mencionados em nosso primeiro volume — relativos à captura por ele dos navios da Carolina do Sul, e do insulto àquela colônia. Isso foi nos tempos em que os piratas tinham conseguido um tal poder, que não se preocupavam absolutamente em se preservarem perante a lei e a justiça. Só pensavam em fazer progredir esse poder, mantendo sua soberania não apenas sobre os mares, mas, além disso, estendendo seu domínio às próprias colônias, e aos governadores também, por esse mesmo fato. Tanto que, quando os prisioneiros chegavam ao navio dos seus captores, os piratas revelavam abertamente o relacionamento que mantinham com aquelas autoridades, e jamais se esforçaram para ocultar os nomes deles, ou onde moravam, assim como se fossem cidadãos de alguma legítima nação, resolvidos a tratar a todos na base de um Estado livre. Todos os processos judiciais que se faziam em nome de Teach qualificavam-no com o título de comodoro.

Todos os prisioneiros da Carolina foram colocados no navio do comodoro, e depois minuciosamente interrogados sobre a carga que transportavam e o número e a situação de outros comerciantes ancorados no porto, quando achavam que eles iriam partir, e qual o seu destino. E o inquérito era realizado de forma tão severa que os piratas chegavam a fazer um juramento de que todo aquele que mentisse, ou que modificasse as suas informações, ou respondesse de forma evasiva às perguntas, seria morto. Ao mesmo tempo, todos os seus documentos eram examinados com igual diligência, assim como se aquilo se passasse no escritório do secretário, aqui na Inglaterra. Ao terminar aquela parte, ordenou-se que os prisioneiros fossem imediatamente encaminhados de volta ao seu navio, do qual previamente já se haviam retirado os mantimentos e estoques. E tudo com tanta pressa e precipitação, que provocou um grande terror entre aquelas infelizes criaturas, que acreditavam estarem sendo verdadeiramente encaminhadas para a própria destruição. O que parecia confirmar essa impressão era que não se manifestava nenhuma consideração pela situação social dos prisioneiros: comerciantes, cavalheiros de posição, e até mesmo uma criança, o filho do sr. Wragg, foram jogados a bordo em meio a grande confusão e tumulto, e trancados sob os alçapões, acompanhados de apenas um pirata.

Aqueles seres inocentes foram largados naquela deprimente situação, a lamentar durante horas o seu destino, e esperando a cada instante que se acendesse algum pavio e tudo ali fosse pelos ares, ou que se incendiasse ou afundasse o navio. De um modo ou de outro, todos ali acreditavam que seriam sacrificados à brutalidade dos piratas.

Mas finalmente, um lampejo de luz caiu sobre eles, fazendo seus abatidos ânimos se elevarem um pouco: os alçapões foram destrancados e eles receberam ordens de retornar imediatamente a bordo do comodoro. E então começaram a achar que os piratas haviam desistido da sua selvagem resolução, e que Deus os inspirara com sentimentos menos atordoantes à natureza e à humanidade, e subiram todos ao navio como se estivessem se encaminhando para uma nova vida. Seu chefe foi trazido diante de Barba Negra, o general dos piratas, que lhe informou sobre um extraordinário procedimento que iriam ter. Que eles tinham apenas sido afastados temporariamente dali, enquanto se realizava um conselho durante o qual não era tolerada a presença de nenhum prisioneiro a bordo. Barba Negra revelou-lhes que a companhia estava necessitando muito de medicamentos, e que precisava obter suprimentos da província; que o seu primeiro cirurgião redigira uma lista desses medicamentos que deveria ser enviada ao governador e à Câmara por dois dos seus oficiais. E, para garantir o retorno a salvo desses oficiais, como também da caixa com os medicamentos, eles haviam resolvido manter os prisioneiros como reféns, os quais seriam todos mortos caso suas exigências não fossem atendidas ponto por ponto.

O sr. Wragg respondeu que talvez eles não tivessem condições para atender a todas aquelas exigências, e que temia que algumas drogas da lista do cirurgião não se pudessem encontrar na província. E que, se fosse este o caso, esperava que eles se satisfizessem com alguma substituição. Também propôs que um dos prisioneiros acompanhasse os dois embaixadores, para manifestarem o perigo real que estavam correndo, e convencê-los a se submeterem de forma mais imediata, a fim de salvar as vidas de tantos súditos do rei, e ainda, também, para impedir qualquer insulto às pessoas da comitiva por parte da gente comum (por cujo comportamento, em semelhante ocasião, eles não podiam se responsabilizar).

Sua Excelência Barba Negra achou razoáveis as ponderações, e por isso convocou uma outra assembleia, que igualmente aprovou a emenda.

Então o sr. Wragg, que era a maior autoridade ali, e conhecido por ser um homem de grande discernimento entre os cidadãos da Carolina, ofereceu-se para ir com a delegação, disposto a deixar seu jovem filho nas mãos dos piratas até sua volta, o que ele prometia fazer, mesmo que o governo recusasse as condições para a libertação dos prisioneiros. Porém Barba Negra negou peremptoriamente esta oferta, alegando que conhecia demasiado bem a importância daquele senhor na província, o qual também era de enorme importância ali e que, portanto, seria o último homem que permitiriam deixá-los.

Depois de algumas discussões, concordou-se que o sr. Marks ia acompanhar os embaixadores. E assim, eles se afastaram da frota em uma canoa, estipulando-se dois dias para o seu retorno. Nesse meio-tempo, o navio do comodoro permaneceria a cerca de trinta e cinco quilômetros de distância do litoral, aguardando as condições requeridas para a paz. Porém ao expirar o prazo, e vendo que não surgia nada vindo do porto, Teach chamou o sr. Wragg à sua presença, e, com uma horrível expressão, disse-lhe que eles não admitiriam ser trapaceados, que achava estar sendo tramada alguma louca traição e que nada, a não ser a morte imediata de todos, seria a consequência disso. O sr. Wragg implorou-lhe que prorrogasse por mais um dia a terrível execução, pois tinha absoluta certeza de que todos na Província estimavam tanto as suas vidas que teriam a maior presteza possível em conseguir o seu resgate. E que com toda certeza algum infeliz acaso teria acontecido com a canoa, na ida, ou os seus próprios homens poderiam também ter causado o atraso, e qualquer das duas hipóteses seriam difíceis de suportar.

Por aquele momento Teach conseguiu acalmar-se, permitindo que se aguardasse mais um dia pelo regresso da delegação. Porém findo também aquele prazo, ele se enfureceu ao ver-se frustrado, chamando a todos mil vezes de vilões e jurando que ninguém ali teria mais que duas horas de vida. O sr. Wragg tentava apaziguá-lo de todas as formas, insistindo em que se fizesse uma minuciosa observação ao redor. A coisa parecia ter chegado ao extremo, agora, e ninguém entre os prisioneiros podia pensar que suas vidas valessem um dia apenas, que fosse. Os inocentes passavam por uma terrível agonia, certos de que só um milagre poderia impedir que todos fossem esmagados pelo inimigo. Foi quando se ouviu do castelo da proa a notícia de que um pequeno barco surgia à vista. Isso elevou novamente os ânimos e fez renascerem as esperanças. O próprio Barba Negra foi olhar com sua luneta, e declarou que estava vendo o seu *Scarlet Cloak*,* que havia emprestado ao sr. Marks para que este fosse a terra. Aquilo foi uma segurança para todos, embora temporária, pois, ao se aproximar novamente o barco do navio, os temores voltaram, uma vez que entre os passageiros não se viam nem os piratas, nem o sr. Marks e tampouco a caixa com os medicamentos.

Aquela embarcação tinha sido enviada pelo sr. Marks e trazia uma mensagem escrita com a máxima prudência, a fim de que a demora não fosse mal interpretada. A causa dessa demora fora um infeliz acidente, devidamente relatado ao comodoro pelos recém-chegados. O barco que fora enviado a terra afundou, depois de virar a uma súbita rajada de vento, e com grande dificuldade os homens conseguiram nadar até a praia de uma ilha deserta, a ilha de [*em branco no texto*], situada a cerca de vinte e poucos quilômetros do continente, onde permaneceram por algum tempo até se verem reduzidos a uma situação extrema, sem qualquer tipo de mantimento, e apavorados diante do desastre que iria acontecer aos prisioneiros a bordo. Os homens colocaram o sr. Marks sobre uma tábua no mar, em seguida se despiram e foram nadando atrás, empurrando-a para adiante, tentando ver se daquela forma conseguiriam chegar até a cidade. Aquele transporte mostrou ser extremamente penoso, e com toda a certeza teriam todos perecido, não tivesse um barco de pesca, que largara velas pela manhã, avistado algo a flutuar sobre a água. Dirigiram-se então para o local e recolheram os homens, quando estes já se encontravam quase exaustos pelo cansaço.

Quando todos já se encontravam providencialmente a salvo, o sr. Marks foi até [*em branco no texto*], alugando ali uma embarcação para transportá-los até Charles-Town. Nesse meio-tempo, enviou aquele barco para fazer a todos um relatório sobre o acidente. O sr. Teach acalmou-se mais ouvindo a narrativa, e consentiu em que se esperasse mais dois dias, já que o atraso não parecia culpa deles. Mas, passados os dois dias, todos acabaram perdendo a paciência. Agora, ninguém mais podia convencer o comodoro a lhes prorrogar a vida mais que até a manhã seguinte, caso o barco não retornasse dentro daquele prazo. Ainda na expectativa, e também desiludidos, os cavalheiros não sabiam o que dizer, nem como explicar o comportamento dos seus amigos em terra. Alguns declararam aos piratas que tinham motivos iguais ao deles para condenar aquela conduta. Que não tinham dúvidas quanto ao sr. Marks ter realizado a sua

---

* Manto escarlate. (N.T.)

tarefa com toda a lealdade. Mas, uma vez que haviam recebido notícias da ida a salvo do barco até Charles-Town, não podiam imaginar o que poderia atrapalhar a execução do plano, a menos que lá eles estivessem dando mais valor à caixa de medicamentos do que a oitenta homens prontos para serem exterminados. Por sua parte, Teach acreditava que os seus homens tinham sido presos. Recusava-se a aceitar uma outra prorrogação de prazo para os prisioneiros, e jurou mais de mil vezes que não seriam só eles a morrer, mas sim, qualquer cidadão da Carolina que lhe caísse nas mãos. Por fim, os prisioneiros pediram que ao menos um último grande favor lhes fosse concedido: que se pudesse deslocar a esquadra até certa distância do porto, e então, se mesmo assim eles não avistassem o barco aproximando-se, os próprios prisioneiros dirigiriam os navios até em frente à cidade onde, se quisessem abatê-los a todos, eles se manteriam de pé ali, até o último homem.

Aquela proposta de vingança contra a suposta traição (como o comodoro gostava de se referir ao fato) mostrou-se muito adequada ao selvagem temperamento do general e de seus brutamontes, e ele concordou imediatamente. O projeto foi igualmente aprovado pelos Mirmidões* e assim, um total de oito navios — a presa que os piratas mantinham em custódia — içaram suas âncoras, e se enfileiraram ao longo do litoral da cidade. Foi quando os habitantes tiveram o seu quinhão naquele horror, pois ficaram esperando nada menos que um ataque generalizado à cidade. Todos os homens foram convocados a se armarem, porém não da forma apropriada, caso fosse menor a surpresa. As mulheres e as crianças corriam enlouquecidas pelas ruas. Mas, antes que as coisas chegassem a um ponto extremo, avistou-se o barco que se aproximava trazendo consigo a redenção para os pobres cativos, e a paz para todos.

A caixa foi levada para bordo, e convenientemente recebida. Além disso, ficou claro que o sr. Marks havia realizado bem a sua tarefa, ao passo que a culpa por todo o atraso coube exclusivamente aos dois piratas que seguiram na embaixada. Pois, enquanto reuniam-se os cavalheiros com o governador em assembleia, para discutirem a questão, os outros dois grandes personagens passeavam pela cidade, bebendo com antigos amigos e companheiros, de taverna em taverna, de forma que não puderam ser localizados quando os medicamentos ficaram prontos para a remessa.

---

* Mirmidões era o nome do povo ao qual pertencia Aquiles, personagem da Odisseia. (N.T.)

E o sr. Marks sabia que partir sem os dois piratas significaria a morte para todos os prisioneiros, uma vez que o comodoro não iria acreditar facilmente, caso eles não retornassem, na velhacaria praticada por ambos. Mas agora só se viam expressões sorridentes no navio. A tempestade que tão pesadamente ameaçara os prisioneiros dissipou-se, sucedendo-se um belo dia ensolarado. Para resumir, Barba Negra libertou a todos, conforme prometera, mandou-os nos navios após servir-se destes, e em seguida velejou para alto-mar, como já mencionado.

O que se segue agora são reflexões sobre um cavalheiro, já falecido, que foi governador da Carolina do Norte e cujo nome era Charles Eden, Esq. É necessário dizer aqui algo que possa anular a calúnia lançada contra ele por aqueles que não interpretaram bem sua conduta durante os grandes eventos da época. Recebemos ultimamente informações a esse respeito, embora estas careçam de um justo fundamento.

Ao analisar o papel que ele desempenhou na história de Barba Negra, não nos parece, considerando imparcialmente os episódios, que o referido governador tivesse qualquer ligação criminosa com o pirata. E fui informado posteriormente, e por fontes muito boas, que o sr. Eden, na medida das suas possibilidades, sempre se comportou de forma conveniente ao seu posto, demonstrando um caráter de bom governador e de honesto cidadão.

Porém a sua desgraça foi a fragilidade da colônia que governava, a sua falta de poder para punir as desordens cometidas por Teach, que mandava e desmandava em tudo, não somente na colônia, mas até mesmo na residência do governador, ameaçando destruir a cidade pelo fogo e a espada se qualquer golpe fosse desferido contra ele ou seus comparsas, a ponto de algumas vezes chegar a direcionar os seus canhões contra a cidade. Certa vez, suspeitando que havia um plano para prendê-lo, armou-se dos pés à cabeça e foi ter com o governador, em terra, deixando ordens com seus homens para que, no caso de ele não retornar em uma hora (segundo determinou com total liberdade), eles arrasassem completamente a residência, apenas isso, e mesmo que ele próprio se encontrasse no seu interior. Eram assim as ultrajantes insolências daquele vilão, tão grande na maldade, que decidiu vingar-se a todo custo dos inimigos, mesmo tendo de dar a própria vida em sacrifício para conseguir aqueles objetivos perniciosos.

Devemos observar, entretanto, a respeito dos atos de pirataria de Barba Negra, que ele assinara a Proclamação de Perdão e, portanto, estava quite com a lei. E, tendo nas mãos um certificado expedido por Sua Excelência, ninguém poderia processá-lo pelos crimes cometidos até ali, pois todos haviam sido apagados pela referida Proclamação. E quanto à desapropriação do navio franco-martiniquês, que posteriormente ele trouxe para a Carolina do Norte, o governador procedeu judiciosamente ao convocar um tribunal do Vice-Almirantado, em virtude de seu cargo, no qual quatro tripulantes juraram ter encontrado o navio à deriva, sem ninguém a bordo. Consequentemente, o tribunal expropriou o navio, como qualquer outro tribunal teria feito, colocando a carga em disponibilidade, também de acordo com a lei.

Sobre a expedição secreta à Virgínia, empreendida pelo governador e por dois capitães de fragatas, todos tinham os seus inconfessados objetivos nela: as fragatas haviam permanecido ancoradas durante os dez últimos meses, enquanto os piratas infestavam o litoral, praticando inúmeros desmandos. É provável que por essa razão eles devessem ser chamados a se explicar. Mas o sucesso da ação contra Teach, conhecido como Barba Negra, talvez tenha impedido essa investigação, embora eu me perca ao querer levantar todos os atos de pirataria cometidos por ele, depois que se rendeu à Proclamação. O navio francês foi desapropriado conforme a lei, como já se disse antes, e se Barba Negra cometeu depredações entre os fazendeiros, como parece que eles se queixaram, isto não ocorreu em alto-mar, mas sim no rio, ou nas praias e, portanto, não poderia estar sob a jurisdição do Almirantado, nem tampouco das leis antipirataria. O governador da Virgínia se beneficiou com o fato, pois enviou ao mesmo tempo uma força por terra que apreendeu consideráveis bens de Barba Negra, na província do governador Eden, o que certamente era algo novo para um governador de província — cuja autoridade limitava-se à sua própria jurisdição — exercer autoridade sobre um outro governo e sobre o próprio governador local. Assim, foi o pobre sr. Eden insultado e maltratado de todos os lados, sem poder se justificar ou afirmar os seus direitos legais.

Em suma, para se fazer justiça ao caráter do governador Eden, que morreu depois disso, não foram encontrados indícios — tanto nos documentos e cartas apreendidos na chalupa de Barba Negra, quanto em todas as demais evidências — de que o referido governador estivesse envolvido em alguma prática maléfica. Pelo contrário, durante todo o tempo em que permaneceu no posto, foi ele honrado e amado pelo povo da sua colônia, por sua retidão, probidade e prudente administração. Quanto às questões particulares do seu secretário, não tenho nenhum conhecimento. Ele morreu alguns dias depois da liquidação de Barba Negra, e nenhum inquérito foi instaurado. Talvez não tenha havido ocasião para fazê-lo.

III

O major Stede Bonnet e sua tripulação

Esse major era um cavalheiro de ótima reputação na ilha de Barbados. Senhor de uma imensa fortuna, e tendo conhecido todas as vantagens de uma educação liberal, seria o último dos mortais a optar por um tal caminho na vida, a julgar por sua situação. Foi uma verdadeira surpresa para todos na ilha onde vivia a notícia de sua decisão. E como, antes de dar início a seus atos declarados de pirataria, todos, de um modo geral, o estimavam e honravam muito, posteriormente mais o lamentaram do que propriamente condenaram, atribuindo aqueles seus impulsos de sair praticando a pirataria apenas a alguma perturbação mental, que se evidenciou pouco antes de ele partir com seus maléficos objetivos. Diziam também que essa perturbação fora ocasionada por certas angústias que ele vivenciou ao conhecer a vida de casado. Seja como for, o major não estava qualificado para aquele tipo de atividade, e também não entendia nada de questões marítimas.

Mas mesmo assim, ele equipou uma chalupa com dez canhões e setenta marujos, arcando sozinho com os custos, e zarpou de Barbados durante a noite. Sua embarcação chamava-se Revenge [vingança]. O primeiro cruzeiro que realizou foi pelas costas da Virgínia, onde capturou diversos navios, saqueando-os de suas provisões, vestimentas, dinheiro, munição etc., particularmente o Anne, comandado pelo capitão Montgomery, de Glasgow; o Turbet, de Barbados, o qual, em razão de sua origem, foi incendiado pela tripulação depois de retirarem dele a maior parte da carga; o Endeavour, do capitão Scot, de Bristol, e o Young, proveniente de Leith. Daí eles rumaram para Nova York e, na ponta leste de Long Island, capturaram uma chalupa que se dirigia às Índias Ocidentais. Depois disso atracaram e desembarcaram alguns homens em Gardner's Island, porém de maneira pacífica, comprando provisões para a companhia e pagando por elas, partindo em seguida sem provocarem qualquer perturbação.

Algum tempo depois, no mês de agosto de 1717, Bonnet chegou à barragem da Carolina do Sul, onde capturou uma chalupa e um brigue que se dirigiam para lá. A chalupa pertencia a Barbados, e o seu comandante era Joseph Palmer. Ia carregada com rum, açúcar e escravos negros. O brigue vinha da Nova Inglaterra, sob o comando de Thomas Porter, e foi liberado depois do saque. Mas a chalupa foi levada por eles e, numa enseada na Carolina do Norte, a adernaram[1] e a incendiaram em seguida.

Depois de fazerem a limpeza no seu barco, eles o puseram novamente no mar, porém não conseguiam chegar a um acordo quanto à melhor direção a tomar. As opiniões estavam divididas entre a tripulação, uns querendo uma coisa, outros pensando de forma diferente, e assim apenas a confusão parecia participar de todos os planos.

Como estava longe de ser um marinheiro, como já se falou antes, o major tinha de ceder a frequentes imposições feitas a ele durante as operações, por sua total falta de conhecimentos marítimos. No final, ele acabou acompanhando um outro pirata, um tal Edward Teach (homem que, devido à sua barba negra, notavelmente feia, era conhecido como Barba Negra): esse indivíduo era um marinheiro muito bom, mas também era o mais cruel dos bandidos, corajoso e audacioso como ninguém, incapaz de hesitar diante do mais abominável ato que se possa imaginar. Assim, foi ele declarado o chefe daquela execrável turma. Pode-se dizer que o seu lugar não foi indevidamente ocupado, pois na verdade Barba Negra era superior em vilania a qualquer outro daquele bando, como já relatado.

Todos os tripulantes ficaram do seu lado, relegando Bonnet ao segundo plano, não obstante fosse dele a embarcação. E ele prosseguiu a bordo do navio de Barba Negra, sem participar de nenhuma das suas questões, e ali permaneceu até o barco se perder na enseada de Topsail, quando um certo Richards foi nomeado capitão em seu lugar. Agora o major conseguia perceber a sua própria loucura, porém nada podia fazer, o que o deixou presa de melancolia. Refletia sobre o curso passado de sua vida e atormentava-se de vergonha ao lembrar-se do que fizera. Seu comportamento foi notado pelos outros piratas que, apesar de tudo, gostavam dele. E muitas vezes ele confessou a alguns deles que de bom grado abandonaria aquele meio de vida, já estando totalmente farto daquilo. Mas sentiria vergonha de encarar novamente qualquer cidadão inglês. Por isso, se pudesse ir para a Espanha, ou Portugal, onde não seria reconhecido, ele passaria o resto dos seus dias em qualquer daqueles dois países. Ou então continuaria ali mesmo, o quanto vivesse.

Quando Barba Negra perdeu o seu navio na enseada de Topsail e apresentou sua rendição conforme a proclamação do rei, Bonnet reassumiu o comando de sua chalupa, a Revenge, e foi diretamente para Bath-Town, na Carolina do Norte, também para apresentar a sua rendição ao perdão real e receber o seu certificado. A guerra agora irrompera entre os membros da Tríplice Aliança e a Espanha. Assim, o major Bonnet conseguiu, na Carolina do Norte, permissão para ir com sua chalupa para a ilha de St. Thomas, com o propósito (pelo menos, era isto o que pretendia) de conseguir uma autorização do imperador para partir como corsário contra os espanhóis. Quando Bonnet voltou à enseada de Topsail viu que Teach e sua turma tinham ido embora, levando todo o dinheiro, as pequenas armas e os artigos de valor do navio maior, abandonando dezessete homens num pequeno banco de areia a cerca de seis quilômetros de terra firme, evidentemente para que ali eles encontrassem a morte. A ilhota era deserta, e eles foram deixados sem quaisquer meios de subsistência, tampouco um barco ou material para poderem fazer um bote ou uma canoa para escapar dali. Ali ficaram eles por duas noites e um dia, sem alimento ou qualquer perspectiva de conseguirem algum, não esperando outra coisa senão uma morte lenta. Foi quando, para o seu inexprimível alívio, eles avistaram a salvação a aproximar-se. Pois o major Bonnet, informado de que eles estavam lá por dois piratas que haviam conseguido escapar da crueldade de Teach, conseguindo ir para uma pobre aldeia na extremidade superior do porto, enviou seu escaler para constatar a verdade. Os pobres desgraçados lhes fizeram sinal, e foram todos levados para bordo da chalupa de Bonnet.

O major Bonnet declarou a todos da companhia a sua intenção de solicitar uma autorização para investir contra os espanhóis, e com esse fim iria para a ilha de St. Thomas. Quem desejasse acompanhá-lo seria bem-vindo. Todo o bando concordou, mas quando a chalupa se preparava para partir, um pesqueiro trazendo maças e cidra para vender aos marujos passou-lhes a informação de que o capitão Teach se encontrava no estreito de Okerecock com apenas uns dezoito ou vinte marujos. Bonnet, que lhe dedicava um ódio mortal devido aos insultos que ele lhe dirigira, partiu imediatamente no seu encalço, porém demasiado tarde, pois Barba Negra não se encontrava mais lá. Depois de quatro dias de buscas, não tendo novas notícias, dirigiu seu curso para a Virgínia.

No mês de julho, os aventureiros chegaram ao litoral dos Cabos e, ao cruzarem por uma embarcação que transportava mantimentos, como justamente estavam precisando disso, tomaram dela dez ou doze barris de carne de porco, e mais cerca de quatrocentos fardos de pão. Mas, como não queriam dar um aspecto de pirataria, entregaram-lhes em troca oito ou dez tonéis de arroz e um cordame velho.

Dois dias depois, perseguiram uma chalupa de sessenta toneladas, levando-a até doze quilômetros da costa do cabo Henry. Tiveram a felicidade de encontrar um suprimento de bebida, e retiraram dela dois tonéis de rum, e mais dois de melaço, que ao que tudo indica estavam precisando, embora não dispusessem de dinheiro vivo para realizar o pagamento. Não sei informar que tipo de garantia eles tencionavam dar-lhes. O fato é que Bonnet enviou oito de seus homens para cuidarem da presa, e estes, como não estivessem habituados a tais liberdades, aproveitaram a primeira chance para se irem embora com a embarcação. E Bonnet, que agora estava muito satisfeito por ser chamado capitão Thomas, nunca mais os viu novamente.

Depois disso, o major se livrou de quaisquer outras restrições que pudesse abrigar consigo e, embora pouco antes tivesse recebido o perdão de Sua Majestade, sob o nome de Stede Bonnet, sofreu uma recaída na antiga vocação — estando plenamente consciente disso — agora com o nome de *Capitão Thomas*. Retomou explicitamente a vida de pirata, capturando e saqueando todos os navios que lhe passavam pelo caminho. Ao largo do cabo Henry ele capturou dois navios da Virgínia, em viagem para Glasgow, dos quais pouca coisa retirou além de cem fardos de tabaco. No dia seguinte tomou uma pequena chalupa que ia da Virgínia para as Bermudas, que o abasteceu com vinte barris de carne de porco e uma certa quantidade de bacon. Em troca deram-lhes dois barris de arroz e um tonel de melaço. Daquela chalupa, dois homens vieram espontaneamente fazer parte do seu bando. O próximo barco a capturarem foi outro navio da Virgínia, com destino a Glasgow, do qual nada de valor puderam tirar, salvo alguns pentes, alfinetes e agulhas, trocando tudo por um barril de carne de porco e dois de pão.

Da Virgínia eles velejaram para a Filadélfia. Quando se encontravam na latitude 38 norte, capturaram uma escuna proveniente da Carolina do Norte e seguindo em direção a Boston. Dela retiraram apenas duas dúzias de couros de boi, para fazerem coberturas para os canhões, e também dois de seus tripulantes, mantendo o barco com eles por alguns dias. Tudo isso era pouco mais do que um mero passatempo, como se eles pretendessem apenas abastecer a sua chalupa enquanto se preparavam para a chegada a St. Thomas. Pois até ali haviam demonstrado boa vontade para com aqueles que tinham a má sorte de cair em suas mãos. Porém os que vieram depois não encontraram tratamento tão bom. Na latitude 39, ao largo do rio Delaware, próximo à Filadélfia, tomaram dois paquetes que se dirigiam a Bristol, dos quais retiraram certa quantia de dinheiro, além de mercadorias, tudo talvez no valor de cento e cinquenta libras. Logo em seguida tomaram uma chalupa de sessenta toneladas, que ia da Filadélfia para Barbados. Depois de se apossarem de algumas mercadorias, deixaram-na partir com os dois paquetes.

No dia 29 de julho, o capitão Thomas capturou uma chalupa de cinquenta toneladas, a uma distância de uns trinta e cinco quilômetros da baía de Delaware, e que se dirigia da Filadélfia para Barbados, sob o comando de Thomas Read. Ia carregada de provisões, que eles tomaram, colocando a bordo dela quatro ou cinco dos seus homens. No último dia de julho tomaram uma outra chalupa de sessenta toneladas, comandada por Peter Manwaring, que vinha de Antígua para a Filadélfia, a qual também apreenderam com a carga, que consistia principalmente em rum, melaço, açúcar, algodão, índigo e cerca de vinte e cinco libras em dinheiro, chegando o total aproximadamente a quinhentas libras.

Em 31 de julho os nossos bandidos, acompanhados dos barcos recém-capturados, deixaram a baía de Delaware e velejaram em direção ao rio Cape Fear, onde se demoraram por um tempo demasiado longo para sua segurança, pois o seu barco pirata, que agora recebera um novo nome — o de Royal James — apresentava muitos vazamentos, e assim eles tiveram de permanecer ali por cerca de dois meses, para reequipá-lo e reparar o casco. Naquele rio eles tomaram uma pequena chalupa, que foi desmontada para se poderem fazer os consertos necessários, e com isso ficou atrasado o prosseguimento das suas viagens, como já se disse. E assim, as notícias de que um barco pirata se encontrava lá, adernado, com as suas presas, acabaram chegando à Carolina.

Com essa informação, o Conselho da Carolina do Sul ficou alarmado, pois também soube que dentro de pouco tempo receberiam a visita deles. Para impedi-lo, o coronel William Rhet, daquela mesma província, foi até o governador oferecendo-se generosamente para partir com duas chalupas e atacar o pirata. O governador prontamente aceitou a oferta, e em seguida deu ao coronel a autorização com plenos poderes para tratar aquelas embarcações da maneira que ele achasse mais apropriada.

Em poucos dias, duas chalupas foram equipadas e tripuladas. A chalupa Henry, de oito canhões e setenta homens, comandada pelo capitão John Masters, e a Sea Nymph, de oito canhões e sessenta homens, comandada pelo capitão Fayrer Hall, ambos sob a direção e o comando do referido coronel Rhet. Este, no dia 14 de setembro, embarcou na chalupa Henry e, acompanhado da outra, zarpou de Charles-Town para a ilha de Swilllivant [Sullivan], a fim de se prepararem para a busca. Logo em seguida chegou um pequeno navio de Antígua, comandado por um certo Cock, com a informação de que, fora da barra, um brigue de doze canhões e noventa homens chefiados por um certo Charles Vane, o pirata, o havia capturado e saqueado. E que além daquele barco, Vane havia tomado também duas outras embarcações que ali chegavam, uma chalupa pequena, comandada pelo capitão Dill, de Barbados, e um brigue sob o comando do capitão Thompson, vindo da Guiné, com mais de noventa negros, os quais foram retirados do barco e colocados a bordo de uma outra chalupa, sob o comando de um tal Yeats, seu associado, e com quinze marujos. Esse fato veio a se mostrar vantajoso para os proprietários do navio da Guiné, uma vez que Yeats, que por diversas vezes havia tentado deixar aquele tipo de vida, aproveitou a chance para durante a noite abandonar Vane e partir rapidamente para o rio North-Edisto, ao sul de Charles-Town, onde apresentou a sua rendição ao perdão de Sua Majestade. Os donos dos negros os tiveram de volta, e Yeats com seus homens receberam os seus certificados fornecidos pelo governo.

Vane circulou por algum tempo pelas costas da barra, na esperança de apanhar Yeats, mas logo conseguiu capturar dois navios, para infortúnio destes, que partiam com destino a Londres. Enquanto os prisioneiros se encontravam a bordo, alguns piratas revelaram a sua intenção de se dirigirem a um dos rios ao sul. O coronel Rhet, obtendo essa informação, velejou até a barra no dia 15 de setembro, nas duas chalupas já mencionadas. E com o vento soprando do norte, foi no encalço do pirata Vane, realizando buscas em todos os rios e estreitos ao sul. Mas como não o encontrasse, modificou o curso e partiu em direção ao rio Cape Fear, para dar continuidade ao seu primeiro desígnio. No dia 26 seguinte, à noite, o coronel e sua pequena esquadra penetraram no rio, avistando, diante de um promontório, três chalupas ancoradas: a do major Bonnet e suas duas presas. Mas aconteceu que ao subirem o rio, o piloto acabou fazendo encalhar a chalupa do coronel, e como já estava escuro quando conseguiram novamente flutuar, isto impediu que prosseguissem na subida aquela noite. Os piratas logo descobriram as chalupas, porém como não conhecessem a sua procedência, ou com que propósito haviam penetrado naquele rio, eles baixaram três botes com marujos para as capturarem. Mas estes logo verificaram o seu engano, e retornaram aos navios trazendo notícias nada boas. O major Bonnet fez os seus preparativos para o combate durante a noite, retirando todos os homens das duas presas. Mostrou ao capitão Manwaring, um dos seus prisioneiros, a carta que acabara de escrever e que seria enviada ao governador da Carolina. A carta dizia o seguinte: que se as chalupas que ali surgiram tivessem sido enviadas contra ele pelo referido governador, ele desejava deixar bem claro que haveria de incendiar e destruir todos os barcos chegando e partindo da Carolina do Sul. Na manhã seguinte as velas foram içadas e eles desceram o rio, com o único propósito de travar um combate de passagem. Também as chalupas do coronel Rhet enfunaram as suas e partiram atrás de Bonnet, aproximando-se cada vez mais do pirata com a intenção de abordá-lo. Este, percebendo isso, avançou para o litoral, porém, no calor da luta, suas chalupas acabaram por encalhar. As da Carolina, encontrando-se nas mesmas águas rasas, viram-se na mesma situação. A Henry, onde estava o coronel Rhet, encalhou à distância de um tiro do navio pirata, e na frente da sua proa. A outra chalupa encalhou bem mais adiante, quase também à distância de um tiro, o que fez com que pouca utilidade tivesse para o coronel, naquelas circunstâncias.

A essa altura o pirata levava considerável vantagem, pois o seu barco, depois de encalhar, adernou para o lado oposto ao do coronel Rhet, e assim todos em seu interior ficaram protegidos. A chalupa do coronel, entretanto, que também ficou inclinada, estava com os seus homens inteiramente expostos. Apesar disso, eles mantiveram um intenso fogo de artilharia, durante o tempo em que permaneceram encalhados, por quase cinco horas. Os piratas fizeram um determinado sinal com a sua sangrenta bandeira[2] e por diversas vezes saudaram ironicamente os homens do coronel com os seus chapéus, instigando-os a virem a bordo, ao que os outros responderam bradando hurras e declarando que dentro de muito pouco tempo iriam poder conversar com eles. O que de fato aconteceu, pois a chalupa do coronel foi a primeira a desencalhar. Ele se afastou para águas mais profundas e, logo depois de consertar a trave do barco, muito danificada durante o combate, eles partiram para cima do pirata, para desferir-lhe o golpe final e abordá-lo. Mas antes disso o pirata hasteou a bandeira de trégua, e logo depois capitulou. Todos os piratas se renderam e foram feitos prisioneiros. O coronel tomou posse da chalupa e ficou extremamente satisfeito ao descobrir que aquele capitão Thomas, seu comandante, não era outro senão o major Stede Bonnet, que por tantas vezes lhes dera a honra de ir visitá-los nas costas da Carolina.

Houve mortos durante aquela ação: a bordo da Henry, dez homens morreram e quatorze ficaram feridos. A bordo da Sea Nymph, houve dois mortos e quatro feridos. Os oficiais e marujos das duas chalupas conduziram-se com a maior bravura possível. E, não tivessem aquelas embarcações a má sorte de encalharem, e eles teriam capturado o pirata à custa de muito menos perdas. Mas, como aquele resolvera enfrentá-los num combate de passagem, os barcos se viram forçados a se manter próximos a ele, para impedir uma possível fuga. Entre os piratas houve sete mortos e cinco feridos, dois dos quais vieram a morrer pouco depois, em consequência dos ferimentos. O coronel Rhet zarpou do rio Cape Fear em 30 de setembro, chegando a Charles-Town no dia 3 de outubro, para a grande alegria de toda a população da província da Carolina.

Bonnet e sua tripulação desembarcaram dois dias depois e, como não existisse ali uma prisão pública, os piratas foram trancados na torre de observação, sob a guarda de milicianos. Mas o major Bonnet foi colocado sob a custódia na residência do prefeito. Passados poucos dias David Hariot, o comandante, e Ignatius Pell, o contramestre, que foram designados para dar depoimentos sobre os demais piratas, foram separados do resto da tripulação e também colocados na referida casa do prefeito, onde duas sentinelas montavam guarda todas as noites. Porém, quer tenha havido alguma corrupção, quer pela falta de atenção na vigilância sobre os prisioneiros, isso eu não saberia dizer, o fato é que no dia 24 de outubro, o major e Hariot conseguiram escapar, tendo o contramestre se recusado a acompanhá-los. Isso provocou um grande rebuliço na província, e a população manifestava abertamente a sua indignação contra o governador e outros membros da magistratura, acusando-os de terem sido subornados e de terem alguma conivência naquelas fugas. Essas invectivas surgiam do medo que todos sentiam de que Bonnet pudesse organizar uma outra companhia e vingar-se de toda a cidade por tudo aquilo que recentemente, e com justiça, sofrera. Mas em pouco tempo puderam tranquilizar-se a esse respeito, pois tão logo o governador teve conhecimento da fuga de Bonnet, expediu imediatamente uma proclamação na qual prometia uma recompensa de setecentas libras para quem quer que o prendesse, e também enviou em sua perseguição diversos barcos, tanto para o norte quanto para o sul.

Bonnet partiu num pequeno barco em direção ao norte, mas, na falta do mínimo necessário e enfrentando também o mau tempo, ele foi forçado a recuar, retornando em sua canoa para a ilha de Swillivant, perto de Charles-Town, para conseguir suprimentos. Mas dali enviaram-se informações ao governador, que mandou chamar o coronel Rhet para que saísse em perseguição a Bonnet, entregando-lhe para isso uma autorização. Em seguida o coronel, com um barco adequado e alguns homens, zarpou naquela mesma noite para a ilha de Swillivant e, após uma diligente busca, conseguiu encontrar Bonnet e Hariot juntos. Os homens do coronel dispararam suas armas contra eles, matando Hariot no próprio local, e ferindo também um negro e um índio. Bonnet acabou por se submeter e render-se e, na manhã seguinte, dia 6 de novembro, foi trazido pelo coronel Rhet até Charles-Town onde, com a garantia do governador, foi confiado a uma segura custódia, a fim de ser levado posteriormente a julgamento.

No dia 28 de outubro de 1718, o tribunal do Vice-Almirantado reuniu-se em Charles-Town, na Carolina do Sul. Após sucessivos adiamentos, as sessões prosseguiram até o dia 12 de novembro seguinte, uma quarta-feira, com o julgamento da companhia de piratas aprisionados na chalupa conhecida antes como Revenge, e agora chamada Royal James, perante Nicholas Trot, Esq., juiz do Vice-Almirantado e juiz supremo da referida província da Carolina do Sul, acompanhado por outros juízes assistentes.

Foi lida a autorização do rei conferida ao juiz Trot, e o grande júri comprometeu-se sob juramento a dar sua posição sobre as diversas denúncias e sobre a douta exortação apresentada a eles pelo referido juiz, pela qual se demonstrava, em primeiro lugar: que o mar é um dom de Deus, para uso dos homens, e é sujeito ao domínio e à propriedade, tanto quanto a terra.

Em segundo lugar: destacava-se particularmente a soberania do rei da Inglaterra sobre os mares britânicos.

Em terceiro: observava-se que, uma vez que o comércio e a navegação não podem realizar-se sem leis, por isso sempre houve leis específicas para a melhor ordem e regulamento das questões marítimas, seguindo-se a isto uma relação histórica dessas leis e de sua origem.

Em quarto lugar, prosseguia-se demonstrando a existência anterior de tribunais e cortes particulares a cuja jurisdição pertenciam as causas marítimas, tanto em assuntos civis quanto criminais.

Em quinto lugar, era-lhes especialmente demonstrada a constituição e a jurisdição daquela corte de sessões do Almirantado.

E por último, os crimes de competência da referida corte, especialmente ampliada para os crimes de pirataria, que no momento eram apresentados a eles.

Pronunciadas as acusações, um pequeno júri prestou juramento, e as seguintes pessoas foram indiciadas e julgadas;

Stede Bonnet, Edwards, conhecido como Thomas, originário de Barbados, marítimo.

Robert Tucker, originário da ilha da Jamaica, marítimo.

Edward Robinson, de Newcastle sobre o Tyne, marítimo.

Neal Paterson, de Aberdeen, marítimo.

William Scot, de Aberdeen, marítimo.

William Eddy, conhecido como Neddy, de Aberdeen, marítimo.

Alexander Annand, da Jamaica, marítimo.

George Rose, de Glasgow, marítimo.

George Dunkin, de Glasgow, marítimo.

* *Thomas Nicholas*, de Londres, marítimo.

John Ridge, de Londres, marítimo.

Matthew King, da Jamaica, marítimo.

Daniel Perry, de Guernsey, marítimo.

Henry Virgin, de Bristol, marítimo.

James Robbins, conhecido como Rattle, de Londres, marítimo.

James Mullet, conhecido como Millet, de Londres, marítimo.

Thomas Price, de Bristol, marítimo.

James Wilson, de Dublin, marítimo.

John Lopez, de Oporto, marítimo.

Zachariah Long, da província da Holanda, marítimo.

Job Bayly, de Londres, marítimo.

John-William Smith, de Charles-Town, marítimo.

Thomas Carman, de Maidstone, em Kent, marítimo.

John Thomas, da Jamaica, marítimo.

William Morrison, da Jamaica, marítimo.

Samuel Booth, de Charles-Town, marítimo.

William Hewet, da Jamaica, marítimo.

John Levit, da Carolina do Norte, marítimo.
William Livers, conhecido como Evis.
John Brierly, conhecido como Timberhead*, de Bath-Town, Carolina do Norte, marítimo.
Robert Boyd, da referida Bath-Town, marítimo.
* *Rowland Sharp*, de Bath-Town, marítimo.
* *Jonathan Clarke*, de Charles-Town, Carolina do Sul, marítimo.
* *Thomas Gerrard*, de Antígua, marítimo.

E todos, à exceção dos três últimos e de Thomas Nicholas, foram declarados culpados e sentenciados à morte.

A maioria deles foi julgada por apenas duas acusações, como se explica a seguir:

Os jurados de Nosso Senhor Soberano o Rei declaram sob juramento que Stede Bonnet, originário de Barbados, marítimo; Robert Tucker &c. &c., no segundo dia do mês de agosto, no quinto ano do reinado de nosso Senhor Soberano George &c., pela força das armas, em alto-mar, num certo local chamado cabo James &c., cometeram atos criminosos e de pirataria ao atacarem, danificarem, abordarem e invadirem uma certa chalupa mercante, chamada Frances, sob o comando de Peter Manwaring, pela força &c., em alto-mar, num certo local chamado cabo James, também conhecido como cabo Inlopen, a cerca de três quilômetros e meio de distância do litoral, na latitude 39, ou aproximadamente isso. E, dentro da jurisdição do Tribunal do Vice-Almirantado da Carolina do Sul, a chalupa transportava certas pessoas (desconhecidas dos jurados) e então, e ali, como piratas e criminosamente, eles realizaram o ataque ao seu interior e ao referido Peter Manwaring, e a outros marinheiros de sua tripulação (cujos nomes são desconhecidos dos referidos jurados) que se encontravam na mesma chalupa, contrariamente à Paz de Deus e do nosso Senhor Soberano o Rei, então, e ali estando, como piratas e criminosos, transferiram o referido Peter Manwaring e outros, e os seus tripulantes da mesma chalupa, para a outra chalupa mencionada antes, num estado de temor físico pelas próprias vidas, então e ali, na referida

---

* "Cabeça de pau". (N.T.)

chalupa, em alto-mar, no lugar acima mencionado, chamado cabo James, ou cabo Inlopen, a cerca de três quilômetros e meio da costa, na latitude 39, ou aproximadamente isso, como foi referido anteriormente, e dentro da jurisdição já referida, como piratas e criminoso, eles roubaram, se apossaram e levaram consigo toda a carga da referida chalupa mercante, que se chamava Frances, além de vinte e seis barris &c. &c., que foram encontrados na referida chalupa e que estavam sob a custódia e a posse do referido Peter Manwaring e outros, seus tripulantes da referida chalupa, retirando estes da sua custódia e posse, então e ali, em alto-mar como já foi dito, no chamado cabo James, ou cabo Inlopen, como referido, e dentro da jurisdição já referida, contrariamente à paz do nosso Senhor Soberano o Rei, à sua Coroa e Sua Dignidade.

Foi essa a forma de acusação na qual foram eles citados e, embora pudessem ter provado muitos outros atos contra a maioria da tripulação, o tribunal achou mais apropriado levar a julgamento apenas dois deles. O segundo foi a captura criminosa por pirataria da chalupa Fortune, comandada por Thomas Read, e, como seguiu a mesma forma que a mencionada acima, achamos desnecessário dizer mais alguma coisa sobre ela.

Todos os prisioneiros citados declararam-se inocentes, decidindo enfrentar o seu julgamento, à exceção de James Wilson e de John Levit, que se declararam culpados das duas acusações, e de Daniel Perry, que se declarou culpado de apenas uma. O major deveria responder por ambas as acusações concomitantemente, porém a Corte não aceitou isto, ao que ele se declarou inocente em ambas. Mas tendo sido considerado culpado de uma delas, ele recuou de sua declaração anterior e declarou-se culpado também da segunda acusação.

Os prisioneiros apresentaram pouca ou nenhuma defesa, cada um deles pretendendo apenas ter sido recolhido em uma praia deserta, onde haviam sido abandonados, e que todos embarcaram com o major Bonnet para seguirem para a ilha de St. Thomas; mas que já em alto-mar, e necessitando de provisões, foram forçados por outras pessoas a fazer o que fizeram. Também foi esta a declaração do major Bonnet, pretendendo ter sido pela necessidade, e não por uma inclinação própria, que tudo aconteceu. Entretanto, como os fatos provavam plenamente, pois todos ali haviam dividido dez ou onze libras para cada um, exceto os três últimos mencionados e mais Thomas Nicholas, foram todos considerados culpados.

O juiz pronunciou um discurso muito severo para eles, demonstrando a enormidade dos seus crimes, a situação em que agora se encontravam, e a natureza e a necessidade de um sincero arrependimento. Em seguida recomendou-os aos clérigos da província para receberem orientações mais amplas, e para os preparar para a vida eterna, pois (concluiu ele) "os lábios dos prelados conservam o conhecimento, e vós ireis buscar a lei por suas bocas. Pois eles são os mensageiros do Senhor," Mel. 2.7. "os embaixadores do Cristo, e a eles foi confiada a palavra" (ou Doutrina) "da reconciliação", 2. Co., v. 19, 20. Em seguida pronunciou a sua sentença de morte.

No dia 8 de novembro de 1718, sábado, Robert Tucker, Edward Robinson, Neal Paterson, William Scot, Job Bayley, John-William Smith, John Thomas, William Morrison, Samuel Booth, William Hewet, William Eddy, conhecido como Neddy, Alexander Annand, George Ross, George Dunkin, Matthew King, Daniel Perry, Henry Virgin, James Robbins, James Mullet, conhecido como Millet, Thomas Price, John Lopez e Zachariah Long foram executados em White Point, perto de Charles-Town, conforme a sentença que haviam recebido.

Quanto ao capitão, a sua fuga prolongou um pouco o seu destino, e esticou a sua vida por uns dias mais, ocorrendo o seu julgamento no dia 10. Foi declarado culpado, recebendo a mesma sentença que os demais. Diante disso, o juiz Trot pronunciou um discurso extremamente brilhante, talvez um tanto longo para ser incluído em nossa história, embora eu não possa passar por cima de uma obra tão instrutiva e útil, já que não sei por que mãos este livro poderá passar.

Discurso do Senhor Presidente do Tribunal ao pronunciar sua sentença para o major Stede Bonnet.

Major Stede Bonnet, sois aqui condenado por duas acusações de pirataria: uma, pelo veredicto do júri, e a outra por vossa própria confissão.

Embora fosseis indiciado por apenas duas ações, sabeis entretanto que durante vosso julgamento ficou plenamente provado, até mesmo por uma testemunha involuntária, que por meio de atos de pirataria vós tomastes e saqueastes nada menos do que treze embarcações, desde a vossa partida da Carolina do Norte.

Tanto que poderíeis ser indiciado e condenado por mais outras onze ações de pirataria, desde que recebestes o benefício do Ato de Clemência do rei, quando afirmastes a vossa intenção de abandonar definitivamente esse perverso meio de vida.

Para não mencionarmos também outros tantos atos de pirataria antes cometidos por vós. Pelos quais, embora o perdão que pedistes não fosse autêntico, ainda assim devereis responder por eles perante Deus.

Sabeis que os crimes que cometestes são maus por si mesmos e contrários à Luz e à Lei da Natureza, como também à Lei de Deus, pela qual vos ordenam a não roubar (Ex 20. 15). E o apóstolo são Paulo afirma expressamente que "os ladrões não herdarão o Reino de Deus" (1 Co 6. 10).

Porém ao roubo acrescentastes um pecado ainda maior: o assassínio. Quantos poderão ter sido assassinados por vós, entre os que resistiam aos vossos atos de pirataria, isto eu não saberia afirmar. Porém o que todos sabemos é que, além dos feridos, não menos que dezoito foram mortos por vós, dentre os que foram enviados pela autoridade legal para vos suprimir e colocar um ponto final nas rapinas que praticáveis diariamente.

E mesmo que penseis que ali se matavam homens num justo e declarado combate, mesmo assim sabe-se que o poder da espada, quando não é confiado por nenhuma autoridade legal, não confere o direito de usar qualquer força, ou de combater a quem quer que seja. E por isso, os que tombaram naquelas ações, cumprindo com seu dever para com seu rei e seu país, foram na verdade assassinados, e o seu sangue agora clama por vingança e justiça contra vós. Pois é a voz da natureza, confirmada pela Lei de Deus, que declara: "Aquele que derramar o sangue do homem, pelo homem seu sangue será derramado" (Gn 9. 6).

E considerai que a morte não é a única punição para os assassinos, pois sobre eles recai a promessa de ocuparem o seu lugar num lago que queima com o fogo e o enxofre, e que é a segunda morte (Rev 21. 8). Veja-se o cap. 22. 15. Essas palavras carregam o terror consigo e considerando-se a vossa situação e a vossa culpa, com certeza o seu som vos deve fazer tremer. "Pois quem pode viver em meio a um eterno incêndio?" (Cap. 33. 14).

Como o testemunho da vossa consciência vos deve convencer dos grandes e numerosos males que cometestes, pelos quais ofendestes seriamente a Deus, provocando mui justamente a Sua ira e indignação contra vós, assim posso supor não ser necessário dizer-vos que a única maneira de obterdes de Deus o perdão e a remissão de vossos pecados será por meio de um verdadeiro e sincero arrependimento e fé no Cristo, por cuja gloriosa morte e paixão, somente, podereis ter esperanças de salvação.

Como sois um cavalheiro, tendo conhecido todas as vantagens de uma educação liberal, e considerado também, de modo geral, como um homem letrado, acredito ser desnecessário para mim explicar-vos a natureza do arrependimento e da fé no Cristo, já que estão mencionadas nas Escrituras com tanta frequência e amplidão que é impossível não as conhecerdes. E assim, talvez, por essa razão poder-se-ia pensar não ser próprio que eu vos fale tanto sobre elas, como o faço no presente momento. Não deveria fazê-lo. Porém, ao examinar o curso da vossa vida e das vossas ações, tenho justos motivos para temer que os princípios da religião instilados durante a vossa educação se tenham corrompido ao final — se não é que foram totalmente apagados — pelo *ceticismo* e a *infidelidade* dessa época pervertida. E que o tempo que passastes nos estudos foi dedicado antes a uma literatura galante e à vã filosofia dos nossos tempos, do que a uma séria busca pela Lei e a Vontade de Deus, tais como nos foram reveladas pelas Santas Escrituras. Porque, "tivésseis tido vosso deleite na Lei do Senhor, meditando dia e noite sobre ela", (Sl 1. 2), teríeis descoberto que "a palavra de Deus era um a lâmpada aos vossos pés e uma luz em vosso caminho" (Sl 119. 105), e que não teríeis obtido outro conhecimento senão o da perda, em comparação com "a excelência do conhecimento do Cristo Jesus" (Fp 3. 8) pois é o poder de Deus e a Sabedoria de Deus que a ele chamam (Co 1. 24), "mesmo a sabedoria oculta que Deus estabeleceu no Mundo" (Cap. 2. 7).

Então teríeis amado as Escrituras como a Grande Carta dos céus, que nos transmitiram não só as leis e os regulamentos mais perfeitos da Vida, como também nos revelaram os atos de perdão de Deus por termos ofendido aquelas justas leis. Pois apenas nessas leis poderemos descobrir o grande mistério da redenção do pecador, "que os próprios anjos desejam ver" (Pe 1. 12)

E elas vos teriam ensinado que o pecado é o aviltamento da natureza humana, sendo um desvio da pureza, da retidão e da santidade com as quais fomos criados por Deus. E que a virtude e a religião, e o caminho segundo as leis de Deus, são totalmente preferíveis aos caminhos do pecado e de satã. Pois os caminhos da virtude são "caminhos do deleite, e todas as suas formas são da Paz" (Pv 3. 17).

Mas o que a palavra de Deus não vos ensinou, devido à atenção descuidada ou apenas superficial que dedicastes a ela, espero que o decurso da Sua Providência, e as atuais aflições que Ele lançou sobre vós, tenham-vos agora convencido dela. Pois mesmo na aparente prosperidade poderíeis "zombar dos vossos pecados" (Pv 14. 9), e mesmo assim, agora que podeis ver que a Mão de Deus vos alcançou, trazendo-vos para a justiça pública, espero que a vossa infeliz condição atual vos tenha feito refletir seriamente sobre as vossas ações passadas e o vosso rumo na vida. E que sejais agora sensível à magnitude dos vossos pecados, e que descubrais como é intolerável o seu fardo.

E que consequentemente, estando assim "em trabalhos e sobrecarregado com o peso dos vossos pecados" (Mt 2. 28), possais estimar aquele conhecimento como o mais valioso, que vos pode mostrar como se reconciliar com o Deus supremo, a quem tanto ofendestes, e que pode revelar-vos aquele que não é apenas vosso poderoso advogado perante o Pai (Jo 1.2), mas também, o que pagou com sua própria morte na cruz, por vós, aquela dívida contraída pelos vossos pecados. E que dessa forma deu plena satisfação à justiça de Deus. E isto só se pode encontrar na palavra de Deus, que nos revela que "o Cordeiro de Deus que tira os pecados do mundo" (Jo 1. 29), é o Cristo, o Filho de Deus. Por isto sabei, e ficai certo de que não há outro Nome sob os céus, entre os homens, pelo qual possamos ser salvos (At 4. 12), que não apenas o nome do Senhor Jesus.

Mas então considerai como Ele convida a todos os pecadores a vir até Ele, pois lhes dará descanso (Mt 28), pois Ele nos garante que veio buscar e salvar aquele que se perdeu (Lc 19. 10. Mat 18. 2) e prometeu que "quem vier até Ele, Ele não o lançará fora" (Jo 6. 37).

Assim, se agora vos voltardes sinceramente para Ele, embora tarde, ainda que na "undécima hora" (Mt 20. 6, 9). Ele vos receberá.

Mas certamente não preciso dizer-vos que as condições para a sua misericórdia são a fé e o arrependimento.

E não vos iludais sobre a natureza do arrependimento, pretendendo ser este apenas uma mera tristeza por vossos pecados, surgida da reflexão sobre o Mal e a Punição que agora eles trazem sobre vós. A vossa tristeza deve surgir da reflexão sobre as ofensas que fizestes a um Deus que é benevolente e misericordioso.

Porém não pretendo aqui dar-vos orientações detalhadas sobre a natureza do arrependimento. Acho que me dirijo a alguém cujas ofensas são provenientes não tanto por não saber, mas sim por desrespeitar e negligenciar seus deveres. Tampouco é adequado que vos dê conselhos tirados da minha própria profissão.

Podereis obter esses conselhos mais propriamente daqueles que fizeram da Divindade o seu particular estudo, e que, por seu conhecimento, como também por sua atividade como Embaixadores do Cristo, 2 Co 5. 20, estão mais bem qualificados para vos dar as devidas instruções.

Só desejo ardentemente que tudo o que disse agora, nesta triste e solene ocasião, por compaixão pela vossa alma, exortando-vos de um modo geral à fé e ao arrependimento, possa produzir em vós o devido efeito, e que assim vos possais tornar um verdadeiro *penitente*.

E assim, já que agora cumpri, como um cristão, com meu dever em relação a vós, dando-vos os melhores conselhos que pude sobre a salvação da vossa alma, devo agora cumprir com o meu dever, como juiz.

A sentença que a Lei indicou para ser aplicada a vós por vossas ofensas, e que esta Corte consequentemente confere, é:

Que vós, o citado Stede Bonnet, ireis daqui para o lugar de onde viestes, e dali para o local das execuções, onde sereis enforcado pelo pescoço até a morte.

E que Deus, infinitamente misericordioso, tenha piedade da Vossa alma.

Sobre o major Bonnet
[Do apêndice ao volume II]

Tenho apenas umas poucas palavras a acrescentar sobre a vida e os feitos do major Bonnet. Ao se aproximar o momento da sua execução, toda a sua firmeza faltou-lhe, e os seus medos e agonias se apoderaram dele de tal forma que ele parecia quase insano quando chegou ao local das execuções. O seu lastimável comportamento depois da sentença afetou muito as pessoas da província, especialmente as mulheres, e muitas solicitações foram feitas ao governador para que sua vida fosse poupada, mas foi tudo em vão. Não que Sua Excelência, o coronel Johnson, sentisse alguma satisfação pessoal com aqueles atos severos de justiça, mas ele conhecia bem demais o seu dever para se deixar levar por lágrimas e orações de gente fraca e irrefletida, quando tanto o bem público quanto a sua própria honra estavam em jogo. Se Bonnet não tivesse fugido de sua guarda, após ter sido preso, ocasionando com isso a morte de seu companheiro de prisão, Hariot, ao resistir à autoridade do governador, fornecendo assim mais um exemplo de suas intenções desleais, teria sido possível fazer algo em seu favor. Mas ele se tornara um criminoso demasiadamente notório e perigoso para que sua vida fosse poupada. Entretanto, o governador, que se comportou em seu posto, como também nas suas atividades particulares, com grande probidade, honra e sinceridade, ouviu uma proposta feita por alguns amigos de Bonnet, que era a de enviá-lo preso para a Inglaterra, a fim de que o seu caso fosse levado até Sua Majestade. O coronel Rhet ofereceu-se para acompanhá-lo, prometendo suficiente segurança para entregá-lo lá a salvo, a fim de que Sua Majestade o tratasse segundo sua vontade. Mas os próprios amigos do major consideraram, por fim, que isso causaria grandes despesas e problemas, e não teria outro propósito senão o de alongar um pouco mais aquela miserável vida. Pois achavam pouco provável conseguir-se o perdão para ele, tanto na Inglaterra quanto na Carolina do Sul. E assim, eles próprios acabaram por aceitar a execução da sentença, que fora aplicada com tanta justiça contra o major. Agora acrescentarei aqui uma cópia da carta escrita ao governador pelo prisioneiro, pouco antes da sua execução.

Meu Nobre Senhor,
Tomo a liberdade, confiando na vossa extrema bondade, de lançar-me aos vossos pés, por assim dizer, para vos implorar que, por misericórdia, tenhais a bondade de considerar o meu caso com toda piedade e compaixão. E que acrediteis que sou hoje o mais miserável dos homens a respirar neste mundo. Que as lágrimas que jorram da minha tristíssima alma possam amenizar o vosso coração, inclinando-vos a levar em conta o meu lamentável estado, o qual, devo confessar, está totalmente despreparado para receber tão cedo essa terrível execução que decidistes designar para mim. E assim, suplico-vos que penseis em mim como o objeto do vosso perdão.

Pelo amor de Deus, bondoso senhor, permiti que a palavra de três homens cristãos sob juramento possa pesar sobre essa vossa decisão, eles que estão dispostos a depor, assim que tiverdes a bondade de lhes permitir fazê-lo, sobre as compulsões que me possuíam quando pratiquei aqueles atos pelos quais estou agora condenado a morrer.

Imploro-vos que não me deixeis ser sacrificado pela inveja e o impiedoso ódio de alguns poucos, os quais, não estando ainda satisfeitos com todo esse sangue, fingem acreditar que se me concederem a felicidade de obter uma vida mais longa neste mundo, ainda irei empregá-la de uma forma perversa. Para remover esta e quaisquer outras dúvidas de Vossa

Excelência, eu vos suplico com todo o ardor que me permitais viver, e eu voluntariamente colocarei todas aquelas coisas longe de mim, separando os membros do meu corpo e conservando apenas o uso de minha língua, para que continuamente possa clamar e rezar para o Senhor meu Deus, e lamentar pelo resto dos meus dias, penitenciando-me em vestes de saco e cinzas, a fim de criar novas e confiantes esperanças na minha própria salvação, naquele grande e terrível dia em que todas as almas direitas irão receber a sua justa recompensa. E, para dar a Vossa Excelência mais uma garantia de ser eu agora incapaz de prejudicar qualquer um de meus companheiros cristãos, se eu ainda estivesse tão perversamente intencionado assim, humildemente eu vos suplico (como punição aos pecados devidos à minha pobre alma) que me contrateis como o mais desprezível servo de Vossa Excelência e deste Governo, pelo resto da vida, e me envieis para a mais longínqua guarnição ou colônia do interior deste país, ou que empregueis qualquer outra forma com que possais dispor de minha pessoa. E igualmente presenciareis a boa vontade de todos os meus amigos, que responderão pelo meu bom comportamento e constante obediência às vossas ordens.

Uma vez mais imploro pela graça de Deus, caro Senhor, que, uma vez que sois um cristão, sereis também bastante caridoso para se apiedar e compadecer desta minha miserável alma, que só mui recentemente foi despertada de seu hábito de pecar, e para abrigar as mais confiantes esperanças e garantias de que ela será recebida nos braços do meu abençoado Jesus, como se faz necessário para reconciliar-me com uma morte tão imediata. Por isso, como minha vida, meu sangue, como a reputação de minha família e minha felicidade futura estão inteiramente ao vosso dispor, imploro-vos que me considereis com um coração cristão e caridoso, e que determineis misericordiosamente que eu possa para sempre ser-vos reconhecido e amar-vos logo em seguida a Deus, meu Salvador. E que me obrigueis sempre a orar para que nosso Pai Celestial também venha a perdoar-vos por vossas faltas.

Agora, que o Deus da Paz, que trouxe de volta de entre os mortos o nosso Senhor Jesus, aquele grande Pastor de ovelhas, pelo sangue do eterno acordo, vos faça perfeito em todas as boas obras, no cumprimento da Sua vontade, aperfeiçoando em vós tudo aquilo que Lhe agrada à vista, por meio de Jesus, com quem a Glória esteja para todo o sempre, é a ardente oração do

Mais miserável e angustiado
servidor de Vossa Excelência,
Stede Bonnet

IV
O capitão John Rackam e sua tripulação

John Rackam era contramestre da companhia do pirata Vane, desligando-se dele quando este recusou-se a fazer a abordagem e lutar contra uma fragata francesa. Então Rackam foi eleito capitão da divisão que permaneceu no brigue. O dia 24 de novembro de 1718 foi o primeiro do seu comando, e o seu primeiro cruzeiro foi pelas ilhas do Caribe, onde capturou e saqueou diversos navios.

Já observamos que quando o capitão Woodes Rogers foi para a ilha de Providence, levando o perdão do rei para aqueles que se rendessem, o brigue que Rackam agora comandava escapou por uma outra passagem, desafiando o ato de clemência.

A barlavento da Jamaica, um navio da Madeira foi interceptado pelos piratas, que o detiveram durante dois ou três dias, até que se apoderassem de tudo o que levava. Depois o devolveram ao comandante, e também permitiram que um certo Hosea Tisdell, proprietário de uma taverna na Jamaica e capturado numa daquelas pilhagens, embarcasse nele, pois destinava-se àquela ilha.

Após esse cruzeiro, eles seguiram para uma pequena ilha, fazendo ali a limpeza do navio e passando o Natal na praia, a se embriagar e farrear enquanto tinham bebidas em estoque. Quando acabaram, de novo eles partiram para o mar à cata de mais, e conseguiram alguma coisa, não obstante não capturarem nada extraordinário por mais de dois meses, a não ser um navio cheio de ladrões vindos da prisão de Newgate com destino às colônias. Mas em poucos dias ele foi recapturado, com toda sua carga, por uma fragata inglesa.

Rackam se dirigiu então para as Bermudas, apossando-se de um navio que ia da Carolina para a Inglaterra, e de um pequeno pesqueiro da Nova Inglaterra, levando ambos para as Bahamas. Ali, usando o piche, o breu e os estoques do navio, fizeram novas limpezas e consertos no barco. Mas, por terem permanecido demasiado tempo pelos arredores, o capitão Rogers, que era o governador de Providence, acabou sabendo do ocorrido, e enviou para lá uma chalupa bem equipada e armada, que recapturou os dois barcos. Nesse meio-tempo, o pirata teve a sorte de escapar.

Daí eles velejaram para Cuba, onde Rackam mantinha uma espécie de família, e lá permaneceram por um tempo considerável, vivendo pelas praias com as suas Dalilas até que o dinheiro e as provisões chegaram ao fim, quando então a conclusão foi que já era hora de sair novamente, procurando mais. Após realizarem consertos no barco, eles se aprontavam para içar velas quando uma Guarda del Costa surgiu trazendo uma pequena chalupa inglesa que prendera por estar invadindo águas territoriais da costa. A guarda espanhola atacou os piratas, porém pouca coisa podia fazer na posição em que se encontrava, uma vez que Rackam se escondera por detrás de uma ilhota. Por isso, os espanhóis se retiraram para o canal, por aquela noite, a fim de garantirem a captura deles na manhã seguinte. Rackam viu que a sua situação era desesperadora, sem a menor possibilidade de escapar, e então resolveu tentar a seguinte façanha: como a presa dos espanhóis, por questão de segurança, ficara ancorada perto da praia, entre a pequena ilha e a terra firme, Rackam embarcou seus homens num escaler, armados com pistolas e cutelos, contornou silenciosamente a ilhota e lançou-se a bordo da presa, no meio da noite, sem que ninguém notasse. Disse aos espanhóis a bordo que bastava a menor palavra ou o menor ruído e eles seriam todos mortos, e dessa forma tornou-se senhor do navio. Feito isto, recolheu os cabos e zarpou para alto-mar. A fragata espanhola estava tão concentrada na próxima captura do navio, que nada mais lhe passava pelos pensamentos. E assim que raiou o dia, desferiu uma furiosa descarga de artilharia contra a chalupa — que estava totalmente vazia. Não demorou muito para se darem conta do que realmente se passava, e então amaldiçoaram-se a si próprios, chamando-se de tolos por deixarem escapulir uma tão valiosa presa, como ela mostrara ser, obtendo em seu lugar apenas um velho casco todo esburacado.

Rackam e os seus tripulantes, por seu lado, não tinham nenhum motivo para estarem insatisfeitos com a troca. Graças a ela, puderam continuar por mais uns tempos naquele modo de vida tão adequado às suas mentes depravadas. Em agosto de 1720, vamos novamente encontrá-lo no mar, explorando os portos e enseadas das regiões norte e oeste da Jamaica, onde capturou várias embarcações pequenas, que provaram ser um butim pouco expressivo para os vadios. Mas ele contava com poucos homens, e assim, todos tinham de se contentar com cacifes não muito altos, até poderem aumentar a sua companhia.

No início de setembro, eles capturaram sete ou oito barcos de pesca na Harbour Island, roubaram as redes e outros equipamentos, seguindo depois para a parte francesa de Hispaniola. Ali desembarcaram e roubaram gado, com a ajuda de dois ou três franceses que encontraram perto do litoral, e que caçavam porcos selvagens à noite. Os franceses subiram a bordo, embora eu não possa afirmar que o tivessem feito por livre vontade ou forçados a isso. Depois, os piratas saquearam duas chalupas, retornando para a Jamaica, em cuja costa norte, próximo à baía de Porto Maria, capturaram uma escuna comandada por Thomas Spenlow. Era o dia 19 de outubro, no dia seguinte, Rackam avistou uma chalupa na baía de Dry Harbour. Deteve-se e disparou o canhão contra ela. Os homens todos fugiram para a praia e ele se apossou da embarcação e de sua carga. Porém, quando os que estavam na praia descobriram tratar-se de piratas, todos acenaram para a escuna querendo subir a bordo.

O fato de Rackam ficar constantemente percorrendo o litoral da ilha teve um resultado fatal para ele, pois informações sobre a sua movimentação chegaram ao governador, trazidas por tripulantes de uma canoa que o vira navegando perto da costa, na baía de Ocho [Ocho Rios]. Imediatamente equipou-se uma chalupa, sob o comando do capitão Barnet e com um bom número de marinheiros, com instruções para contornar a ilha à procura dele. Rackam prosseguia o seu caminho ao redor da ilha, até que, aproximando-se do ponto mais ocidental, chamado Point Negril, ele avistou uma pequena *pettiauga** a qual, ao ver a chalupa, correu para terra e desembarcou seus homens. Assim que um pirata lhes acenou informando que eram ingleses, eles responderam. Os piratas então convidaram os homens da *pettiauga* a subirem a bordo para uma jarra de ponche, o que foi aceito. Segundo os relatos, veio toda

---

* Trata-se de um barco ou barcaça chata próprio para águas rasas, ocasionalmente dotado de dois mastros. (N.T.)

a companhia a bordo. Eram nove homens, chegando num mau momento. Estavam armados de mosquetes e cutelos, mas o seu real desígnio ao agirem daquela forma, não tenho condições de informar. Assim que descansaram suas armas e encheram os cachimbos, apareceu no horizonte a chalupa de Barnet, em busca de Rackam.

Quando perceberam que estavam diretamente sob a mira da chalupa, os piratas sentiram medo e levantaram âncora, ainda que tarde, e mantiveram-se a distância. Em seguida o capitão Barnet partiu em sua perseguição, e, com a vantagem de ventos favoráveis que sopravam da terra, chegou até eles e, após uma disputa muito breve capturou-os, trazendo-os para Port Royal, na Jamaica.

Em cerca de duas semanas após a condução dos prisioneiros a terra, ou seja, em 16 de novembro de 1720, realizou-se um tribunal do Almirantado em Santo Jago de la Vega, diante do qual as seguintes pessoas foram acusadas, e sua sentença de morte proferida pelo presidente, sir Nicholas Laws: John Rackam, capitão; George Fetherston, mestre; Richard Corner, contramestre; John Davis, John Howell, Patrick Carty, Thomas Earl, James Dobbin e Noah Harwood. Os cinco primeiros foram executados no dia seguinte, em Gallows Point, na cidade de Port Royal; os outros, um dia depois, em Kingston. Os corpos de Rackam, Fetherston e Corner foram posteriormente pendurados e acorrentados, um em Plumb Point, outro em Bush Key e o terceiro em Gun Key.

Mas o que muito surpreendeu foi a condenação dos nove homens que subiram a bordo da chalupa no dia da sua captura. Foram julgados após um adiamento do tribunal, no dia 24 de janeiro, à espera, supõe-se, das evidências que provassem sua intenção criminosa ao subirem a bordo de um navio pirata. Pois ao que parece não houve atos de pirataria cometidos por eles a bordo, como se evidenciou pelo que disseram as testemunhas de acusação, dois franceses presos por Rackam na costa da ilha de Hispaniola, e cujo depoimento foi como se segue:

Que os prisioneiros ali no tribunal — John Eaton, Edward Warner, Thomas Baker, Thomas Quick, John Cole, Benjamin Palmer, Walter Rouse, John Hanson e John Howard — foram transportados até a chalupa pirata, em Negril Point, numa canoa enviada por Rackam com este fim. Que trouxeram consigo as suas armas e cutelos. Que quando o capitão Barnet deu início à perseguição, uns bebiam, outros passeavam pelo convés. Que houve tiros de canhão e de uma arma menor, disparados pelos piratas contra a chalupa do capitão Barnet, e que quando o navio deste último atirou contra Rackam, os prisioneiros ali no tribunal desceram para o porão. Que durante a perseguição do capitão Barnet, alguns prisioneiros ali (quais deles, a testemunha não soube dizer) ajudaram nos remos, a fim de escaparem de Barnet. E que todos pareciam agir em combinação.

Foi este o teor de tudo o que se evidenciou contra eles. Em sua defesa, os prisioneiros declararam que não tinham testemunhas. Que tinham comprado uma *pettiauga* para a pesca da tartaruga, e que, quando se encontravam em Negril Point, assim que desembarcaram viram uma chalupa com uma bandeira branca aproximando-se deles, ao que imediatamente tomaram suas armas e se esconderam na floresta. Que um deles fez sinal para a chalupa, que em resposta disse que eram ingleses e que desejavam que fossem ter a bordo com eles para uma jarra de ponche. Que se recusaram a princípio, mas que depois de muita persuasão concordaram, e que foram no escaler do navio, deixando ancorada a sua *pettiauga*. Que estavam apenas há pouco tempo a bordo, quando a chalupa do capitão Barnet surgiu à vista. Que imediatamente Rackam ordenou que eles ajudassem a levantar a âncora, o que todos se recusaram a fazer. Que Rackam empregou meios violentos para forçá-los a obedecer. E que quando o capitão Barnet chegou até eles, todos, na mesma hora e espontaneamente, se renderam.

Quando os prisioneiros foram retirados do tribunal, e os presentes saíram, a Corte examinou os casos. A maioria dos seus membros foi de opinião de que todos eram culpados pelos crimes de pirataria e traição de que os acusavam, porque, com intenção criminosa e pérfida, foram até onde se encontravam John Rackam e seus comparsas, notórios piratas, como eles bem sabiam, e por isso receberam a sentença de morte. O que, deve-se reconhecer, foi uma terrível má sorte para os coitados.

No dia 17 de fevereiro, John Eaton, Thomas Quick e Thomas Baker foram executados em Gallows Point, na cidade de Port Royal. No dia seguinte, foram executados John Cole, John Howard e Benjamin Palmer em Kingston. Se posteriormente os outros três foram ou não executados, jamais pude saber.

Dois outros piratas foram a julgamento, por pertencerem à tripulação de Rackam. Ao se proferir a condenação, foi-lhes perguntado se achavam que a sentença de morte deveria ser descartada no caso deles, como fora aplicada para todos os demais. A resposta foi que ambos estavam esperando bebê, e já perto de darem à luz, e suplicaram pelo adiamento da execução. O tribunal aprovou a sentença adequada para os casos de pirataria, porém ordenou que os dois aguardassem a indicação de um novo júri para examinar a questão.

A vida de Mary Read

Agora vamos dar início a uma história cheia de surpreendentes lances e aventuras. Refiro-me à vida de Mary Read e de Anne Bonny, conhecida como Bonn, que eram os nomes verdadeiros daqueles dois piratas. Os estranhos incidentes das suas vidas errantes são tais que muitos ficarão tentados a achar que toda essa história nada mais é que uma novela, ou um romance. Mas, uma vez que ela conta com o apoio de milhares de testemunhas — refiro-me à gente da Jamaica, presente durante o seu julgamento e que ouviu a história das suas vidas, quando pela primeira vez foi descoberto o seu verdadeiro sexo — a verdade dela não mais pode ser contestada, como também não se contesta que piratas como Roberts e Barba Negra também existiram neste mundo.

Mary Read nasceu na Inglaterra. Sua mãe casou-se jovem, com um homem que fazia sempre viagens marítimas. Logo após o casamento ele partiu, deixando-a com um filho, um menino. Mary Read jamais pôde saber se aquele homem veio a morrer num naufrágio, ou no navio no decorrer de uma viagem. O fato é que nunca mais ele voltou. A mãe, entretanto, que era jovem e frágil, deparou-se com um acidente muito comum entre mulheres jovens que não tomam certas precauções: em pouco tempo estava grávida novamente e agora sem um marido para assumir a paternidade. Como aquilo acontecera, e com quem, ninguém a não ser ela mesma poderia dizer, pois desfrutava uma reputação muito boa na vizinhança. Vendo que o seu ventre crescia e a fim de ocultar sua vergonha ela despediu-se formalmente dos parentes do seu marido, explicando que partia para viver com alguns amigos, no interior. E assim ela se foi, levando consigo o seu pequeno filho, que nesse tempo ainda não tinha um ano. Pouco depois da partida o menino morreu, porém a Providência achou por bem conceder-lhe uma menina, em seu lugar. O parto se passou sem quaisquer problemas, no seu retiro, e aquela criança foi a nossa Mary Read.

Ali a mãe viveu por três ou quatro anos, até quase acabar o dinheiro que tinha consigo. Então começou a pensar em voltar para Londres, lembrando-se de que a mãe de seu marido lá vivia em muito boa situação. Não tinha dúvidas de que, caso pudesse fazer que aquela criança passasse pela outra, poderia convencer a sogra a sustentá-la. Mas transformar uma menina em menino era tarefa bastante difícil, e iludir uma velha senhora experiente numa questão dessas, parecia quase impossível. Entretanto, ela se aventurou a vesti-la como menino, e a trouxe para a cidade, apresentando-a à sogra como o filho de seu marido. A velha senhora propôs-se de bom grado a ficar com a criança, para educá-la e alimentá-la, mas a mãe alegou que separar-se dela deixaria o seu coração partido. Assim, ficou acertado entre as duas que a criança viveria ao lado da mãe, e a suposta avó contribuiria com uma coroa semanal para sua subsistência.

Assim a mãe conseguiu o que queria, criou a filha como menino, e tão logo esta adquiriu certa noção das coisas, achou melhor informá-la sobre o segredo do seu nascimento, convencendo-a a esconder o seu verdadeiro sexo. Mas aconteceu que a avó veio a falecer, e consequentemente, os meios de subsistência que vinham dali cessaram, e as duas viram a situação piorar cada vez mais. Então a mãe se viu forçada a mandar a filha, que agora já estava com treze anos, sair de casa, e a menina foi trabalhar para uma senhora francesa, ficando ali como menino de recados. Não permaneceu lá por muito tempo, pois logo tornou-se atrevido e violento. Como possuía também uma mente errante, inscreveu-se para servir a bordo de uma fragata, onde ficou por algum tempo. Depois saiu, viajou para Flandres, alistando-se como cadete num regimento de infantaria. E ali, embora em todas as ações se comportasse com grande bravura, mesmo assim não foi promovido, pois as promoções ali geralmente eram obtidas pela compra e venda. Por isso largou o serviço, ingressando num regimento de cavalaria. Portou-se tão bem, ali, em diversas ações, que acabou por obter a estima de todos os oficiais. Mas o seu parceiro, um flamengo que, entre outras virtudes, era um belo jovem, despertou-lhe o amor, e a partir dali ela se tornou mais negligente no serviço, pois, ao que tudo indica, não se pode servir a Marte e a Vênus ao mesmo tempo. Suas armas e uniformes, que antes eram sempre muito arrumados, com a maior ordem, passaram a ficar completamente desleixados. É incrível, mas quando o seu parceiro tinha de comparecer a alguma festa, ela o acompanhava sem que tivesse recebido ordens para isso, e muitas vezes arriscando-se, pois nada tinha a fazer ali, senão ficar perto dele. O resto da tropa, que mal suspeitava do secreto motivo que a levava a tal comportamento, imaginou que tivesse

Mary Read e Anne Bonny

enlouquecido. O seu próprio parceiro não encontrava explicações para aquela estranha alteração. Mas o amor é muito criativo. Assim, uma vez em que ambos ficaram juntos na mesma barraca — e eles estavam sempre perto um do outro — ela encontrou um meio de fazê-lo descobrir o seu verdadeiro sexo, sem parecer que fazia isso propositadamente.

Ele se surpreendeu muito com o que viu, e ficou bastante satisfeito, achando que assim ele teria uma amante só para ele no acampamento, o que não era comum, já que é muito difícil uma dessas mulheres de campanha ser fiel a um só soldado, ou a uma só companhia. Tanto que ele decidiu simplesmente satisfazer os seus desejos, quase sem qualquer cerimônia. Porém viu-se estranhamente decepcionado, pois ela se mostrou muito reservada e modesta, resistindo a todas as tentativas dele, e ao mesmo tempo mostrando-se tão obsequiosa e insinuante em seus gestos, que acabou por fazê-lo modificar completamente suas intenções. Assim, ao invés de fazer dela sua amante, ele passou a cortejá-la para sua esposa.

Este o maior desejo que ela abrigava no coração. Para resumir, eles trocaram promessas, e ao terminar a campanha, quando o regimento marchou para os alojamentos de inverno, compraram roupas de mulher para ela, com o dinheiro guardado por ambos, e casaram-se publicamente.

A história dos dois soldados que se casaram um com o outro provocou um grande alarde, tanto que diversos oficiais vieram só por curiosidade assistir à cerimônia, e todos combinaram dar um pequeno presente à noiva, para a sua casa, em consideração aos tempos em que ela fora o seu companheiro de caserna. Com as coisas solucionando-se dessa forma, eles decidiram abandonar o serviço militar e se estabelecerem no mundo. A aventura do seu amor e casamento obteve tanto apoio para ambos, que obtiveram com facilidade a sua liberação do serviço, e logo depois montaram um restaurante, ou estalagem, cujo nome era Three Horse-shoes*, perto do castelo de Breda,[1] e onde conseguiram prosperar, pois muitos oficiais faziam frequentemente suas refeições naquele estabelecimento.

A felicidade durou pouco, pois logo o marido morreu. Além disso, assinada a Paz de Ryswick, acabou-se com o posto de oficiais em Breda, como era o costume, e por consequência o movimento caiu muito, ou completamente, no restaurante da viúva, vendo-se ela forçada a abandonar os trabalhos domésticos. E, como o dinheiro que economizara foi

---

* "As Três Ferraduras". (N.T.)

sendo todo gasto gradativamente, mais uma vez precisou adotar roupas de homem e partiu para a Holanda, onde se alistou num regimento de cavalaria, sediado numa cidade fronteiriça. Ali não permaneceu por muito tempo, pois em época de paz eram impossíveis as promoções. Por isso, tomou a resolução de procurar fortuna de outra maneira. Saiu do regimento e embarcou num navio com destino às Índias Ocidentais.

Mas aconteceu que o navio foi capturado pelos piratas ingleses, e, como Mary Read era a única pessoa de nacionalidade inglesa a bordo, eles a mantiveram consigo depois de saquearem o navio e o deixarem partir. Depois de ter ela adotado esse tipo de atividade, publicou-se, sendo também distribuída em todas as regiões das Índias Ocidentais, a Proclamação do Rei concedendo perdão aos piratas que voluntariamente se rendessem dentro de determinado prazo, mencionada no texto. A tripulação de Mary Read aceitou o benefício da proclamação e, após renderem-se, foram viver todos pacificamente no litoral. Mas o dinheiro começou a encurtar. Com a notícia de que o capitão Woodes Rogers, governador da ilha de Providence, estava equipando navios corsários para saírem em cruzeiro contra os espanhóis, ela embarcou para lá, com muitos outros companheiros, a fim de se engajarem na atividade corsária, pois estava resolvida a fazer fortuna de qualquer maneira.

Tão logo os navios corsários içaram suas velas e partiram, alguns tripulantes, que tinham recebido o certificado de perdão, amotinaram-se contra os comandantes e retornaram à antiga atividade. E entre estes estava Mary Read. É verdade que muitas vezes ela declarou que sentia horror pela vida dos piratas, tendo ingressado nela apenas porque fora forçada a isso, tanto daquela como de outras vezes, e sempre com a intenção de largar tudo se alguma boa ocasião se oferecesse. Mesmo assim, durante o seu julgamento, algumas testemunhas depuseram contra ela — homens forçados, que haviam viajado em sua companhia — declarando sob juramento que em tempos de ação ninguém entre eles se mostrava mais resoluto, ou pronto para a abordagem ou para empreender tudo de mais arriscado, do que ela e Anne Bonny. Especialmente ao serem atacados e capturados, quando partiram para uma luta corporal. Ninguém, além de Mary Read e Anne Bonny, permaneceu no convés — ninguém mais. Depois disso ela, Mary Read, chamou os que estavam lá embaixo para subirem e lutarem como homens. Vendo que não se mexiam, ela apontou e disparou suas armas para o porão, bem no meio deles, matando um tripulante e ferindo outros tantos.

Este foi um trecho do testemunho contra Mary Read, e que ela negou. Mas, verdade ou não, o certo é que a ela não faltava coragem, e tampouco sua modéstia foi menos notável e segundo todas as noções de virtude. Ninguém a bordo suspeitou do seu verdadeiro sexo, até certa vez Anne Bonny — que não era absolutamente reservada em questões de castidade — sentir uma especial atração por ela. Para resumir, Anne a tomou por um belo jovem e, por algum motivo que só ela própria conhecia, foi a primeira a revelar-lhe o seu verdadeiro sexo. Mary Read, conhecendo o terreno em que estava pisando, e muito consciente de ser incapaz para uma relação daquelas, foi obrigada a entender-se com ela, permitindo assim que Anne Bonny, para o seu grande desapontamento, soubesse que ela também era uma mulher. Mas a intimidade entre as duas perturbou tanto o capitão Rackam, o garboso amante de Anne Bonny, que ele ficou louco de ciúmes e anunciou-lhe que iria cortar a garganta daquele seu novo amor. Por isso, para tranquilizá-lo, ela também o incluiu no segredo.

O capitão Rackam manteve em segredo o caso para todo o navio (foi obrigado a isso), mas mesmo assim, e apesar de toda a astúcia e reserva de Mary Read, o amor conseguiu descobri-la debaixo do disfarce, não deixando que ela esquecesse seu sexo. Durante aquele cruzeiro eles capturaram um grande número de navios pertencentes à Jamaica e a outras partes das Índias Ocidentais, no trajeto de ida e volta da Inglaterra. Sempre que encontravam algum bom artista, ou qualquer um que pudesse ser de bom proveito para a companhia, caso este não viesse espontaneamente a bordo, o costume deles era trazê-lo à força. Entre essas pessoas estava um jovem rapaz de modos cativantes, ou pelo menos, foi assim que ele foi visto pelos olhos de Mary Read, que, de tão perturbada por sua pessoa e compostura, não pôde mais ter descanso, nem de dia nem de noite. Mas não existe nada mais engenhoso do que o amor: não foi difícil para ela, que já tinha tanta prática nesse tipo de artifício, encontrar um meio para ele descobrir o seu sexo. Primeiro, ela cativou sua simpatia, falando mal, nas conversas com ele, da vida dos piratas, coisa pela qual ele também sentia aversão, e assim eles se tornaram amigos íntimos e inseparáveis. Quando percebeu que ele sentia amizade por ela como homem, então permitiu a revelação, mostrando-lhe distraidamente os seios, que eram muito alvos.

O rapaz, que era feito de carne e osso, teve a sua curiosidade e o seu desejo tão excitados com aquela visão, que nunca mais deixou de importuná-la, até ela lhe confessar quem realmente era. E aí teve início a cena do amor. Assim como ele sentira amizade e estima por ela, sob sua suposta personalidade, agora aquilo se transformou em loucura e desejo. Não era menos violenta a paixão que ela sentia, e talvez a tenha expressado por um dos atos mais generosos jamais inspirados pelo amor. Aconteceu certa vez que aquele jovem brigou com um dos piratas e, como o navio se encontrava ancorado perto de uma das ilhas, eles marcaram um desembarque para lutarem em terra, conforme o costume dos piratas. Mary Read ficou extremamente apreensiva e ansiosa pela sorte do amante. Não queria que ele recusasse o desafio, pois não poderia nem sequer pensar que o chamariam de covarde; por outro lado, o fato a apavorava, sabendo que o pirata era muito mais forte que ele. Quando o amor penetra uma vez no peito de alguém com fagulhas de generosidade, ele estimula o coração a praticar as mais nobres ações. Em meio àquele dilema, mostrou que temia mais pela vida dele do que pela própria. E então, decidiu brigar ela mesma com o pirata, desafiando-o para lutarem na praia, e marcando o duelo para duas horas antes do combinado entre ele e o seu amante. E ali Mary Read brigou, com espada e pistola, até matá-lo no próprio local.

É verdade que já lutara antes, sempre que algum daqueles sujeitos a insultava, mas agora o fizera totalmente pela causa do amante. Sentiu-se como se estivesse entre ele e a morte, como se não pudesse viver sem ele. Caso ele não sentisse nenhuma consideração por ela até ali, só aquela ação os ligaria para sempre. Mas não houve ocasião para laços ou compromissos, bastava a sua inclinação por ela. Em resumo, eles empenharam a sua palavra um para o outro, naquilo que Mary Read qualificou como um casamento tão válido, na consciência, quanto se tivesse sido celebrado por um prelado na igreja. E a ele se devia o seu grande ventre, que exibiu no tribunal para salvar a vida.

Ela declarou jamais ter cometido adultério ou fornicação com qualquer homem. Elogiou a justiça do tribunal perante o qual estava sendo julgada por saber distinguir a natureza dos seus crimes. Seu marido, como o chamava, fora absolvido com diversos outros. Quando lhe perguntaram quem era ele, ela não revelou, mas disse que se tratava de um homem honesto, sem a menor inclinação para aquelas práticas, e que ambos haviam resolvido abandonar os piratas na primeira oportunidade e se dedicar a algum honesto meio de vida.

Sem dúvida muitos sentiram compaixão por ela, mas mesmo assim a Corte não pôde evitar que a declarassem culpada. Porque, entre outras coisas, uma das testemunhas de acusação disse em depoimento que, sendo sequestrado por Rackam e detido algum tempo no navio, veio por acaso a conversar com Mary Read, a quem tomou por um rapaz. Perguntou-lhe qual o prazer que poderia sentir envolvendo-se em semelhantes atos, colocando a vida constantemente em perigo, ou pelo fogo ou pela espada. E não só isso, mas inevitavelmente viria a ter morte ignominiosa, caso fosse capturado com vida. Mary Read respondeu-lhe que, quanto ao enforcamento, ela não considerava uma grande dificuldade porque, não fosse assim, qualquer covarde poderia virar pirata e infestar os mares, a ponto de os corajosos acabarem por passar fome. Que se dependesse da escolha dos piratas, eles não aceitariam outra punição mais suave do que a morte, cujo temor mantém alguns bandidos pusilânimes na honestidade. Que muitos dos que agora estão iludindo as viúvas e os órfãos, e oprimindo os seus pobres vizinhos sem dinheiro para conseguir justiça, passariam então a roubar nos mares, e o oceano se cobriria de bandidos, assim como a terra, e nenhum comerciante se arriscaria mais a viajar. E dessa forma o comércio, em pouco tempo, não valeria mais a pena.

Por já estar às vésperas de dar à luz, como já se observou, sua execução foi adiada, e é possível que ela conseguisse algum apoio, porém pouco depois do julgamento, teve uma violenta febre, da qual veio a morrer na prisão.

A vida de Anne Bonny

Como entramos em maiores detalhes nas vidas dessas duas mulheres do que nas dos outros piratas, é nosso dever, como fiéis historiadores que somos, começar pelo seu nascimento. Anne Bonny nasceu em uma cidade perto de Cork, no reino da Irlanda. Seu pai era advogado, porém Anne não era filha legítima, o que parece confirmar um antigo provérbio segundo o qual "os bastardos sempre têm a melhor sorte". Seu pai era um homem casado e sua esposa certa vez, tendo que ficar de repouso, acabou por cair doente. A fim de recuperar a saúde, foi aconselhada a mudar de ares. O local escolhido por ela ficava a alguns quilômetros de casa, onde vivia a mãe de seu marido. Ali ela permaneceu por algum tempo, enquanto o marido ficava em casa para dar prosseguimento aos negócios. A criada, que ela deixou para tomar conta e dar assistência à família, era uma bela jovem, e estava sendo cortejada por um rapaz que vivia na mesma cidade, trabalhando na curtição de couros. Aquele curtidor costumava aproveitar-se das vezes em que a família se ausentava para vir namorar. E certa vez em que a empregada trabalhava na casa, o rapaz, que era desprovido de qualquer temor a Deus, assim que ela virou as costas, aproveitou a chance e deslizou para o seu bolso três colheres de prata. Não demorou muito e a criada deu pela falta das colheres. Sabendo que ninguém, além dela e do rapaz, tinham estado naquela sala, e ela as vira pouco tempo antes, ela o acusou de tê-las roubado. Ele negou firmemente, ao que ela se mostrou violenta, ameaçando ir contar tudo à polícia e levá-lo perante a justiça. As ameaças o amedrontaram a ponto de deixá-lo fora de si, sabendo bem que não poderia fazer face a uma busca. Por isso tudo fez para acalmá-la, sugerindo que ela procurasse mais pelas gavetas e outros lugares, que com certeza iria achá-las. Nesse meio-tempo ele se esgueirou para outro quarto, o quarto de dormir da criada, e ali colocou as colheres entre os lençóis. Depois escapou pela porta dos fundos, concluindo que ao ir deitar-se ela as encontraria. Assim, no dia seguinte ele poderia fingir que só fizera aquilo para lhe dar um susto, e ambos poderiam rir da coisa como uma simples brincadeira.

Mas tão logo deu pela falta das colheres, a criada desistiu da busca, certa de que ele as tinha levado consigo. Então correu diretamente à polícia, para que o prendessem. Ao saber que a polícia estava atrás dele, o rapaz não deu muita importância, certo de que no dia seguinte tudo se esclareceria. Mas passaram-se dois ou três dias, e de novo vieram dizer-lhe que a polícia estava no seu encalço. Isto fez com que ele se escondesse, embora não pudesse compreender o que se passava. A não ser — imaginou — que a criada tivesse resolvido ficar com as colheres para ela mesma, atribuindo a ele o roubo.

Nesse meio-tempo a dona da casa, já perfeitamente recuperada da recente indisposição, retornou a sua casa, acompanhada da sogra. As primeiras novidades que ouviu foram sobre o desaparecimento das colheres, e do modo como haviam sido levadas. A criada informou-a que o rapaz estava foragido, mas o rapaz soube da chegada da patroa. Refletiu consigo mesmo, pensando que jamais poderia retornar ao seu trabalho, a menos que a questão ficasse resolvida. Como sabia que aquela senhora tinha bons sentimentos, tomou então a decisão de ir diretamente a ela e contar-lhe toda a história, apenas com uma diferença: que fizera tudo por brincadeira.

A dona da casa custou a acreditar no que ouvia. Entretanto, correu imediatamente ao quarto da criada onde, depois de revirar os lençóis da cama, para sua grande surpresa encontrou as três colheres. Então mandou que o rapaz voltasse para casa e tratasse da sua vida, pois não mais seria importunado.

Porém ela não entendia o que se passara. Jamais teve o menor motivo para desconfiar que a criada pudesse furtar qualquer coisa. Não entrava em sua cabeça que a moça pretendesse realmente roubar as colheres. No fim, ela acabou concluindo que a criada não dormia na sua cama desde a época em que as colheres desapareceram. Imediatamente o ciúme cresceu dentro dela, e ela começou a suspeitar que a criada estivesse deitando-se com o seu marido durante sua ausência. Por isso é que as colheres não haviam sido encontradas mais cedo.

Começou a relembrar certas amabilidades que o marido demonstrava pela criada, coisas que na época haviam passado despercebidas. Mas agora que ela contava com aquele atormentador, o ciúme, as provas da intimidade entre ambos se acumulavam na sua cabeça. Uma outra circunstância que reforçava ainda mais a história foi que, mesmo o marido sabendo que ela voltaria para casa naquele dia, depois de ficar quatro meses sem se comunicar com ela, durante sua doença, ainda assim ele encontrou um jeito de sair da cidade aquela manhã, alegando alguma razão insignificante. Juntando todas essas coisas, ela viu confirmados os motivos dos seus ciúmes.

Como só muito raramente as mulheres costumam relevar ofensas assim, ela resolveu descarregar a sua vingança na criada. Com esse fim, deixou as colheres no mesmo lugar onde as encontrara, e deu ordens para que a criada trocasse os lençóis da cama, informando-lhe que ia passar a noite naquele quarto, pois sua sogra iria dormir no seu. A criada devia passar a noite em algum outro cômodo da casa. Quando esta foi fazer a cama, surpreendeu-se ao ver ali as colheres, porém tinha razões muito boas para não revelar a descoberta. Por isso, trancou-as no seu baú com a intenção de deixá-las depois em algum lugar, onde um acaso as fizesse encontrar.

Para que tudo se passasse com a maior naturalidade, a patroa deitou-se aquela noite na cama da criada, sem nem sequer sonhar com toda a aventura que adviria. Após permanecer por algum tempo deitada, pensando em tudo o que ocorrera e sem conseguir conciliar o sono por tantos ciúmes, ela escutou um ruído de alguém penetrando no quarto. Primeiro achou que eram ladrões, e se apavorou, sem coragem para gritar. Quando ouviu as seguintes palavras: "Mary, você está acordada?", reconheceu a voz do marido. Imediatamente o seu pavor se dissipou, mas mesmo assim ela nada respondeu, pois do contrário ele a descobriria ali, caso falasse. Assim, resolveu fingir que estava dormindo e aguardar o que se seguiria.

O marido deitou-se na cama e aquela noite desempenhou o papel do vigoroso amante. Só uma coisa estragou um pouco o prazer da mulher: saber que tudo aquilo não se destinava a ela. Mas mesmo assim ela mostrou-se muito passiva, aceitando tudo como verdadeira cristã. No início da madrugada, ela pulou da cama, deixando o marido adormecido, e foi ter com a sua sogra, a quem relatou todo o ocorrido, sem esquecer de contar também o modo como ele usara dela, ao tomá-la pela empregada. O marido também pulou cedo da cama, achando que não seria nada conveniente ser surpreendido naquele quarto. Nesse meio-tempo, a vingança da patroa desabou violentamente contra a criada e, sem qualquer consideração por todo o prazer da noite anterior, que devia exclusivamente a ela, e sem pensar que uma boa vez sempre merece uma outra, ela mandou chamar a polícia e acusou a criada do roubo das colheres. O baú da criada foi arrombado, e ali estavam as colheres. Em seguida ela foi levada perante o tribunal, que a condenou à prisão.

O marido ficou flanando pelos arredores até cerca do meio-dia, quando retornou para casa, dizendo que acabara de chegar à cidade. Assim que soube do que se passara com a criada, ficou furioso com a mulher. Isso pôs ainda mais lenha na fogueira e a mãe dele se colocou do lado da nora, contra o próprio filho. A briga então atingiu um ponto insuportável e as duas mulheres tomaram imediatamente uma carruagem, que as levou de volta à casa da sogra. Depois disso, nunca mais o marido e a mulher deitaram-se juntos.

A criada ficou bastante tempo na cadeia, e ainda faltavam quase seis meses para o julgamento. Mas antes que isso acontecesse, descobriu-se que ela estava grávida. Ao ser apresentada ao tribunal, ela foi absolvida por falta de provas. A má consciência da patroa tinha-a deixado abalada, pois sabia que a criada não era culpada por nenhum roubo, a não ser o roubo do seu amor, e por isso ela não compareceu ao tribunal para depor. Pouco depois da absolvição, a criada deu à luz uma menina.

Porém o que mais alarmou o marido foi descobrir que sua esposa também estava grávida, quando ele tinha certeza de que não tivera nenhuma relação íntima com ela desde a sua última indisposição. E assim foi a sua vez de enciumar-se contra ela e fazer disso um instrumento para sua autojustificação. Ele fingiu que desde muito tempo suspeitava dela, e que agora a prova estava ali: ela deu à luz gêmeos, um menino e uma menina.

A sogra caiu enferma e mandou chamar o filho, para que ele se reconciliasse com a esposa, mas ele não lhe deu atenção. Então ela fez um testamento, deixando tudo o que tinha em mãos de certos curadores para o uso de sua nora e dos dois filhos recém-nascidos, e depois de alguns dias, morreu.

Aquele foi um rude golpe para o filho, que dependia, quase inteiramente, da mãe. Entretanto a esposa foi mais generosa com ele do que ele merecia, pois concedeu-lhe uma pensão anual sobre o que ela recebera, embora continuassem a viver separados. Aquilo durou quase cinco anos. Nessa época, como ele sentisse um amor muito grande pela criança que tivera com a criada, tinha a intenção de trazê-la para viver com ele em sua casa. Mas, como todos na cidade sabiam que seu filho era uma menina, achou melhor disfarçar o caso de todos, como também da sua esposa, de modo que passou a vesti-la com calções, fazendo crer que se tratava do filho de um amigo, que ele iria educar para ser seu funcionário.

A mulher soube que ele estava com um garotinho em casa, pelo qual sentia muita afeição, mas, como não soubesse de nenhum amigo dele que tivesse um filho correspondendo àquela descrição, ela encarregou uma pessoa de suas relações para investigar o caso. Esta pessoa, ao conversar com o menino, descobriu que se tratava de uma menina, e que sua mãe era aquela mesma criada, e que o marido ainda se relacionava com ela.

Com essa informação, a mulher não quis mais que se usasse o dinheiro dos seus filhos na manutenção de bastardos, e cancelou a pensão. O marido se enfureceu e, numa espécie de vingança, trouxe ostensivamente a criada para viver com ele em sua casa, o que provocou grande escândalo entre a vizinhança. Logo ele pôde verificar o efeito ruim daquele ato, pois foi perdendo a sua clientela pouco a pouco, até descobrir que simplesmente não podia mais viver ali. Assim, resolveu mudar-se e converter os bens que possuía em dinheiro e foi para Cork. Ali, na companhia da criada e da filha, embarcou para a Carolina.

No princípio ele continuou praticando a advocacia naquela província, mas depois passou-se para o comércio, onde mostrou ser mais bem-sucedido, pois ganhou o suficiente para comprar uma fazenda de tamanho considerável. Sua criada, que passava por sua esposa, veio a falecer, depois do que a filha, a nossa Anne Bonny, que agora estava crescida, passou a tomar conta da casa.

Ela era orgulhosa e de temperamento corajoso, razão pela qual, quando estava sendo julgada, relataram-se diversas histórias a seu respeito, e muito a seu desfavor, como a vez em que teria assassinado a facadas uma criada inglesa, num acesso de cólera, quando ainda tomava conta da casa paterna. Porém, após investigações mais profundas que fiz, descobri que essa história não tem fundamento. Sem dúvida alguma, era extremamente forte: um rapaz quis se deitar com ela à força, mas ela lhe deu tamanha surra que ele ficou de cama por muito tempo.

Enquanto viveu com o pai, todos achavam que haveria de conhecer muita prosperidade, e comentavam como o pai sonhava um bom partido para ela. Mas acabou estragando tudo, pois se casou sem o consentimento dele com um rapaz que vivia no mar, e que não valia um vintém. Este fato irritou o pai a tal ponto que ele a expulsou de casa. Em seguida o moço, desiludido nas suas esperanças, embarcou num navio com a esposa, e foram ambos procurar trabalho na ilha de Providence.

Foi ali que conheceu Rackam, o pirata, que imediatamente gostou dela, encontrando meios para afastá-la do marido. Assim, consentiu em fugir deste último e fazer-se ao mar com Rackam, vestida como um homem. E era tão boa quanto prometia. Após passarem algum tempo viajando, ficou evidente a sua gravidez. Como a barriga aumentava, Rackam a fez desembarcar na ilha de Cuba, recomendando-a a alguns amigos seus, para que cuidassem dela até que a criança nascesse. Assim que pôde ficar de pé e novamente em forma, ele a mandou buscar.

Quando da divulgação da Proclamação do Rei com o perdão para os piratas, Rackam resolveu beneficiar-se e se render. Depois, enviado em uma missão corsária, ele voltou para a antiga atividade, como já nos referimos na história de Mary Read. Em todas aquelas expedições, Anne Bonny o acompanhava, e quando qualquer coisa se interpunha em seu caminho, ninguém se mostrava mais valente e corajoso do que ela, especialmente quando eles foram capturados. Ela e Mary Read, com mais um companheiro, foram as únicas pessoas a permanecerem no convés, como se mencionou antes.

O pai dela ficou conhecido por muitos proprietários de fazendas na Jamaica, que tinham tido negócios com ele, e entre os quais desfrutava uma boa reputação. Alguns deles, que viveram na Carolina, lembravam-se de tê-la visto em sua casa. Por esse motivo, inclinavam-se em seu favor, não obstante o fato de abandonar o marido fosse uma circunstância agravante contra ela. No dia em que Rackam foi executado, permitiram-lhe, por um especial favor, que ele a visse. Todo o consolo que ela pôde dar-lhe foi "que lamentava vê-lo ali, mas que se ele tivesse lutado como um homem não precisava ser enforcado feito um cachorro".

Ela continuou na prisão até a época de dar à luz, e a sua execução foi adiada por diversas vezes. Mas o que aconteceu com Anne Bonny posteriormente, nós não sabemos. Só o que podemos afirmar é que ela não foi executada.

V
O capitão Bartholomew Roberts e sua tripulação

Bartholomew Roberts embarcou de Londres com um emprego honesto, trabalhando como segundo imediato no navio Princess, comandado pelo capitão Plumb. Saíram da Inglaterra em novembro de 1719, chegando à Guiné mais ou menos em fevereiro do ano seguinte. Quando se encontravam em Anamaboe, recolhendo escravos destinados às Índias Ocidentais, o navio foi capturado pelo capitão Howel Davis. No início Roberts demonstrou uma repugnância total por aquela vida, e com toda a certeza teria fugido dali caso uma boa oportunidade se apresentasse. Mas com o tempo ele veio a modificar os seus princípios, como muitos além dele também o fizeram, e navegando em outros elementos senão a água do mar, e pelo mesmo motivo, qual seja, o da promoção. E tudo que antes ele não gostava, quando não passava de cidadão comum, ele reconciliou com sua consciência, ao se tornar ele mesmo um comandante.

Com a eliminação do capitão Howel Davis pelos portugueses, a companhia se viu na necessidade de preencher o lugar dele, para o que apareceram dois ou três candidatos de um selecionado número — homens dignificados com títulos de nobreza, tais como Sympson, Ashplant, Anstis etc. E durante os debates que precederam a votação, lorde Denis, refletindo sobremaneira como estava abalado e frágil o governo do navio, sem chefe depois que o capitão Davis fora morto, fez, pois, uma proposta, é claro diante de uma jarra de bebida colocada ali para esse fim.

Declarou que naquele navio, o fato de alguns portarem um título nobiliárquico não tinha grande significado. Pois, em realidade — e na verdade — todos os governos (assim como o deles) retiravam o seu poder supremo do interior da comunidade, a qual sem qualquer dúvida tinha o poder de delegar, ou de revogar, na medida do seu interesse e do seu estado de espírito. Disse ele:

"Nós estamos na origem desse direito. E se algum capitão for atrevido a ponto de exagerar nos regulamentos, então fora com ele! Será um alerta ao seu sucessor, depois que ele for morto, sobre as consequências fatais de qualquer tipo de arrogância. Entretanto, a minha opinião — enquanto ainda estamos sóbrios — é que devemos escolher um homem de coragem, competente na navegação, alguém que, pelos seus conselhos e sua bravura seja o mais capacitado a defender esta comunidade, e nos proteger contra os perigos e as tempestades desse instável elemento, e contra as consequências fatais da anarquia. E esse alguém, eu acho que é Roberts: um companheiro que, sob todos os aspectos, acho merecedor da vossa estima e do vosso apoio!"

Esse discurso foi calorosamente aplaudido por todos, exceto por lorde Sympson, que alimentava secretas esperanças para si próprio. O desapontamento deixou-o taciturno, e ele abandonou a reunião jurando que não se importava com a escolha deles para capitão, contanto que não fosse um papista, pois contra estes ele sentia um ódio implacável por tudo que seu pai sofrera na rebelião de Monmouth.*

Dessa forma, Roberts foi o escolhido, embora o tempo que passara entre eles não chegasse a seis semanas. A decisão foi confirmada tanto pelos lordes quanto pelos comuns, e Roberts aceitou a honra, declarando que, já que mergulhara as mãos em águas lamacentas, e tivesse de ser um pirata, era melhor ser o comandante do que um homem comum.

Assim que ficou estabelecido o governo do navio, promovendo-se novos oficiais em lugar dos que tinham sido mortos pelos portugueses, a companhia resolveu vingar a morte do capitão Davis, a quem todos respeitavam mais que o normal, por toda sua afabilidade, a sua boa natureza, e também pela coragem que ele sempre demonstrou. E seguindo essa resolução, cerca de trinta homens foram para terra com o objetivo de atacar

---

* James Scott, duque de Monmouth (1649-1685), líder protestante, filho bastardo de Charles II. Sua insurreição contra James II fracassou e ele foi executado. (N.T.)

o forte, cujo acesso exigia que escalassem uma montanha muito íngreme, que se estendia à frente dos canhões. Esses homens eram chefiados por um certo Kennedy, um indivíduo de muita coragem e ousadia, embora muito perverso e libertino. Galgaram diretamente a montanha, enquanto o navio disparava seus canhões. Assim que os portugueses os avistaram, abandonaram seus postos e fugiram para a cidade. Os piratas então penetraram no forte, sem encontrar resistência alguma, atearam fogo em tudo e lançaram todas as armas montanha abaixo, no mar. Depois retornaram ao navio, com a maior tranquilidade.

Porém aquilo não foi suficiente para compensar-lhes a injúria recebida, e por isso decidiram incendiar também a cidade. Roberts declarou que, se lhe apresentassem alguma forma de fazer isso sem destruírem a si mesmos, ele concordaria com a proposta. Porque a situação da cidade era bem mais segura que a do forte, com uma cerrada floresta muito próxima proporcionando-lhe cobertura para a defesa. Com aquela vantagem, disse-lhes Roberts, o inimigo estaria em melhores condições para atacá-los com suas armas. Além disso, ocupar casas abandonadas era uma recompensa muito insignificante para todos os males e a perda que sofreram. Esse prudente conselho prevaleceu. Mesmo assim, eles encheram com doze canhões um navio francês que tinham capturado lá mesmo. Esvaziaram-no para que ficasse mais leve e assim pudesse chegar até a cidade, já que as águas ali eram muito rasas, e então puseram abaixo diversas casas. Depois, retornaram ao navio, entregaram-no a quem mais direito tinha a ele, e zarparam do porto, iluminados pelas labaredas das duas embarcações portuguesas que, com a maior satisfação, eles haviam incendiado.

Roberts dirigia-se para o sul, quando deparou com um navio da Guiné Holandesa, que capturou mas que, após saqueá-lo, permitiu que o comandante o tivesse de volta. Dois dias depois tomou um navio inglês, chamado Experiment, comandado pelo capitão Cornet, no cabo Lopez. Todos os seus tripulantes se passaram para o pirata e, como o navio não mais tivesse serventia para eles, incendiaram-no, rumando depois para São Tomé, sem encontrar nada pelo caminho. Em seguida, velejaram para Annobono, onde se abasteceram de água e provisões. E então a companhia colocou em votação se a próxima viagem seria para as Índias Orientais ou para o Brasil. A segunda opção venceu. Dessa forma, eles navegaram para lá e, passados vinte e oito dias, chegaram a Ferdinando, uma ilha deserta naquela costa. Ali recolheram água, fizeram uma limpeza na quilha do navio,[1] e se prepararam para o planejado cruzeiro.

Agora que nos encontramos naquelas costas, acho que é o momento adequado para apresentarmos aos nossos leitores uma descrição daquele país, além de algumas observações inteligentes de um amigo meu sobre as vantagens que teriam nossos mercadores das Índias Ocidentais mantendo ali um comércio bom e pouco arriscado.

Uma descrição do Brasil

O Brasil — cujo nome significa a santa Cruz — foi descoberto para o rei de Portugal por Alvarez Cabral, em 1501, e estende-se aproximadamente desde o Equinocial até 28° ao sul. O ar ali é temperado e fresco, se comparado com o das Índias Ocidentais, graças às brisas mais intensas e a uma ampla superfície que opõe menor resistência aos ventos.

O extremo norte estende-se por cerca de mil quilômetros (é uma terra muito fértil) e foi tomado aos portugueses pela Companhia Holandesa das Índias Ocidentais, por volta do ano de 1637. Porém os conquistadores, como é natural quando a religião é pouca ou nenhuma, mostravam-se tão severos com os portugueses, estendendo a sua crueldade também aos nativos, que isso estimulou a união de ambos em uma revolta, facilitada também pela má administração holandesa. Pois esta nação, por essa época, estava muito absorvida pelos seus empreendimentos na Índia, não só tendo chamado de volta o governador, o conde Morrice [Maurício de Nassau], como também negligenciando os fornecimentos para as suas guarnições. No entanto, embora seus adversários contassem com o apoio de uma frota vinda expressamente de Portugal, e também com a amizade dos nativos, mesmo assim os holandeses encontraram meios para resistir e enfrentar aquela força superior, num período que se estendeu de 1643 a 1660, até finalmente terem de abandonar tudo, porém sob condições desonrosas para os portugueses. Essas condições eram as seguintes:

Que os holandeses, ao renunciarem, deveriam continuar dominando todos os locais, na Índia, que tinham conquistado de Portugal. Que eles [os portugueses] deveriam pagar à nação holandesa a quantia de oitocentas mil libras e permitir-lhe, além disso, a liberdade para comerciar com a África e o Brasil, com direitos e deveres alfandegários iguais aos dos súditos do rei de Portugal. Mas como, desde aquele tempo, novas estipulações e tratados foram feitos, os holandeses, que tinham sido totalmente excluídos do comércio com o Brasil, passaram a ganhar a partir de então uma comissão de 10% do comércio com a África. E esta quantia sempre vem sendo paga pelos navios portugueses (antes de iniciarem o seu tráfico de escravos) ao general holandês na Costa do Ouro, na localidade chamada Des Minas.

Existem apenas três grandes cidades comerciais na costa brasileira, que são: St. Salvadore [Bahia], St. Sebastian [Rio de Janeiro] e Pernambuca [Recife].

St. Salvadore, na Bahia los todos Santos, é um arcebispado, a sede do Vice-Reino e também o mais importante porto do comércio de importação. É ali que fica armazenada a maior parte do ouro proveniente das minas, e de onde partem as frotas para a Europa. O mar é abundante em baleias, que durante a temporada são pescadas em grande número. Salga-se a carne, que servirá para o abastecimento dos navios de escravos, e o óleo é reservado para exportação, a 30 e 35 *millrays** cada medida.

O Rio de Janeiro — a cidade de St. Sebastian — é a cidade portuguesa que fica mais ao sul, e a mais mal abastecida de artigos de necessidade, porém muito boa para alguém se estabelecer, pois fica perto das minas e também porque ali é fácil supervisionar os escravos que, segundo me informaram, dão ao seu senhor um dólar *per diem* do seu trabalho, e o excedente (se houver) fica para eles.

O ouro dali é considerado o melhor (por ter uma coloração acobreada) e eles dispõem de uma cunhagem de moedas de ouro, tanto ali quanto na Bahia. Os *moidores*** de ambas as cidades têm gravadas as suas respectivas iniciais.

Pernambuca, embora mencionada por último na lista, é a segunda em importância, uma grande e populosa cidade que se ergueu sobre as ruínas de Olinda ("a linda"), cidade cuja localização é muito mais agradável, cerca de dez quilômetros rio acima, porém não tão confortável para o tráfego e o comércio. Pouco acima dela, o rio abre-se em duas ramificações, que não correm diretamente para o mar, mas sim para o sul. E, a um canto da ilha que se forma com essa divisão, fica a residência do governador, construída para o príncipe Maurice, quadrada, térrea e com duas torres, onde há apenas uma inscrição com a data: *Anno 1641*.

---

* Mil-réis. (N.T.)
** Moedas de ouro. (N.T.)

As avenidas que levam até lá são extremamente agradáveis, em meio a paisagens com altos coqueiros.

Cada uma das ramificações do rio tem uma ponte. A que leva ao interior é toda de madeira, porém a outra, a que conduz à cidade (com vinte e seis, ou vinte e oito arcos), tem uma das metades feita de pedras e foi erguida pelos holandeses numa época em que de cada lado dela existiam pequenas lojas e casas de jogo para recreação.

A pavimentação em alguns locais é de grandes ladrilhos, fragmentos que restaram dos tempos da conquista. A ramificação externa do rio passa por detrás da cidade, e o porto fica adiante, e sobre ele projetam-se postos, muito próximos entre si, para a pesagem e os procedimentos alfandegários das mercadorias, e também para a reunião e a conferência dos comerciantes e mercadores. As casas têm uma construção sólida, porém são simples, com treliça como as de Lisboa, para arejá-las, mas não têm sanitários e, o que é pior, nem fornos, o que faz com que a culinária ali consista somente em frituras e cozimentos sobre um fogão. E cozinham até a carne se tornar tenra bastante para cortá-la em fatias, e uma faca apenas é considerada suficiente para uma mesa de umas dez pessoas.

A maior inconveniência de Pernambuca é que lá não existem hospedarias, e assim os estrangeiros são obrigados a alugar quartos em qualquer taverna que consigam encontrar, e por um guinéu por mês. E outros, que chegam à cidade para realizar transações importantes, devem trazer recomendações consigo, quando mais não seja por questões de privacidade.

O mercado é bem abastecido, a carne bovina custa cinco *farthing** por uma libra, a carne de carneiro ou de cabra custa nove shillings, um peru, quatro shillings, e aves custam dois shillings, e são as maiores que já vi, podendo-se obtê-las bem mais barato se alguém se encarregar de ir comprá-las fora da cidade. O que custa mais caro ali é a água, que, trazida de Olinda em canoa, não chega às estradas por menos de dois cruzados o barril.

Os portugueses ali têm a pele mais escura que os da Europa, o que não se deve apenas ao clima mais quente, mas aos muitos casamentos realizados com negros, que ali são numerosos, muitos dos quais desfrutando crédito e boa situação. As mulheres (nada diferentes da geração de mulatas em outros lugares) são loucas por estrangeiros. Não só as cortesãs,

---

* A quarta parte de um *penny*. (N.T.)

cujos interesses pode-se supor que estimulem os seus afetos, mas também as mulheres casadas, que se mostram muito gratas quando alguém as brinda com um encontro secreto. Mas a desgraça nessa busca pelo amor é que a maioria das pessoas, de ambos os sexos, está atingida por doenças venéreas, e dispondo apenas de um cirurgião, ou de alguém versado em medicina para curar ou oferecer algum paliativo ao crescimento do mal. A única pessoa que alega seguir esse caminho é um padre irlandês, cujo saber inclui apenas as virtudes de duas ou três substâncias, e estas, com a salubridade do ar e a moderação dos hábitos são tudo que eles dispõem para subjugar o pior da doença. E não será inoportuno observar aqui que, embora não sejam muitos os que conseguiram escapar às desgraças de um corrimento, das erupções ou algo assim, eu não tive conhecimento de ninguém que chegasse ao estado deplorável daqueles que se tratam inabilmente com mercúrio.

Há três monastérios, e cerca de seis igrejas, nenhuma das quais rica ou magnífica, a não ser a dedicada a santo Antonio, o patrono do reino, e que brilha em sofisticadas obras de pintura e ourivesaria.

As exportações do Brasil (além do ouro) consistem principalmente em açúcar e tabaco. Este é enviado em rolos com um quintal de peso, e mantido continuamente umedecido com melaço. O tabaco, com o solo do qual brota, desprende um odor forte e peculiar, que é mais sentido no rapé que se faz com ele. Como é proibida a sua exportação para Lisboa, aqui ele é vendido por dois shillings a libra, ao passo que o seu preço chega a cerca de seis millrays o rolo. O melhor açúcar chega a oito shillings a saca, e uma pequena garrafa de rum, de gosto azedo, tirado da borra e do melaço, vende-se a dois testunes [tostões] o galão.

Além disso, eles mandam para o exterior muito pau-brasil e óleo de baleia, certa quantidade de borracha e também papagaios. Estes são diferentes dos papagaios africanos, tanto na cor quanto no tamanho, pois enquanto aqueles são azuis e grandes, os do Brasil são verdes e menores. E as fêmeas nunca esquecem o canto selvagem e não aprendem a falar.

Em troca dessa produção, uma vez por ano os portugueses importam todo tipo de artigos europeus, através de sua frota de Lisboa, e quem não pode ou tarda em se abastecer, comprará a um preço muito mais alto antes da próxima leva.

Para o transporte de passageiros, escravos e outras mercadorias, de uma colônia para outra, ou para a pesca, eles usam barcos feitos com toras de madeira, que os brasileiros chamam de jangadas: são feitas com quatro troncos de madeira (os dois mais externos de maior comprimento), unidos longitudinalmente entre si, e com as pontas aguçadas. Perto de cada extremidade é pregado um banco, para eles poderem se sentar, ou para remarem, ou se sustentarem quando o mar está mais agitado que o normal. E com essa estranha espécie de engenho, acima do qual a água atravessa continuamente de um lado a outro, essas pessoas, com apenas uma pequena vela triangular com a espicha no centro, se aventuram até perderem de vista a terra, e seguem por muitos quilômetros ao longo das costas, e sob qualquer condição de tempo. E se a jangada virar a uma rajada mais forte do vento (o que não é raro), eles nadam e acabam fazendo-a voltar à posição normal.

Os nativos da região têm uma coloração escura, acobreada, sua estrutura é aprumada e forte, são musculosos e o cabelo é fino. Mas não são tão bonitos quanto os da geração de cabelos encaracolados. Aceitam com paciência o comando dos portugueses, que os tratam de uma forma muito mais humana e cristã do que os holandeses antes, e que assim conseguiram aumentar sua tranquilidade e paz, como também suas posses em mais de quinhentos ou seiscentos quilômetros para o interior do país. A terra é farta em pastagens e rebanhos de gado, e produz um grande aumento em tudo o que se cultiva. Dali, eles nos enviam papagaios, macaquinhos, tatus e saguis. Além disso, garantiram-me que lá existe (bem no interior) uma serpente de enorme tamanho, chamada jiboia, capaz, segundo dizem, de engolir um carneiro inteiro. Eu mesmo já vi, aqui, a pele de uma outra espécie, com quase seis metros de comprimento, e por isso não acho que essa história seja improvável.

O porto de Pernambuca é único, talvez. Forma-o uma barragem de rochas que fica a cerca de meia amarra do continente, e que surgem pouco acima da superfície do mar, prosseguindo por vários quilômetros, com a mesma altura e distância da praia, em direção ao cabo Augustine. Este último é um outro porto entre as rochas, com capacidade para receber navios de grande calado. O extremo norte dessa muralha de pedra eleva-se mais que qualquer outro ponto nessa linha contínua, e sobre ele foi construído um pequeno forte para vigiar a passagem dos barcos ou navios, quando estes se aproximam da barra e penetram no porto. A estibordo (*i.e.*, em terra firme), após adentrar um pouco mais no porto, situa-se um outro forte (em forma de pentágono), o qual, no meu entender, seria de pouca valia até mesmo contra uns poucos homens bem treinados. E no entanto, nisso consiste toda a força e segurança de que dispõem, seja em relação ao porto, seja em relação à cidade. É verdade que se começou a construir uma muralha, desde sua transferência de Olinda, com o objetivo de contornar Pernambuca. Mas o lento progresso da obra leva-nos a suspeitar que há de passar muito tempo antes que eles acabem.

O caminho para o exterior é usado pelos portugueses quando se encontram prestes a zarpar para a Europa, e aguardam sua escolta, ou se destinam à Bahia para juntar-se a ela. Por estrangeiros, só quando forçados pela necessidade. A melhor parte do percurso tem cerca de vinte metros de profundidade, a uns cinco quilômetros a oeste-noroeste da cidade. Mais perto, o caminho é ruim, cheio das âncoras perdidas ali por navios portugueses. E mais longe (com mais de vinte e cinco metros), tudo são corais e rochas. Julho é o pior mês — a estação de inverno dessa costa — quando os ventos alíseos ficam muito violentos e devastadores, trazendo um incrível e perigoso aumento no tamanho das ondas, que se hoje misturam-se a rajadas, chuva e horizontes enevoados, amanhã o farão a céus serenos e sol claro.

Nessa latitude sul é possível ver uma constelação que, por sua semelhança com a cruz de Jerusalém, tem o nome de Cruzeiro do Sul, e é a mais brilhante do hemisfério. Pode ser observada quando a Estrela do Norte está na latitude norte. Mas digo isto apenas para introduzir um fenômeno admirável que acontece nesses mares, o das nuvens de Magalhães,[2] que surgem e se posicionam de forma tão regular que, já me garantiram, podem-se fazer sobre elas o mesmo tipo de observação que se faz sobre qualquer estrela. São duas nuvens, pequenas e esbranquiçadas, aparentemente não maiores que um chapéu de homem, e podem ser vistas aqui durante o mês de julho, na latitude de 8º sul, perto das quatro horas da manhã. Se o seu aspecto se deve à luz que alguns corpos estelares acima delas refletem, mesmo assim o problema de saber como essas nuvens, mais do que quaisquer outras, se mostram tão duradouras e regulares em seu movimento não se explica facilmente.

Depois dessas casuais observações sobre a terra, as cidades, as costas e os mares do Brasil, estaríamos sendo omissos se encerrássemos o assunto sem tentar incluir aqui o comércio escravo naquele país, comércio este que nenhum dos nossos compatriotas se aventurou ainda a empreender, embora muito provavelmente, sob uma prudente administração, ele pudesse ser conduzido com segurança e grande lucro. E cada vez mais me admiro não ter ainda ocorrido aos nossos navios vindos da costa sul da

África prolongarem por mais tempo a sua viagem até as Índias Ocidentais, e incluírem o Brasil em seu caminho.

As desvantagens que os portugueses enfrentam para comprar escravos se referem ao fato de serem muito poucas as mercadorias de que dispõem para negociar com a Guiné. O ouro, que era a principal delas, não pode mais ser transportado para lá devido a um edito de julho de 1722, tanto que não são muitos os navios que se dedicam a isso, e que também são insuficientes para enfrentar o grande índice de mortalidade e a dificuldade na convocação para suas minas. Também, mesmo que se arriscassem a desobedecer uma lei tão terrível assim (o que não há dúvida que eles fazem, caso contrário só poderiam comprar muito pouca coisa, ou mesmo nada), apesar disso o valor do ouro não aumenta, como as mercadorias transportadas por navios (principalmente para a África). Ademais, depois de pagarem a taxa do acordo aos holandeses, pode-se dizer que compram os seus negros quase pelo dobro do que pagam os ingleses, os holandeses ou os franceses, o que necessariamente encarece muito o preço deles no Brasil (o preço que pagam por um equivale a toda uma anuidade nos mares do sul).

Isto, por enquanto, é suficiente quanto à procura por escravos no Brasil. Agora vamos examinar e demonstrar as dificuldades que certos estrangeiros encontram (os ingleses, por exemplo) ao se intrometerem nesse tipo de comércio, alguns colocando-se do lado dos portugueses, outros do nosso lado.

Do lado dos portugueses, a compra de escravos é proibida sob pena de morte, lei esta que é menos eficaz do que o seriam as multas pecuniárias na prevenção do fato, já que uma pena assim, tão inadequada e desproporcional, existe apenas *in terrorem*, tornando o governador, por meio dos seus regulamentos, alguém considerado muito piedoso quando aceita uma taxa de oito a dez *moidores* toda vez que um súdito é surpreendido. Essa prática é muito comum, e tão frequente quanto o número de vezes em que a infração é descoberta.

Do nosso lado, confisca-se o que foi ganho na transação, o que, levando-se em conta que os portugueses não possuem nenhuma fragata vigiando a costa, significa muito pouco, caso não haja negligência e descuido.

[Suponhamos] que eu seja uma fragata, ou um navio corsário que, precisando de provisões, ou estando à caça de piratas, aporte em Pernambuca para conseguir informações que me possibilitem prosseguir na busca. O pavor aos piratas mantém todo mundo a distância, até que se envie primeiramente um oficial, transmitindo os cumprimentos ao governador, o qual imediatamente concederá a permissão para comprar os artigos necessários, contanto que o pagamento seja feito em dinheiro, e não por troca de mercadorias, que é contra as leis do país.

Desta primeira descida a terra depende o sucesso de todo o negócio, e exige um comportamento cauteloso e discreto de parte do encarregado. Imediatamente, esta pessoa será cercada em terra pelo grande e pequeno povinho, que irá perguntar: "Quem é ele? De onde vem? Para onde vai?", e o homem terá recebido instruções para responder: "Viemos da Guiné", e negando que tenha quaisquer escravos a bordo, os quais se encontram de fato abaixo das escotilhas, lá no porão, sem poderem ser vistos. Nem precisariam sê-lo, pois quem tem o dinheiro para pagar irá tirar as suas próprias conclusões.

Até que os cumprimentos sejam convenientemente transmitidos ao governador, já as notícias se espalharam por toda a cidade e algum mercador virá dirigir-se a você, como estrangeiro, com toda a devida polidez senhorial, porém na verdade desejando mesmo é saber quantos negros poderá conseguir, e a que preço. O governador poderia usar um dos seus regulamentos para investigar o caso, mas, diante da aparência tão boa do cavalheiro, e também de ter ele se apresentado imediatamente, após o seu contato anterior, tudo concorrerá para compor a sua boa opinião sobre ele, sem que semelhante artimanha provoque motivo algum de suspeita. Entretanto, para exercer uma devida vigilância, bastariam apenas algumas intimações, e, para fazer com que ele e os seus amigos se livrem da parte melhor da sua carga em apenas duas noites, um pagamento de vinte a trinta *moidores* por um escravo menino, e de trinta ou quarenta por um escravo adulto. O risco é bem menor no Rio de Janeiro.

Tentou-se também um outro método, que era o de se corresponder com certos mercadores portugueses, os quais, como tinham condições de saber que num prazo de quinze dias chegaria à costa algum navio com escravos, poderiam combinar sinais para o seu desembarque numa parte pouco frequentada da costa. Mas, seja porque se fizeram certas restrições ao preço, seja porque os portugueses tinham pavor de serem descobertos e processados duramente por uma tão notória desobediência à lei, isto eu não posso assegurar, mas o fato é que o plano não deu certo.

Ainda assim, vale a pena tentarem-se novos estratagemas, louváveis e lucrativos, sem nenhum outro risco (como posso perceber) a não ser apenas o da perda de tempo. E é isso que os espanhóis da Jamaica praticam todos os dias.

Foi naquelas costas que os nossos vilões vaguearam durante cerca de nove semanas, mantendo-se de modo geral além do alcance da vista por terra. Mas, como não localizaram nenhum barco por ali, isso os desencorajou tanto que eles decidiram abandonar aquela posição e rumar para as Índias Ocidentais. E nessa disposição custaram um pouco para partir, quando, inesperadamente, se depararam com uma frota de quarenta e dois barcos portugueses seguindo para Lisboa, diante da Bahia los todos Santos. Alguns pareciam bem armados, repletos de carregamentos, aguardando a chegada de duas fragatas de setenta canhões cada uma, que lhes serviriam de escolta. Roberts, no entanto, mesmo considerando muito difícil aquela operação, decidiu fazer contato, e com esse objetivo misturou-se à frota, mantendo escondidos seus homens até se tomarem as resoluções adequadas. Feito isso, eles se aproximaram de um dos barcos mais carregados, ordenando-lhe que lhe enviassem o seu comandante a bordo, sem nenhum alarde, ameaçando-os de não terem a menor piedade no caso de alguma resistência ou sinal de alarme. Os portugueses, surpreendidos com as ameaças e vendo, subitamente, os cutelos aparecendo nas mãos dos piratas, submeteram-se sem uma palavra, e o capitão veio a bordo. Roberts saudou-o amigavelmente, declarando-lhe que eles eram aventureiros, mas que os seus negócios ali se limitavam a lhes informarem qual era o navio, em toda a frota, que transportava as cargas mais ricas. Se ele lhes desse uma informação correta, seria restituído ao seu navio sem o molestarem. Caso contrário, podia estar certo de ser morto no ato.

O comandante português logo apontou um dos navios, com quarenta canhões e cento e cinquenta tripulantes, e muito mais potente que o dos bandidos. Mas isso de forma alguma os desanimou, pois, como comentaram: eram portugueses. Assim, imediatamente rumaram naquela direção. Ao chegarem à distância própria de uma saudação, os piratas mandaram o comandante prisioneiro perguntar como estava o *seignor* capitão, convidando-o a vir a bordo, pois tinha um assunto muito importante a tratar com ele. A resposta que veio do navio foi que o aguardavam a bordo imediatamente. E, por um certo alvoroço que se seguiu, os piratas perceberam que tinham sido descobertos e que aquela resposta fora apenas um disfarce para ganharem tempo e colocar o navio em posição de defesa. Então, sem mais delongas, eles correram para o costado, abordaram e capturaram o navio. A luta foi curta e acalorada, com a morte de muitos portugueses, mas de apenas dois piratas. A essa altura, toda a frota já fora avisada, os rojões cruzavam os céus, os canhões disparavam para dar alarme às fragatas, as quais ainda se encontravam ancoradas, e que só mostraram uns débeis sinais de estarem se apressando para ajudá-los. E se é verdade o que os piratas relataram mais tarde, os comandantes daqueles navios foram culpados no mais alto grau, e indignos dos seus títulos, ou até mesmo da qualificação de homens. Pois Roberts, achando que a sua presa estava muito pesada para poder manobrá-la, embora estivesse decidido a não perdê-la, colocou-se em posição de combate na frente do navio que se adiantava aos demais (e que era muito mais potente que o anterior), mas que, no entanto, se recusou a reagir, num comportamento ignominioso para aquela esquadra, cuja força era de tal superioridade. O navio, sem querer se arriscar a enfrentar sozinho o pirata, se atrasou tanto à espera de outro que o viesse ajudar, que isso deu tempo a que Roberts e sua presa fossem embora sem o menor problema.

Descobriram que a carga do navio era imensamente rica, principalmente com açúcar, couros de animais e tabaco, além de noventa mil *moidores* de ouro, colares e balangandãs de elevado valor, particularmente uma cruz cravejada de diamantes que se destinava ao rei de Portugal, e com a qual posteriormente eles presentearam o governador de Caiana (Guiana), a quem sentiam-se muito gratos.

Entusiasmados com o butim, agora nada mais os preocupava senão encontrar um local seguro para poderem entregar-se a toda sorte desses prazeres próprios à luxúria e à devassidão. E naquele momento, escolheram um lugar nas costas de Caiana chamado ilha do Diabo, no rio Suriname, onde tiveram a mais calorosa recepção que se possa imaginar, não só por parte do governador e de toda a feitoria, como das esposas, que trocaram porcelanas com eles e entabularam um considerável comércio.

Naquele rio eles capturaram uma chalupa, obtendo através dela a informação de que um outro brigue, proveniente de Rhode Island, também navegava acompanhando-a, carregado de provisões e dirigindo-se para a costa. Que carga bem-vinda! Pois os seus estoques marítimos estavam se esgotando e, como diria Sancho: "Não se fazem aventuras sem lenha para a pança." Certa noite, enquanto vasculhavam em busca da sua mina de tesouros — a presa portuguesa — a tão esperada embarcação foi avistada pelo vigia do mastro. Roberts, achando que só ele próprio poderia realizar aquela façanha, selecionou quarenta homens e saiu com eles na chalupa, em perseguição ao navio. Porém um grave acidente seguiu-se àquela aventura impetuosa e irrefletida. Roberts não pensava noutra coisa senão em trazer aquele brigue naquela mesma tarde, e nem sequer se preocupou com as provisões da chalupa, tampouco examinando se havia a bordo algo para sustentar todos aqueles homens. E lançou-se na caça à sua presa, que não só acabou perdendo de vista como, depois de oito dias enfrentando fortes ventos e correntezas, viu-se a cento e oitenta quilômetros a sotavento. Com as correntezas a se opor incessantemente aos seus esforços, vendo-se sem nenhuma esperança de conseguir remar até o navio, ancoraram. E, sem se deterem para pensar no que estavam fazendo, enviaram um escaler para informar ao restante da companhia o que eles estavam passando, ordenando também que o navio os viesse resgatar. Porém em pouco tempo, na manhã seguinte mesmo, eles se deram conta da sua obsessão ao perceberem que toda a água se acabara, sem que tivessem se preocupado com o seu reabastecimento até a chegada do navio, ou ao retorno do escaler, coisa que provavelmente não sucederia antes de cinco ou seis dias. Ali, tal como Tantalus, quase morreram de sede, enquanto ao longe podiam ver os rios e os lagos de águas frescas. Em meio àquela situação extrema, finalmente não tiveram outra opção senão arrancar as tábuas do soalho da cabine, amarrando-as a uma bacia, ou uma bandeja, para com aquilo poderem remar até a praia e conseguir imediatamente água, e assim poderem sobreviver.

Passados uns dias, o tão esperado escaler retornou, porém com as piores notícias que se possa imaginar: pois o imediato Kennedy, que na ausência de Roberts fora deixado para comandar o navio corsário e a sua presa, tinha ido embora, levando consigo as duas embarcações. Aquilo, além de uma forte humilhação, foi uma vingança, pois, não é difícil de imaginar, Roberts e os homens, ao se lançarem àquela aventura, tinham ouvido duras palavras por parte dos que ficaram, e que se sentiram traídos. E, para que não precisemos mais mencionar esse Kennedy, vou, por uma página ou duas, deixar de lado o capitão Roberts e o resto da tripulação, enquanto dão vazão a toda sua ira com pragas e maldições, para acompanhar o outro, rumando agora em direção a Execution-Dock.[3]

Kennedy fora eleito capitão da tripulação amotinada, porém não conseguia fazer que a companhia chegasse a alguma decisão precisa. Uns queriam prosseguir com o velho meio de vida, mas a maior parte mostrava desejo de deixar aquele trabalho ruim e retornar à casa secretamente (pois naquele momento não estava em vigor nenhum Ato de Perdão). Por isso todos concordaram em abandonar a pirataria, e cada um se arranjar por si mesmo quando a ocasião se apresentasse. A primeira coisa que fizeram foi se desfazer da grande presa portuguesa. Tinham a bordo o comandante da chalupa (creio que o seu nome era Cane), que todos achavam ser um bom sujeito (pois sempre os havia apoiado) e que lhes dera informações sobre o brigue ao qual Roberts saiu em perseguição. Quando os piratas capturaram esse comandante, ele os saudou da forma mais estranha, declarando-lhes que eram todos muito bem-vindos à sua chalupa e ao seu carregamento, lamentando que o navio não fosse maior e a carga ainda mais rica, para os servir. A esse homem, de natureza tão bondosa, eles entregaram o navio português (que estava então ainda com a metade da carga), além de três ou quatro negros e todos os seus próprios tripulantes Ele agradeceu muito aos seus benfeitores e se foi embora.

O capitão Kennedy zarpou no navio corsário para Barbados. Próximo àquela ilha, capturou um navio muito pacífico, da Virgínia. O comandante era um *quaker* chamado Knot. A bordo não havia pistolas, ou espadas, e tampouco cutelos. E o sr. Knot parecia tão receptivo a tudo que se lhe dizia, que alguns acharam estar ali a sua oportunidade para irem embora de uma vez. Assim, oito dos piratas embarcaram no navio do *quaker*, que os transportou a salvo à Virgínia. Os piratas deram de presente ao comandante dez barris de açúcar, dez rolos de tabaco brasileiro, trinta *moidores* e certa quantidade de ouro em pó, tudo num valor aproximado de 250 libras. Também presentearam os marinheiros, dando mais a uns, e a outros menos, mas estabelecendo um relacionamento muito jovial durante toda a viagem — o capitão Knot deixando-os totalmente à vontade. Na verdade, ele não podia fazer nada, a menos que surgisse alguma chance de surpreendê-los quando estivessem embriagados ou dormindo. Pois quando despertos eles exibiam ostensivamente as suas armas, o que punha a todos num contínuo terror. Por uma questão de princípio (tanto do capitão quanto da sua seita) eles não podiam lutar, a não ser que se valessem de artifícios ou maquinações. O capitão conseguiu evitar o melhor que pôde que eles recorressem às armas, até se aproximarem do continente, quando então quatro piratas foram para terra, num barco que tinham trazido consigo para facilitar suas incursões. Atravessaram a baía em direção a Maryland, mas uma tempestade os forçou a recuar, e tiveram de descer numa região pouco conhecida do país. Ali, encontrando boa diversão entre os fazendeiros locais, permaneceram por diversos dias sem ninguém descobrir que eles eram piratas. Nesse meio-tempo, o capitão Knot, tendo deixado os outros quatro piratas a bordo do navio (que desejavam seguir viagem até a Carolina do Norte), foi às pressas revelar ao governador, o sr. Spotswood, que tipo de passageiros ele fora forçado a trazer consigo. Por sorte, conseguiram prendê-los. E, depois de novas incursões em busca dos outros quatro, que se entregavam a fazer farras pela região, também esses foram presos. As principais testemunhas contra eles foram dois judeus portugueses, que eles haviam capturado no litoral do Brasil e que depois trouxeram para a Virgínia. No final, foram todos julgados, condenados e enforcados. Os últimos piratas tinham guardado parte das suas riquezas com os fazendeiros, que no entanto nunca prestaram contas disso. Mas o capitão Knot renunciou a tudo o que lhe deram, e também ao que haviam deixado no navio, além das coisas que roubaram durante a viagem, e a todos os presentes, e ainda obrigou os seus homens a agirem da mesma forma.

 Dias depois da tomada do navio da Virgínia, acima relatada, Kennedy, ao velejar pela latitude da Jamaica, capturou uma chalupa procedente de Boston e carregada com pão e farinha. Para ela transferiram-se todos os piratas que pretendiam acabar com a atividade do bando, deixando para trás os que queriam prosseguir em novas aventuras. Entre os primeiros estava Kennedy, o capitão, de cuja honra tinha-se uma impressão tão desfavorável que por pouco ele não foi lançado ao mar, assim que o viram na chalupa, de medo que os traísse quando chegassem todos à Inglaterra. Pois na sua infância ele fora batedor de carteira, e antes de se tornar pirata, ladrão e arrombador de casas, e essas duas profissões costumam ter um conceito muito baixo entre aqueles senhores. Entretanto, o capitão Kennedy jurou solenemente fidelidade a todos, e a sua presença foi então tolerada.

 Naquela turma só uma pessoa tinha pretensões de ter algum conhecimento sobre navegação — pois Kennedy nem ler ou escrever sabia, tendo sido escolhido para comandar os demais unicamente por sua coragem, que na verdade já fora demonstrada por várias vezes, especialmente durante a tomada do navio português — mas mesmo essa pessoa acabou mostrando que só estava fingindo que sabia. Ao direcionarem o curso para a Irlanda, onde todos tinham concordado em desembarcar, viram-se de repente arrastados para a costa noroeste da Escócia, e ali foram arremessados de um lado a outro por terríveis tempestades de vento, por vários dias, sem saber onde se encontravam e ameaçados de naufragar a qualquer momento. Finalmente conseguiram levar o barco até uma pequena enseada, e desceram a praia, deixando a chalupa ancorada ali, para quem chegasse depois.

O grupo todo recuperou as forças numa pequena aldeia, a cerca de oito quilômetros de onde tinham deixado a chalupa, fazendo-se passar por marujos vitimados por um naufrágio. E sem dúvida teriam conseguido seguir sem levantar suspeitas, não fosse o modo enlouquecido e desordeiro com que se comportaram pelas estradas, fazendo com que a viagem fosse logo interrompida, como será visto agora.

Kennedy e mais alguns deixaram os outros e seguiram até um dos portos marítimos, onde embarcaram para a Irlanda, lá chegando sem problemas. Seis ou sete deles sabiamente separaram-se dos demais, viajaram com toda tranquilidade, conseguindo chegar ao tão almejado porto de Londres sem serem perturbados ou levantar suspeitas. Mas o bando principal deixava todo mundo alarmado por onde passava, bebendo e fazendo algazarra a um ponto tal que as pessoas, em certos lugares, se trancavam em casa sem se atreverem a sair no meio de tantos loucos. Em outras aldeias, convidavam todos para participar das diversões, desperdiçando o dinheiro que tinham como se, assim como Esopo, pretendessem aliviar o seu fardo. Essa dispendiosa forma de vida conseguiu fazer com que dois daqueles extraviados bêbedos fossem golpeados na cabeça e encontrados mortos na estrada, com os bolsos completamente vazios. Os outros, em número de dezessete, foram presos ao se aproximarem de Edinburgh e jogados na cadeia, suspeitos de alguma coisa, embora não se soubesse ainda do quê. Mas os magistrados não ficaram muito tempo sem encontrar as acusações apropriadas, pois dois do bando se ofereceram para depor, o que foi aceito. Os demais foram então levados a um julgamento sumário, no qual nove foram condenados e executados.

Depois de gastar seu dinheiro na Irlanda, Kennedy reapareceu. Ficou morando numa pensão muito pobre, de propriedade de B____, na estrada de Deptford, de onde, de vez em quando — pelo menos é o que se imagina — ele partia para uma excursão ao exterior exercendo sua antiga profissão. Até que uma das moradoras da pensão — a sra. W____ deu parte dele à polícia por roubo, pelo qual foi encarcerado em Bridewell. Mas, como aquela senhora não gostava de fazer as coisas pela metade, foi encontrar-se com um homem que trabalhara como imediato num navio atacado por Kennedy, fato este que fora irresponsavelmente relatado a ela pelo próprio Kennedy. Esse imediato, chamado Grant, foi até a cadeia de Bridewell e, reconhecendo Kennedy, obteve um mandado para o encaminharem à prisão de Marshalsea.

O jogo agora para Kennedy seria ele próprio depor contra os antigos comparsas. Por isso ele apresentou uma lista de oito ou dez nomes. Mas, como não soubesse onde estavam morando, apenas um deles foi preso, e mesmo esse, embora condenado, pareceu ser um homem de bom caráter, tendo ingressado à força naquele serviço, e que aproveitou a primeira chance para ir-se embora. Por isso, obteve o perdão. Ao passo que Walter Kennedy, por ser um notório infrator, foi executado no dia 19 de julho de 1721, em Execution-Dock.

Os demais piratas, deixados no navio Rover, nele não permaneceram por muito tempo, desembarcando numa das ilhas das Índias Ocidentais. Não sei dizer o que posteriormente foi feito deles, porém uma chalupa pertencente à ilha de St. Christophers encontrou o navio à deriva e o levou para aquela ilha, e nele estavam apenas nove negros a bordo.

Dessa forma, vemos que para os maus sempre chega um desastroso final, e só raramente eles conseguem escapar da punição por seus crimes, por sua vida promíscua, pelos roubos, saques e depredações que cometem contra seres humanos, crimes que contrariam a luz e a lei da Natureza, como também a lei de Deus. Podia-se esperar que os exemplos dessas mortes fossem como alertas para o resto do bando, avisando-os como evitar os rochedos contra os quais seus companheiros se haviam espatifado. Que se rendessem ao Ato de Clemência, ou se afastassem para sempre daquelas incursões, as quais no final — podiam estar certos — haveriam de submetê-los às mesmas leis e punições que os outros, e que eles deviam ter consciência de merecerem. Aquela mesma lei, pairando sempre sobre eles, e jamais os deixando dormir, a não ser quando embriagados. Porém para eles a única consequência que aquilo teve foi elogiarem a justiça do tribunal ao condenar Kennedy: "pois ele não passava de um cachorro velhaco", assim disseram "e mereceu o destino que teve".

Mas retornemos a Roberts, a quem deixamos nas costas de Caiana furioso com Kennedy pelo que este e a tripulação lhe haviam feito. Já estava ele agora a projetar novas aventuras com o seu pequeno bando, na chalupa. E, vendo como até então a composição deste fora algo extremamente instável, eles decidiram elaborar regulamentos, que todos deveriam assinar sob juramento, que preservassem melhor sua sociedade e também proporcionassem a aplicação da justiça entre eles. Todos os irlandeses estavam excluídos dos seus benefícios, pois por causa de Kennedy eles sentiam uma implacável aversão por aquele povo. Não sei dizer como Roberts pôde pensar que alguém pudesse sentir-se comprometido por um juramento, ali, onde as leis de Deus e dos homens eram violadas com tamanha frequência. Mas ele achou que a sua maior segurança estava naquele regulamento, e que era do interesse de todos observarem as suas leis, se é que pretendiam manter unida uma associação tão abominável quanto aquela.

Os trechos seguintes transcrevem o conteúdo desses regulamentos, recolhidos segundo informações dos próprios piratas.

I. Qualquer membro tem o direito de votar nas questões do momento. Tem igual direito a provisões frescas, ou bebidas fortes, sempre que estas forem capturadas, e pode usá-las à vontade, a menos que a escassez (coisa nada incomum entre eles) torne necessário, para o bem de todos, um racionamento.

II. Qualquer membro deve ser convocado justamente, em turnos, através de uma lista, para abordar os navios capturados, porque nessas ocasiões — além da sua quota de direito — eles receberão uma nova muda de roupas. Porém se fraudarem a companhia em um dólar que seja, em prata, joias ou moedas, sua punição será o "abandono". (Segundo esse bárbaro costume, abandonava-se o infrator em alguma praia, num cabo ou numa ilha deserta, deixando-lhe um revólver, algumas balas, uma garrafa d'água e um saco de pólvora, para ali sobreviver, ou morrer.) Se o roubo fosse praticado entre os membros, eles se satisfaziam em cortar as orelhas e o nariz do culpado e abandoná-lo numa praia, desta vez não num local deserto, mas sim onde certamente ele haveria de enfrentar sérias dificuldades.

III. A ninguém é permitido jogar a dinheiro, sejam cartas ou dados.

IV. Devem ser apagadas luzes e velas às oito horas da noite. Se algum tripulante, depois dessa hora, ainda quiser continuar bebendo, deve fazer isso no convés descoberto (assim Roberts acreditava que poderia pôr fim às orgias dos piratas, pois ele próprio não era dado à bebida. Mas no final ele viu que todos os seus esforços para acabar com aquilo eram inúteis).

V. Devem-se manter espingardas, pistolas e cutelos sempre limpos e prontos para a ação. Nisso eles eram extravagantemente meticulosos, esforçando-se para superar um ao outro na beleza e na riqueza das armas, às vezes chegando a oferecerem em leilão (que se realizava ao redor do mastro principal) até trinta ou quarenta libras por um par de pistolas. Durante as batalhas, essas armas eram penduradas aos ombros, à bandoleira, cheias de fitas multicoloridas, num estilo muito peculiar a eles, e que lhes dava um imenso prazer.

VI. Não se permite naquele meio a presença de nenhum menino ou mulher. Se for descoberto que algum homem seduziu qualquer pessoa do referido sexo, trazendo-a para o mar disfarçada, ele deverá ser morto. E assim, quando alguma mulher caía entre as suas mãos, como aconteceu no navio Onslow, imediatamente eles designavam um guarda para tomar conta dela e impedir as más consequências daquele tão perigoso instrumento de divisão e disputa. Mas aí então entrava a bandidagem: disputava-se quem haveria de montar guarda, que de modo geral acabava sendo um dos mais valentões, o qual, para garantir a virtude da senhora, não deixava que ninguém se deitasse com ela. Além dele próprio.

VII. Desertar do navio ou dos alojamentos durante uma batalha era punido com a morte ou o abandono numa ilha.

VIII. Não se permitiam lutas a bordo entre os piratas. Todas as disputas deviam ser resolvidas em terra, pela espada e a pistola, e da seguinte maneira: O contramestre do navio, quando as partes não chegavam a uma conciliação, os acompanhava até a praia, com a assistência que julgasse adequada, fazia os disputantes voltarem-se de costas um para o outro, a uma certa distância. À sua voz de comando, eles deviam voltar-se e disparar imediatamente (ou então a arma lhes seria arrancada das mãos) Se ambos errassem o alvo, a disputa seria então com o cutelo, e vencia quem primeiro fizesse o outro sangrar.

IX. Não se permitia a ninguém abandonar aquele meio de vida, antes de atingir uma quota de participação de mil libras. No caso de, no cumprimento do serviço, um homem vir a perder um membro, ou ficar aleijado, deveria receber oitocentos dólares, retirados do cofre comum, e em casos de danos menores, uma quantia proporcional.

X. O capitão e o contramestre recebiam duas quotas de participação no butim. O mestre, o imediato e o artilheiro, uma quota e meia. Outros oficiais, uma quota e um quarto.

XI. Os músicos deviam descansar aos sábados, porém nos outros seis dias e noites, só por uma licença especial.

Garantiram-nos que eram esses alguns dos regulamentos de Roberts mas, como os piratas tiveram o cuidado de lançar ao mar os originais com as assinaturas e os juramentos, há fortes razões para se suspeitar que ali havia algo demasiado horrível para ser revelado, exceto aos que participavam voluntariamente das iniquidades. Fosse como fosse, os regulamentos constituíam um teste para os recém-chegados, cuja iniciação se fazia jurando sobre uma Bíblia — guardada exclusivamente para esse fim — e que em seguida eram registrados, em presença do venerável sr. Roberts. E no caso de qualquer dúvida sobre a aplicação daquelas leis — e deveria haver um prévio debate para saber se o grupo as infringira ou não — nomeava-se um júri para explicá-las e chegar a um veredicto sobre o caso colocado em questão

E já que estamos falando sobre as leis daquela companhia, vou prosseguir agora relatando, da forma mais breve que me for possível, os principais costumes e a forma de administração daquela comunidade de bandidos, e que são exatamente os mesmos que se verifica com todos os piratas em geral.

Para a punição por pequenas ofensas, não contempladas nos regulamentos, e cuja importância não era suficiente para que se convocasse um júri só para elas, existia um oficial superior, o contramestre, escolhido pelos próprios piratas, e que, a não ser durante as batalhas, exercia sua plena autoridade da seguinte forma: se desobedecessem ao seu comando, se fossem arruaceiros e rebeldes uns com os outros, se maltratassem os prisioneiros, se saqueassem além do que foi ordenado, e principalmente, se fossem desleixados com as suas armas, que ele examinava sempre que lhe dava vontade, ele é que decidiria qual o castigo a ser aplicado, se bordoadas ou chicotadas, coisa que ninguém mais ali ousaria fazer sem ser atacado por toda a tripulação do navio. Em suma, esse oficial era encarregado de tudo, sempre o primeiro a abordar as presas, com o direito de separar para o uso da companhia o que achasse melhor, e devolvendo o que julgasse mais apropriado a seus donos, com exceção de ouro e prata, que por decisão em assembleia são bens não retornáveis.

Após a descrição dos deveres do contramestre, que constituía uma espécie de magistrado civil nos navios piratas, analisaremos o oficial militar — o capitão. Quais os privilégios que este desfrutava em meio a tal clima de anarquia e falta de disciplina? Na verdade, muito poucos. Permitiam apenas que ele fosse o capitão, e ainda assim, com a condição de que também eles pudessem atuar como capitães sobre ele. Separavam-lhe a maior cabine, e algumas vezes conferiam-lhe pequenas quantidades de prata e de porcelanas (pois é preciso observar que Roberts tomava chá constantemente), mas também qualquer um, de acordo com seu humor do momento, podia usar a prata e as porcelanas como quisesse, invadir os seus alojamentos, praguejar contra ele, se apoderar de parte dos seus mantimentos e beber à vontade, sem que ele pudesse objetar ou reprovar nada. No entanto Roberts, por ser um administrador melhor que o comum, tornou-se a principal autoridade em todas as questões importantes, e isso pelo seguinte: como se chegava ao posto de capitão por votação da maioria, geralmente o posto ia para alguém com maiores conhecimentos e coragem, alguém, como diziam eles, "à prova de balas" e capaz de inspirar medo a quem não gostasse dele. Dizem que Roberts superou todos os concorrentes nesses itens, e que com o tempo ainda fez crescer o respeito ao seu redor ao estabelecer uma espécie de Conselho Secreto, composto por meia dúzia dos mais valentões. Esses tinham sido seus concorrentes antes, e tinham interesse em facilitar a sua administração. Mas mesmo esses, nos tempos finais do seu comando, ele se via forçado a se opor, ao apresentarem projetos contrários às suas opiniões. Por isso, e também por ter se tornado cada vez mais reservado, sem beber ou fazer algazarras como os demais, formou-se uma conspiração para destituí-lo do comando, o que só mesmo a morte conseguiu efetivamente.

Era absoluto o poder do capitão durante a perseguição a uma presa, ou em uma batalha, e espancava, esfaqueava ou atirava contra todo aquele que se atrevesse a contestar sua autoridade. Gozava dos mesmos privilégios também sobre os prisioneiros, que podiam receber bom ou mau tratamento, a depender de ele aprovar ou não o seu comportamento. Pois, embora os piores piratas queiram sempre maltratar um comandante de navio, mesmo assim ele poderá controlá-los se presenciar o fato. E alegremente, diante de uma garrafa de bebida, informará aos prisioneiros seus dois motivos para comemorar: o primeiro é ver sua superioridade mantida. O segundo, é ter retirado a punição das mãos de um bando muito mais brutal e maluco que ele próprio. Ao ver que nenhum prisioneiro esperava ser tratado com rigor, por parte de sua gente (pois ele procurava sempre acalmá-los), então ele faria todos entenderem que só por uma inclinação convenceu os companheiros a lhes darem bom tratamento, e não por amor ou parcialidade por suas pessoas. Pois, dizia ele, "qualquer um de vocês, na primeira oportunidade que tiver de me agarrar, irá enforcar-me, eu sei disso".

E agora — prosseguindo a nossa narrativa — quando eles viram a precária situação em que se encontravam, naquele pequeno barco precisando de consertos e sem provisões ou estoques, por unanimidade resolveram seguir para as Índias Ocidentais, com os poucos suprimentos que puderam conseguir, certos de encontrarem uma solução para aqueles problemas, e de recuperarem as perdas.

Na latitude de uma das ilhas — Deseada — capturaram duas chalupas, que os abasteceram de mantimentos e outros artigos necessários. Passados uns dias, tomaram um brigue procedente de Long Island, e depois seguiram para Barbados. No litoral dessa ilha depararam com um navio vindo de Bristol, com dez canhões, em viagem para o exterior, e do qual se apossaram de roupas em abundância, dinheiro, vinte e cinco fardos de mercadorias, cinco barris de pólvora, cordas, amarração, dez tonéis de farinha de aveia, seis de carne de boi e muitos outros artigos, além de cinco tripulantes. E depois de deterem o navio por três dias, deixaram-no partir. Como esse navio se destinava à ilha acima referida, assim que lá chegou a tripulação informou ao governador tudo o que se passara.

Imediatamente, como ali não estacionasse nenhuma fragata, uma galera de Bristol ancorada no porto recebeu ordens de, com a maior pressa possível, equipar-se com vinte canhões e oitenta homens, e também preparar uma chalupa com dez canhões e quarenta homens. A galera tinha o comando de um certo capitão Rogers, de Bristol, e a chalupa, do capitão Graves, daquela mesma ilha. O capitão Rogers, por uma delegação do governador, foi nomeado comandante da expedição.

No segundo dia, depois que Rogers zarpou do porto, ele foi avistado por Roberts, que, sem saber nada sobre as suas intenções, deu início à perseguição. Os navios de Barbados mantiveram a mesma velocidade, até os piratas se aproximarem mais, quando Roberts disparou-lhes um tiro de canhão, esperando que imediatamente eles fossem arriar as suas velas, submetendo-se à bandeira pirata. Mas em vez disso, o que recebeu foi um potente e maciço canhoneio, ouvindo-se ao mesmo tempo três clamores de hurras. E então seguiu-se o combate. Roberts, sabendo-se sem forças para enfrentá-lo, teve de içar todas as velas e fugir. A galeota seguiu-o de perto durante muito tempo, mantendo constantes disparos contra ele e ferindo diversos piratas. No final, entretanto, depois de lançar ao mar as armas e as mercadorias mais pesadas, para que a embarcação ficasse mais leve, Roberts, à custa de muito esforço, conseguiu fugir. Porém nunca mais pôde suportar qualquer navio de Barbados. Se alguma embarcação dessa ilha lhe caísse nas mãos, ele se mostrava muito mais severo com ela do que com qualquer outra.

A chalupa do capitão Roberts velejou até a ilha de Dominico, onde ancorou, e eles conseguiram provisões com os habitantes, aos quais em troca forneceram mercadorias. Treze ingleses estavam lá, deixados por uma Guard de la Coste francesa, de Martinico, depois de serem retirados de dois navios da Nova Inglaterra capturados pela chalupa francesa. De bom grado os homens subiram a bordo do navio pirata, o que provou ser um oportuno recrutamento.

Embora a ocasião fosse propícia para fazerem uma faxina na chalupa, eles acharam que ali não seria um bom lugar, no que pensaram bem, pois ficar mais tempo naquela ilha teria significado sua destruição. O fato é que eles tinham decidido seguir para as ilhas de Granada, para limparem o barco, mas, por algum acidente, a notícia chegou ao conhecimento da colônia francesa, que avisou o governador de Martinico, o qual logo equipou com armas e homens duas chalupas para saírem em sua busca. Os piratas velejaram diretamente para as Granadilloes (Grenadines), ancorando numa lagoa, em Corvocoo (Carriacou), onde fizeram a limpeza com uma pressa inusitada, permanecendo ali pouco mais que uma semana. Essa pressa permitiu que, por uma questão de horas, eles escapassem das chalupas de Martinico. Roberts zarpou durante a noite, e os franceses chegaram na manhã seguinte. Aquela foi uma escapada de muita sorte, especialmente se considerarmos que não foi o medo de serem descobertos que provocou a pressa, mas tão somente sua própria sem-vergonhice, pois estavam loucos por vinho e mulheres.

Escapando, assim, por muito pouco, eles seguiram para Terra Nova chegando a essa costa em fins de junho do ano de 1720. Penetraram no porto de Trepassi, com suas bandeiras negras tremulando e os tambores rufando ao som das trombetas. Havia vinte e duas embarcações naquele porto, que imediatamente foram abandonadas pela tripulação, ao ver os piratas, e que fugiu em massa para as praias. É impossível descrever aqui toda a destruição e devastação que eles causaram, incendiando e afundando os navios, com exceção de uma galeota de Bristol, destruindo os armazéns de pesca e os galpões dos coitados dos fazendeiros, sem qualquer remorso ou compaixão. Nada é mais deplorável do que o poder quando nas mãos de gente inferior e ignorante: torna os homens insensíveis e tresloucados, sem quererem saber das desgraças que impõem a seus semelhantes, rindo das maldades que praticam e que não lhes trazem vantagem alguma. "São como loucos, que lançam fogo, flechadas e morte, e que depois exclamam: mas não estamos nos divertindo?"

Roberts tomou para si no porto a galeota de Bristol e equipou-a com tripulação e dezesseis canhões. Enquanto se distanciava da costa, ele encontrou nove ou dez embarcações francesas, todas as quais destruiu, exceto uma com vinte e seis canhões, dos quais se apossou para uso próprio. A esse navio eles deram o nome de Fortune e, deixando a galeota de Bristol para os franceses, partiram, com a chalupa, em outro cruzeiro, no qual tomaram diversas presas, tais como o Richard, de Biddiford, comandado por Jonathan Whitfield; o Willing Mind, de Pool; o Expectation, de Topsham, e o Samuel, comandado pelo capitão Cary, de Londres. Com a tripulação desses navios ele aumentou a sua companhia, admitindo para o seu serviço todos os que puderam ser poupados. O navio Samuel transportava um rico carregamento, e também levava vários passageiros a bordo, que foram brutalizados para que lhes entregassem seu dinheiro, a todo instante ameaçados com a morte se não renunciassem a tudo que possuíam em favor deles. Os piratas arrebentaram os alçapões e invadiram o porão como um bando de fúrias e, com machados e cutelos, rasgaram e arrombaram fardos, cofres, caixas, tudo em que pudessem pôr as mãos. E quando chegavam ao convés mercadorias que eles não queriam levar, ao invés de devolvê-las ao porão, lançavam-nas pela amurada. E faziam tudo isso ao som de incessantes pragas e xingamentos, mais como demônios que como homens. Carregaram consigo velas, armas, pólvora, cordame, e oito ou nove mil libras em mercadorias de superior qualidade. E disseram ao capitão Cary que não aceitavam nenhum Ato de Clemência. Que o rei e o parlamento podiam se danar com os seus atos de clemência. E tampouco iriam para Hope-Point para ali serem enforcados e curtidos ao sol, como fizeram com a companhia de Kid e Braddish.[4] Mas se algum dia fossem vencidos, eles explodiriam sua própria pólvora, com um tiro de pistola, e iriam todos juntos, alegremente, para o inferno.

Depois que levaram todo o butim, reuniram-se para debater se deviam afundar ou incendiar o navio. Mas, enquanto a questão era discutida, eles avistaram um barco, e por isso abandonaram o Samuel para darem caça à nova presa. À meia-noite eles a alcançaram: era uma embarcação de Bristol, com destino a Boston, sob o comando do capitão Bowles. Eles os trataram de maneira bárbara, porque o navio era de Bristol — cidade do capitão Rogers —, aquele que os havia atacado na costa de Barbados.

No dia 16 de julho, passados dois dias, eles capturaram um navio da Virgínia chamado Little York, com James Philips como comandante, e o Love, de Liverpool, o qual saquearam e depois deixaram partir. No dia seguinte foi a vez de um barco de Bristol encontrar o mesmo destino: o Phoenix, comandado por John Richards. E também um brigue, o Capitão Thomas, e uma chalupa de nome Sadbury. Todos os homens do brigue foram recolhidos, e depois eles o afundaram.

Ao deixarem a costa de Terra Nova, eles seguiram para as Índias Ocidentais e, como as provisões estavam acabando, dirigiram-se para a latitude da ilha Deseada, para ali velejarem à cata dos navios consignados, como costumavam dizer alegremente, carregados com suprimentos, pois aquele era considerado o melhor lugar para encontrá-los. E é muito suspeito que os navios recebessem cargas de mantimentos ali nas colônias inglesas, na pretensão de irem comerciar nas costas da África, quando de fato acabavam se destinando aos piratas. E embora dessem demonstrações de violência ao se encontrarem, ainda assim não tinham dúvida de estarem levando sua carga para um bom mercado.

Entretanto, daquela vez os piratas não tiveram a costumeira sorte e, à medida que as provisões e os artigos indispensáveis escasseavam dia a dia, eles se retiraram em direção a St. Christophers, onde lhes foi recusado qualquer socorro ou assistência por parte do governo. Como vingança, eles atiraram contra a cidade e incendiaram dois navios pelo caminho, um deles comandado pelo capitão Cox, de Bristol. Depois se afastaram para mais longe, para a ilha de St. Bartholomew, onde receberam tratamento muito melhor. Ali o governador não só os abasteceu com comida, como também ele e as demais autoridades demonstraram-lhes o maior carinho. E as mulheres, diante de tão bom exemplo, disputavam entre si qual delas se vestia e se comportava melhor, a fim de atraírem as graças de amantes tão generosos como aqueles, que pagavam tão bem por seus favores.

Saciados por fim daqueles prazeres, e embarcando um bom suprimento de provisões frescas, a assembleia votou unanimemente pela ida às costas da Guiné. Na viagem até lá, quando se encontravam na latitude 22° N, encontraram um navio francês proveniente de Martinico, ricamente carregado e — o que foi muita falta de sorte do seu comandante — com características muito mais adequadas aos propósitos dos piratas do que aos próprios. "Trocar não é roubar", declararam, e assim, com uma falsa expressão de gratidão para com Monsieur, pelo grande favor que lhes prestava, eles trocaram de navio e se foram. Foi essa a primeira viagem do Royal Fortune.

Naquele navio, Roberts prosseguiu sua planejada viagem. Porém, antes que chegassem à Guiné, ele propôs fazerem uma parada em Brava, a ilha mais ao sul do arquipélago de Cape de Verd, para uma faxina. Mas aí também, por total estupidez e falta de bom-senso, eles de distanciaram tanto de seu porto, a sotavento, desesperados por não conseguirem retornar a ele, ou a qualquer outra região a barlavento da África, que se viram forçados mais uma vez, empurrados pelos ventos alíseos, a voltar às Índias Ocidentais, o que quase significou seu aniquilamento. Agora o destino era o Suriname, que se encontrava a não menos de quatro mil e duzentos quilômetros de distância, e eles dispunham de apenas um tonel de água para satisfazer cento e vinte e quatro homens até lá. Triste circunstância, que tantas vezes expõe os piratas à loucura e à demência. Quem, apesar de saber separar a maldade e o castigo do fato em si, ainda assim arrisca sua vida em semelhantes perigos deve ser mesmo um desgraçado irresponsável. E a sua falta de habilidade e de previsão fazem com que eles se comportem assim.

Pode-se presumir que os seus pecados jamais perturbaram tanto suas lembranças como ali, ameaçados pela destruição total e sem o menor lampejo de conforto ou de alívio para suas misérias. Pois, com que cara iriam buscar consolo aqueles desgraçados, que tanta destruição haviam espalhado, criando tantos necessitados? Até ali eles viviam desafiando o único poder em que agora deviam confiar para se salvarem, e de fato, sem a intervenção da Providência, só havia uma lamentável escolha: a de morrerem pelas próprias mãos, ou se deixarem morrer à míngua.

Mas eles prosseguiram seu curso, racionando o consumo de água, permitindo só um gole por pessoa a cada vinte e quatro horas. Muitos bebiam a própria urina, outros água do mar, o que, em vez de aliviá-los, aumentava-lhes insaciavelmente a sede, o que acabava por matá-los. Outros definhavam e morriam, a cada dia, de disenteria e febres intermitentes. Quem suportava melhor a miséria eram os que voluntariamente passavam fome, evitando qualquer espécie de alimento a não ser um bocado ou dois de pão por dia, de forma que quem conseguiu sobreviver ficou com o máximo de fraqueza possível para um homem, embora vivo.

Mas, se a perspectiva lúgubre com que se haviam lançado na viagem lhes deu tanta ansiedade, tantos problemas e sofrimentos, qual não foi seu temor e a apreensão ao verem que não sobrava mais nenhuma gota d'água ou de bebida para se umedecerem, ou animarem. Era essa a sua situação quando (por obra da divina Providência, claro) fizeram sondagens e à noite ancoraram a uma profundidade de sete braças. Foi uma inexprimível alegria para todos. Como se aquilo viesse alimentar com um novo alento a chama quase extinta da vida. Mas isso não durou muito, pois, ao amanhecer, eles avistaram terra do mastro principal, mas tão longínqua que pôde apenas proporcionar indiferença naqueles homens que nos últimos dois dias não haviam bebido nada. Entretanto, mandaram o seu escaler, que naquela mesma noite retornou e, para seu grande alívio, trazendo uma carga de água. Informaram que tinham chegado à embocadura do rio Meriwinga (Maroni), na costa do Suriname.

Poderíamos achar que aquela salvação tão milagrosa pudesse acarretar-lhes uma reforma em seu comportamento, mas, é uma pena: mal saciaram a sede e o milagre já fora esquecido, até que a escassez de mantimentos despertou de novo os seus sentidos, e os colocou em guarda contra a fome. Era pequena a quantidade diária de alimento permitida a cada um, e mesmo assim eles comentavam de forma profana que a mesma Providência que lhes dera água sem dúvida lhes traria também carne, se eles empregassem esforços honestos.

Na busca por esses esforços honestos, eles rumaram com o pouco que lhes sobrava para a latitude de Barbados, para conseguirem mais mantimentos, ou então, morrerem de fome. E no caminho, encontraram um navio que correspondeu às suas necessidades, e depois dele, um brigue. O primeiro chamava-se Greyhound e viajava de St. Christophers com destino à Filadélfia. Seu imediato assinou os regulamentos dos piratas, e mais tarde se tornou capitão do Ranger, companheiro do Royal Fortune.

Do navio e do brigue, os piratas obtiveram um bom suprimento de comida e bebidas, tanto que desistiram do planejado cruzeiro e ancoraram em Tobago. Ao ouvirem notícias de que em Corvocoo haviam equipado duas chalupas para persegui-los, eles velejaram para a ilha de Martinico a fim de retribuir todo o cuidado e presteza que o governador de lá havia demonstrado na questão.

É o costume em Martinico, para que se possa reconhecer os navios holandeses que vêm comerciar ilegalmente com o povo da ilha, que os navios icem suas bandeiras ao chegar diante da cidade. Roberts conhecia bem aquele sinal e, como era seu ferrenho inimigo, concentrou suas ideias para elaborar uma maldade. Assim, aproximou o seu navio com a bandeira tremulando no mastro, o que, tal como esperava, eles interpretariam como sinal de um bom negócio, ficando muito felizes por poderem logo mandar as suas chalupas, e outras embarcações, para fazer o comércio. Quando Roberts viu que os tinha a seu alcance (um logo em seguida ao outro) declarou-lhes que eles não tinham vindo ali a troco de nada, mas que podiam deixar todo o seu dinheiro com aquele bando de ladrões, os quais esperavam que eles pudessem sempre encontrar um comércio holandês tão bom quanto aquele. Em seguida, separou um barco para levar de volta os passageiros até a terra, e incendiou os demais, cujo número chegava a vinte.

Roberts estava tão furioso com as tentativas dos governadores de Barbados e de Martinico para prendê-lo, que mandou confeccionar uma nova bandeira, posteriormente içada ao mastro, com o seu retrato ladeado por duas caveiras, e sob estas as iniciais A.B.H. e A.M.H., que significavam [em inglês]: Uma Cabeça de Barbados e Uma Cabeça de Martinico.

Em Dominico, a ilha à qual se dirigiram a seguir, eles capturaram um navio holandês que fazia comércio ilegal, com 22 canhões e 75 homens, e um brigue pertencente a Rhode Island, comandado por um tal Norton. O primeiro tentou defender-se até que, com a morte de alguns de seus homens, os demais perderam a coragem e baixaram a sua bandeira. Com essas duas presas eles prosseguiram até Guadalupe, capturando uma chalupa e uma chata francesa carregada com açúcar. A chalupa eles incendiaram, prosseguindo para Moonay (Mona), uma outra ilha, com a intenção de fazer uma limpeza no casco, porém acharam que a maré ali estava demasiado alta para que pudessem realizá-la em segurança. Mudaram seu curso, então, para a região norte de Hispaniola onde, na baía de Bennet, no golfo de Saminah (Samana), fizeram a limpeza do navio e também do brigue. Porque, embora Hispaniola tenha sido colonizada por espanhóis e franceses, e ali se encontre a residência de uma alta autoridade da Espanha, que recebe e pronuncia a decisão final sobre os apelos provenientes de todas as outras ilhas espanholas das Índias Ocidentais, mesmo assim a sua população não é proporcional ao tamanho, de forma que existem muitos portos ali a que os piratas podem recorrer com segurança, sem medo de serem descobertos pelos habitantes.

Durante a sua permanência lá, duas chalupas se aproximaram, querendo visitar Roberts. Tal como a rainha de Sabá fez com Salomão, os comandantes delas — chamados Porter e Tuckerman — dirigiram-se ao pirata declarando-lhe que, "tendo ouvido falar da sua fama e realizações", eles haviam decidido conhecê-lo para aprender a sua arte e sua sabedoria nas questões da pirataria. Acrescentaram que as suas embarcações tinham o mesmo e honroso desígnio que a dele, e que esperavam que com a comunicação do seu conhecimento viesse também alguma caridade, pois estavam necessitando dos artigos indispensáveis a tais façanhas. Roberts sentiu-se seduzido pela peculiaridade e pela franqueza daqueles dois homens, e lhes deu pólvora, armas e tudo o mais de que necessitavam, passando duas ou três noites alegres em sua companhia. Quando eles partiram, declarou-lhes esperar que o Senhor fizesse sempre prosperar as suas competentes obras. Depois de aprontarem o barco, eles continuaram ali por algum tempo nas suas habituais orgias. Haviam-se apoderado de uma quantidade considerável de rum e de açúcar, de forma que bebida era algo tão abundante quanto a água, e poucos entre eles se negavam ao seu imoderado consumo. Pelo contrário, a sobriedade podia fazer com que um homem fosse suspeito de conspirar contra a comunidade e, no entender deles, quem não bebia era visto como vilão. Isto ficou evidente no caso de Harry Glasby, que fora escolhido como contramestre do Royal Fortune e que, com mais dois outros, não quis participar de uma comemoração da companhia, na última ilha em que estiveram, indo embora sem dar adeus aos camaradas. Glasby era um homem sóbrio e reservado, dando, dessa forma, motivos para que suspeitassem dele. De modo que logo deram pela sua ausência. Foi enviado um destacamento à cata dos desertores, e os três foram trazidos de volta no dia seguinte. Aquilo era uma ofensa capital, e por isso eles foram levados a imediato julgamento.

Ali se praticava uma forma de justiça muito semelhante à que se vê em muitos tribunais de maior legitimidade. Não se gratificava o conselho, e o suborno a testemunhas era um hábito ignorado ali. Não havia nomeações fraudulentas de jurados, torturas ou distorções do sentido da lei com objetivos e propósitos secretos, nem jargões ininteligíveis ou distinções inúteis para confundir a causa e torná-la incompreensível. Tampouco as sessões eram sobrecarregadas de intermináveis autoridades, ministros da rapina e da extorsão, com ares de mau agouro, suficientes para afugentar Astrea[5] do tribunal.

O local do julgamento foi a antecâmara do navio. Para o evento, preparou-se uma grande tigela de ponche de rum, colocada sobre a mesa. Quando os cachimbos e o tabaco já estavam prontos, deu-se início aos trâmites judiciais. Fizeram avançar os prisioneiros e procedeu-se à leitura dos artigos de acusação contra eles. As denúncias eram feitas segundo estatutos da própria autoria deles. Como a Carta da Lei estava pesando muito contra eles, e o fato era plenamente comprovado, a sentença estava a ponto de ser pronunciada quando um dos juízes declarou que antes eles deveriam fumar outra cachimbada, o que foi devidamente feito.

Os acusados requereram emocionados a suspensão do julgamento, porém a corte nutria um tal horror pelo seu crime que não pôde ser levada a nenhuma mercê. Foi quando um dos juízes, chamado Valentine Ashplant, levantou-se e, retirando o cachimbo da boca, declarou que tinha algo a expor ao tribunal em favor de um dos prisioneiros. E foi com essa intenção que ele falou: "Por Deus! Glasby não pode morrer! Que eu me dane se ele morrer!" Depois desse erudito discurso, ele voltou para o seu lugar e retomou o cachimbo. Essa moção foi ruidosamente contraposta pelos demais juízes, e em termos equivalentes. Porém Ashplant, muito decidido em sua opinião, pronunciou outro patético discurso: "Deus! Que se danem os senhores cavalheiros, eu sou um homem tão bom quanto qualquer um dos senhores! Que minha alma se dane se jamais virei as costas para qualquer homem na minha vida, ou se jamais vier a fazê-lo! Por Deus! Glasby é um sujeito honesto! Apesar dessa desgraça eu gosto dele, que o diabo me dane se eu não gosto! Eu espero que ele possa viver e se arrepender do que fez. Mas que eu me dane se ele morrer, eu vou morrer com ele!" Em seguida ele sacou um par de pistolas e as exibiu para alguns dos eruditos juízes sobre o banco. Estes, compreendendo bem o sentido daquele argumento da defesa, acharam razoável que Glasby fosse absolvido. E então todos foram da mesma opinião, e permitiram que a decisão fosse legitimada.

Porém para os outros prisioneiros, a maior mitigação que puderam obter foi poderem escolher quem na companhia os haveria de executar. Amarraram imediatamente os pobres desgraçados ao mastro, e ali eles foram mortos a tiros, de acordo com a sua infame sentença.

Ao se lançarem novamente ao mar, decidiu-se o destino das presas, detidas exclusivamente para não espalharem notícias deles — o que certamente seria tão fatal quanto em Corvocoo — que foi o seguinte: a sua própria chalupa foi incendiada; o brigue de Norton, foi equipado com a sua tripulação; e o contramestre foi mandado embora no navio holandês ilegal, o que ele fez muito satisfeito.

Com o Royal Fortune e o brigue — agora com o nome de Good Fortune — eles avançaram para a latitude de Deseada em busca de provisões, que já estavam novamente no fim. Foi quando, exatamente como era seu desejo, a má sorte do capitão Hingstone, que transportava um rico carregamento para a Jamaica, o colocou no caminho deles. Foram todos levados para Barbudas e ali saqueados. De volta às Índias Ocidentais eles encontraram seguidamente com um ou outro navio consignado (principalmente franceses) que os abasteceram de muitas provisões, e eliminaram a sua situação de fome. Tanto que, uma vez abastecidos com essa espécie de munição, já começavam eles a pensar em algo que realmente merecesse os seus objetivos, pois aqueles roubos, que apenas supriam o que se despendia, de forma alguma correspondiam às suas intenções. E assim rumaram novamente para as costas da Guiné, onde pretendiam comprar ouro em pó muito barato. No seu trajeto para lá, capturaram diversos navios de várias nacionalidades, incendiando uns, afundando outros, de acordo com o nível de desagrado que lhes inspirasse o comportamento ou a pessoa do comandante.

Apesar do sucesso das aventuras daquela tripulação, só com muita dificuldade eles conseguiam se manter unidos sob alguma espécie de regulamento. Pois, estando constantemente enlouquecidos ou embriagados, o seu comportamento produzia desordens infindáveis, cada qual imaginando ser um capitão, ou um príncipe, ou um rei. Quando Roberts percebeu que não havia meios pacíficos para administrar aquela comunidade de brutamontes selvagens e ingovernáveis, nem como impedi-los de beber excessivamente e provocar todos os distúrbios a que estavam acostumados, ele passou a adotar ares mais rudes e uma postura mais autoritária, corrigindo quem ele achava que merecesse. E caso alguém se ressentisse com o tratamento — declarou-lhes — poderiam descer a terra e tomar satisfações com ele, se quisessem, pela espada e a pistola, pois ele nem valorizava, nem temia ninguém ali.

A cerca de dois mil e quatrocentos quilômetros da costa da África, o brigue que até então os acompanhara numa relação amigável resolveu aproveitar-se de uma noite mais escura para abandonar o comodoro. Isso leva-me a relatar um incidente acontecido numa das ilhas das Índias Ocidentais, onde eles ancoraram antes de empreender aquela viagem, e que provavelmente poderia ter desestabilizado o seu governo, como realmente o fez, e em parte constituiu o motivo da separação. A história é a seguinte:

Tendo um tripulante bêbedo insultado o capitão Roberts (o nome do tripulante eu esqueci) este, no calor da fúria, matou o sujeito ali mesmo no local, o que provocou grande revolta em muita gente, principalmente em um tal Jones, um jovem bruto e muito ativo, companheiro de arruaça da vítima, e que morreu recentemente no Marshalsea. Esse Jones encontrava-se então em terra, aonde fora buscar água para o navio, mas logo que subiu a bordo soube que o capitão Roberts matara o seu amigo. Imediatamente ele amaldiçoou Roberts, declarando que ele merecia receber o mesmo destino. Roberts escutou a invectiva de Jones, correu para ele com a espada e a trespassou em seu corpo. Jones, apesar da ferida, segurou o capitão, lançou-o sobre um dos canhões e lhe deu uma bela de uma surra. Essa aventura alvoroçou toda a companhia, uns tomando o partido do capitão, outros ficando contra ele, e provavelmente uma batalha generalizada se seguiria, uns contra os outros, assim como os galos de briga de lorde Thomont.* Entretanto, o tumulto acabou sendo apaziguado pela a intermediação do contramestre. E, como a maior parte da companhia achava que a dignidade do capitão devia ser preservada, por ser aquele um posto honorífico, não deveria ser permitido a ninguém agredi-lo. Consequentemente, por aquela má conduta Jones foi condenado a sofrer duas chibatadas dadas por todos os membros da companhia, o que foi feito assim que ele se curou da sua ferida.

Aquela severa punição de modo algum convenceu Jones do seu erro. Pelo contrário, estimulou-o a procurar vingar-se de alguma forma. Mas, como não podia fazer isso ali, a bordo do navio, contra a pessoa de Roberts, ele e vários companheiros se entenderam com Anstis, o capitão do brigue, e conspiraram com ele e alguns outros piratas importantes daquele barco para se separarem do resto da companhia. Anstis sentia-se insatisfeito com a inferioridade de sua posição em relação a Roberts, que se conduzia com ares senhoriais e arrogantes, em relação a ele e à sua tripulação, considerando o brigue apenas como um navio auxiliar e que, com base nisso, só recebia o refugo dos butins. Em suma, Jones e seus companheiros foram a bordo do brigue, alegando uma visita ao capitão Anstis, e ali, em consultas com os parceiros, verificaram que a maioria queria deixar Roberts. Assim, decidiram dar-lhe um silencioso adeus — foi essa a sua expressão — naquela noite. Quem não concordasse seria lançado pela amurada do navio. Mas ficou comprovada a unanimidade, e eles realizaram o seu projeto como já referido acima.

---

* Pudemos identificar uma dinastia de duques de Thomont na Inglaterra, cujo principal nome viveu na época de Daniel Defoe. Mas não foi possível encontrar alguma relação entre esse lorde e as brigas de galo, diversão muito comum da nobreza da época. (N.T.)

Nada mais tenho a dizer sobre o capitão Anstis até que se conclua a história de Roberts, quando então retornarei a ele, na sequência da sua viagem à Guiné. A perda do brigue constituiu um sofrido choque para a tripulação, pois aquele era um excelente barco, e além do mais levava setenta homens a bordo. Mas Roberts, que fora a causa de tudo aquilo, mostrou-se despreocupado em relação àquele erro de conduta e de administração, e resolveu não alterar os seus propósitos.

Continuou a barlavento até aproximar-se do Senegal, rio de grande comércio de borracha, naquela parte da costa. O rio é monopolizado pelos franceses, que mantêm navios constantemente circulando por ali para impedirem o comércio ilegal. Naquele tempo, dispunham de dois pequenos barcos para esse trabalho, um com dez canhões e sessenta e cinco homens, o outro com dezesseis canhões e setenta e cinco homens. Quando esses barcos avistaram o sr. Roberts, acharam que se tratava de mais um desses comerciantes intrusos, e desfraldaram todas as velas para os perseguir e alcançar. Mas a sua esperança, que os levou até tão perto deles, se desvaneceu tarde demais, e ao verem içar-se a Jolly Roger (nome que davam à bandeira negra dos piratas), os seus corações franceses se debilitaram e os dois navios se renderam sem qualquer resistência, ou pelo menos, com quase nenhuma resistência. Com aquelas duas presas, os piratas foram para Sierraleon, fazendo de uma delas seu navio auxiliar, agora de nome Ranger, enquanto o outro ficava como navio-armazém e também para se incumbir da limpeza.

O rio Sierraleon desemboca numa ampla foz, onde, a estibordo, as correntezas formam pequenas baías seguras e adequadas para a limpeza dos navios e o abastecimento de água. O que torna o lugar ainda mais apropriado para os piratas é que os comerciantes dali são amigos por natureza. Há no total cerca de trinta ingleses, homens que em certa época já foram corsários, bucaneiros ou piratas, e que ainda conservam o gosto pelas desordens e as paixões, tão comuns naquele tipo de vida. Convivem de forma muito amigável com os nativos e mantêm vários deles, de ambos os sexos, como seus gromettas, ou criados: os homens são confiáveis, e as mulheres tão obedientes que estão sempre prontas a se prostituírem com qualquer um que seus senhores lhes ordenem. A Royal African Company mantém um forte, na pequena ilha de Bence, que é de pouca serventia além do abrigo de escravos. A distância impossibilita qualquer ataque à sua praia, situada a estibordo. Nela vive um velho homem, conhecido como Crackers, e que no passado foi um famoso bucaneiro que, nos tempos em que podia seguir sua vocação, roubou e saqueou muitos navios. É dele a melhor residência do lugar, com dois ou três canhões na frente do portão, com os quais costuma saudar seus amigos, os piratas, toda vez que chegam para visitá-lo, e mantém com eles um alegre relacionamento durante o tempo que permanecem ali.

Segue-se agora uma lista com o restante dos nomes dos comerciantes ilegais, e de seus criados, que realizam um comércio privado com os negociantes intrusos, com grande prejuízo para a Royal African Company a qual, à custa de extraordinária indústria e investimentos, instalou e ainda mantém aquelas instalações e fortes, sem levar em consideração todos aqueles que, não fosse isso, logo estariam incapacitados de realizar qualquer comércio particular que fosse. Pelo que, espera-se que medidas adequadas sejam tomadas para se arrancar dali aquele grupo pernicioso de gente, que sobrevive do trabalho dos outros.

Dois daqueles homens entraram para a tripulação de Roberts e continuaram nela até a destruição total da companhia.

Lista de homens brancos vivendo agora em Sierraleon, e de seus barcos:

John Leadstone, três barcos e uma *pettiauga*.
Um criado, Tom.
Um criado, John Brown.
Alexander Middleton, uma canoa longa.
Um criado, Charles Hawkins.
John Pierce e William Mead – sócios. Uma canoa longa.
Um criado deles, John Vernon.
David Chatmers, uma canoa longa.
John Chatmers, uma canoa longa.
Richard Richardson, uma canoa longa.
Norton, Richard Warren e Robert Glynn, sócios. Duas canoas longas e dois pequenos barcos.
Um criado, John Franks.
William Waits e um rapaz jovem.
John Bonnerman.
John England, uma canoa longa.
Robert Samples, uma canoa longa.
William Presgrove, Harry, Davis, Mitchel, Richard Lamb: uma chalupa, duas

canoas longas, um pequeno barco e uma *pettiauga*.
Dom Roquis Rodrigus, português.
George Bishop.
Peter Brown.
John Jones, uma canoa longa.
Um jovem irlandês.
No rio Pungo, Benjamin Gun.
Em Kidham, George Yeats.
Em Gallyneas, Richard Lemmons.

O porto é tão conveniente para o abastecimento de madeira e de água, que faz com que muitos dos nossos navios mercantes, principalmente os de Bristol, dirijam-se para lá levando grandes carregamentos de cerveja, cidra e bebidas fortes, que irão trocar com esses comerciantes ilegais por escravos e marfim. Essas mercadorias são compradas pelos últimos no rio Nunes e em outros locais ao norte, tanto que ali todos levam o que se pode chamar uma boa vida.

Ali chegou Roberts em fins de junho de 1721. Foi logo informado de que duas fragatas de cinquenta canhões cada uma — a Swallow e a Weymouth — haviam deixado o rio cerca de um mês antes, esperando-se que retornassem por volta do Natal. Assim, os piratas podiam permitir-se toda a espécie possível de satisfação, pois sabiam que não só estavam seguros ali, como também, por terem chegado à costa depois das fragatas, poderiam manter-se sempre bem-informados do local aonde estas iriam encontrar-se na volta, o que tornava sua expedição totalmente segura. Assim, passadas seis semanas de permanência, com os navios limpos e equipados, e os homens cansados de tanta orgia e bebedeira, eles então se lembraram dos negócios e saíram ao mar em princípios de agosto, movimentando-se ao longo de toda a costa, até Jaquin, mais abaixo, saqueando tudo de mais valioso que encontravam em todos os navios, e certas vezes demonstrando uma maldade ainda maior, quando atiravam ao mar tudo o que não queriam, acrescentando também a crueldade à roubalheira.

Durante esse percurso eles trocaram o seu velho navio francês por uma bela fragata, convertida em navio comum, chamado Onslow, e que pertencia à Royal African Company. O barco era comandado pelo capitão Gee, que então se encontrava em Sestos para se abastecer de água e mantimentos para a companhia. Grande parte dos homens do capitão Gee estava em terra quando Roberts atacou, e dessa forma o navio foi capturado de surpresa com a maior facilidade. Muito embora o resultado não fosse muito diferente se toda a tripulação estivesse a bordo, pois a maior parte dos marinheiros voluntariamente se juntou aos piratas, encorajando também um grupo de soldados — que ali se encontravam como passageiros dirigindo-se a Cape-Corso-Castle — a fazerem o mesmo. Com os ouvidos ardendo das histórias sobre a valentia e a audácia daqueles homens, os soldados começaram a imaginar que seguir com eles seria como se tornarem cavaleiros andantes, aliviando os sofrimentos do mundo e tornando-se famosos, e então eles também se ofereceram para juntar-se ao bando. Mas aí os piratas se mostraram resistentes, pois a ideia que faziam dos homens de terra firme era muito desfavorável, e isso por muito tempo fez com que os recusassem. Até que por fim, cansados de tantos pedidos, e também com pena daqueles bravos companheiros — os quais, diziam, iriam saber o que é passar fome, alimentando-se apenas de algumas pitangas e bananas — eles acabaram por aceitá-los, permitindo-lhes uma participação de um quarto dos butins. Eram essas as suas condições, e ainda assim, movidos pela caridade.

Havia um clérigo a bordo do Onslow, enviado da Inglaterra para ser capelão em Cape-Corso-Castle. Alguns piratas queriam que ele ficasse no seu meio, alegando alegremente que o navio precisava muito de um capelão. Por isso ofereceram-lhe também uma participação nos butins, prometendo-lhe que em troca só precisaria fazer o ponche e pronunciar as orações. Por mais embrutecidos que fossem em relação a tudo, ali no entanto eles demonstraram um grande respeito ao prelado, tanto que decidiram não forçá-lo a nada contra suas inclinações. E o padre, sem o menor pendor para aquela vida, desculpou-se por recusar a honra que lhe prestavam. Eles se deram por satisfeitos e se mostraram bastante generosos, devolvendo-lhe todos os seus pertences. O padre tirou partido daquela disposição favorável para solicitar também vários objetos pertencentes a outras pessoas, os quais também foram devolvidos, para sua grande satisfação. Finalmente, eles não ficaram com coisa alguma da Igreja, a não ser três livros de orações e um saca-rolha.

Os piratas ficaram com o Onslow para seu próprio uso e deixaram com o capitão Gee o navio francês. Em seguida, aplicaram-se a realizar alterações para transformá-lo em navio pirata, derrubando todas as sacadas e proporcionando-lhe um vigor maior, tanto que ele acabou tornando-se, em todos os aspectos, um navio adequado aos seus propósitos, na opinião de todos. Mantiveram o nome de Royal Fortune e o equiparam com quarenta canhões.

Acompanhado pelo Ranger, o navio prosseguiu (como já falei) para Jaquin, e de lá para Old Calabar, aonde chegou por volta do mês de outubro. O lugar era o melhor em toda a costa para eles fazerem a limpeza dos cascos, pois um banco de areia, a uma profundidade não maior do que quatro metros e meio, e uma complicada rede de canais constituíam uma segurança para os piratas, ao passo que para as fragatas eram um desafio à sua força e um impedimento intransponível, devido à pouca profundidade da água e à falta de pilotos experientes, por mais certas que elas estivessem de eles se encontrarem ali. Então eles ficaram à vontade, dividindo os frutos de seu trabalho desonesto, e bebendo e afugentando as preocupações. O piloto que os guiara até aquele porto era o capitão Loane, que, de acordo com o livro-caixa dos piratas, foi regiamente pago por aquele e também por outros serviços. Esse livro-caixa não era como o comum com o cabeçalho Devedor de um lado e Credor do outro. Muito mais conciso, juntava sob o Crédito todos os amigos, e no alto da coluna, como Débito, vinha o nome do próximo comerciante honesto que iriam atacar.

Eles tomaram o capitão Loane em Calabar, e mais dois ou três navios de Bristol. Os detalhes dessa operação nos levariam a uma desnecessária prolixidade, pelo que agora falarei apenas sobre o tratamento que lhes deram os nativos do lugar. Os negros de Calabar não se mostraram tão corteses como se esperava, pois, assim que entenderam que eram piratas, recusaram-se a ter qualquer relação ou comércio com eles. Esta é uma prova de que aquela pobre gente, nas circunstâncias limitadas em que vive, sem a luz do Evangelho ou as vantagens de uma educação, possui, apesar disso, uma tal honestidade moral inata que serviria de censura e de vergonha ao mais erudito cristão. Mas isso de forma alguma exasperou aqueles fora da lei, que destacaram um grupo de quarenta homens com o objetivo de forçar um contato, ou levar os negros ao desespero. E assim eles desembarcaram, debaixo do fogo dos próprios canhões. Dois mil negros se levantaram num só bloco para enfrentá-los, e permaneceram firmes até que os piratas chegassem à distância de um tiro de pistola. Mas, vendo que a queda de dois ou três deles não causava a menor impressão sobre o resto, os negros acharam melhor bater em retirada, o que lhes causou algumas baixas. Os piratas então incendiaram a cidade, retornando em seguida para os navios. Isso deixou os nativos completamente aterrorizados e colocou um definitivo ponto final em qualquer possibilidade de relação entre eles. Dessa forma, os piratas ficaram sem suprimentos, o que os obrigou, tão logo terminaram a faxina e os preparativos dos navios, a não perderem mais tempo e rumarem para o cabo Lopez, onde se abasteceram de água, e para Annobono, onde embarcaram um estoque de provisões frescas, zarpando novamente para a costa.

Aquela foi a sua última e fatal expedição, e nela entraremos em mais detalhes porque não se pode imaginar que eles tivessem tanta certeza de poder realizá-la, a não ser por estarem convencidos de que as fragatas — de cuja presença na costa já tinham conhecimento — não teriam capacidade de lhes dar combate. Ou talvez tenham se dirigido novamente para lá a partir dos rumores obtidos indiscretamente em Sierraleon.

É impossível pensar que tivessem conhecimento da situação real de fragilidade e de doença em que se encontravam as fragatas, e que por isso, baseassem o sucesso do seu segundo atentado àquela costa naquela última pressuposição. Mas isto parece se confirmar pelo fato de terem chegado lá em inícios de janeiro, à altura do cabo Lahou — que se encontrava mais acima do ponto visado por eles —, aí capturando o navio King Solomon, com apenas vinte dos seus homens num escaler, e um navio mercante, ambos pertencentes à Companhia. O navio pirata conseguiu chegar a cerca de uma légua a sotavento do King Solomon, no cabo Apollonia, mas como a correnteza e os ventos contrários dificultassem uma aproximação maior, eles decidiram enviar o bote com um número suficiente de homens para capturá-lo. Quando a pergunta é: "Quem quer ir?" os piratas sempre são voluntários, e assim, vários homens firmes e resolutos se ofereceram, porque ao demonstrarem essa disposição eles também manifestavam sua coragem, obtendo, além disso, uma muda completa de roupas, dos pés à cabeça, tomada da presa.

Os homens remaram para o King Solomon cheios de entusiasmo e, ao receberem a saudação do seu comandante, responderam: "Rebeldes!" Diante disso, o capitão Trahern, vendo que o número de homens naquele barco era muito grande, não gostou nada daqueles visitantes e se preparou para recebê-los, disparando um mosquete quando eles se aproximaram da popa. A isso os piratas responderam com uma saraivada de balas, apressando-se ainda mais para a abordagem. Então o capitão dirigiu-se aos seus homens, perguntando-lhes se iriam ficar ao seu lado para defender o navio, pois seria uma vergonha serem capturados por um bando cujo número era a metade do deles, e sem qualquer proteção em seu barco. Mas o contramestre, Phillips, que se tornou porta-voz dos demais, pôs fim à discussão dizendo simplesmente que não iria sacrificar a sua vida em nome do King — como gostava de se referir ao navio — e declarou sua rendição aos homens do bote, de forma que o restante dos companheiros, diante daquele mau exemplo, resolveu entregar o navio.

Quando os piratas fizeram a abordagem, desfraldaram todas as velas por um método muito rápido: cortando as amarras. Walden, um deles, disse ao comandante que seria inútil ele querer suspender a âncora, porque eles iam atear fogo no navio. Aproximaram este da popa do barco de Roberts, e não só lhe arrancaram as velas, cordames e tudo o mais que desejavam para si próprios, como, sem qualquer motivo, atiraram pela amurada todas as mercadorias da companhia, verdadeiros esbanjadores, sem obrigação alguma de dar ou receber explicações.

Naquele mesmo dia eles capturaram também o Flushing, um navio holandês, roubando-lhe mastros, vergas, estoques, e depois derrubando o mastro principal. Mas para o capitão, o pior que fizeram foi pegarem as maravilhosas linguiças que ele trazia a bordo, feitas pela sua esposa, e as enrolarem ao redor do pescoço como colares, numa gesticulação ridícula, e depois de exibirem todo o seu desrespeito, as lançarem ao mar. Outros cortaram a cabeça das aves, para prepará-las para o seu jantar, e cortesmente convidaram o comandante a lhes fazer companhia, contanto que providenciasse as bebidas. Foi um melancólico pedido aquele, mas que ele foi forçado a obedecer, pois todos estavam cada vez mais embriagados. E se sentou quieto, ouvindo-os cantarem as canções francesas e espanholas tiradas do seu livro de orações, além de outros sacrilégios, que o deixaram estupefato, apesar de ser um holandês.

Ao fazerem as suas incursões muito perto do litoral, eles deixavam alarmada a população, pelo que diversas mensagens foram enviadas às feitorias inglesas e holandesas relatando o que se passava. Os piratas imediatamente perceberam o seu erro e, como queriam sempre tirar a melhor vantagem de um mau negócio, resolveram manter-se afastados da praia, deixando assim escapar as possíveis presas que esperavam encontrar entre aquela região e o porto de Whydah. Assim mais facilmente garantiriam este último, pois era nele que normalmente se encontravam os melhores butins. Todos os países comerciavam ali, sobretudo os portugueses, que compravam principalmente ouro, o ídolo diante do qual seus corações se curvavam. E apesar de improvável aquele caminho, mesmo assim eles puderam encontrar e capturar diversos navios, entre Axim e aquele porto. As histórias circunstanciais relativas a esses lances, e o pânico e o terror causado por eles aos súditos de Sua Majestade são cansativas e desnecessárias de serem relatadas, pelo que passarei adiante, para narrar a chegada deles àquela enseada.

Eles chegaram a Whydah exibindo um estandarte de são Jorge, uma flâmula negra de seda, uma bandeira e um pendão que tremulavam no alto do mastro da mezena. A flâmula trazia aplicada uma caveira com uma ampulheta em uma mão e dois ossos cruzados na outra, de um lado um dardo e por baixo um coração, do qual caíam três gotas de sangue. A bandeira trazia o retrato de um homem empunhando uma espada em chamas, de pé sobre dois crânios, cada um destes com as iniciais A.B.H. e A.M.H., *i.e,* as cabeças de um homem de Barbados e de um homem de Martinico, como já se registrou antes. Naquela enseada eles encontraram onze barcos — ingleses, franceses e portugueses. Os franceses eram três potentes navios de trinta canhões, cada um com mais de cem homens a bordo, mas mesmo assim, quando Roberts os atacou eles imediatamente baixaram suas bandeiras e pediram clemência. Deve-se admitir que havia uma razão para essa vitória tão fácil: os comandantes e grande parte da tripulação encontravam-se em terra para receber os carregamentos e entregar escravos em troca, o que se tinha de fazer observando o melhor momento, pois de outro modo, em mares tão perigosos como aqueles, a operação seria impraticável. Todos aqueles navios — com exceção do Porcupine — pagaram um resgate a Roberts de oito libras de ouro em pó para cada um, mas não sem antes passarem todos pelo inconveniente da constante ida e vinda de cartas, da praia até os navios e vice-versa, até se poder chegar a um acordo. E não obstante esse acordo, e o pagamento efetuado, um dos navios franceses foi levado pelos piratas, embora com a promessa de o devolverem caso achassem que não velejava bem, e com ele também seguiram vários tripulantes seus, com o mesmo fim.

Alguns estrangeiros, que jamais haviam negociado daquela forma antes, solicitaram que pelo menos se desse uma satisfação aos proprietários, e que a estes se fornecessem recibos pelo dinheiro pago, o que lhes foi devidamente concedido. Acrescento aqui a cópia de um desses recibos:

O PRESENTE É PARA CERTIFICAR, a quem interessar possa, que nós, os aventureiros, recebemos oito libras de ouro em pó pelo resgate do navio Hardey, comandado pelo capitão Dittwit, do qual navio retiramos toda a carga.

BATT. ROBERTS,
HARRY GLASBY.
TESTEMUNHARAM OS NOSSOS MARINHEIROS,
13 DE JANEIRO DE 1722.

Capitão Bartholomew Roberts com o Fortune e o seu companheiro Ranger em Whydah na costa de Guiné, em 11 de janeiro de 1722

Outros recibos semelhantes foram entregues aos capitães portugueses, porém em nome de dois gaiatos, Sutton e Sympson, que se assinaram como Aaron Whifflingpin e Sim. Tugmutton.*

Mas ali se cometeu um ato tão excepcionalmente cruel e bárbaro contra o navio Porcupine, comandado pelo capitão Fletcher, que não devemos deixar passá-lo sem um comentário especial.

Esse navio estava fundeado, quase lotado com escravos, quando os piratas subiram a bordo. O comandante encontrava-se em terra, acertando as contas, quando o mandaram chamar para que pagasse o resgate. Ele se negou a obedecer, ao declarar que não tinha recebido nenhuma ordem dos proprietários — embora certamente o seu verdadeiro motivo fosse achar uma desonra negociar com ladrões —, acrescentando que aquele navio, sem se contar os escravos no seu interior, e contra os quais ele não imaginava que se pudesse cometer alguma crueldade, não valia o preço que exigiam. A isso, Roberts enviou um escaler para retirar os negros de lá, a fim de incendiar o navio. Porém como estavam com muita pressa, acharam que soltá-los das correntes iria causar-lhes muito trabalho e perda de tempo, e então atearam fogo ao navio assim mesmo, com oitenta pobres desgraçados a bordo, acorrentados em duplas, e colocados diante da terrível escolha entre morrerem queimados ou afogados. Os que pularam n'água fugindo das chamas foram comidos pelos tubarões, esse peixe voraz que infesta aquelas águas e que quando os via, arrancava-lhes vivos os seus membros. Uma crueldade sem qualquer paralelo! Mesmo que cada indivíduo daqueles fosse enforcado pelo crime, ainda assim acho que pouca gente diria que a justiça tinha sido rigorosamente cumprida.

Na verdade, os piratas foram obrigados a acelerar seus negócios por haverem interceptado uma carta do general Phips para o sr. Baldwin, agente da Royal African Company em Whydah, na qual informava que Roberts fora localizado a barlavento do cabo Three Points e que ele poderia prevenir novos danos aos navios da companhia se chegasse àquela enseada antes da fragata Swallow a qual, ele podia garantir-lhe (na época da carta), estava perseguindo-os na referida região. Roberts convocou uma reunião da companhia, para que todos o escutassem ler o discurso de Phips, como ironicamente chamou a carta, e, apesar da confusão que logo

---

* Numa tradução literal, seriam respectivamente "Alfinete de sopro" e "Carneiro de tração". (N.T.)

se instaurou entre os marujos, ele os convenceu de que precisavam sair dali. "Pois", declarou, "sujeitos tão corajosos como eles não podiam ficar com medo dessas notícias, embora fosse melhor evitar os tiros de pólvora seca, que seria o máximo que se poderia esperar que fizessem".

Aquele conselho causou um forte efeito sobre eles, e todos decidiram zarpar, permanecendo ali apenas de quinta-feira até a noite de sábado. Quando já se encontravam velejando, decidiram em votação seguir para a ilha de Annobono, porém os ventos contrários dificultaram aquele propósito, levando-os para o cabo Lopez, onde terei de deixá-los — enquanto o seu destino final se aproxima —, para descrever com mais detalhes o navio Swallow de Sua Majestade, onde estava ele durante a prática de todas aquelas maldades, e por que motivo não as pôde evitar. Também quais informações ele recebeu, e que medidas resolveu tomar, fazendo com que dois estranhos, como o sr. Roberts e o capitão Ogle,[6] se encontrassem, finalmente, num local tão remoto do mundo.

As fragatas Swallow e Weymouth deixaram Sierraleon no dia 28 de maio aonde, como já registrei antes, Roberts chegou um mês depois. Certamente ele logo tomou conhecimento do motivo da partida, que seria o de fazerem a limpeza dos cascos em alguma parte do litoral. Aquilo fez com que ele se sentisse mais seguro em suas incursões pela costa, sugerindo-lhe que seria mais lucrativo realizar a primeira delas no mês de agosto seguinte. A Swallow e a Weymouth encontravam-se, então, no porto de Princes fazendo a sua limpeza.

Permaneceram em Princes de 28 de julho até 20 de setembro de 1721 quando, por uma fatalidade — tão comum na instável vida de um homem do mar (que nesses casos não se pode manter sob um regime restrito) —, foram obrigadas a enterrar cem homens, apenas num período de três semanas, a doença se espalhando por todos os demais tripulantes nos dois navios. E foi só à custa de muitas dificuldades que puderam zarpar de novo. Provavelmente essa desgraça, entretanto, tenha sido a causa da ruína de Roberts, pois ela impediu que as fragatas retornassem a Sierraleon, como estava programado. Foi preciso que o navio Weymouth de Sua Majestade (que, dos dois, era o que estava em piores condições) fizesse uma parada em cabo Corso, protegido pelos canhões dali, para recrutar uma nova tripulação, já que os seus homens não estavam capacitados sequer de manejar as velas ou a âncora. Roberts, ignorando aquela alteração nos planos, foi cair diretamente na boca do perigo, quando acreditava estar se afastando dele. Porque as fragatas, sem se esforçarem por chegar mais longe a barlavento (pois vinham do cabo Princes) e preferindo antes garantir o cabo Corso a sotavento, foram conduzidas pela sorte para a mesma trilha que ele seguiu.

A Swallow e a Weymouth chegaram ao continente, no cabo Appollonia, no dia 20 de outubro, recebendo ali notícias nada boas de um certo capitão Bird, notícias que os agitaram e os deixaram em alerta. Mas eles não podiam nem de longe imaginar que Roberts tivesse a temeridade de retornar uma segunda vez àquela costa, enquanto eles estivessem por ali. Por isso a Swallow, tendo avistado a Weymouth na enseada do cabo Corso no dia 10 de novembro, dobrou a sotavento na altura de Bassam, fazendo isso mais para arejar e recuperar o grupo de doentes da companhia, e também para vigiar a atividade comercial na região, constatando que em toda parte ela se mostrava sem perturbações. Por isso, voltou para perto da outra fragata. No caminho encontrou um navio português, pelo qual soube que no dia anterior foram vistos dois navios atacando o Junk, uma embarcação inglesa, que, com toda probabilidade, acabou sendo capturada pelos piratas. Ao saber dessa história, a Swallow desfraldou as velas e procurou chegar ao lugar referido. Mas pouco depois, em 14 de dezembro, obteve uma informação contrária por parte do capitão Plummer, o inteligente comandante do Jason, de Bristol, que avançara mais a barlavento e nada vira ou ouvira falar daquilo. Pela segunda vez a fragata deu a volta, ancorando dia 23 no cabo Appollonia, dia 27 no cabo Tres Puntas, e em Corso, no dia 7 de janeiro de 1722.

Souberam que sua parceira, a Weymouth, seguira a barlavento, sob a orientação de alguns soldados da fortaleza, a fim de exigir a restituição de algumas mercadorias ou homens pertencentes à Companhia Africana, detidos ilegalmente pelos holandeses em Des Minas. Enquanto as duas lamentavam a sua longa separação, chegou uma mensagem do general Phips, de Axim, no dia 19, seguida de uma outra, proveniente de Dixcove (uma feitoria inglesa), com a informação de que três navios tinham sido vistos perseguindo e capturando uma galera próximo ao castelo de Axim, além de um navio mercante pertencente à companhia. Não se teve mais dúvidas de quem se tratava, sabendo-se que eram piratas e provavelmente os mesmos que no último mês de agosto tinham infestado a costa. A consequência natural desses dois avisos foi se apressarem para Whydah, pois além deles mencionarem as presas capturadas, também informavam a distância que a Swallow se encontrava delas, e além do mais, o quanto a saúde melhorara ali desde os meses passados. E assim, se na verdade os piratas não estavam loucos, após serem descobertos eles fariam o possível para chegar a Whydah e ali garantir o seu butim, sem o qual todo o tempo e o trabalho que tiveram se perderia. A maior parte do ouro encontrava-se naquela região.

A Swallow zarpou de cabo Corso no dia 10 de janeiro, mas atrasou-se algumas horas em Accra, enquanto aguardava o navio Margaret, pertencente à Companhia; depois se atrasou novamente em Portugal, e ainda um dia inteiro em Apong, por causa de uma pessoa à qual a tripulação costumava referir-se como Miss Betty. Aquela conduta foi muito censurada pelo sr. Phips, ao saber que tinham deixado os piratas escaparem em Whydah, embora tivesse a opinião de que não os ultrapassariam e que ficarem ali só por algumas horas não lhes traria prejuízo algum.

Mas aqueles atrasos, de fato, impediram que a Swallow surpreendesse os piratas, pois eles chegaram a Whydah, empurrados por uma forte rajada de vento, exatamente no momento em que a fragata se encontrava em Apong. Os piratas saíram de Whydah no dia 13 de janeiro, enquanto a Swallow só lá chegou no dia 17 do mesmo mês. As notícias sobre os piratas vieram por uma chalupa francesa, proveniente de Grand Papa, na noite do dia 14, e na manhã seguinte, por um navio holandês vindo de Little Papa. E assim, a fragata tinha todas as razões para estar certa de conseguir sua caça, principalmente quando, ao avistar um grupo de navios, percebeu que três deles içavam imediatamente as velas ao verem-na, enviando sinais uns aos outros, como se preparando para se defender. Mas logo se verificou serem três navios franceses, e mais dois ancorados: um português e um inglês, todos pertencentes a honestos comerciantes, mas que tinham sido obrigados a pagar resgates, após serem saqueados.

Aquela decepção deixou os tripulantes muito aborrecidos, pois estavam impacientes para pôr as mãos no butim dos piratas, o qual, dizia-se, era uma arca repleta de ouro, trancada por três chaves. Mas a verdade é que, caso se encontrassem com eles em mar aberto, com toda a certeza um deles — ou ambos — teriam fugido; ou, se achassem que era melhor lutar, a competição tornaria a batalha desesperada.

Enquanto refletiam sobre a questão, receberam uma carta do sr. Baldwin (o diretor da Companhia) informando que os piratas se encontravam em Jaquin, quarenta e dois quilômetros mais abaixo. Na manhã seguinte, 18 de janeiro, às duas da madrugada, a Swallow zarpou, chegando a Jaquin já com o dia claro, mas sem conseguir nada senão aterrorizar os tripulantes de dois navios portugueses no litoral, que a tomaram pelos piratas que haviam espalhado tanto terror em Whydah. Assim, a fragata retornou aquela mesma noite e, tendo recebido um reforço de trinta voluntários, ingleses e franceses — que eram os tripulantes remanescentes do Porcupine e do navio francês que os piratas levaram de lá, ela se fez novamente ao mar, em 19 de janeiro, calculando que deveria parar em Calabar ou Princes, ou no rio Gabone, no cabo Lopez ou em Annobono para se abastecer de água e comida, embora tivessem resolvido sair da costa. Sobre o primeiro lugar mencionado, como já observei antes, seria arriscado irem para lá, ou mesmo, seria impraticável. Princes tivera um sabor amargo para eles, porém por ser a primeira no caminho, a fragata ali aportou no dia 29, novamente sem obter notícias. Sem perda de tempo, ela rumou para o rio Gabone, ancorando na embocadura deste em 1º de fevereiro.

Esse rio é navegável através de dois canais, e tem uma ilha a cerca de trinta quilômetros acima, chamada Popaguays, ou Parrots, onde holandeses que navegam em cruzeiro por aquela costa geralmente limpam os seus navios, e também onde às vezes aparecem piratas em busca de presa, ou para se reequiparem. O local é muito apropriado para isso, em razão de uma fina lama que ali se encontra, que faz com que um navio possa ficar sobre a praia, com todas as armas e os estoques no interior, sem ser danificado. Dali, o capitão Ogle enviou o escaler com um tenente, que conversou com tripulantes de um navio holandês, mais acima da ilha, e dos quais recebeu a informação de que quatro dias antes eles tinham saído de cabo Lopez sem que avistassem nenhum navio por lá. Entretanto, sem muita consideração pela história, a fragata apressou-se em direção ao cabo, e, na madrugada no dia 5, foi surpreendida pelo ruído de um canhão. Quando o dia clareou mais, verificaram que o ruído partira da baía do cabo Lopez, onde puderam ver três navios ancorados, o maior deles com a bandeira e o estandarte do rei tremulando no mastro. Logo puderam concluir que se tratava do sr. Roberts e de seus comparsas. Porém, como a Swallow se encontrava a barlavento, e a uma inesperada distância da baía, teve de se afastar para evitar os bancos de areia, conhecidos como French Man's Banks. Os piratas observaram por algum tempo aquela movimentação, interpretando-a como medo deles. Aparelharam a French Ranger, que partiu a toda pressa em seu encalço, inflando as velas para a perseguição. A fragata percebeu que eles ingenuamente interpretaram mal o que ela estava pretendendo, achou graça da sua ilusão e se manteve afastando-se sempre para o alto-mar, como se realmente estivesse com medo, entregando a pilotagem nas mãos do tenente Sun, um experiente oficial, para fazer com que o Ranger viesse atrás dela, quando na verdade a sua intenção era afastarem-se todos ao máximo, para que os tiros de canhão não pudessem ser ouvidos por seus comparsas no cabo. Os piratas valorizavam a tal ponto a sua própria coragem que não sonhavam que alguém poderia usar de um estratagema para entrar em contato com eles, e por isso mesmo foram atraídos com muito mais facilidade para a armadilha.

Agora eles chegaram perto o suficiente para dispararem suas armas de caça. Içaram sua bandeira negra, que já tinham usado em Whydah, e direcionaram a vela de espicha pelo flanco do navio, com o intuito de fazer a abordagem. Àquela altura, ninguém ali ainda se perguntara qual a nacionalidade da presa que estavam tentando caçar. Achavam que se tratava de algum navio português (pois o açúcar era uma mercadoria muito cobiçada por eles) e amaldiçoavam o tempo todo o vento e as velas para lhes facilitarem uma caça tão açucarada daquelas. Mas infelizmente, num instante tudo se tornou amargo. E foi com a maior consternação que eles viram a embarcação subitamente virar a bombordo e, abrindo as vigias de baixo, que agora estavam à distância de um tiro de revólver, atirarem diretamente contra sua bandeira negra. Passada a primeira surpresa, os piratas responderam com outros tiros, içaram novamente a bandeira e ficaram correndo confusamente pela popa, brandindo os seus cutelos, embora ao mesmo tempo estivessem espertamente ganhando tempo para conseguirem fugir. Totalmente desnorteados, alguns chefes propuseram a abordagem da fragata, numa tentativa desesperada. Mas a ação não teve um bom apoio e, com a derrubada do mastro principal por um tiro de canhão e depois de mais de duas horas de tiroteio, eles acabaram por desistir. Abalados, baixaram suas bandeiras e pediram clemência. Dez dos seus homens já estavam mortos, e vinte feridos, sem que houvesse nenhum morto ou ferido entre os súditos do rei. O barco dispunha de trinta e dois canhões e era tripulado por dezesseis franceses, vinte negros e setenta e sete ingleses. As bandeiras foram lançadas ao mar, para que eles não se levantassem em revolta, nem fossem exibidas em triunfo sobre eles.

Enquanto a Swallow enviava o seu escaler para trazer os prisioneiros, ouviu-se um estrondo e muita fumaça saindo da cabine maior. Todos acharam que o barco havia explodido, mas depois verificou-se que meia dúzia de homens, dos mais desesperados, ao verem todas as esperanças caírem por terra, cercaram-se da maior quantidade de pólvora que puderam juntar, na proa, e depois atiraram sobre ela. Mas a quantidade não foi suficiente para o que pretendiam, a não ser deixá-los horrivelmente queimados.

O navio era comandado por um certo Skyrm, um galês que, embora com uma perna arrancada naquela ação, ainda assim não aceitou que cuidassem dele, nem que o carregassem para fora do convés: assim como Widrington, ele ainda lutou, mesmo mutilado.[7] O restante dos homens mostrava-se jovial e animado, a maioria com blusas brancas, relógios e coletes de seda. Mas a maior parte do seu ouro em pó fora deixado na baía, no navio que era propriamente da companhia, o Little Ranger, junto do Royal Fortune.

Não posso deixar de mencionar dois homens daquela tripulação que ficaram muito desfigurados com a explosão da pólvora relatada: William Main e Roger Ball. O primeiro desses tinha um apito pendurado na cintura. Um oficial da fragata, ao percebê-lo, comentou: "Presumo que você seja o imediato deste navio." Ao que o outro respondeu: "Então você presumiu errado, pois eu sou imediato do Royal Fortune, comandado pelo capitão Roberts." O oficial replicou: "Mesmo assim, sr. Imediato, acho que o senhor será enforcado." O outro respondeu: "Como Vossa Senhoria quiser", e voltou-se para se afastar, mas o oficial ainda queria saber como a pólvora havia explodido, deixando-os naquele estado. Ele disse: "Por Deus! Todos estavam loucos e possessos, pois eu perdi um chapéu muito bom por causa daquilo!" (o chapéu e ele foram atirados ao mar sobre o passadiço da cabine). Os homens que lhe retiravam os sapatos e as meias comentaram: "Mas qual a importância desse chapéu, amigo?" "Não muita", ele respondeu, enquanto os homens tiravam-lhe as meias e os sapatos O oficial perguntou-lhe, então, se toda a companhia de Roberts se compunha de indivíduos como ele. E ele: "São cento e vinte homens, os mais espertos entre os que caminham sobre os próprios sapatos. Como eu gostaria de estar junto deles!" O oficial replicou: "Claro que você não poderá ir." E ele: "Por Deus! Eis uma verdade nua e crua!", e olhava para o próprio corpo, efetivamente despido.

Em seguida, o oficial aproximou-se de Roger Ball, que estava sentado num canto afastado, e com uma expressão tão sombria quanto um dia de inverno, e perguntou-lhe como acontecera aquela explosão, que o deixara naquele estado. "Ora", explicou: "John Morris deu um tiro na pólvora, e se ele não tivesse feito isso, eu o faria" (ele suportava a sua dor sem um gemido). O oficial deu-lhe a entender que era cirurgião, e que se quisesse poderia tratar seus ferimentos. Mas o outro jurou que não admitiria nada disso, e que qualquer coisa que lhe aplicassem ele ia arrancar. Apesar disso o cirurgião, que era um homem de boa índole, tratou dele, embora com a maior dificuldade. Quando chegou a noite ele entrou numa espécie de delírio: louvava em altos brados a coragem de Roberts, afirmando que logo ele seria solto, assim que o encontrassem. Isso fez com que o chicoteassem no castelo da proa. Como ele resistisse com toda a energia, acabaram usando ainda mais violência. E o amarraram com tanta força que, como a carne já estivesse muito ferida e fragilizada pela explosão, morreu no dia seguinte, vítima dos ferimentos.

Algemaram e acorrentaram os prisioneiros, mas o navio ficara de tal forma avariado pela batalha, que eles chegaram a pensar em incendiá-lo. Porém isso faria com que tivessem o trabalho de trazer para bordo da fragata os piratas feridos. Sabiam também que o Royal Fortune estava à espera do regresso do parceiro. Por isso, ficaram ali por mais dois dias realizando reparos na aparelhagem e em outros estragos, depois o enviaram para Princes com os franceses e mais quatro homens da sua própria tripulação.

Na noite do dia 9, a Swallow chegou novamente ao cabo, avistando o Royal Fortune na baía, com o Neptune, navio de Londres comandado pelo capitão Hill. Aquele foi um bom presságio para os acontecimentos do dia seguinte, pois sabiam que os piratas não iriam resistir à tentação de encontrar bebida e butins naquela nova presa, e ficariam completamente atordoados, e foi isso mesmo o que aconteceu.

No dia 10 pela manhã, a fragata partiu para dar a volta ao cabo. A tripulação de Roberts observou os seus mastros deslocarem-se acima da terra, e desceram até a cabine para lhe dar conhecimento do fato. Roberts tomava o seu café da manhã com o seu novo convidado — o capitão Hill — diante de um saboroso prato de solomongundy [Salmangundy]* com algumas garrafas de cerveja de sua adega particular. Ele não deu atenção àquilo, e tampouco os seus homens, uns dizendo que era um navio português, outros um navio negreiro francês, mas a maior parte apostava tratar-se do French Ranger que retornava. Por algum tempo eles ficaram discutindo animadamente sobre a forma de recepcioná-lo, se deveriam ou não dar uma salva de tiros, mas, quando a Swallow chegou mais perto, as coisas ficaram claras, e embora o termo covarde os deixasse

---

* Espécie de salada mista com pedaços de salmão, arenque, azeite, vinagre, pimenta e cebolas. (N.T.)

traumatizados, caso manifestassem qualquer apreensão diante de um perigo, mesmo assim alguns, que agora não tinham mais nenhuma ilusão, declararam a Roberts que estavam com medo, principalmente um certo Armstrong, que desertara daquele navio e o conhecia muito bem. Roberts xingou-os de covardes, declarando-lhes que eles estavam pretendendo era baixar o ânimo dos outros. Perguntou-lhes se era isso, se estavam mesmo com medo de lutar, ou não. E a muito custo conteve-se para não bater-lhes. Não se conhece ao certo a medida de toda a apreensão por que ele próprio passou, antes que a fragata erguesse as portinholas dos canhões e içasse a sua bandeira. Mas ao ficar completamente convencido, Roberts recolheu as amarras, içou as velas e ordenou que seus homens se armassem, proibindo qualquer demonstração de medo. Mas não sem antes jurar solenemente que, embora aquilo fosse um espinho, ele, como valente bandido, iria arrancá-lo, ou então morrer.

O tal Armstrong, que como já disse havia desertado da Swallow, foi interrogado sobre as condições da fragata. Armstrong informou que ela navegava melhor indo na direção do vento, e que assim, para se afastarem dela, deveriam aproveitar o vento.

O perigo era iminente, e o tempo muito curto para se ficar debatendo sobre a melhor forma de se desvencilhar da situação. Naquele extremo, a decisão de Roberts foi a seguinte: passar bem perto da Swallow, com as velas todas enfunadas, e aguentar o seu canhoneio antes de revidar. Caso isso os avariasse demasiadamente, ou mesmo os incapacitasse de continuar navegando, então deveriam dirigir-se a toda velocidade para a extremidade do cabo, que naquele ponto era bem escarpado, e cada qual se arranjar como pudesse entre a população negra. Se não conseguissem, então subirem a bordo e explodir com tudo, pois ele percebeu que os homens estavam muito embriagados, na sua maior parte, e seriam incapazes de uma ação como aquela.

Roberts fez uma galante figura durante a batalha, vestido num rico colete e calções de damasco carmesim, uma pluma vermelha presa ao chapéu, no pescoço uma corrente de ouro com uma cruz de diamantes, a espada numa das mãos e dois pares de pistolas pendendo de uma faixa de seda à bandoleira sobre os ombros, conforme a moda dos piratas. E dizem que deu todas as suas ordens com intrepidez e coragem. Cumprindo o seu plano, eles se aproximaram da fragata, receberam a descarga dos canhões e em seguida içaram sua bandeira negra. Só então atiraram por sua vez, tentando se afastar com todas as velas que podiam usar. Se Roberts houvesse seguido o conselho de Armstrong de aproveitar a direção do vento, certamente teria conseguido escapar. Porém, enquanto mantinha as velas posicionadas, seja porque os ventos mudaram de direção, seja por imperícia do piloto, ou ambas as coisas, ele foi arrastado de volta. O fato é que a Swallow se aproximou uma segunda vez, agora muito perto. E ali talvez Roberts pudesse acabar desesperadamente com aquela batalha, se a morte, trazida velozmente por uma metralha de canhão,[8] não interferisse, atingindo-o diretamente na garganta. Ele tombou em meio aos cabos de um canhão. Um pirata, de nome Stephenson, que estava ao leme, ao ver aquilo correu para ajudá-lo. Como a princípio não visse ferimento algum no comandante, começou a invectivá-lo, instando para que ele se pusesse de pé e lutasse como homem. Quando constatou o engano, e que o seu capitão estava inapelavelmente morto, ele então começou a chorar, dizendo que queria que o próximo tiro o atingisse. Logo depois os piratas lançaram o seu corpo ao mar, com todas suas armas e enfeites, de acordo com o desejo que ele manifestara repetidamente durante a vida.

Roberts era um homem alto, de compleição morena, e estava com cerca de quarenta anos. Nasceu em Newey-bagh, próximo a Harverford West, em Pembrokeshire. Era naturalmente talentoso e dotado de muita coragem pessoal, embora viesse a aplicar esses mesmos dotes em propósitos maléficos e nada recomendáveis, sempre bradando, ao beber: "Maldito aquele que só viveu para usar uma coleira." No princípio ele ingressou contrariado naquela companhia, quando foi retirado do navio Princess, comandado pelo capitão Plumb, em Anamaboe, cerca de três anos antes. Ali ele servia como segundo imediato e, como mais tarde costumava comentar com os novos calouros, naqueles tempos derramava muitas lágrimas de crocodilo, tal como agora eles faziam. Mas depois o tempo e os bons amigos as secaram para sempre. Para explicar uma modificação assim tão vil não se poderia alegar o desemprego, ou a falta de capacidade para ganhar o pão de forma honesta. E tampouco era ele um covarde, até para fingir que o era. Depois confessou, com toda franqueza, que o verdadeiro motivo foi querer acabar com a desagradável superioridade de alguns comandantes com quem tratou, e também devido ao amor pelas novidades e as mudanças, às quais suas peregrinações nos mares o haviam habituado. "Num trabalho honesto", costumava dizer, "o que se vê é gente magra, salários baixos e muito trabalho. Neste daqui, o que temos é fartura e saciedade, prazer e alegria, liberdade e poder. E quem não iria fazer o prato da balança pesar para este lado, quando tudo o que se arrisca aqui, na pior das hipóteses, é apenas um olhar ou dois de tristeza, no instante em que se sufoca? Não, meu lema será sempre por uma vida feliz e curta." E assim pregava ele a aprovação de tudo aquilo que antes o horrorizava. E, regalando-se diariamente com músicas, bebidas, alegrias e diversões com os companheiros, essas propensões depravadas foram rapidamente animadas e fortalecidas, até chegar à total extinção do medo e da consciência. Apesar disso dizem que, entre todos os atos vis e ignominiosos que ele praticava, os que mais lhe repugnavam era ter de forçar homens para aquele serviço. Chegou mesmo a providenciar a dispensa para alguns, apesar de tantos terem feito da força a sua proposta.

Depois que Roberts se foi, com ele fora a vida e a alma de todo aquele bando, extinguiu-se ali toda a vitalidade. Muitos abandonaram os seus postos, negligenciando estupidamente os meios para se defender ou escapar. Então, quando o mastro principal desabou a uma outra descarga dos canhões, eles não tiveram saída senão se renderem e pedir clemência. A Swallow se manteve a certa distância deles, enquanto o escaler ia e vinha transportando os prisioneiros; pois todos sabiam que os piratas tinham jurado explodir com tudo. E os mais desesperados pareciam mesmo com vontade de fazer isso, vendo-se aqui e ali mechas se acendendo, e também escaramuças entre os que queriam e os que se opunham ao ato. Mas não me é fácil descrever aquele estado de espírito, que na verdade só se pode qualificar como uma falsa coragem, uma vez que qualquer um poderia acabar com a própria vida, fosse com um tiro de pistola, fosse se afogando no mar, sem para isso envolver no mesmo destino os que não tinham disposição ou vontade de fazê-lo. Na melhor das hipóteses, poderíamos dizer que o motivo real de eles quererem morrer era o medo da morte.

A nave pirata tinha quarenta canhões e cento e cinquenta e sete homens, dos quais quarenta e cinco eram negros. Apenas três foram mortos durante a ação, sem que a Swallow sofresse nenhuma perda. Encontrou-se ouro em pó no valor de mais de duas mil libras. Foi difícil retirar a bandeira de sob do mastro caído, que acabou sendo recolhida pela Swallow. Tinha a figura de um esqueleto e de um homem empunhando uma espada em chamas, significando o desafio da própria morte.

A Swallow retornou à baía do cabo Lopez e ali encontrou o Little Ranger, que os piratas haviam abandonado às pressas para defender o navio. Fora saqueado, pelo que pude saber, levando-se duas mil libras de ouro em pó (referentes às quotas dos piratas que ali serviam). E o capitão Hill, do Neptune, não foi injustamente suspeito pois, sem esperar pelo retorno da fragata à baía, zarpou de lá imediatamente. Mais tarde não sentiu o menor escrúpulo em confessar que se apropriara também de outras mercadorias do navio, mostrando, para confirmar, um quilo e meio de ouro, em Barbados.

Resumindo tudo, consideremos, em primeiro lugar, que a doença que se instalou nas fragatas, quando zarparam de Princes, foi o que as impediu de se afastarem para um ponto tão distante quanto Sierraleon e, consequentemente, perderem a trilha tomada então pelos piratas. Na sua segunda expedição, estes chegaram até uma região mais acima do cabo Corso, próximo de Axim — exatamente o contrário do que pretendiam —, onde se empreendeu uma busca que inevitavelmente os haveria de descobrir, sendo imediatamente comunicada às fragatas. Quando eles despejaram todo o seu ódio e a sua maldade em Whydah, incendiando o Porcupine e fugindo com o navio francês, proporcionaram um reforço de trinta homens à Swallow. E esta fragata provavelmente não teria conseguido o seu objetivo caso não os tivesse perdido naquela enseada. Eles também foram muito irresponsáveis em cabo Lopez ao dividirem a sua força, que teria sido imensa, por outro lado, se permanecesse reunida. E por último: a vitória sobre eles se fez sem nenhum banho de sangue. Quero dizer com isso que, considerando-se todas essas circunstâncias, fica evidente que a mão da Providência estava envolvida naquela destruição.

Quanto ao comportamento dos piratas depois de presos, verificou-se que eles estavam muito propensos a se rebelar, na menor oportunidade que tivessem. Pois pouco tempo antes todos já tinham sido comandantes, não se sentindo nada bem confinados. Tampouco suportavam a comida, nem os alojamentos, e o tempo todo ficavam praguejando, xingando-se e brigando uns com os outros, pela insensatez que os fizera chegar àquele ponto.

Então a Swallow, para se prevenir contra qualquer loucura desesperada que algum deles cometesse, armou sólidas barricadas na sala das armas e instalou uma outra prisão do lado oposto. Dia e noite ficava ali um oficial de guarda, armado com pistolas e cutelos. No interior da cela, os prisioneiros estavam sempre algemados e acorrentados.

Mesmo naquelas circunstâncias, mostravam-se desavergonhadamente folgazões. Como estivessem todos nus, reclamavam que ninguém dera a eles nem meio penny para o velho Caronte transportá-los pelo Estige. E vendo a própria esqualidez, comentavam que estavam emagrecendo tão depressa que não ia sobrar peso nenhum, na hora de os enforcarem. Sutton costumava ser o mais sacrílego deles. Como estava acorrentado a um prisioneiro mais sério que os demais, sempre rezando e lendo — como aliás convinha à sua situação —, Sutton ficava rogando-lhe pragas. Perguntou-lhe o que queria ele com tanto barulho e devoção. O outro disse: "O céu, espero." Replicou Sutton: "O céu, sua besta? Você já ouviu falar de algum pirata que tivesse ido para lá? Pois eu prefiro o inferno, que é um lugar bem mais alegre. Vou dar uma salva de treze tiros em homenagem a Roberts, quando lá chegar." E ao perceber que as suas frases brincalhonas não surtiam o menor efeito sobre o outro, ele apresentou uma queixa formal ao oficial, solicitando-lhe que ou removesse dali aquele homem, ou que lhe confiscassem o livro de rezas, porque ele estava perturbando o ambiente.

Formou-se secretamente uma conspiração entre Moody, Ashplant, Magnes, Mare e outros, para se revoltarem e matarem todos os oficiais, fugindo depois no navio. Eles puderam comunicar-se entre si graças a um menino mulato, a quem era permitido atendê-los, e que se mostrou de toda confiança para levar e trazer as mensagens dos chefes. Mas ao entardecer da noite marcada para a revolta, dois prisioneiros, que ficavam perto de Ashplant, escutaram o menino falar-lhe do projeto, sobre a hora em que todos deveriam estar prontos. Imediatamente eles comunicaram o plano ao capitão, que colocou o navio em prontidão por algum tempo. Ao se revistarem os presos, verificou-se que vários tinham tentado quebrar ou afrouxar as algemas (sem dúvida com esse propósito). Mas com tudo aquilo, o que eles conseguiram foi apenas um tratamento pior e um confinamento ainda mais severo.

O Royal Fortune, que também se dirigia ao cabo Corso após sua captura, corria o mesmo risco. Fez uma parada na ilha de São Tomé, sob a vigilância de um oficial e mais alguns homens, para ali embarcar provisões frescas, tão escassas em cabo Corso, e com ordens de depois acompanhar a Swallow. A bordo, além da tripulação, estavam apenas alguns negros, pertencentes aos piratas, três ou quatro prisioneiros feridos e mais o sr. Scudamore, o cirurgião deles. Os tripulantes não pareciam sentir a menor apreensão por aquela gente, especialmente por esse Scudamore, que gozava de certos privilégios graças ao seu ofício. E ele devia ser muito reconhecido pela liberdade que lhe permitiam desfrutar, comendo e bebendo o tempo todo ao lado dos oficiais. No entanto, sem dar importância àqueles favores, e sem a mais leve intenção de regenerar-se, ele passou a aliciar os negros para compactuarem com seus planos, que eram os de assassinar todos ali e fugir levando o navio. Aos negros, ele conseguiu influenciar com facilidade. Mas ao comunicar-se com os outros prisioneiros, e tentar convencê-los a agir segundo seus planos, garantiu-lhes que entendia muito bem de navegação, que os negros eram indivíduos valentes e que, como ele conseguia arranhar duas ou três palavras em angolano, ele achava que o empreendimento seria muito fácil de realizar. Além do mais, seria muito melhor lançarem-se naquela aventura, vasculhando a costa e organizando uma nova companhia, do que seguirem viagem para o cabo Corso onde certamente seriam enforcados feito cachorros, com seus corpos depois expostos ao sol para curtir. Um dos prisioneiros, ou pelo horror à crueldade, ou por temer o insucesso, revelou o plano ao oficial, que imediatamente prendeu Scudamore, conseguindo levar o navio a salvo ao seu destino.

Ao serem encarcerados em Cape-Corso-Castle, todas aquelas esperanças acabaram-se completamente. Garantiram-lhes que logo estariam recebendo a sentença final. Isso fez com que a maioria mudasse o tom, pois, ao invés das brincadeiras insolentes e vazias de sempre, eles se tornaram sérios e devotos, pedindo que lhes fornecessem bons livros para ler, reunindo-se em orações coletivas e cantando salmos, pelo menos duas vezes por dia.

Quanto aos seus julgamentos, se fôssemos reproduzi-los todos por extenso o texto ficaria muito tedioso para o leitor. Por este motivo, para evitarmos a tautologia e a repetição, coloquei no mesmo grupo aqueles que foram condenados pelo mesmo crime, preservando, tais como chegaram ao meu conhecimento, as circunstâncias mais concretas e também as observações sobre o comportamento de alguns deles diante da morte.

Em primeiro lugar, podemos observar, pela lista, que grande parte da tripulação desses navios piratas era composta de homens embarcados na costa da África, e não muitos meses antes de serem presos. Daí podermos concluir que o pretendido constrangimento que Roberts exercera sobre eles foi muitas vezes um conluio entre as partes, ambas querendo a mesma coisa. E isso Roberts muitas vezes declarou abertamente, principalmente ao pessoal do Onslow, a quem convocou, perguntando-lhes quem desejava acompanhá-lo, pois não queria forçar ninguém. Isso, segundo o depoimento de alguns dos seus melhores tripulantes, depois de absolvidos. E tampouco é razoável se pensar que ele rejeitava qualquer irlandês voluntário só por causa do ressentimento que nutria contra Kennedy, enquanto forçava homens de outras nacionalidades a servi-lo, o que poderia colocar em risco e consequentemente até derrubar o seu regime. Mas o comportamento deles breve o livrou desse temor, convencendo-o de que o fato de se declararem forçados era apenas a melhor desculpa que tinham para se acobertar, no caso de virem a ser presos, afirmando serem menos bandidos que os demais, pelo menos quanto ao tempo passado em serviço.

Observemos também que o país onde aconteceram os julgamentos, entre outras boas sortes, não dispunha nem de advogados, nem de legislação, tanto que o cargo de escrivão coube inevitavelmente a alguém que não conhecia nada do assunto, o que pode explicar a carência formal daquele tribunal, embora este contasse, em essência, com maior integridade e imparcialidade.

Mas, havendo menos leis ali, talvez por isso mesmo houvesse mais justiça do que em outros tribunais. Pois se a lei civil é uma lei universal da razão, que julga a retidão ou a obliquidade das ações humanas, qualquer homem com senso comum possuirá certamente uma porção dela, pelo menos o bastante para ser capaz de distinguir o certo do errado, ou, como dizem os civis, *malum in se*.[9]

Por isso, ali, se fossem consideradas duas pessoas culpadas por crimes da mesma natureza, seria impossível uma ser condenada e a outra absolvida, por meio de algum subterfúgio ou interpretação da lei. Pois lá se formulavam os julgamentos a partir de fatores tais como o constrangimento, a voluntariedade, o objetivo e a intenção das partes, além de todas as demais circunstâncias envolvidas, o que constitui uma significativa diferença em relação a outros tribunais. Ademais, como se tratava de crimes daquele tipo, os homens familiarizados com a vida no mar possuíam mais conhecimento e capacidade que aqueles que, por outro lado, fossem mais versados em legislação. Pois, antes que um homem possa fazer uma ideia correta sobre determinado assunto, ele deverá conhecer bem os termos apropriados a esse mesmo assunto. Os termos relativos ao mar constituem uma linguagem à parte, a qual não se espera que nenhum advogado domine. O advogado, consequentemente, carece daquela capacidade de discriminação que poderia levá-lo a julgar de modo correto os fatos referidos por tais termos.

A Corte sabia bem que seria impossível obter depoimentos de todas as vítimas daqueles piratas. Por isso, antes de qualquer iniciativa, estudou uma forma de suprir essa deficiência, discutindo se deveria ou não perdoar um certo Jo. Dennis, que já se oferecera antes para depor em favor do rei, e que parecia conhecer mais que ninguém as vidas e as conversas dos piratas. Ali, na verdade, a corte reconheceu-se completamente perdida quanto à legislação adequada, e acabou por negar o perdão, para não parecer que estariam fazendo acordo para que uma testemunha cometesse perjúrio. E com isso perderam uma grande ajuda que poderiam obter da testemunha.

Uma outra grande dificuldade nos procedimentos foi a interpretação dos termos técnicos durante o julgamento, termos como aqueles particularmente especificados na acusação, as circunstâncias da época, do lugar, ou seja, interpretá-los adequadamente no tribunal. Pois os piratas eram acusados por roubos particulares, enquanto os depoimentos da acusação procediam na maior parte dos navios da Royal African Company. Aqueles cavalheiros de Cape-Corso-Castle não poderiam, pois, participar do julgamento, pois haviam jurado não serem, direta ou indiretamente, envolvidos por algum interesse no navio, ou nos seus carregamentos, por cujo roubo as partes estavam sendo acusadas. E sabiam que efetivamente tinham interesse, pois recebiam comissões por eles. Por outro lado, se fossem considerados incapacitados para o julgamento seria impossível formar-se um outro tribunal, uma vez que três deles eram exigidos nominalmente pela Comissão encarregada do caso.

A fim de harmonizar todas essas questões, o Tribunal resolveu fundamentar seus procedimentos nos depoimentos dos tripulantes da fragata Swallow, os quais foram claros e taxativos, devidamente caracterizados com as circunstâncias de "tempo em que", "lugar onde", "maneira como", e coisas que tais, especificadas particularmente, de acordo com um estatuto redigido e estipulado para aquele determinado caso. Porém a acusação apenas reconhecia uma insinuação geral de roubo, e portanto, como uma demonstração de clemência — pois parecia-lhe uma arbitrariedade com aqueles homens amontoá-los nas galés, o que deveria ter sido sumariamente feito — como apenas se ativesse às acusações da Swallow, ficou decidido recorrer-se a tribunais particulares.

Em segundo lugar, para não se dar o caso de os prisioneiros ignorarem como deviam responder, e se aproveitarem disso para se desculpar ou defender, a Corte conciliou ainda mais a justiça e a equanimidade, passando a concentrar-se, em todos os depoimentos, em tudo que pudesse enfraquecer ou corroborar as três circunstâncias que perfazem um pirata, a saber: primeiro, ser desde o começo um voluntário entre eles; segundo, ter participação voluntária quando da captura ou roubo de qualquer navio; e por último, aceitar voluntariamente a sua quota de participação no butim, com os outros que realizaram a empreitada. Pois, por uma paridade da razão, fossem aqueles atos de sua própria vontade, e cometidos por eles, deve-se acreditar que os seus corações e mãos trabalhavam juntos, quando eles agiram contra o navio Swallow, de Sua Majestade.

O julgamento dos piratas

Depoimentos tomados dos tripulantes da fragata Swallow, de Sua Majestade, começados em Cape-Corso-Castle, na costa da África, em 28 de março de 1722.

A Comissão autoriza três, entre os abaixo citados, a convocarem sete membros devidamente qualificados — número este conforme a tradição — para assisti-los. As convocações foram assinadas por: tenente John Barnsley, capitão Ch. Fanshaw, capitão Samuel Hartsease e capitão William Menzies, da seguinte forma:

EM VIRTUDE DO PODER E DA AUTORIDADE A nós concedidos pela Comissão encarregada pelo rei, sob a chancela do Almirantado, requeremos por meio desta a Vossas Excelências a que assistam e se juntem ao tribunal para o julgamento e a condenação dos piratas recentemente presos nesta costa pelo navio Swallow, de Sua Majestade.
Recebido em 28 de março de 1722, em Cape-Corso-Castle.
Mungo Herdman
James Phips
Henry Dodson
Francis Boye
Edward Hyde

A Comissão se reuniu no saguão do Castelo, onde pela primeira vez seus membros foram citados nominalmente. Depois disso, o presidente, e logo em seguida os demais membros, prestaram juramento, previsto na Ata do Parlamento. Tendo dado as instruções às testemunhas a respeito do adequado procedimento, como veremos a seguir, a sessão do tribunal foi aberta.

I. A.B. PROMETE E JURA SOLENEMENTE, sobre os sagrados Evangelhos, prestar verdadeiro e fiel testemunho, entre o rei e o prisioneiro ou prisioneiros, em relação ao fato ou fatos de pirataria e roubo, pelos quais ele ou eles são agora acusados. E que Deus venha em nosso auxílio.

O Tribunal compunha-se de:
capitão Mungo Herdman, presidente;
James Phips, Esq., general da costa africana;
sr. H. Dodson, comerciante;
sr. F. Boye, comerciante;
sr. Edward Hyde, secretário da Royal African Company;
tenente John Barnsley;
tenente Ch. Fanshaw.

Os seguintes prisioneiros, que se encontravam no navio pirata Ranger, foram trazidos à sua presença, para que a acusação ou o indiciamento fosse pronunciado.

Prisioneiros tomados no Ranger:

Nomes	Navios de origem	Data do ingresso no navio
*James Skyrm	chalupa Greyhound	outubro, 1720
*Rich. Hardy	pirata, com cap. Davis	1718
*Wm. Main	brigue, cap. Peet	junho, 1720
*Henry Dennis		1718
*Val. Ashplant	pirata, com cap. Davis	1719
*Rob. Birdson		1719
*Rich. Harris		
*D. Littlejohn	Phoenix, de Bristol, cap. Richards	junho, 1720
*Thomas How	em Terra Nova	
†Her. Hunkins	chalupa Success	
*Hugh Harris	Willing Mind	
*W. Mackintosh		
Thomas Willis	Richard de Biddiford	
† John Walden	Mary and Martha	julho, 1720
* Ja. Greenham	Little York, comandante Phillips	
* John Jaynson	Love de Lancaster	
† Chri. Lang	brigue Thomas	setembro, 1720
* John Mitchel	galeota Norman	outubro 1720
T. Withstandenot		
Peter la Fever	Jeremiah and Anne	abril, 1720
* Wm. Shurin		

* Wm. Wats	Sierraleon do sr. Glyn	julho, 1721
* Wm. Davis	Sierraleon do sr. Josseé	
†James Barrow * Joshua Lee	paquete Martha, comandante Lady	
Rob. Hartley (1) †James Crane	Robinson, de Liverpool, comandante cap. Kanning	
George Smithson Roger Pye †Rob. Fletcher * Ro. Hartley (2)	galeota Stanwich, cap. Tarlton	agosto, 1721
†Andrew Rance	um navio holandês	
* Cuthbert Goss * Tho. Giles * Israel Hynde	galeota Mercy, de Bristol, em Calabar	outubro, 1721
William Church	Gertruycht, da Holanda	
Philip Haak	Flushingham, da mesma	
William Smith Adam Comry	Elizabeth, cap. Sharp	
William Graves *Peter de Vine John Johnson John Stodgill	King Solomon, cap. Trahern, litoral do cabo Appollonia	
Henry Dawson William Glass	chalupa Whydah, em Jaquin	
Josiah Robinson John Arnaught John Davis †Henry Graves Tho. Howard †John Rimer Thomas Clephen	Tarlton, cap. Tho. Tarlton	janeiro, 1722
Wm. Guineys †James Cosins	Porcupine, cap. Fletcher	
Tho. Stretton * William Petty Mic. Lemmon *Wm. Wood *Ed. Watts *John Horn	Onslow, cap. Gee, em Cestos	

Pierre Ravon, John Dugan, James Ardeon, Ettrion Gilliot, Ren. Marraud, John Gittin, Jo. Richardeau, John Lavogue, John Duplaissey, Peter Grossey, Rence Frogier, Lewis Arnaut, Rence Thoby, Meth Roulac, John Gumar, John Paquete, Allan Pigan, Pierce Shillot	do navio francês na enseada de Whydah	fevereiro, 1722

Todos vós — James Skyrm, Michael Lemmon, Robert Hartley, juntos e individualmente, em nome e pela autoridade de nosso reverenciado senhor soberano George, rei da Grã-Bretanha, sois acusados da forma como a seguir se descreve:

Visto que, em ostensivo desacato às leis de vosso país, vós todos vos unistes perversamente, e vos articulastes uns com os outros para ofender e perturbar o comércio marítimo realizado pelos súditos de Sua Majestade; e que, com as piores e mais maléficas intenções, por duas vezes percorrestes as costas da África, em dois navios, a primeira vez no início de agosto, e a segunda em janeiro último, afundando, incendiando ou roubando todos os navios e outras embarcações que aconteciam cruzar por vosso caminho.

Particularmente sois acusados, a instâncias do capitão Chaloner Ogle e segundo informações do mesmo, de traidores e de piratas, pela resistência ilegal que opuseram ao navio Swallow, de Sua Majestade, comandado pelo referido capitão.

E que, no dia 5 de fevereiro último, ao avistardes o acima referido navio de Sua Majestade, no cabo Lopez — na costa sul da África — imediatamente recolhestes a âncora do navio Ranger, de fabricação francesa, com trinta e dois canhões, passando a perseguir e caçar o supracitado navio do rei, com despacho e precipitação próprios de verdadeiros e declarados ladrões e piratas.

Que por volta das dez horas da mesma manhã, aproximando-se do supra-referido navio Swallow até a distância de um tiro, vós hasteastes a bandeira negra dos piratas, disparando várias vezes vosso canhão, com o objetivo de impedir completamente que os servidores de Sua Majestade cumprissem com seu dever.

Que passada uma hora, estando muito perto do citado navio do rei, vós prosseguistes audaciosamente nas ações hostis de defesa e de assalto, por mais duas horas, em aberta violação às leis e em desafio à bandeira e à autoridade do rei.

E por último, que vós todos, juntos e individualmente, exercestes voluntariamente, em maldoso acordo, a ação e a maquinação de tudo isso, e na verdade o fizeste, em vossas diversas posições, usando de todos os meios para avariar o referido navio do rei e assassinar os leais súditos de Sua Majestade.

A essas acusações, todos se declararam *inocentes*.

Em seguida, o Tribunal convocou os oficiais da Swallow: o sr. Isaac Sun, tenente; Ralph Baldrick, imediato; Daniel Maclaughlin, contramestre, solicitando-lhes que examinassem atentamente os prisioneiros, para ver se os reconheciam. E também para que relatassem o modo como os mesmos atacaram e combateram o navio do rei. E eles aceitaram fazê-lo, declarando o seguinte:

QUE VIRAM TODOS OS PRISIONEIROS que naquele momento se encontravam ali, perante o tribunal, e estavam certos de que eram as mesmas pessoas presas nos navios piratas Royal Fortune, ou no Ranger. Mas que, com maior certeza, achavam que todos ali tinham sido presos no Ranger.

Que quando, na madrugada do dia 5 de fevereiro, segunda-feira, eles se encontravam na Swallow, viram três navios ancorados no cabo Lopez, na costa sul da África. O cabo situa-se a cerca de dezoito quilômetros na direção oeste-sudoeste. Ao perceberem que num dos navios tremulava um estandarte no mastro, e tendo ouvido o tiro matinal do seu canhão, imediatamente desconfiaram que aquele navio era o de Roberts, o pirata, além do navio auxiliar e de mais um outro — o navio francês que sabiam ter sido recentemente levado da enseada de Whydah.

A fim de se desviarem de um banco de areia conhecido pelo nome de French Man's Bank, a fragata do rei se viu forçada a girar na direção noroeste, ziguezagueando depois para oeste-noroeste e sul-sudeste. Em questão de meia hora verificou-se que os mastros de um daqueles navios se haviam inclinado, e que eles enfunavam as velas para dar-lhes caça. Com o objetivo de encorajarem semelhante temeridade e precipitação, os tripulantes da Swallow mantiveram o seu curso adiante do vento (simulando que estavam com medo), mas com todo o cordame esticado, a trave principal bem amarrada, e aparentemente realizando uma manobra muito malfeita.

Aproximadamente às dez e meia da manhã, o navio pirata veio até o alcance de um tiro e disparou quatro canhões de caça, hasteou sua bandeira negra no mastro central, passando a trave da vela de espicha por baixo do velame, para então fazer a abordagem. Passada mais meia hora, aproximando-se ainda mais, eles giraram o leme a estibordo e dispararam uma descarga de artilharia, interrompendo e depois repetindo a ação.

Feito isso, segundo os depoentes, os disparos afrouxaram por algum tempo, pois os piratas haviam sido atingidos no cabo dianteiro a barlavento, pelo que poucos dos seus canhões poderiam apontar em sua direção. Também nesse intervalo a sua bandeira negra foi baixada, ou arrancada, porém eles logo a hastearam novamente.

Depois de algum tempo, fosse por imperícia ou pela direção do vento, eles se aproximaram uma segunda vez e, por volta das duas da tarde, seu mastro principal foi derrubado.

As bandeiras sob as quais eles lutaram, além da negra, eram um estandarte inglês, uma bandeira real e um pendão holandês, que foram recolhidos aproximadamente às três da tarde, quando eles decidiram se render. Verificou-se que se tratava de um navio francês de trinta e dois canhões, chamado Ranger.

Isaac Sun,
Ralph Baldrick
Daniel Maclaughlin.

Depois de ouvidos aqueles depoimentos, chamaram-se os prisioneiros para responder, e para declararem como tinham chegado até àquele navio pirata, e também os motivos que tiveram para opor tão temerária resistência contra um navio do rei.

Na resposta de cada um, todos confessaram ter feito parte da tripulação do Ranger, onde foram capturados. Que haviam assinado os regulamentos da pirataria, e participado dos butins — com exceção de alguns poucos, que estavam ali havia pouco tempo — mas que nem no ato da assinatura, nem na divisão dos despojos, ou na resistência feita ao navio de Sua Majestade, tinham agido por vontade própria, mas sim, em todas aquelas ocasiões, se viram coagidos pelo terror da ameaça de morte. Que, devido a uma lei em vigor entre eles, a morte caberia a todos os que se recusassem a obedecer. A corte então perguntou quem elaborara aquelas leis, por quem os canhões tinham sido disparados, ou por que não haviam eles desertado de suas posições, ou se amotinado, quando lhes foi oferecida aquela possibilidade de libertação. Eles repetiram as mesmas respostas, não podendo mitigar a gravidade de seus crimes senão argumentando que foram coagidos a praticá-los. Em consequência disso, a corte foi de opinião de que havia suficientes provas para a acusação de ataque e resistência ilegais ao navio do rei. Mas como, inegavelmente, era claro que alguns deles tinham sido efetivamente coagidos – e alguns bem pouco tempo antes – chegou-se, após madura deliberação, a essa tolerante resolução.

Que novos depoimentos seriam tomados, tanto a favor quanto contra cada acusado individualmente, em relação aos trechos da acusação que os declaravam agentes voluntários, e os acusavam de ajudarem nos incêndios e de assistirem passivamente aos naufrágios ou aos assaltos a outros navios. Pois, se deram ajuda ou assistiram a quaisquer desses roubos e devastações, a convicção do júri era de que agiram dessa forma voluntariamente. Aqui os depoimentos, não obstante carecerem bastante do aspecto formal, ainda assim traziam em si a razão da lei.

A Acusação foi também apresentada contra os seguintes piratas retirados do Royal Fortune.

*Mich. Mare	no Rover, 5 anos atrás	
*Chris Moody	sob Davis	1718
*Mar. Johnson	um navio holandês	
*James Philips	a chalupa pirata Revenge	1717
*David Sympson	piratas com cap. Davis	
*Tho. Sutton		
*Hag. Jacobson	um navio holandês	1719
*W. Williams (1)		
*Wm. Fernon	Sudbury, cap. Thomas, da Terra Nova	junho, 1720
*W. Williams (2)		
*Roger Scot		
*Tho. Owen	York, de Bristol	maio, 1720
*Wm. Taylor		

Tripulação	Embarcação	Data
*Joseph Nositer *John Parker *Robert Crow *George Smith *Ja. Clements *John Walden *Jo. Mansfield †James Harris *John Philips	Expedition, de Topsham Willling Mind, de Pool chalupa Happy Return Mary and Martha chalupa Success Blessing, de Lymington de Martinico pesqueiro Richard um barco pesqueiro	maio, 1720 julho, 1720
Harry Glasby Hugh Menzies	Samuel, cap. Cary	julho, 1720
*Wm. Magnus *Joseph Moor	chalupa May Flower	fevereiro 1720
†John du Frock Wm Champnies George Danson †Isaac Russel	galeota Lloyd, cap. Hyngston	maio, 1721
Robert Lilbourn *Robert Johnson Wm. Darling †Wm. Mead	Jeremiah and Anne, cap. Turner	abril, 1721
Thomas Diggles *Ben Jeffreys John Francia	paquete Christopher galeota Norman uma chalupa em St. Nicholas	abril, 1721
*D. Harding *John Coleman *Charles Bunce *R. Armstrong	um navio holandês chalupa Adventure uma galeota holandesa, em fuga da Swallow	abril, 1721
*Abra. Harper *Peter Lesly *John Jessup (1) Tho. Watkins *Philip Bill *Jo. Stephenson *James Cromby Thomas Garrat †George Ogle	Onslow, cap. Gee, em Sestos	maio, 1721
Roger Gorsuch John Watson	paquete Martha	agosto, 1721

William Child *John Griffin *Pet. Scudamore	galeota Mercy, em Calabar	
Christ. Granger Nicho Brattle James White Tho. Davis Tho. Sever *Rob. Bevins *T. Oughterlaney *David Rice	galeota Cornwall, em Calabar	outubro, 1721
*Rob. Haws	Joceline, cap. Loane	
Hugh Riddle Stephen Thomas	barco de passageiros	
*John Line *Sam Fletcher *Wm. Philips Jacob Johnson *John King	King Solomon	
Benjamin Par	Robinson, cap. Kanning	janeiro, 1722
William May Ed. Thornden	Elizabeth, cap. Sharp	
*George Wilson Edward Tarlton *Robert Hays	Tarlton de Liverpool, no cabo La Hou	
Thomas Roberts John Richards John Cane	Charlton, cap. Allwright	
Richard Wood Richard Scot Wm. Davison Sam. Morwell Edward Evans	Porcupine, cap. Fletcher enseada de Whydah	fevereiro, 1722
*John Jessup (2)	rendeu-se em Princes	

Vós, Henry Glasby, William Davison, William Champnies, Samuel Morwell.

Vós, juntos e individualmente, em nome e pela autoridade de nosso mais reverenciado senhor, George, rei da Grã-Bretanha, sois acusados do seguinte:

Visto que, em aberta violação às leis de vosso país (às quais tendes a obrigação de submeter-vos), vós todos, com intuito maléfico, vos unistes e articulastes mutuamente para o prejuízo e a destruição dos súditos de Sua Majestade em seu comércio marítimo; e, em conformidade a tal acordo e associação vis, vós por duas vezes atacastes esta costa da África, a primeira vez no mês de agosto, a segunda em janeiro último, estragando e destruindo muitas mercadorias e navios dos súditos de Sua Majestade e de outras nações comerciantes.

Particularmente sois acusados, segundo informações e instâncias do capitão Chaloner Ogle, de traidores, ladrões, piratas e inimigos comuns da espécie humana.

Porque no dia 10 de fevereiro último, em um navio por vós capturado, chamado Royal Fortune, de quarenta canhões, mantivestes defesa e resistência *hostis* durante horas contra a Swallow, fragata de Sua Majestade, próximo à baía do cabo Lopez, na costa sul da África.

Que essa luta e resistência insolentes contra um navio do rei foram feitas não apenas sem qualquer autoridade legítima, mas exclusivamente por vossa própria e depravada vontade. Também se fizeram com uma bandeira negra hasteada, denotando flagrantemente com isso que sois de fato ladrões comuns e traidores, opositores e violadores das leis.

E por último, que nessa resistência, vós todos agistes por vontade própria e, como tal, empregastes o máximo dos vossos esforços para avariar e danificar o supracitado navio do rei, impedindo que os servidores de Sua Majestade que ali se encontravam cumprissem com o seu dever.

A isso, todos se declararam *inocentes*.

Depois disso, os oficiais da fragata de Sua Majestade, a Swallow, foram novamente chamados a testemunhar, e declararam o seguinte:

Que tinham visto todos os prisioneiros que agora se encontravam perante a corte, e que tinham certeza de serem os mesmos retirados

dos navios piratas Royal Fortune ou do Ranger, porém que lhes pareciam mais os que foram retirados do Royal Fortune.

Que os prisioneiros estavam num navio de quarenta canhões — o Royal Fortune — ancorado no cabo Lopez, na costa da África, em companhia de duas outras embarcações, quando a Swallow, a fragata de Sua Majestade à qual os depoentes pertenciam como oficiais, aproximou-se do local. O dia era um sábado, 10 de fevereiro de 1722. O Royal Fortune, o navio maior, exibia hasteados uma bandeira, um estandarte e um pendão e, quando avistou a fragata, os seus botes começaram a ir e vir de um navio para o outro, aparentemente com marujos no seu interior. O vento não estava favorável à fragata real, de modo que ela se viu forçada a dar duas voltas a fim de se colocar a barlavento e poder alcançar os piratas. E, posicionando-se a uma distância pouco maior que a de um tiro de canhão, em relação a eles, viram que eles recolhiam as amarras e içavam as velas.

Às onze horas, o navio pirata estava a uma distância de um tiro de pistola, enfrentando-os com a bandeira negra e um pendão hasteados no topo do mastro principal. Os depoentes declararam que eles tinham recolhido a insígnia francesa, que ficara hasteada por toda a manhã até aquele momento, e exibiram as bandeiras do rei, ao mesmo tempo em que desferiam uma descarga de artilharia, à qual imediatamente a fragata respondeu.

O mastro central do navio desabou, arrebentaram-se os cordames, e mesmo assim o navio avançou sobre a fragata, deslizando até a metade da distância de um tiro de canhão, ao mesmo tempo em que eles continuavam a disparar sem interrupção. Os outros devolviam o canhoneio o máximo que podiam, até que, favorecidos pelos ventos, eles chegaram ainda mais perto. Depois de trocarem mais alguns tiros, aproximadamente a uma e meia da tarde, o seu mastro principal partiu-se ao ser atingido por um tiro abaixo do caçoilo.[10]

Às duas horas o navio pirata recolheu a sua bandeira e se rendeu. Tratava-se do navio antes chamado Onslow, mas que agora chamava-se Royal Fortune. E os prisioneiros que estavam nele garantiram-lhes que o menor dos dois barcos que ficaram na enseada também pertencia a eles, e chamava-se Little Ranger, que eles haviam deixado naquela ocasião.

Isaac Sun,
Ralph Baldrick
Daniel Maclaughlin.

A CORTE FEZ ÀQUELES PRISIONEIROS AS mesmas perguntas que pela manhã fizera aos outros: que objeções teriam eles a fazer diante do que fora declarado sob juramento? E o que tinham a dizer em sua própria defesa? E as suas respostas foram quase as mesmas dos demais prisioneiros, ou seja: que tinham sido forçados a agir daquela forma, que não haviam disparado um só tiro durante a resistência à fragata Swallow, e que o máximo de ajuda que deram na ocasião foi no manejo das velas e do cordame, para cumprirem as arbitrárias ordens de Roberts, que os havia ameaçado, e que não tinham dúvida de que ele os iria matar, caso se recusassem a obedecer.

Para ministrar uma justiça equitativa, a corte decidiu compassivamente também em relação àqueles homens, do mesmo modo que fizera com os outros tripulantes do navio pirata. Que novos depoimentos deveriam ser ouvidos, a respeito de cada homem individualmente, e sobre dois tópicos: o primeiro, de terem agido ou não voluntariamente, e o segundo, sobre os seus atos de pirataria e de pilhagem desde então. A fim de que os que ingressaram entre eles pouco tempo antes, e que até agora não haviam participado de captura ou saque a qualquer navio, tivessem a oportunidade e o benefício de poderem esclarecer a sua inocência, e não se misturarem promiscuamente com os verdadeiros culpados.

Por ordem da Corte,
John Atkins, redator.

WM. MAGNES, THO. OUGHTERLANEY, WM. MAIN, WM. MACKINTOSH, VAL. ASHPLANT, JOHN WALDEN, ISRAEL HYNDE, MARCUS JOHNSON, WM. PETTY, WM. FERNON, ABRAHAM HARVEY, WM. WOOD, THO. HOW, JOHN STEPHENSON, CH. BUNCE E JOHN GRIFFIN.

Contra esses homens depuseram o capitão John Trahern e o seu imediato, George Fenn, declarando que todos ali haviam participado tanto do ataque quanto da captura do navio King Solomon, e também depois, do roubo e da pilhagem do mesmo, e da forma seguinte:

Que no dia 6 de janeiro último o seu navio estava ancorado perto do cabo Apollonia, na África, quando eles avistaram um bote remando em sua direção, contra o vento e a correnteza, e era proveniente de um navio que se encontrava a cerca de cinco quilômetros a sotavento. Pelo número de homens que vinha no bote, à medida que este avançava, acharam que se tratava de piratas, e começaram a fazer os preparativos para os enfrentar, acreditando, ao vê-los mais de perto, que eles não se atreveriam a realizar o ataque, pois a sua desvantagem seria muito grande caso o fizessem, uma vez que o seu barco era descoberto e que seu número de homens era a metade dos que teriam de enfrentar. Mesmo assim, graças à precipitação e à pusilanimidade do seu pessoal (que baixou suas armas, rendendo-se imediatamente) o navio foi tomado, e em seguida saqueado por eles.

Presidente: Pode o senhor lembrar-se de alguns detalhes da captura e da pilhagem?

Depoente: Podemos afirmar que Magnes, contramestre do navio pirata, mandava nos homens daquele bote, e que teve autoridade para ordenar que se retirassem do navio as nossas provisões e estoques, os quais, sendo de várias espécies, logo vimos que depois de roubados tiveram destinos diversos. Pois Main, imediato do navio pirata, carregou dois cabos e vários rolos de corda, de acordo com o seu ramo de atividade, e ainda agrediu alguns dos nossos tripulantes por não serem suficientemente ativos ao ajudá-lo no roubo. Petty, o encarregado do velame, ficou com as velas e a lona; Harper, o tanoeiro, ficou com os tonéis e as ferramentas; Griffin cuidou dos estoques da carpintaria, e Oughterlaney, o piloto, depois de trocar suas roupas por um traje completo dos meus, e ainda uma peruca nova, pediu também uma garrafa de vinho, e, cheio de arrogância, deu ordens para que o navio seguisse as manobras do barco do comodoro Roberts (acho que posso lembrar quais as ordens que ele deu). Estes são alguns detalhes. De um modo geral, Senhor, eles foram muito violentos e gananciosos durante toda aquela perversidade.

Presidente: Sr. Castel, queira informar ao tribunal sobre o que sabe em relação a essa pilhagem do King Solomon. De que maneira o bote pirata foi despachado para realizar esse atentado?

Tho. Castel: Eu estava como prisioneiro dos piratas, senhor, quando eles decidiram que o bote iria realizar aquele ataque. E pude ver que, depois de resolverem ir, quando se fez a pergunta "Quem quer ir?", todos os que quiseram, o fizeram voluntariamente. Não houve compulsão alguma, mas sim uma pressão para saber quem seria o primeiro.

Os prisioneiros admitiram o que fora declarado sob juramento, a respeito do ataque e da pilhagem, mas negaram a última declaração, afirmando que Roberts os intimidou, chamando-os de covardes, e dizendo a alguns deles que eles só abordavam alguma presa quando comandados pelo navio, mas que agora parecia que a sua coragem ia ser avaliada, e que todos eram indecisos e medrosos.

Presidente: Então, Roberts forçou os senhores a realizar esse ataque...

Prisioneiros: Roberts ordenou que entrássemos no bote, e o contramestre que saqueássemos o navio. Não nos atrevemos a desobedecer a nenhuma dessas ordens.

Presidente: Mesmo supondo que tivesse sido assim, aqueles atos foram cometidos pelos senhores, e os cometeram por ordens daqueles mesmos oficiais que os senhores elegeram. Por que homens com uma disposição honesta dariam os seus votos a semelhante capitão e a semelhante contramestre, para que os comandassem diariamente em trabalhos que os repugnassem?

Aqui se seguiu um silêncio entre os prisioneiros, porém ao final Fernon admitiu, com toda honestidade, que ele não havia dado o seu voto a Magnes, mas sim a David Sympson (o antigo contramestre) pois na verdade, disse ele, eu achava que Magnes era honesto demais e não estava qualificado para o negócio.

Os depoimentos foram simples e diretos, e o tribunal, sem qualquer hesitação, declarou todos como *culpados*.

WILLIAM CHURCH, PHIL. HAAK, JAMES WHITE, NICH. BRATTLE, HUGH RIDDLE, WILLIAM THOMAS, THO. ROBERTS, JO. RICHARDS, JO. CANE, R. WOOD, R. SCOT, WM. DAVISON, SAM. MORWELL, EDWARD EVANS, WM. GUINEYS E DEZOITO MARUJOS FRANCESES.

Ficou evidenciado no tribunal que os quatro primeiros prisioneiros da lista trabalhavam como músicos a bordo do navio pirata, e que foram forçados pouco tempo antes a ingressarem nele, vindo de diversos navios mercantes onde atuavam. E durante o seu confinamento ali levaram uma vida muito difícil, tendo algumas vezes as suas flautas quebradas, outras as próprias cabeças, só por se escusarem ou explicarem que estavam cansados, sempre que algum companheiro cismava de lhes pedir alguma canção.

Os outros ingleses passaram apenas poucos dias a bordo do navio pirata, desde Whydah até o cabo Lopez, e durante esse tempo o mesmo não realizou nenhuma pilhagem ou captura. E os franceses foram trazidos com o propósito de reconduzirem o seu próprio navio (ou o Little Ranger, como troca) de volta à enseada de Whydah, e estavam ali como prisioneiros, nem alojados, e nem tampouco armados. E assim a corte imediatamente concordou em absolvê-los.

Tho. Sutton, David Sympson, Christopher Moody, Phil. Bill, R. Hardy, Hen. Dennis, David Rice, Wm. Williams, R. Harris, George Smith, Ed. Watts, Jo. Mitchell e James Barrow.

Os depoimentos contra esses prisioneiros foram feitos por Geret de Haen, comandante do Flushingham, capturado próximo a Axim em inícios de janeiro último.

E também pelo comandante Benj. Kreft e o seu imediato James Groet, do navio Gertruycht, capturado perto de Gabone no último mês de dezembro; e pelos srs. Castel, Wingfield e outros, que tinham sido presos pelos piratas.

Os primeiros afirmaram em seu depoimento que todos os prisioneiros ali (exceto Hardy) estavam a bordo durante o assalto e a pilhagem dos seus navios, e que se comportaram de forma violenta e abjeta, deixando-os aterrorizados, tanto por seu navio quanto por si próprios. Kraft, em particular, acusou Sutton de ter ordenado que se retirasse toda a munição dos canhões. A isso, aquele prisioneiro o interrompeu, declarando que ele estava cometendo perjúrio, pois ele não levara nem a metade. Resposta esta, creio eu, que não pretendia nem um pouco ser uma brincadeira insolente, mas apenas dar ao seu comportamento uma aparência mais humana do que aquele holandês poderia admitir.

Quanto aos srs. Castel, Wingfield e outros, eles demonstraram ser homens distintos, sempre consultados como líderes em todas as empresas. A maioria deles pertencia à Câmara dos Lordes (como a chamavam) e poderiam exercer autoridade sobre outros. O sr. Castel afirmou, especialmente sobre Hardy (o contramestre do Ranger), que quando a chalupa Diligence (à qual ele pertencia) foi capturada, ninguém além dele se mostrava tão atarefado nas pilhagens, e que foi ele o responsável pelo arrombamento do casco e o afundamento do navio.

Perguntaram ainda a alguns prisioneiros já absolvidos se aceitar ou recusar um cargo não dependia apenas de uma opção própria. Ao que eles declararam que todos os oficiais eram escolhidos por maioria de votos, e que poderiam recusar, se assim quisessem, já que outros companheiros alegremente aceitariam ficar com o cargo, pois isso sempre acarretava um quinhão a mais nos butins. *Culpados.*

No dia 31 de março a Corte convocou novamente os seis prisioneiros a seguir mencionados, para pronunciar a sentença: Dav. Sympson, Wm. Magnes, R. Hardy, Thomas Sutton, Christopher Moody e Valentine Ashplant.

A eles o Presidente pronunciou a seguinte resolução: O crime de pirataria, pelo qual todos vós fostes justamente condenados, é de todas as outras formas de roubo a mais grave e desumana, pois, desprovidos de qualquer temor de serem pegos, nas regiões mais distantes e remotas, vós, em meio à licenciosidade do poder, muitas vezes acrescentais a crueldade ao roubo.

Os piratas, indiferentes à dor e à pobreza alheia, não apenas corrompem e roubam, como o fazem a homens necessitados, que estão lutando por sua sobrevivência em meio a riscos e dificuldades, e que deveriam antes despertar a compaixão. E o que é ainda pior, muitas vezes, pela persuasão ou pela força, provocam a ruína das famílias dos mais irrefletidos, tirando-os de suas esposas e filhos, e com isto, privando a estes dos meios que deveriam protegê-los da miséria e da carência.

Para uma nação voltada para o comércio, nada pode ser mais destrutivo que a pirataria, ou clamar pela mais exemplar punição. Além de toda a censura nacional que desperta, ela impede a indústria de oferecer seus retornos, e essas abundantes importações que só elas podem fazer um país se desenvolver. E o agravante, em vosso caso, é que fostes sempre os chefes e governantes dessas práticas licenciosas e sem lei.

Entretanto, diferentemente das medidas que costumais praticar em vosso meio, fostes ouvidos com toda paciência, e conquanto muito pouco tenha sido dito — ou poderia tê-lo sido — para desculpar ou abrandar os vossos crimes, ainda assim a caridade nos faz esperar que um verdadeiro e sincero arrependimento (que ardentemente vos recomendamos) vos possa habilitar à misericórdia e ao perdão, depois de promulgada a sentença da lei, e que agora cabe a mim pronunciar.

Vós, Dav. Sympson, Wm. Magnes, R. Hardy, Thomas Sutton, Christopher Moody e Valentine Ashplant.

Vós todos, juntos e individualmente, fostes condenados e sentenciados a serdes reconduzidos ao local de onde viestes, para de lá vos levarem ao Local das Execuções, fora dos portões deste castelo, onde, dentro do limite das marcas da preamar, sereis enforcados pelo pescoço até a morte.

Depois disso, vós, juntos e individualmente, sereis baixados e os vossos corpos, pendurados em correntes.

Autorização para a execução
Segundo a sentença proferida no sábado pela Corte do Almirantado, em Cape-Corso-Castle, contra Dav. Sympson, Wm. Magnes, R. Hardy, Thomas Sutton, Christopher Moody e Valentine Ashplant.

Por meio desta tendes ordem de conduzir os malfeitores acima referidos ao Local das Execuções, fora dos portões deste castelo, amanhã às nove horas da manhã, e lá, dentro das marcas da preamar, enforcá-los pelo pescoço até que morram, para o que a presente constitui sua autorização. Redigido por meu próprio punho, neste dia 2 de abril de 1722.

Mungo Herdman.

Para Joseph Gordyn
Superintendente da prefeitura
Remover os corpos acorrentados para o patíbulo já erguido no outeiro adjacente.

M.H.

William Philip
Pelo depoimento do capitão John Trahern e de George Fenn, imediato do King Solomon, ficou evidente que esse prisioneiro era contramestre daquele navio, quando o mesmo foi atacado e capturado pelo barco pirata ao largo do cabo Apollonia, no dia 6 de janeiro último.

Quando o barco se aproximou, (declararam eles) julgou-se, pelo número de homens que vinham nele, que se tratava de piratas, e quando foram saudados, responderam rebeldes. A isso, o comandante arrebatou o mosquete de um dos seus homens e o disparou, perguntando-lhes, ao mesmo tempo, se eles ficariam a seu lado para defenderem o navio. Mas como os piratas devolviam os tiros e gritavam que não teriam nenhuma piedade, caso qualquer resistência lhes fosse feita, esse prisioneiro tomou a iniciativa e pediu clemência, sem o consentimento do comandante, convencendo os demais homens a deporem suas armas e entregarem o navio àqueles piratas cujo número era metade do deles, e, além disso, num barco descoberto. Ficou mais evidente que depois desse episódio ele se tornou um voluntário entre eles. Em primeiro lugar, porque agora ele se mostrava muito direto e despachado ao saquear o navio King Solomon de todas as suas provisões e estoques; em segundo, porque fez tudo para que o capitão fosse maltratado pelos piratas; e por último, porque, embora declarasse a Fenn que fora forçado a assinar os regulamentos naquela noite (com uma pistola pousada sobre a mesa, significando que se não obedecesse seria morto), tudo se revelou ser falso, pois através de um outro depoimento, ficou evidente que ele participou armado da ação contra a fragata Swallow.

Respondendo a isso, ele começou com observações sobre a infelicidade de estar naquela região do mundo sem nenhum amigo, pois, em qualquer outra parte, as testemunhas da honestidade de sua vida pregressa, haveriam – assim ele acreditava – de invalidar, em grande medida, o falso depoimento que o dava como voluntário entre os piratas. Admitiu que na verdade não fez nenhuma proposta a seu capitão, no sentido de interceder em favor de uma descarga de artilharia, mas explicou-se, declarando que não gostava dele e que por isso tinha certeza de que sua proposta não adiantaria nada.

A corte verificou que as histórias contadas por este e outros piratas, histórias sobre armas e munições sendo-lhes oferecidas em bandejas, ou sobre os maltratos sofridos, e também de terem sido forçados a abandonar um trabalho anterior honesto, muitas vezes já estavam combinadas entre eles, para despertarem menor suspeita naqueles a cujo meio eles pertenciam. E que a finalidade dessas histórias era saírem impressas nos jornais, ou numa declaração pública. E os piratas foram generosos bastante para não pouparem elogios a um companheiro que não lhes custara nada, e que ao mesmo tempo lhes possibilitava proteger seus melhores homens. Melhores, podemos chamá-los assim, porque essa dependência os fazia agir com mais atrevimento. *Culpado.*

Harry Glasby, mestre

Compareceram ao tribunal diversas pessoas que tinham sido levadas pelo navio de Roberts, onde aquele prisioneiro tinha função de mestre, e os seus depoimentos foram os seguintes:

John Trahern, comandante do King Solomon, declarou que aquele prisioneiro era de fato mestre no navio pirata (durante o tempo em que ele esteve ali como prisioneiro), mas que observou que o seu comportamento não era o habitual de um mestre, pois todos só lhe obedeciam quando queriam, e que certa vez ouvira-o queixar-se das dificuldades de ser um chefe em meio àqueles brutamontes. E que já estava exausto daquela vida, usando também outras expressões (que agora se haviam apagado de sua lembrança), demonstrando que estava muito inclinado a abandonar aquele tipo de vida.

Jo. Wingfield, aprisionado pelos piratas em Calabar, deu declarações semelhantes sobre o modo de ser do prisioneiro, dizendo que ele se mostrava bem mais educado que todos no barco, e que estava certo de que quando houve votação para decidir se deviam incendiar o brigue da African Company, onde era comissário, foi a ação daquele homem que impediu que se praticasse tal ato, expressando-se com muita tristeza a respeito daquela e de outras patifarias do grupo do qual fazia parte. Que, na sua opinião, ele sempre agia com relutância, como alguém que não tinha como evitar aquilo. E acrescentou também que quando um certo Hamilton, um cirurgião, preso por eles, estava a ponto de sofrer as punições regulamentares, aquele prisioneiro se opôs e impediu que se cometesse aquele ato. E que Hunter, outro cirurgião que se encontrava entre eles, foi libertado a instâncias e argumentações do prisioneiro. Por fim, o depoente também tinha certeza de que Glasby estivera uma vez condenado à morte a bordo, junto com dois outros, por terem tentado escapar nas Índias Ocidentais. E que os outros dois foram efetivamente mortos.

Elizabeth Trengrove, passageira do Onslow, navio da African Company, e também levada pelos piratas, reforçou o depoimento da última testemunha. Porque, tendo ouvido falar sobre o bom caráter daquele Glasby, ela perguntou ao contramestre, que então se encontrava a bordo praticando suas pilhagens, se não poderia vê-lo. E o contramestre respondeu: "Não", explicando que eles nunca se arriscavam a deixá-lo sair do navio, porque uma vez ele tentara fugir, e desde então eles sempre desconfiavam dele.

Edward Crisp, o capitão Trengrove e o capitão Sharp, todos prisioneiros, admitiram por sua vez, por si mesmos e pelos outros que também tinham caído nas mãos daqueles piratas, que o bom tratamento que receberam deveu-se principalmente à mediação daquele prisioneiro, que frequentemente intervinha para que se deixassem estoques suficientes e instrumentos a bordo dos navios saqueados, alegando serem supérfluos e desnecessários ali.

James White, cuja atividade era a música, e se encontrava na popa do navio pirata durante a ação contra a fragata Swallow, declarou que, durante a batalha, em momento algum viu o prisioneiro ocupado com o armamento, ou dando ordens, quer para carregar ou disparar os canhões, mas sim que se concentrava inteiramente no manejo das velas, segundo as ordens de Roberts. E concluiu dizendo que acreditava que na verdade fora aquele homem que não deixou que explodissem o navio, enviando vigias de sua confiança para baixo, e se colocando contra os exaltados companheiros que procuravam acender mechas e descer ao paiol com esse fim.

Isaac Sun, tenente da fragata, deu seu depoimento declarando que, quando veio do navio do rei para tomar posse da presa, encontrou os piratas muito perturbados e divididos, alguns querendo explodir o navio, enquanto outros (que talvez se achassem menos culpados) se opondo a isso. E que naquela confusão ele perguntou por aquele prisioneiro, sobre cujo caráter já ouvira elogios, e achava que ele fez tudo a seu alcance para impedir a explosão. Particularmente, compreendeu, através das conversas dos outros marinheiros, que ele agarrara um tal de James Phillips para lhe arrancar das mãos uma mecha acesa, no instante mesmo em que ele ia descer para o paiol, jurando que iria mandar todos ali juntos para o inferno. Também ouvira dizer que depois que Roberts foi morto, o prisioneiro ordenou que baixassem as bandeiras, e que desde então demonstrara o quanto se opunha a todas aquelas práticas e princípios, ao apontar quais eram os maiores bandidos ali no meio deles.

O prisioneiro declarou na sua própria defesa que, quando teve a desgraça de cair nas mãos daqueles piratas, sua função era de imediato-chefe no navio Samuel, de Londres, cujo comando era do capitão Cary. E que conseguiu se esconder, para evitar que o levassem, mas eles acabaram por encontrá-lo, o surraram e o atiraram pela amurada. Sete dias depois, ao insistir e se recusar novamente a assinar os regulamentos, de novo eles o feriram e violentaram. E embora se houvesse conformado, depois disso, mostrando-se mais humilde, ele o fez exclusivamente para facilitar a sua vida ali. As quotas dos saques que ele recebia, de vez em quando retornavam às mãos dos prisioneiros que porventura encontrasse. Na verdade, até recentemente, ele fizera uma pequena reserva, e quis que o capitão Loane ficasse com dois ou três moidores para enviar à sua esposa. Uma vez ele foi preso ao tentar a fuga, nas Índias Ocidentais e, com dois outros companheiros, sentenciado à morte por isso, por um júri que estava completamente embriagado. Os dois companheiros realmente foram mortos, e ele só foi poupado porque um dos chefes piratas se tomou de súbita amizade por ele, e enfrentou os demais. Uma outra vez ele fugiu em Hispaniola, carregando consigo uma bússola de bolso para poder orientar-se na mata. Mas como viera para a região mais desolada e selvagem daquela ilha, sem saber que direção tomar, foi forçado, depois de passar dois ou três dias errando, a retornar ao navio, jurando com a maior veemência que não tinha o propósito de que o acusavam, para que não o matassem a tiros. Desde desse tempo passou a ter esperanças de que suas culpas fossem abrandadas, pois a maioria dos prisioneiros absolvidos poderiam testemunhar que eles [os piratas] desconfiavam abertamente dele, e que Roberts não permitia que participasse de suas discussões secretas, e que, além disso, o capitão Cary (junto com mais quatro outros passageiros) havia assinado uma declaração, a qual infelizmente ele não tinha condições de apresentar, de que fora coagido a ingressar naquela atividade. Mesmo assim, esperava humildemente que a corte considerasse esse fato como muito provável, dadas todas as circunstâncias.

No total, a corte foi de opinião de que os artistas, de todos, eram os que poderiam mais pretender terem sido coagidos, uma vez que os piratas geralmente precisam tê-los a bordo. E que muitas passagens do depoimento do prisioneiro haviam sido confirmadas pelas testemunhas, de que ele agia com relutância e que manifestara preocupação e angústia pelas poucas esperanças que lhe restavam de poder se desvencilhar daquela vida. Que ele dera sempre muito bom tratamento aos prisioneiros (como eram chamados os sequestrados), com o risco de sofrer ele próprio violências. Que jamais dera assistência militar às pilhagens. E que por duas vezes tentara escapar, enfrentando o maior perigo. *Absolva-se o réu.*

Capitão James Skyrm

Ficou evidente, pelos depoimentos de diversos prisioneiros absolvidos, que esse Skyrm estava no comando do Ranger durante a resistência ao navio do rei. Que ele ordenou a seus homens que mantivessem suas posições, e que carregassem e disparassem as armas, e brandia uma espada para reforçar suas ordens. E insistia a todos que cumprissem essas ordens, prestando muita atenção aos que se mostrassem negligentes ou lentos. E que, mesmo tendo uma perna decepada durante a ação, o seu ânimo estava tão exaltado que ele se recusou a ir para o convés, até descobrir que estava tudo perdido.

Na sua defesa, ele declarou ter sido tirado à força de uma chalupa de nome Greyhound, de St. Christopher, em outubro de 1720, onde tinha a função de imediato. Que os piratas o espancaram, quebraram-lhe a cabeça, só porque se dispunha a ir embora, quando eles mandaram partir a chalupa. Depois, o hábito e os sucessos o embotaram de verdade e, em certa medida, acabaram com o seu senso de vergonha. Mas que passara vários meses doente de verdade, incapaz de qualquer atividade. E embora Roberts o tivesse forçado a participar daquela expedição, muito contra a sua vontade, mesmo assim, os depoentes deviam ser sensatos e reconhecer que o título de capitão não lhe conferia nenhuma proeminência, pois ninguém lhe obedecia, apesar de por diversas vezes ele os ter conclamado a não atacarem, quando percebeu que se tratava de um navio do rei.

A suposta doença que alegou, e, mais especialmente, a circunstância de ter perdido uma perna no combate, constaram como agravantes da sua culpa, demonstrando que na ocasião ele estava muito mais empenhado do que agora pretendia parecer. E quanto ao título de capitão, se na batalha não lhe conferia nenhuma proeminência, mesmo assim era um título de autoridade, uma autoridade com poderes para dirigir um ataque contra a bandeira real, e por tudo isso ele foi, no mais alto grau, considerado *culpado*.

John Walden

O capitão John Trahern e George Fenn declararam, nos seus depoimentos, que o prisioneiro fazia parte daqueles que, num bote descoberto, assaltaram e ocuparam como piratas o seu navio, e que ele estava incrivelmente atarefado em cometer as suas perversidades, com uma machadinha nas mãos, que empregava como chave para arrombar todas as portas fechadas que visse pela frente. Também foi ele em particular que cortou o cabo do navio, quando os outros piratas se ocupavam e concentravam em suspender a âncora, exclamando "Ora, capitão! Qual é o problema com a sua corda, o senhor está tão tenso, nesse clima tão quente! Tem muito mais âncoras em Londres, e de qualquer forma, o seu navio vai ser incendiado mesmo..."

William Smith (um dos prisioneiros absolvidos) declarou que Walden era conhecido entre os piratas principalmente pelo apelido de Miss Nanny (presume-se que ironicamente, pela violência do seu temperamento). Que fazia parte dos vinte homens que voluntariamente foram a bordo do Ranger, na perseguição à fragata Swallow, e que perdera a perna por um tiro que partiu daquele navio. Até então, o seu comportamento na batalha havia sido destemido e ousado.

O presidente chamou Harry Glasby e mandou que ele descrevesse o caráter do prisioneiro, e também qual era o costume entre eles nas expedições de voluntários fora do navio, particularmente o grupo que partiu a bordo do Ranger.

E Glasby depôs que o prisioneiro era considerado um vigoroso marujo (ou seja, como mais tarde ele explicou, um pirata leal e um grande bandido), que quando a fragata Swallow foi avistada pela primeira vez, todos tendiam a pensar que se tratava de portugueses, porque o açúcar era muito procurado por eles, havendo mesmo muita dissensão e discordância entre os dois grupos, o pessoal do Fortune bebia ponche, e o do Ranger não podia beber. Que Roberts, quando viu a Swallow, saudou-a como o novo Ranger, chamando-a de o navio certo, e içou as suas velas. Disse: "Tem açúcar chegando, tragam para cá, para que possamos acabar com todo esse resmungo." Ao mesmo tempo, as suas ordens foram transmitidas pela tripulação, para saber quem lhe daria apoio, e imediatamente o bote ficou cheio de homens para seguirem para lá.

Presidente: Então, todos aqueles que abordam alguma presa fazem isso voluntariamente? Ou neste caso específico houve outras razões para isso?

H. Glasby: Normalmente, cada homem é chamado por uma lista, e fica insistindo para o deixarem abordar a presa, pois nesse caso eles têm direito a uma muda nova de roupa (a melhor que possam encontrar lá), além do quinhão normal que lhes cabe em todo saque. E estão tão longe de serem coagidos, que muitas vezes aquilo é motivo de muita discussão e briga entre eles. Mas neste caso presente, e em outros semelhantes, com a probabilidade de haver luta, os mais preguiçosos e medrosos sempre abriam mão da sua vez, cedendo-a aos mais capacitados, que por isso tinham a sua reputação grandemente aumentada. O prisioneiro, e todos os que saíram do Fortune para essa expedição do Ranger, foram todos como voluntários, e eram os homens mais confiáveis da tripulação.

Presidente: Nunca houve desconfiança de que o Ranger, saindo para fazer aquela perseguição, ou de qualquer outra vez, pudesse querer render-se?

H. Glasby: A maioria da tripulação do Ranger era de novatos, de homens que só haviam ingressado ali desde a estada na costa da Guiné. Por isso, não recebiam quinhões muito generosos de provisões frescas, ou de vinho, como o pessoal da Fortune, que achava ter suportado todo o fardo e o ardor daquele dia. Isso na verdade provocou muito murmúrio e cochichos. Insinuava-se que eles aproveitariam a primeira chance para nos deixar, mas ninguém pensou que, se o fizessem de fato, seria com outra intenção que não a de se estabelecerem por si próprios, pois muitos se comportavam com mais severidade que os mais antigos.

O prisioneiro parecia não se abalar, e estar mais preocupado em acomodar o seu toco de perna do que em dar qualquer resposta ao tribunal, ou fazer qualquer defesa de si mesmo. Até ser convocado. Então ele narrou, de forma desleixada, ou antes, desesperançada, as circunstâncias do seu ingresso pela primeira vez entre os piratas, segundo ele, forçado por eles a sair do Blessing, de Lymington, na Terra Nova, cerca de doze meses atrás. Isso ele tinha certeza que a maioria dos piratas sabia, e que durante muito tempo ficou tão abalado como qualquer um, com a mudança. Mas o hábito e as más companhias alteraram sua forma de ser, e ele admitiu com toda franqueza ter participado do ataque ao King Solomon, e que foi ele quem cortou o cabo da âncora, e que naquela ocasião ninguém havia sido forçado.

Quanto à última expedição do Ranger, ele confessou que participou da tentativa de abordagem, mas que estava sob as ordens de Roberts. E que durante a perseguição, chegou a carregar um canhão para atacar o navio, mas quando viu que se tratava de uma armadilha, declarou aos companheiros que não valia mais a pena resistir, desistiu de atirar e ajudou a passar as polias pelos gornes[11] com o objetivo de, se fosse possível, ir embora dali, e que estava concentrado nisso quando um tiro, partindo da fragata, arrancou a sua perna. E ao lhe perguntarem o que aconteceria se a caça fosse mesmo portuguesa: "Ora", respondeu ele, "eu não sei o que eu poderia ter feito", mas deu a entender, além disso, que todos ali estariam prontos para realizar a pilhagem. *Culpado.*

Peter Scudamore

Harry Glasby, Jo. Wingfield e Nicholas Brattle declararam em seus depoimentos que o prisioneiro, que trabalhava para o capitão Rolls, ingressou como voluntário entre os piratas em Calabar. Em primeiro lugar, ele foi logo se desentendendo com Moody (um dos chefes do grupo) e lutou com ele. Isto porque Moody tinha desaprovado o fato de ele ter ido, de forma muito suspeita, perguntar a Rolls se não teria a bondade de colocá-lo (a ele, Scudamore) nas notícias da *Gazette*, quando retornasse. E uma outra vez, quando Rolls partiu do navio pirata, no seu bote, e de repente se formou um furacão, ele comentou: "Eu gostaria muito que esse patife se afogasse, porque ele é que é um grande bandido, sempre tentando me prejudicar com todos esses cavalheiros (i.e, os piratas)."

Em segundo lugar, foi muito alegremente que ele assinou a convenção dos piratas, gabando-se de ser o primeiro cirurgião a fazê-lo. (Antes, o costume ali era trocar os cirurgiões de tempos em tempos, que nunca eram forçados a assinar os regulamentos, mas ele resolveu acabar com isso, para o bem de todos que viessem depois.) Agora, prestando imediatamente o seu juramento, ele tinha esperanças de tornar-se um bandido tão grande quanto qualquer deles.

O capitão John Trahern e George Fenn, seu imediato, declararam que o prisioneiro havia retirado do King Solomon todos os principais instrumentos do seu cirurgião, como também os medicamentos, e um tabuleiro de gamão, o qual depois virou motivo de briga entre um tal Wincon e ele, para decidir quem era o seu dono, e acabou ficando com o prisioneiro.

Jo. Sharp, mestre do Elizabeth, escutou o prisioneiro pedir a Roberts permissão para forçar Comry, cirurgião daquele navio, a vir com eles, o que foi realmente feito, e que com ele vieram de lá também vários medicamentos. Mas o que mais deu provas da desonestidade dos seus princípios foi o plano traiçoeiro que ele concebeu, de fugir com o navio capturado, quando de sua passagem por Cape Corso, embora ali ele fosse tratado com toda humanidade, e de forma muito diversa da que normalmente se dá a um verdadeiro prisioneiro, graças ao seu tipo de atividade e à sua melhor educação, que o faziam despertar menos suspeitas.

Em seu depoimento, o sr. Child (absolvido) declarou que durante a vinda da ilha de St. Thomas, no Fortune já capturado, aquele prisioneiro tentou por várias vezes convencê-lo a iniciar um levante entre os negros, com o objetivo de matar todo o pessoal da Swallow, demonstrando-lhe como seria fácil acabar com os brancos e formar uma nova companhia em Angola e em toda aquela parte do litoral. "Pois", ele disse, "eu sei muito bem navegar com um navio, e logo posso ensinar a você como pilotá-lo. E não é melhor fazer isso do que voltar para Cape Corso, para lá ser enforcado e curtido ao sol?" A isso, o depoente replicou que não tinha medo nenhum de ser enforcado. Scudamore então mandou que ele ficasse quieto, e que nada de mal iria lhe acontecer. Mas antes da noite seguinte, que era o momento marcado para a execução do plano, o depoente revelou tudo para o oficial, afirmando-lhe que Scudamore passara toda a noite anterior aliciando os negros, falando-lhes em angolano.

Isaac Burnet ouviu o prisioneiro perguntar a James Harris, o pirata, (um dos feridos deixados no navio capturado) se ele não queria participar do plano de fugir com o navio, e tentar formar uma nova companhia. Mas que de repente ele mudou de conversa, passando a falar de corridas de cavalos, assim que viu o depoente se aproximar. Ele revelou a conversa ao oficial, que manteve durante toda a noite o seu pessoal armado, pois a sua apreensão quanto aos negros não era infundada, já que muitos já haviam passado tempos entre os piratas, e agora, com as magras refeições que recebiam, estavam tão maduros quanto qualquer um para cometerem o mal.

O prisioneiro disse em sua defesa que foi forçado a deixar o capitão Rolls no mês de outubro passado. E que, se não se mostrou muito preocupado com a mudança, no entanto queria observar que na ocasião tinha havido certos desentendimentos e brigas entre eles, mas que tanto Roberts quanto Val. Ashplant o ameaçaram para que assinasse a convenção, e que ele fez aquilo aterrorizado por eles.

Admitiu ter roubado as caixas de medicamentos do King Solomon e do Elizabeth, obedecendo às ordens de Hunter, que era então o cirurgião-chefe e que, pelas leis dos piratas, é sempre quem dá as ordens no setor. E que o sr. Child (absolvido), também seguindo as mesmas ordens, roubara uma caixa com medicamentos franceses, coisa que, se ele for tão consciente em relação a mim, quanto o foi consigo mesmo, nenhum de nós dois terá coragem de negar. Foi por serem eles os próprios juízes que tornou a tarefa tão ingrata. Se depois disso ele foi escolhido como cirurgião-chefe, tanto Comry quanto Wilson também estavam capacitados, e aquela poderia ter sido a sua chance de consegui-lo, como também eles poderiam ter recusado.

Sobre a tentativa de fazer um levante e fugir com o navio, ele declarava ser tudo mentira. Foram apenas algumas palavras inconsequentes, e só a título de suposição, de que se os negros metessem aquilo na cabeça (considerando como eram mal alimentados ali e também mal vigiados), teria sido muito fácil, em sua opinião. Mas que ele encorajasse uma coisa dessas, isso era falso. E quanto a falar com eles no idioma angolano, isso era apenas um passatempo, e também para treinar um pouco o seu vocabulário, pois não era capaz de dizer mais que umas vinte palavras nessa língua. E sobre o fato de ele conhecer bem a arte da navegação, muitas vezes ele conversara sobre isso com o depoente Child, e não podia entender por que agora tanta falação contra ele sobre esse dom. *Culpado.*

ROBERT JOHNSON

Evidenciou-se no tribunal que esse prisioneiro era um dos vinte homens que se encontravam no bote pirata, que depois abordou o King

Solomon, ancorado próximo ao cabo Apollonia. Que todos os piratas naquele serviço, e em outros semelhantes, eram voluntários, e que aquele, particularmente, tinha insistido em subir a bordo uma segunda vez, embora não fosse o seu turno.

Em sua defesa, o prisioneiro solicitou a presença de Harry Glasby, que testemunhou que ele estava tão embriagado, quando foi pela primeira vez entre os tripulantes, que foram obrigados a passá-lo de um barco para o outro, içado num gancho, e assim, sem que tivesse dado o seu consentimento. Mas que depois disso mostrara-se um homem confiável, e ficou no leme, durante a ferrenha batalha travada contra a Swallow.

Ele insistiu também na declaração do capitão Turner a seu respeito, que o declarava como coagido, e da qual tinham sido excluídos outros companheiros seus de navio.

A corte, considerando que se poderia objetar ter havido parcialidade, caso absolvesse um e condenasse outro, ambos na mesma situação, achou que seria adequado advertir, como prova evidente da própria integridade, que o seu cuidado e indulgência para com cada homem, permitindo que se defendesse individualmente, era para poupar do rigor da lei aqueles que, deve-se admitir, teriam sido condenados de forma muito promíscua caso não tivessem sido ouvidos sobre outras ocorrências, além da que se passou com a Swallow. E então, que melhor orientação poderiam ter, senão a descrição, pelos próprios companheiros, do caráter e do comportamento de cada um deles? Pois, embora se pudesse colocar em dúvida o ingresso voluntário de alguém entre os piratas, ainda assim, tal não acontecia quanto às suas ações posteriores, e a forma como alguém chega até os piratas não é tão relevante, e sim a maneira como ele se comporta depois que está ali. *Culpado.*

George Wilson

John Sharp, mestre do Elizabeth, navio onde o prisioneiro se encontrava como passageiro, e que pela segunda vez caiu vez nas mãos dos piratas, depôs que recebeu o referido Wilson na costa de Sestos, pagando aos negros, pelo seu resgate, a quantia de três libras e cinco shillings em mercadorias, recebendo um recibo pela transação. Que achou estar fazendo um ato de caridade, até encontrar um certo capitão Kanning, que lhe perguntou por que estava libertando um bandido como aquele Wilson? Pois ele deixara o comando de John Tarlton para ingressar como voluntário entre os piratas. E, quando o depoente foi feito prisioneiro, encontrou o irmão desse John Tarlton — Thomas — que também fora aprisionado pelos piratas e que, por instigação daquele Wilson, foi terrivelmente surrado e maltratado, e acabaria morto a tiros pela fúria e o ódio deles se os seus concidadãos (de Liverpool) não o escondessem sob uma vela de estai, debaixo do gurupês. Pois Moody e Harper, com as pistolas engatilhadas, deram busca em todos os cantos do navio atrás dele, até chegarem à rede onde se encontrava o depoente, que fatalmente teria sido tomado por Tarlton, por engano. Mas quando o chamaram, deram pelo seu erro, e o tranquilizaram, pois era o bom sujeito que trouxera o médico. Ao se afastarem, o prisioneiro perguntou ao depoente pelo seu recibo, se estava ou não com os piratas. Como ele não soubesse responder, o outro falou: "Não tem importância, sr. Sharp, acho que será muito difícil que eu jamais volte para a Inglaterra, para lhe pagar."

Adam Comry, cirurgião do Elizabeth, disse que embora o prisioneiro tivesse recebido dele muitas cortesias, em virtude de sua doença e de sua penúria, antes de se juntar aos piratas, mesmo assim ele compreendeu que foi por meio dele e de Scudamore que ele fora forçado a ir para o meio deles. Segundo seu depoimento, o prisioneiro estava cheio de disposição e de alegria ao se encontrar com Roberts, cumprimentando-o e declarando que tinha muita satisfação em vê-lo. E quando estava para ir a bordo do outro navio, tomou emprestada do depoente uma camisa e ceroulas limpas, a fim de fazer boa figura quando fosse recebido lá. Que assinou voluntariamente a convenção dos piratas, e que argumentou que ele deveria fazer o mesmo, dizendo-lhe que iam sair numa viagem de oito meses até o Brasil, recebendo uma quota de seiscentas a setecentas libras para cada homem, e aí então iriam parar. Também, quando a tripulação votou para eleger o novo cirurgião-chefe, e o depoente foi apresentado como candidato, Wilson lhe disse esperar que ele ganhasse de Scudamore, pois lutar por um quarto de quota adicional (que os cirurgiões recebiam) valia muito à pena. Mas o depoente não conseguiu eleger-se, pois a preferência do pessoal do Ranger, de um modo geral, foi por Scudamore e também para se livrarem dele (pois um cirurgião-chefe fica sempre junto do comodoro).

Igualmente ficou claro, pelos depoimentos do capitão John Trahern, Tho. Castel e outros, que tinham sido levados pelos piratas — e que portanto tiveram a oportunidade de observar a conduta do prisioneiro — que ele se mostrava inteiramente satisfeito com aquele modo de vida, e que era particularmente íntimo de Roberts. Muitas vezes eles escarneciam à simples menção de uma fragata, declarando que se encontrassem algum navio do Plantador de Nabos,[12] eles o explodiriam e iriam todos para o inferno. Mesmo deixando de lado essas tolas extravagâncias sobre o prisioneiro, a sua preguiça lhe fizera muitos inimigos, até mesmo Roberts certa vez lhe disse, quando um ferido se queixou que ele se recusara a tratá-lo, que era um bandido hipócrita, e que se aquilo se repetisse mandaria que lhe cortassem as orelhas.

Em seu depoimento, o capitão Thomas Tarlton asseverou ainda, ao tribunal, que o prisioneiro fora tirado alguns meses antes do navio do seu irmão, uma primeira vez, e desejando agradar sua nova companhia, pediu que lhe dessem o bote dos piratas para ir buscar a caixa de medicamentos do navio. Como os ventos e as correntezas estivessem muito fortes, ele foi arrastado para terra, no cabo Montzerado.

O prisioneiro solicitou a presença de William Darling e de Samuel Morwel (absolvidos) e de Nicholas Butler.

Segundo o depoimento de William Darling, da primeira vez que o prisioneiro caiu nas mãos deles, Roberts o confundiu com John Tarlton, o mestre, e ao lhe dizerem que ele estava no lugar do cirurgião (que se encontrava então indisposto) Roberts jurou que ele haveria de ser seu companheiro, ao que Wilson retrucou que por ele não, pois tinha mulher e filho. O outro, então, soltou uma gargalhada. Estava há dois dias a bordo, quando tomou aquele barco que o arrastou até à praia, no cabo Montzerado. E da segunda vez que chegou ali, no navio Elizabeth, o depoente escutou Roberts ordenar que o trouxessem a bordo no primeiro barco.

Samuel Morways declarou ter ouvido o prisioneiro lastimar a sua situação a bordo do navio pirata, desejando que um certo Thomas usasse de sua influência com Roberts para o liberar do seu trabalho, pois esperava que a pequena fortuna que guardava em sua casa pudesse livrá-lo de novos problemas procurando o seu ganha-pão pelos mares.

Nicholas Butler, que ficou entre os piratas por cerca de 48 horas, quando eles tomaram o navio francês em Whydah, disse que ali o prisioneiro se dirigira por várias vezes a ele em francês, sempre se lamentando da desgraça e da má sorte de estar confinado a semelhantes companhias.

O prisioneiro, solicitando licença para interrogá-lo, perguntou se era ou não verdade que discutira com Roberts, porque este forçava os cirurgiões a assinarem sua convenção, quando antes não precisavam fazê-lo? Se ele manifestara ou não alegria quando conseguiu escapar dos piratas? Se dissera ou não, ao se capturarem os navios na enseada de Whydah, que teria gostado daquele esporte caso fosse legal? E se dissera ou não que se a companhia despedisse o cirurgião ele insistiria que fosse ele a ser dispensado? A resposta do depoente foi "sim", a todas as questões separadamente, acrescentando acreditar que Scudamore não tinha visto Wilson da primeira vez que ele veio, e que só o encontrou quando saía do Elizabeth.

Em sua própria defesa, o prisioneiro declarou que, quando era cirurgião no navio de um tal John Tarlton, de Liverpool, foi interceptado pelo pirata Roberts, pela primeira vez, nas costas da Guiné, e que, passados uns dois dias, aquele lhe disse, para sua grande tristeza, que ele deveria ficar entre eles, e deu ordens para ele ir apanhar a sua caixa (não a dos medicamentos, como se afirmou), e então aproveitou aquela oportunidade para fugir. Pois a tripulação do bote se compunha de cinco franceses e um inglês, e como todos estavam com a mesma disposição que ele, concordaram em levar o barco para a praia e se entregarem aos negros do cabo Montzerado. O que foi muito arriscado, não só pelos mares perigosos da região, como também pela crueldade dos nativos, que algumas vezes gostavam de saborear carcaças humanas. Ali ele permaneceu por cinco meses, até Thomas Tarlton, irmão do seu capitão, surgir por ali para comerciar. O prisioneiro contou a ele todas as suas dificuldades, e que estava passando fome. Mas o outro, de uma forma anticristã, recusou-se tanto a libertá-lo de seu cativeiro quanto a lhe dar uma pequena quantidade de biscoitos e carne salgada, só porque, como explicou, ele havia estado com os piratas. Pouco tempo depois disso, o mestre de um navio francês pagou o seu resgate e o libertou. Mas, em razão de uma grave moléstia leprosa contraída pela vida dura e ruim, abandonaram-no novamente em Sestos, para o seu grande infortúnio. E foi aí que o capitão Sharp o encontrou, e generosamente conseguiu a sua libertação da forma como foi relatada por ele mesmo, e pelo que ele se sentia infinitamente agradecido. Que foi a má sorte que o lançou uma segunda vez nas mãos do pirata, naquele navio Elizabeth, onde encontrou Thomas Tarlton, e impensadamente fez-lhe sérias censuras pela forma cruel como ele o tratara em Montzerado. Mas foram apenas palavras de protesto, sem nenhuma importância, que não deveriam ter tido tão sérias consequências. Pois foi Roberts quem se encarregou da aplicação da justiça, dando um corretivo no sr. Tarlton e surrando-o sem piedade. E esperava que acreditassem que tudo aquilo aconteceu sem nenhuma intenção de sua parte, porque, como estrangeiro ali, era de crer que não exercia a menor influência, e além do mais, achava que houve outros motivos para tudo aquilo. Não se lembrava de ter manifestado nenhuma alegria ao encontrar Roberts pela segunda vez, ou de deixar escapar tais expressões sobre Comry, como foi declarado sob juramento. Mas se a imaturidade do seu julgamento o tivesse feito pronunciar inadvertidas e precipitadas palavras, ou se indevidamente fez cumprimentos a Roberts, foi para se insinuar naquele meio, como qualquer prisioneiro o faria, a fim de obter um tratamento mais polido e, particularmente, para conseguir se desobrigar de sua função — o que lhe haviam prometido — e que temia que a decisão fosse revogada, se Comry não ficasse em seu lugar. E sobre tudo isso, todos os cavalheiros (queria se referir aos piratas) poderiam testemunhar.

Também insistiu em que ainda era muito jovem, para desculpar a sua precipitação. A primeira vez que passou entre os piratas (durante um mês apenas, no total), não havia exercido nenhuma atividade militar. Mas, particularmente, prestara um bom serviço ao denunciar os planos dos piratas de se rebelarem quando fossem transferidos para bordo da Swallow. *Culpado*.

Mas a execução foi suspensa até se conhecer a decisão do rei, porque o comandante da Swallow declarara de fato que a primeira informação sobre o plano dos piratas de se rebelarem partiu daquele prisioneiro.

Benjamin Jeffreys

Pelos depoimentos de Glasby e de Lilbourn (absolvidos) contra esse prisioneiro, ficou evidenciado que foi a sua embriaguez que o impediu de ir embora em seu próprio barco, a galeota Norman. E na manhã seguinte, por ter abusado tanto da bebida, começou a dizer aos piratas que ali não tinha homem, de forma que as suas boas-vindas consistiram em seis chicotadas, aplicadas por cada marujo do navio, o que o deixou completamente incapacitado por algumas semanas. Mas quando se recuperou, foi feito contramestre imediato. Esse trabalho, ou qualquer outro a bordo de um navio pirata, depende da própria pessoa aceitá-lo ou não (mesmo sendo eleita), porque os outros sempre ficam contentes de poderem assumir um cargo que dá direito a um quinhão a mais na distribuição das presas.

Os depoentes disseram também que em Sierraleon todos particularmente tiveram oportunidade para fugir, e que aquele prisioneiro, em especial, não se aproveitou disso, só embarcando quando o navio já se encontrava com as velas içadas, e prestes a sair do rio.

O prisioneiro, na sua defesa, protestou, declarando que primeiro ele fora coagido, e que o ofício de contramestre imediato lhe tinha sido imposto, e que teria se sentido muito feliz se o liberassem dele. Que o bárbaro açoitamento que recebera dos piratas foi por ter-lhes dito que ninguém que pudesse ganhar seu pão de forma honesta aceitaria participar de tal empresa. E ele certamente teria aproveitado a ocasião que se apresentou em Sierraleon, de se livrar daquela vida tão desagradável, se ao mesmo tempo não estivessem ali na praia mais três ou quatro dos velhos piratas, os quais, imaginou ele, deveriam conhecê-lo e que sem dúvida alguma lhe dariam o mesmo tratamento que deram a William Williams, o qual, por ter feito a mesma coisa, foi entregue pelos traiçoeiros nativos e recebeu duas chicotadas de toda a companhia do navio.

O tribunal observou que as desculpas daqueles piratas sobre a impossibilidade de fugir muitas vezes eram tão fracas e evasivas quanto as suas declarações de terem sido forçados a entrar para a pirataria. Pois em Sierraleon, todos tinham inteira liberdade nas praias, e era evidente que poderiam tê-la mantido, caso assim o desejassem. E são ainda mais culpados os que, tendo sido introduzidos àquela sociedade por meios tão grosseiros, como os açoitamentos e os espancamentos, deixam passar outros meios de recuperar a liberdade. Isso demonstra suas fortes inclinações para a desonestidade, de modo que eles foram considerados, sem perdão, *culpados*.

Jo. MANSFIELD

Ficou provado, pelo capitão Trahern e por George Fenn, que esse prisioneiro fora um daqueles voluntários que atacaram e saquearam o navio King Solomon, da African Company. Que ele intimidou a todos, avisando-os que não reagissem, e que se mostrassem tranquilos com seus amigos, pois todos o conheciam muito bem. Moody, naquela ocasião, arrebatou dele um grande copo de vidro e ameaçou estourar os seus miolos (expressão muito utilizada por eles) se sequer ele resmungasse.

Pelas declarações de outros absolvidos, ficou também evidente que ele começou como voluntário entre os piratas, vindo de uma ilha chamada Dominico, nas Índias Ocidentais. Como referências sobre sua pessoa, declarou ser desertor da fragata Rose, e que antes disso tinha sido um salteador. Estava sempre embriagado, e tão mal, quando se defrontaram com a Swallow, que não teve nem conhecimento da ação, mas chegou se gabando, com o seu cutelo, depois que o Fortune já havia recolhido as bandeiras, para saber quem iria fazer a abordagem da presa. E que foi só depois de muito tempo que conseguiram convencê-lo da situação real.

Pouca coisa pôde ele falar em sua defesa. Admitiu essa última parte dos depoimentos, sobre a embriaguez. Um vício, disse ele, que contribuiu em grande parte para o atrair ardilosamente para aquela vida, e que para ele fora uma motivação ainda maior que o ouro. *Culpado.*

William Davis

William Allen depôs ter conhecido o prisioneiro em Sierraleon, quando o mesmo pertencia à galeota Ann. Que teve uma briga com o imediato daquele navio e o espancou. Por isso (segundo ele), com medo de retornar ao seu trabalho, ele se adaptou aos hábitos ociosos da vida entre os negros, dos quais recebeu uma mulher e, mostrando a maior ingratidão, vendeu-a, certa noite, em troca de ponche para saciar sua sede. Depois disso, colocou-se sob a proteção do sr. Plunket, governador ali da Royal African Company. Foi quando os parentes e amigos da mulher exigiram uma retratação, ao que o sr. Plunket imediatamente entregou-lhes o prisioneiro, dizendo-lhes que não se importava se lhe arrancassem a cabeça. Mas os negros sabiamente perceberam que aquela presa valia mais que isso, e então o venderam, por sua vez, para o senhor Josseé, um negro cristão, nativo dali. Este esperava usar dos seus serviços por dois anos, para se ressarcir do que havia gasto com a indenização para os parentes da mulher. Mas muito antes que esse prazo expirasse, Roberts chegou ao rio Sierraleon, e o prisioneiro (segundo depoimento do sr. Josseé) entrou como voluntário para o meio deles.

O depoente corroborou ainda mais suas declarações, afirmando que tendo de aportar no cabo Mount, em seu caminho, encontrou ali com dois desertores do navio de Roberts, que lhe informaram que os piratas estavam planejando se livrar de Davis na primeira oportunidade, pois era um sujeito preguiçoso e completamente inútil.

Por Glasby e Lilbourn ficou claro que os piratas, durante sua permanência em Sierraleon, desciam à terra sempre que quisessem. Que Roberts muitas vezes declarara ao sr. Glyn, e a outros comerciantes locais, que nunca forçava ninguém. Em poucas palavras, porque não havia motivo para fazê-lo. De fato, um colega remador do prisioneiro se foi embora, e eles achavam que ele poderia ter feito a mesma coisa, se assim desejasse.

O prisioneiro alegou que era detido ali contra sua vontade. Que, ao retornar para Sierraleon trazendo presas de elefantes, o bote pirata o perseguiu e o levou à força para o navio, onde foi mantido por saber pilotar e navegar por aquele rio.

Ficou óbvio para o tribunal não apenas a frivolidade das explicações de constrangimento e de coação que aquelas pessoas davam sobre os seus começos na pirataria, mas também ficou claro, por aqueles dois desertores encontrados no cabo Mount, e pela maneira livre em que viviam em Sierraleon, como fora fácil para alguns, e seria para outros, ter fugido dali, se apenas quisessem obter o próprio consentimento para isso. *Culpado*.

Foi esse o teor dos julgamentos da tripulação de Roberts, e que também se pode aplicar a outros piratas mencionados neste livro. As listas de nomes exibem um sinal * antes dos que foram condenados. Aqueles precedidos por um sinal † foram enviados para julgamento em Marshalsea, e os demais foram absolvidos.

Os seguintes piratas foram executados, de acordo com sua sentença, fora dos portões de Cape-Corso-Castle, dentro dos limites das marcas da preamar:

Nomes dos piratas	Idade	Origem
William Magnes	35	Mine-head
Richard Hardy	25	Gales
David Sympson	36	North-Berwick
Christopher Moody	28	
Thomas Sutton	23	Berwick
Valentine Ashplant	32	Minories
Peter de Vine	42	Stepney
William Philips	29	Lower-Shadwell
Philip Bill	27	St. Thomas's
William Main	28	
William Mackintosh	21	Canterbury
William Williams	40	próximo a Plymouth
Robert Haws	31	Yarmouth
William Petty	30	Deptford
John Jaynson	22	próximo a Lancaster
Marcus Johnson	21	Smyrna
Robert Crow	44	ilha de Man
Michael Maer	41	Ghent
Daniel Harding	26	Croomsbury, em Somersetshire
William Fernon	22	Somersetshire

Nomes dos piratas	Idade	Origem
Jo. More	19	Meer, em Wiltshire
Abraham Harper	23	Bristol
Jo. Parker	22	Winfred, em Dorsetshire
Jo. Philips	28	Jersey
James Clement	20	Bristol
Peter Scudamore	35	Gales
James Skyrm	44	Somersetshire
John Walden	24	Whitby
Jo. Stephenson	40	Orkneys
Jo. Mansfield	30	Bristol
Israel Hynde	30	Aberdeen
Peter Lesly	21	Exeter
Charles Bunce	26	Ottery St. Mary's, Devonshire
Robert Birtson	30	Cornuália
Richard Harris	45	Sadbury, em Devonshire
Joseph Nositer	26	mudo, na execução
William Williams	30	Holanda
Agge Jacobson	30	Bristol
Benjamin Jeffreys	21	Topsham
Cuthbert Goss	21	Plymouth
John Jessup	20	Plymouth
Edward Watts	22	Dunmore
Thomas Giles	26	Minehead
William Wood	27	York
Thomas Armstrong	34	Londres, executado a bordo da Weymouth
Robert Johnson	32	Em Whydah
George Smith	25	Gales
William Watts	23	Irlanda
James Philips	35	Antígua
John Coleman	24	Gales
Robert Hays	20	Liverpool
William Davis	23	Gales

Os outros piratas, cujos nomes vêm mencionados a seguir, diante de sua humilde petição ao tribunal, tiveram as suas sentenças de morte comutadas para sete anos de trabalhos forçados, adaptáveis à nossa decisão para o seu transporte. A petição foi a seguinte:

Aos honoráveis Presidente e Juízes da Corte do Almirantado para o julgamento dos piratas, estabelecida em Cape-Corso-Castle em 20 de abril de 1722.

A humilde petição de Thomas How, Samuel Fletcher & cia.

Humildemente demonstra,

Que estes vossos peticionários, infelizes por terem sido imprudentemente arrastados a cometerem o desgraçado e odioso crime de pirataria, pelo qual agora são justamente condenados, suplicam com toda humildade a clemência da corte para que se possa abrandar a sua sentença, de forma que lhes seja permitido servir à Royal African Company, da Inglaterra, durante sete anos, da forma que a corte julgar mais adequada. Para que, através da sua justa punição, eles se tornem sensíveis ao erro dos seus caminhos anteriores, e no futuro se tornem súditos fiéis, bons servidores e úteis em seus ofícios, se ao Todo-Poderoso agradar o prolongamento das suas vidas.

E vossos peticionários, devidamente, &c.

A decisão da corte foi a seguinte: Que os peticionários têm a permissão desta Corte do Almirantado para que se façam contratos com o Capitão Geral da Costa do Ouro, para a Royal African Company, para cumprirem sete anos de servidão, em qualquer estabelecimento da Royal African Company na África, da forma que o referido Capitão Geral julgar mais apropriada.

No dia 26 de abril, quinta-feira, redigidos todos os contratos, de acordo com a concessão dada aos peticionários pela Corte reunida no dia 20, sexta-feira do mês corrente, cada prisioneiro foi convocado para assinar, selar e permutá-los na presença de:

Capitão Mungo Herman, Presidente
James Phips, Esq.
Sr. Edward Hyde
Sr. Charles Fanshaw
E Sr. John Atkins, redator.

Cópia do contrato

Contrato de uma pessoa condenada a trabalhos forçados no estrangeiro, por pirataria, que, diante da humilde petição dos piratas aqui mencionados, foi mui piedosamente concedido por estes delegados e juízes de Sua Majestade, nomeados para compor o Tribunal do Almirantado para o julgamento dos piratas em Cape-Corso-Castle, na África, na condição de servirem por sete anos, e outras condições que se seguem, como:

Este contrato, redigido em vinte e seis de abril Anno Regnii Regis Georgii magnae Britanniae & cia. Septimo, Domini Millesimo, Septentessimo viginti duo, entre Roger Scot, originário da cidade de Bristol, marítimo, de um lado, e a Royal African Company, da Inglaterra, na pessoa de seu Capitão Geral e Comandante em Exercício, no tempo atual, e de outro lado, testemunham que o referido Roger Scot aceita e concorda, por meio deste, com e para servi-lo, ou ao seu sucessor legal, em qualquer dos estabelecimentos da Royal African Company na costa da África, e à referida Royal African Company, na pessoa de seu Comandante em Chefe e Capitão Geral, no tempo presente, a partir da data desta apresentação, até completar o termo de sete anos, de ora em diante, a ser totalmente preenchido e terminado; e que ali servirá em tal atividade, qual seja aquela que o referido Capitão Geral ou seu sucessor designar-lhe, de acordo com o costume do país para esse caso.

Em consideração a isto, o referido Capitão Geral e Comandante em Chefe aceita e concorda, com e para, que o referido Roger Scot receba carne, bebida, roupas e alojamento, de acordo com o costume do país.

Em testemunho disto, as partes acima mencionadas alternadamente colocaram suas marcas e selos no presente, no dia e ano acima mencionados.

Assinado, selado e liberado em nossa presença, em Cape-Corso-Castle, na África, onde não existem papéis timbrados.

Testemunhas:
Mungo Herdman, Presidente
John Atkins, redator

Da mesma forma foram redigidos e permutados os contratos de
Thomas How, de Barnstable, no Condado de Devon.
Samuel Fletcher de East-Smithfield, Londres.
John Lane, de Lombard-Street, Londres.
David Littlejohn, de Bristol.

John King, da paróquia de Shadwell, Londres.
Henry Dennis, de Biddiford.
Hugh Harris, de Corf-Castle, Devonshire.
William Taylor, de Bristol.
Thomas Owen, de Bristol.
John Mitchel, da paróquia de Shadwell, Londres.
Joshua Lee, de Liverpool.
William Shuren, da paróquia de Wapping, Londres.
Robert Hartley, de Liverpool.
John Griffin, de Blackwall, Middlesex.
James Cromby, de Londres, Wapping.
James Greenham, de Marshfield, Gloucestershire.
John Horn, da paróquia de St. James, Londres.
John Jessop, de Wisbich, Cambridgeshire.
David Rice, de Bristol.

Dos quais, segundo ouço dizer, apenas dois ou três ainda vivem.[13] Dois outros, George Wilson e Tho. Oughterlaney, tiveram sua execução suspensa até se conhecer a decisão de Sua Majestade. O primeiro morreu no exterior, e o segundo veio para sua terra e obteve o perdão de Sua Majestade. A relação total é a seguinte:

Absolvidos		74
Executados		52
Suspensa a pena		2
Trabalhos forçados		20
Presos em Marshalsea		17
Assassinados	no Ranger	10
	no Fortune	3
Mortos	na ida para cabo Corso, depois, no Castelo	15
Negros em ambos os navios		70
	total	263

Não ignoro que a maior parte dos nossos compatriotas receberá bem a narrativa sobre o comportamento e as últimas palavras daqueles malfeitores, e por isso divulgarei o que for digno de nota sobre o seu procedimento.

Os seis primeiros condenados chamados para a execução foram Magnes, Moody, Sympson, Sutton, Ashplant e Hardy. Todos eles eram velhos infratores, convictos e notórios. Quando foram trazidos fora da prisão, para a caminhada ao cadafalso, soltando-se os grilhões e colocando-se-lhes as algemas, nenhum deles, como pôde observar-se, parecia sequer um pouco desanimado, a não ser Sutton, que falava com a voz sumida, mas isso foi atribuído antes a um resfriado que ele apanhou dois ou três dias antes, do que ao medo. Um senhor, cirurgião de navio, teve a caridade de se oferecer para o ofício do capelão, e fez-lhes uma preleção, na medida das suas possibilidades, sobre a abominação dos seus pecados e a necessidade de se arrependerem, em particular reconhecendo a justiça que lhes fora imposta. No primeiro momento eles pareceram distraídos. Uns queriam beber água, outros pediram um chapéu aos soldados, mas quando aquele senhor insistiu em que respondessem, todos reagiram ruidosamente contra a severidade do tribunal, amaldiçoando a todos os seus membros, desejando que recebessem a mesma pena aplicada a eles. Eles ali não passavam de pobres bandidos, disseram, e assim, deviam ser enforcados, enquanto que outros, que não eram menos culpados, conseguiam escapar.

Quando o cavalheiro tentou recompor as suas mentes, exortando-os a morrer na caridade para com os outros, procurando desviá-los daquele discurso inútil e perguntando-lhes qual era o seu país de origem, a sua idade e coisas assim, alguns reagiram indagando-lhe o que tinha ele a ver com isso. Tinham sofrido a aplicação da lei, portanto não tinham de dar satisfações a ninguém, senão a Deus. Caminharam para o cadafalso sem derramar uma só lágrima em sinal de tristeza por suas ofensas passadas, sem demonstrarem nem ao menos aquela preocupação que qualquer homem tem quando caminha por uma estrada ruim. Nada disso. Sympson, ao avistar uma mulher que conhecia, disse que se deitara com aquela puta três vezes, e que agora ela vinha vê-lo ser enforcado. E Hardy, ao ter as mãos amarradas por trás (o que aconteceu porque ali não se conhecia a maneira tradicional de se levar os malfeitores até o local da execução), estranhou aquilo, dizendo que nunca tinha visto nada parecido em toda sua vida. Mencionei aqui esses dois pequenos exemplos apenas para demonstrar como estavam eles idiotizados e inconscientes do fim, e que aquele mesmo temperamento mau e depravado que sempre os acompanhara nas suas patifarias permaneceu junto a eles até o último instante.

Samuel Fletcher, outro pirata enviado para execução, porém cuja sentença foi adiada, pareceu compreender melhor a sua situação. Pois, quando viu aqueles do seu grupo caminharem para o cadafalso, mandou uma mensagem ao vice-prefeito, no tribunal, para que lhe informassem o significado daquele adiamento, desejando humildemente saber se eles estavam, ou não, considerando a possibilidade de lhe concederem o seu perdão. Em caso positivo, ele lhes ficaria eternamente grato, achando que a sua vida inteira seria ainda uma pobre retribuição a tão grande favor. Mas se tivesse de sofrer — disse — melhor que o livrassem de seu sofrimento o mais cedo possível.

Houve ainda outros piratas que se comportaram de maneira inteiramente oposta a essa. Pois, privados de pastores ou quaisquer pessoas que lhes falassem sobre seus pecados, e os assistissem com o conselho espiritual, mesmo assim empregaram o seu tempo em bons propósitos, comportando-se com muito senso de devoção e de penitência. Entre esses podemos citar Scudamore, Williams, Philips, Stephenson, Jeffreys, Lesly, Harper, Armstrong, Bunce e ainda outros.

Scudamore percebeu tarde demais a loucura e a perversidade daqueles atos que praticara, e que só fizeram trazê-lo à pena de morte, da qual, vendo que não havia esperanças de escapar, ele solicitou dois ou três dias de adiamento, o que lhe foi concedido. E durante esse tempo, dedicou-se incessantemente à oração e a ler as Escrituras. Parecia estar imbuído do sentido dos seus pecados, daqueles pecados particularmente, e desejou, já no cadafalso, que ainda tivessem um pouco de paciência com ele, para que pudesse cantar a primeira parte do Salmo 31. O que fez sozinho, do começo ao fim.

Armstrong, que fora desertor do serviço de Sua Majestade, foi executado à bordo da fragata Weymouth (foi o único a ser executado assim). Não teve ninguém para falar-lhe dos crimes pelos quais ia morrer, nem para lamentá-lo, o que teria sido exemplar, causando uma justa impressão sobre os marujos. Assim, os seus últimos instantes ele passou lamentando e lastimando-se por seus pecados em geral, e exortando os presentes a terem um comportamento honesto e uma boa vida, porque só assim poderiam encontrar a verdadeira satisfação. Ao final, ele pediu que todos se juntassem a ele, para cantarem os últimos versos do Salmo 140. Quando terminaram, ele foi fuzilado preso à trave dianteira do navio.

Bunce era um jovem de apenas 26 anos, e apesar disso foi quem fez o mais emocionado discurso de todos, ao chegar diante do cadafalso. Primeiro ele falou sobre as disputas corporativistas pelo poder, a liberdade e a riqueza, que o haviam atraído ardilosamente para o meio dos piratas.

Pela inexperiência da sua idade, ele não foi capaz de resistir à tentação. Mas o vigor que ali havia demonstrado, e que tão tragicamente atraiu sobre ele a simpatia de todos, não foi tanto um erro, em princípio, quanto apenas a alegria e a vivacidade da sua natureza. Agora ele se via em extrema aflição pelo mal que causara às pessoas, e implorava pelo perdão delas e o de Deus, exortando, com toda a seriedade, os espectadores a se lembrarem do Criador quando ainda estivessem na mocidade, vigiando desde cedo para que suas mentes não enveredassem por um caminho errôneo. Concluiu fazendo uma justa comparação, segundo a qual ele estava ali como um farol sobre um rochedo (era sobre um rochedo que se situava o cadafalso) para avisar do perigo aos marinheiros errantes.

VI
O capitão John Smith e sua tripulação

John Smith, mais conhecido como Gow, nasceu em Cariston, nas ilhas Orkneys* e por muitos anos dedicou-se à vida no mar, trabalhando ora em fragatas, ora em navios mercantes. Com cerca de trinta e cinco anos de idade, num mês de julho, ele viajou para Rotterdam como segundo imediato e artilheiro numa galeota chamada George, sob as ordens de um certo capitão Ferneau. A embarcação tinha perto de duzentas toneladas, e vinte canhões. Smith já tinha planos para transformá-la em navio pirata e assumir o seu comando. Para isso ele tramara com um tal Swan, antigo amigo e colega de serviço no navio Suffolk, de Sua Majestade. Swan aceitara a proposta de Smith e embarcou com ele no mesmo navio, onde assumiu como contramestre, mas, ao tentar aliciar outros homens que também haviam embarcado para a viagem, foi descoberto. Um certo James Belvin deu conhecimento do complô ao capitão. Este não acreditou na história, porém, por medida de segurança, pôs Swan para fora do navio, e mais um ou dois outros, sem no entanto suspeitar de Smith, que permaneceu em seu posto, enquanto James Belvin ficava no lugar de Swan, como contramestre.

No dia 1º de agosto de 1724, o navio zarpou de Texel[1] levando a bordo uma grande soma em ouro para comprar um carregamento em Santa

---
* Arquipélago no extremo norte da Escócia. (N.T.)

Cruz, na Barbary,* dali devendo subir pelo Mediterrâneo até Marseilles. Essa viagem estava planejada por Smith para ser alterada, apoderando-se ele do navio na sua primeira saída. Porém, como perdera o amigo Swan e não podia arriscar-se então na tentativa, decidiu por isso adiá-la até surgir uma oportunidade mais apropriada.

O capitão Ferneau era um velho rabugento, sovina, vivia atormentando os homens por causa de comida, fornecendo-lhes sempre porções muito precárias, o que acabou provocando um murmúrio generalizado de descontentamento entre eles. Smith, o segundo imediato, encarregou-se de aumentar aquele desentendimento entre o capitão e a tripulação da melhor forma que pôde, e instigou-os de tal maneira que só por uma questão de vingança eles já estavam dispostos a cometer qualquer ato de perversidade que lhes propusessem. Por seu lado, o velho Ferneau decidira não abrandar nem um pouco o seu rigor, e ainda ameaçou punir severamente quem insistisse em reclamar.

As ameaças e bravatas cessando de ambos os lados, a coisa parecia haver esmorecido e o povo mostrava-se mais à vontade, embora Smith não perdesse um só segundo na busca de seus propósitos, até conseguir que seis marujos — James Williams, um galês, Daniel McCawley, irlandês, William Melvin, escocês, Peter Rawlinson e James Winter, ambos suecos, além de John Peterson, um dinamarquês — aceitassem participar da conspiração para matar todos os oficiais e levar o navio com eles, na certeza também de que muito mais homens da tripulação se disporiam a se associar naquela ação, tão logo vissem removidas todas as dificuldades para isso.

No dia 3 de novembro, a galera George, tendo embarcado o seu carregamento de cera e outras mercadorias, zarpou de Santa Cruz com o objetivo de prosseguir em direção aos estreitos.** Dez horas da noite era o momento combinado para a sangrenta execução, quando todos os que seriam sacrificados estariam dormindo nos alojamentos, à exceção do capitão Ferneau, que montava guarda no convés. Conforme o combinado, Winter desceu até onde se encontrava Thomas Guy, o cirurgião; Peterson, foi até Bonadventure Jelphs, o imediato-chefe; e Daniel McCawley, para o pobre do escrivão,*** e imediatamente os degolaram. Enquanto isso,

---

* Região litorânea do norte da África, estendendo-se do Egito ao oceano Atlântico. (N.T.)
** O estreito de Gibraltar. (N.T.)
*** No original "schrivan". (N.T.)

Melvin e Rawlinson agarravam o capitão para lançá-lo pela amurada, porém na luta ele conseguiu se desvencilhar, mas encontrou Winter que, com sua faca ainda suja de sangue, vibrou-lhe um golpe na garganta, mas sem acertar, ao que os dois outros novamente o agarraram para lançá-lo ao mar. Como ele ainda se debatesse entre os assassinos, Smith apareceu com a pistola e o matou a tiros. Os três que tiveram as gargantas cortadas no convés e no porão não morreram logo mas, enquanto se arrastavam pelo tombadilho, foram mortos por Williams com tiros de pistola, e depois jogados no mar. O escrivão ainda pediu desesperadamente para viver mais um pouco, até poder terminar suas orações, mas os bandidos não se deixaram comover, exclamando: "Que se dane você, isto não é hora para orações!", e o mataram com um tiro.

Enquanto isso se passava, foram presos na cabine do comandante o contramestre Belvin, o carpinteiro Murphy, e mais Phinnis e Booth, que estavam na vigia, e os demais foram ameaçados de morte caso se movessem de suas redes, de forma que não houve qualquer manifestação de resistência. Quando tudo acabou, os marujos foram todos chamados ao convés. Smith foi declarado capitão e falou para todos: "De agora em diante, se eu vir algum de vocês cochichando um com o outro, vão receber todos o mesmo destino que os que partiram daqui há pouco."

E assim se lançaram eles em suas aventuras de pirataria. Deram ao navio um outro nome, o de Revenge, e rumaram na direção nordeste, em busca de atividades.

A primeira presa que capturaram foi no dia 18 de novembro, ao largo do cabo de São Vicente: o navio Pool, comandado por Thomas Wise, que ia da Terra Nova para Cádiz, carregado com peixe, o que para eles não era de muito valor. Por isso, retiraram do navio os homens, as âncoras, cabos, velas e o mais que consideravam adequado a seus propósitos, e depois o afundaram.

Encontrando-se, alguns dias depois, mais ao norte, deram com um paquete escocês, proveniente de Glasgow, carregado com arenque e salmão e destinado a Gênova, e cujo comandante era um certo sr. John Somerville. Esse navio também não era de muita importância para eles, de modo que retiraram tudo o que consideravam aproveitável, além de fazerem sair todos os homens, e afundaram-no, como tinham feito com a chalupa, antes, para impedir que qualquer informação sobre eles pudesse vazar, quando chegassem ao porto.

Depois disso, eles circularam por aqui e por ali durante oito ou dez dias sem avistarem navio algum. Por isso decidiram subir mais para o norte, para a costa da Galícia, pretendendo encontrar algum navio que estivesse carregado com vinho, de que estavam muito necessitados. Em pouco tempo avistaram um barco, aparentemente tão grande quanto o deles, e imediatamente partiram em sua perseguição. Quando o barco percebeu, enfunou todas as velas, hasteou a bandeira francesa e fugiu, seguindo em direção ao sul.

Como os franceses velejassem com muita competência, conseguiram manter-se a distância dos piratas durante três dias, finalmente perdendo-se de vista graças a um denso nevoeiro. Mas se tivessem sido capturados, não há dúvida de que toda a tripulação teria sido assassinada, pelo trabalho que haviam causado. E isso os levou tão longe da costa que, desiludidos como estavam e precisando de água e de vinho, acharam mais conveniente seguirem para ilha da Madeira, lá chegando dois dias depois. Ali, circularam por três ou quatro dias, mas nada passava por lá pelo momento, até que cansados da expectativa foram para a enseada e ancoraram, enviando um escaler armado à praia, para ver se não poderiam abordar algum navio e capturá-lo. Porém seu comportamento tornou-os suspeitos ali, e não tiveram chance alguma de colocar seus desígnios em prática.

Após alguns dias sem nada fazer, mas precisando agir de alguma forma, pois as provisões já estavam acabando, eles zarparam daquela enseada e se dirigiram a porto Santo, também possessão portuguesa, a cerca de sessenta quilômetros a barlavento da ilha da Madeira. Ali desfraldaram as bandeiras inglesas, mandaram seu escaler à terra com um atestado de saúde do capitão Somerville e, para o governador, um presente consistindo em três barris de salmão e seis de arenque. Solicitavam, através de uma polida mensagem, permissão para ancorar ali e comprar mantimentos, simulando ser o seu destino as Índias Ocidentais.

O governador recebeu os cumprimentos com toda a amabilidade, e não só concedeu a solicitação que lhe foi feita, como foi pessoalmente retribuir os cumprimentos ao capitão inglês, acompanhado de uma comitiva de numerosas pessoas. Smith os recebeu elegantemente, entretendo-os com o que havia de melhor no navio, sem despertar a menor suspeita. Até o governador começar a fazer suas despedidas. Aí, como as provisões não tinham chegado, Smith achou melhor deixar cair a máscara: a uma ordem sua, imediatamente um bando de comparsas cercou os visitantes empunhando suas armas de fogo. Então ele lhes revelou que todos ali eram seus prisioneiros, até que a água e as prometidas provisões chegassem a bordo.

Na manhã seguinte, para a satisfação de ambos os lados, chegou um grande barco trazendo uma vaca, um novilho, grande número de galinhas e sete tonéis de água, que foram pagos com cera de abelha, e então os prisioneiros foram libertados e à partida do governador foi dada uma salva de cinco tiros de canhão.

Não sendo bem-sucedidos também naquela rota, eles decidiram seguir mais uma vez em direção às costas da Espanha e Portugal, sofrendo muito por estarem há tanto tempo longe de um bom trago. Por isso velejaram no dia seguinte até uma distância de uns cinquenta quilômetros da costa, onde capturaram, no dia 18 de dezembro, o Batchelor, navio da Nova Inglaterra, comandado por Benjamin Cross e a caminho para Lisboa. Mas aquela também não era a presa que estavam desejando, e os vilões começaram a se sentir muito desanimados. Então fizeram o capitão Cross e seus homens deixarem o navio, entregando este ao capitão Wise, do Pool, com trinta e dois barris de cera, pertencentes aos comerciantes holandeses, além de toda sua tripulação, para ressarci-los de suas perdas.

Oito ou nove dias mais tarde eles depararam com um navio francês vindo de Cádiz, o Lewis and Joseph, comandado por Henry Mens e transportando um carregamento de vinho, azeite de oliva e frutas, a cerca de sessenta quilômetros do litoral norte do cabo. Era isso o que eles estavam querendo, e assim, embarcaram nele alguns de seus próprios homens e afastaram-se para o alto-mar, para poderem saqueá-lo com maior segurança, pois estavam demasiadamente próximos da terra. Tiraram dele o capitão francês e os seus homens, que eram em número de doze, transferiram para o seu navio a melhor parte da carga, e mais cinco canhões, toda a munição, pequenas armas, tudo de melhor que havia nos estoques etc., passando-o depois às mãos dos capitães Somerville e Cross, com seus homens e mais dezesseis tonéis de cera, a serem divididos entre ambos da maneira como indicaram.

No dia seguinte, resolvidas essas questões, eles avistaram uma grande embarcação a barlavento, que parecia avançar em sua direção, o que a princípio colocou-os de sobreaviso, pensando tratar-se de alguma fragata portuguesa, mas logo perceberam que ela mantinha o seu curso. Aguardaram até constatarem ser um navio mercante francês e, como puderam supor, dirigindo-se às Índias Ocidentais. Entretanto, o navio era muito mais potente que o de Smith, e por isso ele resolveu não atacá-lo, dando como explicações ao seu bando que eles levavam a bordo uma tripulação misturada, e que havia ali gente na qual eles não podiam confiar; que também estavam com um grande número de prisioneiros a bordo, e que por enquanto não havia razão alguma para um atentado tão arriscado quanto aquele.

Quase todos foram da mesma opinião de Smith, e concordaram em deixar que o barco seguisse em frente. Mas Williams, o tenente, opôs-se ferrenhamente à decisão, ficou furioso, acusou o comandante de covardia, e propunha que se degolassem os prisioneiros para em seguida dar combate ao navio. Exigia abertamente que Smith desse ordens nesse sentido, e como Smith se recusasse a fazê-lo, Williams então sacou da pistola e a apontou para a sua cabeça, mas o tiro falhou. Winter e Peterson, que estavam perto, ao verem Williams enfurecido daquela maneira, lançaram-se imediatamente sobre ele, e cada um lhe desferiu um tiro, um atingindo-o no braço e na barriga, e ele caiu no chão. Então, achando que estava morto, os homens agarraram-no para o lançá-lo sobre a amurada, mas ao erguerem-no ele se desvencilhou violentamente, desceu ao porão e dali correu desesperado até o quarto da pólvora, com a sua pistola engatilhada, a fim de explodir o navio. Por sorte, foi agarrado justo no instante em que abria a escotilha para pôr em prática sua resolução.

O comparsa enlouquecido foi então manietado, preso a ferros e jogado entre os prisioneiros no porão. Dois dias mais tarde, a 6 de janeiro, eles encontraram um navio de Bristol vindo da Terra Nova e com destino a Oporto* com um carregamento de peixe. Chamava-se Triumvirate, comandado por Joel Davis. Não tinham o que fazer com o peixe, por isso deixaram-lhe a carga, apossando-se porém da maior parte das provisões, munições, velas e estoques. Forçaram dois dos seus tripulantes a virem fazer parte do seu abominável bando e transferiram dez franceses para ele. Quando estavam prestes a deixá-lo seguir viagem, lembraram-se do bárbaro companheiro, o tenente Williams, e depois de algum debate resolveram embarcá-lo também no navio. Entregaram-no acorrentado, dando instruções ao capitão para que o remetesse à primeira fragata que lhe cruzasse o caminho, a fim de que fosse enforcado como pirata, por mais que ele se humilhasse e implorasse perdão.

Já era tempo, então, de deixarem as costas de Portugal, pois por um raciocínio lógico, assim que o Triumvirate aportasse em Lisboa, com toda

---

* Porto, cidade portuária portuguesa, famosa desde o século XVII pela produção de vinhos. (N.T.)

certeza faria um relatório sobre o acontecido, e consequentemente algum navio ou fragata seria mandado em seu encalço. Por isso convocou-se uma assembleia para discutirem a questão. Alguns achavam que se devia ir para as costas da Guiné, outros, para as Índias Ocidentais. Porém Smith abrigava um desígnio próprio, e que aliás nada tinha a ver com as questões que estavam passando ali. O caso era o seguinte: por muito tempo Smith cortejara uma jovem dama, a filha de um certo sr. G, nas ilhas Orkneys — onde ele havia sido criado — e até que era bem recebido naquela casa. Porém o pai, uma vez que a situação social de Smith não era das melhores, prometera consentir no casamento tão logo ele ocupasse o comando de algum navio, o que aliás Smith sempre lhe dera garantias de que logo aconteceria. E de fato tenho razões para achar que o sr. Smith tentou galgar aquela posição, mas usando os mesmos meios com que obteve o posto atual de capitão, e um certo tempo antes de embarcar na galeota George. Foi a bordo de um navio mercante inglês, que partia de Lisboa para Londres, e no qual ele servia como contramestre. Mas ali ele não foi capaz de conseguir muita gente para a sua conspiração, de forma que o plano foi abandonado, embora mais tarde fosse descoberto já em Londres pelo capitão, que tentou fazer com que Smith fosse preso. E foi por esta razão que ele resolvera embarcar para a Holanda.

Retornando à questão, Smith estava resolvido de qualquer maneira a regressar à sua terra natal e reclamar a promessa do seu provável sogro, sem entretanto deixá-lo saber das suas aventuras secretas. Isso ele achava que poderia conseguir se mantivesse o assunto longe do conhecimento dos demais. Se com o tempo o segredo viesse a ser descoberto, no mínimo ele imaginava que ninguém ali teria como se sublevar contra ele, e por isso ele se dirigiu aos seus homens da seguinte maneira:

SENHORES,
Com toda certeza, depois de deixarmos todo esse litoral alarmado, não há mais condições de permanecermos aqui. A escassez de provisões e de água tornam perigosas as viagens. Além disso, como o navio também está em mau estado, corremos o risco de sermos avariados quer por inimigos, quer pelas tempestades. Por isso — declarou ele — o melhor é irmos para o norte da Escócia, região que conheço bem, onde nasci e fui criado, e onde certamente não levantaremos qualquer suspeita, fazendo pensar que somos um navio mercante (com destino ao Báltico), que se

viu arrastado para o norte pelas más condições do tempo. Ali podemos fazer, com toda a segurança, a limpeza e os consertos no barco, como ainda nos abastecermos de água e provisões frescas. Por esse tempo passará pela região alguma frota da Groenlândia, com a qual poderemos realizar o nosso negócio, porém, se não encontrarmos nenhum butim naqueles mares, posso dizer-lhes como iremos enriquecer descendo à terra sem qualquer risco ou perigo. Pois embora o país possa dar o alarme, mesmo assim, antes que qualquer fragata seja enviada para nos atacar, poderemos realizar nosso trabalho e irmos embora, quando assim nos agradar.

Essas palavras tiveram muita influência sobre a companhia, que concordou com a exposição, e, como não tinham mais o que fazer ali, rumaram na direção norte, contornaram a Irlanda, chegando então às ilhas Orkneys em fins de janeiro. Ancoraram ao abrigo de uma pequena ilha, a certa distância de Cariston.

Ali Smith desembarcou, com alguns homens, mantendo um contato cortês com os habitantes, pagando por tudo o que consumiam e impondo-se ao povo como gente muito honesta. Smith continuou a cortejar a jovem e, uma vez que ele era de fato capitão de um navio, os obstáculos ao enlace foram todos afastados e o casamento ficou acertado. Mas aconteceu que no dia anterior à data da celebração, um jovem burlou a vigilância do navio e fugiu para uma casa de fazenda, ao sopé de uma montanha e longe do alcance da vista. Alugou um cavalo e escapou para Kirkwall, a principal cidade das Orkneys, distante uns vinte quilômetros do local onde o navio se encontrava ancorado. E ele revelou toda a situação de bandidagem para os magistrados, contando também que o plano deles era, antes de partirem, saquear toda a região.

Porém um outro desastre ainda mais fatal que esse os aguardava logo em seguida, quando oito ou dez membros da tripulação — a maioria tinha sido forçada à vida de pirata — embarcaram num escaler maior e fugiram para o solo da Escócia. Mas, arrastados pela correnteza de um estuário, foram dar com um barco da alfândega, pertencente a Queen's Ferry, a quem se entregaram, revelando também a eles toda a situação que se armava. Imediatamente foram levados à terra, interrogados e presos.

Sabendo-se descoberto, e toda a região já avisada, Smith decidiu pôr em prática o projeto que tinha para antes de partir definitivamente: saquear todas as casas dos fidalgos, fossem quais fossem as consequências. Por isso enviou à terra, na mesma noite, o contramestre e mais dez homens, muito bem armados, instruídos para se dirigirem à casa do sr. Honeyman, de Grahamsey, xerife do condado, que então não se encontrava em casa. Eles bateram à porta, foram convidados a entrar. Ninguém ali fora avisado da sua visita, não se podendo imaginar quem eram ou o que pretendiam, até que, ao interrogarem um deles, que montava guarda na entrada, prontamente ele lhes informou quem eram e o que pretendiam, ou seja, que eram piratas e que tinham ido saquear a casa. E de fato apanharam uma grande quantidade de prataria e de outros objetos de valor, e também uma gaita de fole para tocarem entre eles, mas o dinheiro e os documentos foram diligentemente retirados às pressas pela sra. Honeyman e sua filha.

No dia seguinte os piratas zarparam, apesar de só terem limpado um dos flancos do navio, dirigindo-se para o leste. Mas com ventos muito fracos, acabaram sendo trazidos de volta ao litoral pela correnteza, tendo de ancorar numa pequena ilha chamada Calf. Ali o contramestre desembarcou novamente em terra, porém, nada vendo que pudesse ser saqueado, agarrou duas moças, cuja mãe, gritando e suplicando para que as deixassem, foi atingida com um tiro pelo bandido, vindo a morrer no dia seguinte, segundo se contou. As pobres moças foram arrastadas a bordo e violadas da forma mais desumana possível.

Smith zarpou novamente no outro dia, mantendo o mesmo curso para o leste, até chegar à ilha de Eda, onde morava um certo sr. Fea, fidalgo de grandes posses, e também muito conhecido de Smith, cuja casa este resolveu atacar, supondo (o que era muito provável) que o alarme dado em Cariston haveria de ter perdido força por aqueles lados, facilitando os seus atos de bandidagem. Mas as correntezas rápidas no canal entre as ilhas lançou o navio muito perto de uma extremidade da ilha de Calf, de modo que, para não encalharem na praia, eles tiveram de lançar a âncora.

Embora o navio estacionasse, sustentado pela âncora, ainda assim eles ficaram seriamente avariados pois, estando tão próximos da terra e o vento continuando a soprar, e as correntezas também puxando com força, sem nenhum bote para arrastar a âncora até o canal, eles não tiveram outra saída senão chamarem aquele mesmo cavalheiro que tencionavam roubar, para que lhes ajudasse. Mandaram dizer-lhe que o capitão Smith saberia recompensar generosamente os seus homens, caso lhes emprestassem um bote. Mas o sr. Fea conhecia muito bem os seus deveres para que desse auxílio a ladrões. Pelo contrário, ordenou que um grande barco que se encontrava na praia fosse destruído, levando dali também os seus remos, para que o inimigo não os pudesse utilizar.

Enquanto se fazia isso, o sr. Fea avistou a pinaça de Smith aproximando-se da praia, com cinco homens a bordo. Isto a princípio deixou-o surpreso, mas mesmo assim decidiu ir-lhes ao encontro de forma pacífica, pedindo-lhes encarecidamente que não fossem à sua casa para não amedrontar sua esposa, que se encontrava muito deprimida. Eles concordaram, dizendo que só precisavam de um bote, era apenas um bote que precisavam. O sr. Fea falou-lhes com amabilidade, convidando-os a tomar uma caneca de cerveja numa taverna da ilha, o que não recusaram, pois viam que ele estava sozinho. Mas o sr. Fea encontrara um jeito de dar ordens secretas para retirarem os remos da pinaça, e que, passada meia hora em que estivesse com os piratas na taverna, viessem chamá-lo, simulando que alguém precisava falar com ele. Tudo foi executado exatamente assim.

Quando o sr. Fea os deixou na taverna, mandou que seis homens bem armados, que foi o máximo que conseguiu, ficassem emboscados por detrás de um muro, entre a taverna e a sua própria casa. Caso viesse por ali, acompanhado pelos cinco piratas, deviam atirar neles, pois ele tomaria a precaução permanecer ou mais à frente ou mais atrás deles, para que ficasse fora de perigo. Mas se o contramestre, que era o chefe do bando, viesse sozinho, deviam saltar sobre ele e agarrá-lo.

Tendo dado essas ordens, retornou ao grupo, dizendo-lhes que faria por eles tudo o que pudesse. E se quisessem dar-se ao trabalho de o acompanhar até sua casa, pacificamente, de modo que sua família não ficasse assustada, eles teriam toda a ajuda que estivesse em seu alcance. Isto foi imediatamente aceito, mas, passados alguns instantes, os piratas resolveram não ir todos juntos, incumbindo apenas o contramestre, e era isto que o sr. Fea mais desejava, pois aquele caiu facilmente na armadilha.

Tendo agarrado o contramestre, o sr. Fea e seus homens voltaram à taverna logo em seguida e, antes que os outros pudessem dar-se conta, foram presos sob a mira das armas, e os cinco enviados sob uma guarda para uma aldeia no meio da ilha, onde foram amarrados e separados um do outro.

No dia seguinte, 14 de fevereiro, os ventos estavam muito fortes, soprando na direção oeste-noroeste. Smith, vendo que não chegava nenhuma ajuda, e que tampouco retornavam os seus homens, começou a temer sobre o que realmente havia acontecido e assim, sem esperar mais um instante, ordenou ao restante da tripulação que aproveitassem aqueles ventos e ganhassem o mar alto. Porém ao cortarem o cabo (pois não era conveniente içarem a âncora), o navio foi lançado na direção errada e, em vez de se dirigir por entre as ilhas, foi diretamente encalhar na praia da ilha de Calf, o que provou ser a sua inevitável destruição, como o próprio Smith observou, gritando com uma expressão terrível: "Agora somos todos homens mortos!"

Com a manhã do dia seguinte, Smith e sua tripulação vendo-se completamente sem saída, hastearam uma bandeira branca significando que pretendiam conferenciar. Enviaram uma carta ao sr. Fea, solicitando-lhe uma ajuda, em homens e barcos, para que fosse retirada parte de sua carga, a fim de tornar mais leve o navio e fazê-lo voltar a flutuar. Ele próprio, Smith, oferecia-se como refém até que eles retornassem a salvo, e também oferecia ao sr. Fea mil libras em mercadorias pelo serviço. Ao mesmo tempo declarava que se aquele pequeno socorro lhe fosse negado, ele providenciaria para que ninguém levasse a melhor em sua desgraça, pois antes que fossem presos eles haveriam de incendiar o navio e morrerem todos juntos.

Vendo que também não conseguia aquela ajuda, Smith pediu por carta que lhe entregassem um barco grande, mastros, velas e remos, com algumas provisões, para que pudesse deixar a salvo o país, e em troca o sr. Fea poderia ficar com o navio e sua carga. Mas não obtiveram resposta. Decidiram que Smith iria pessoalmente à ilha de Calf negociar as melhores condições que pudesse. Foi o que ele fez, desarmado, embora com sua espada, e sozinho, apenas com um homem a certa distância portando uma bandeira branca, e fazendo sinais para um entendimento. Mas o sr. Fea recusou-se absolutamente a negociar com ele, alegando não ter nenhum poder legal para fazê-lo, e dessa forma ordenou que o prendessem.

Assim que o capitão foi preso, convenceram-no a chamar à terra alguns dos seus oficiais, e também o carpinteiro com seus assistentes, sob a alegação de virem trabalhar no barco que havia sido destruído na praia. E assim que eles chegaram, foram todos presos.

O chefe da artilharia, então, permaneceu ainda por três dias no navio, tomando conta deste e do restante da tripulação. Não que tivessem alguma esperança de escapar, pois isso agora era coisa do passado. Mas é que a bordo havia vinho e brandy em grande quantidade, e eles decidiram não deixar nenhuma bebida depois que se fossem, fazendo lembrar um provérbio que falava de ficar dias e noites esvaziando um barril. Então, quando vieram para terra, estavam mais encharcados de bebida que uma salmoura.

E assim chegou ao fim o breve reinado daquele bando de piratas, que poderiam ter praticado males muito maiores, não estivessem tão desnorteados a ponto de, por assim dizer, virem fazer a corte à própria ruína. Nenhum deles tivera ainda a audácia de vir correndo buscar proteção nos portos deste reino (depois de tantas violências que cometeram em nossos mares) onde qualquer deslize ou infeliz acidente provocaria sua derrota, como de fato aconteceu. Pois a providência sabiamente determinou que a estrita justiça fosse imediatamente aplicada sobre aqueles vilões, que não eram infratores comuns, pois deliberadamente resolveram encenar o primeiro capítulo de suas vilanias com o derramamento de sangue, tal como foi descrito.

Da Escócia eles foram trazidos para a Inglaterra na fragata Greyhound e colocados na prisão de Marshalsea. Ali Williams, o tenente, chegara um ou dois dias antes, vindo de Lisboa. Como se a providência decidisse que, já que os seus crimes haviam sido cometidos em conjunto, assim também eles deveriam ser envolvidos numa única punição. Pois numa quarta-feira, 26 de maio de 1725, os seguintes criminosos foram declarados culpados, recebendo a sentença de morte: John Smith (que naquela expedição tomou o cognome de Gow), capitão; James Williams, tenente; Daniel McCawley, Peter Rawlinson, John Peterson, William Melvin, Robert Winter, James Belvin e Alexander Rob. William Harvey, Robert Teague e Robert Reads foram absolvidos. E aqueles que fugiram no barco não foram levados a nenhum tribunal.

John Gow recusou-se a responder às acusações, pelo que o tribunal ordenou que se amarrassem os seus polegares com cordão de açoite, o que foi feito diversas vezes pelo carrasco e um outro oficial, pois apertaram tanto o cordão que este acabava por se partir. Mas ele prosseguia na sua recusa obstinada, então o tribunal pronunciou a sentença que a lei indica para esses casos, que é o condenado sofrer uma compressão progressiva até morrer.[2] O carcereiro recebeu a ordem de levá-lo de volta para Newgate e providenciar a execução da sentença na manhã seguinte. E o tribunal continuou com o julgamento dos outros prisioneiros.

Quando Gow compreendeu a maneira como se fazia a compressão, e a forma como a dor lhe seria infligida, toda a sua determinação faltou-lhe e ele mandou uma mensagem ao tribunal solicitando que o readmitissem no julgamento, o que foi concedido. Foi mais uma vez denunciado e indiciado pelo assassinato de Oliver Ferneau, o antigo capitão da galeota George, e por várias outras acusações de delitos graves e pirataria em alto-mar. A tudo isso ele se declarou inocente. Mas os fatos tendo sido plenamente provados, e ele tendo pouco ou nada para declarar em sua defesa, a não ser que a pistola que matou o capitão Ferneau disparara acidentalmente, foi declarado culpado.

No dia 11 de junho, o capitão Gow, o tenente Williams, o chefe de artilharia Rawlinson, o contramestre Belvin, Daniel McCawley, John Peterson, John Winter e William Melvin foram executados em Execution-Dock, em Wapping, como alguns dias depois o foi Alexander Rob, que entrara para o seu serviço vindo de uma das suas presas. Os dois primeiros tiveram posteriormente os corpos pendurados em correntes.

Pintura do capitão William Kid a partir de um esboço feito no tribunal por sir James Thornhill, maio de 1701

VII
O capitão William Kid

Agora relataremos a história de alguém cujo nome é mais conhecido na Inglaterra do que a maioria dos que tiveram suas histórias aqui narradas. Referimo-nos ao capitão Kid, cujo julgamento e execução públicos, neste país, tornaram-no tema de todas as conversas, tanto que até em baladas as suas ações foram cantadas e divulgadas. Entretanto, já se passou bastante tempo desde que tudo isso aconteceu, e embora o povo de um modo geral soubesse que o capitão Kid foi enforcado, e que o crime que cometeu foi o de pirataria, mesmo assim, até no seu tempo, poucos conheciam algo sobre a vida ou as façanhas dele, ou saberiam dizer o porquê de ter ele se tornado um pirata.

No início da guerra do rei William, o capitão Kid comandava um navio corsário nas Índias Ocidentais, e, após diversos atos aventurescos, ele veio a adquirir a reputação de homem de muita coragem, e também de um experiente navegador. Naquela época os piratas promoviam muita perturbação por aquelas regiões, pelo que o capitão Kid foi indicado por lorde Bellamont, então o governador de Barbados[1], e por muitas outras pessoas como o mais adequado a comandar um navio oficial para realizar cruzeiros em busca de piratas, já que ele conhecia perfeitamente os mares da região, além de todos os pontos de tocaia que eles usavam. Não sei dizer das razões que regiam a política daqueles tempos, mas o fato é que aquela proposta não foi bem aceita por aqui, embora ninguém tivesse dúvidas de que ela seria de grande importância, pelo fato de nossos comerciantes sofrerem tantos prejuízos com aqueles ladrões.

Diante de tal negligência, lorde Bellamont e mais alguns outros cavalheiros, que tinham conhecimento das grandes capturas cometidas pelos piratas, e da prodigiosa fortuna que deveria estar em suas mãos, resolveram equipar um navio particular, às próprias expensas, e entregar o seu comando ao capitão Kid. E, para conferir à questão uma maior importância, como também para colocar seus marujos sob uma chefia o mais eficiente possível, eles solicitaram uma autorização do rei para o referido capitão Kid, documento cuja reprodução exata fornecemos a seguir.

WILLIAM REX,
William Terceiro, pela graça de Deus rei da Inglaterra, da Escócia, da França e da Irlanda, defensor da fé&c. Ao nosso fiel e muito estimado capitão William Kid, comandante da galeota Adventure, ou a qualquer outro comandante desta, pelo presente, SALVE. Pelo que fomos informados, o capitão Thomas Too [Tew], John Ireland, capitão Thomas Wake e o capitão William Maze, ou Mace, e outros súditos, nascidos ou habitantes de Nova York e de outras partes das nossas colônias na América, associaram-se a vários outros elementos ruins e mal-intencionados, para, contra a Lei das Nações, cometerem muitos e grandes atos de pirataria, roubos e depredações no mar, nas regiões da América e outras, provocando grandes entraves e desencorajamentos ao comércio e à navegação, e grandes perigos e danos para os nossos amados súditos, nossos aliados e todos mais que costumam navegar pelos mares, de acordo com as suas legítimas ocupações. Agora sabei todos vós que, desejosos de impedir que continuem tais maldades já mencionadas, e de usar o poder que nos cabe para trazer os mencionados piratas, filibusteiros e bandidos do mar perante a Justiça, nós achamos adequado, e por este documento concedemos e garantimos ao citado William Kid, o exercício do cargo de Lord High Admiral* da Inglaterra, com autorização como soldado particular, na data de 11 de dezembro de 1695, e como comandante do referido navio durante esse tempo, e aos oficiais, marinheiros e outros que estiverem sob vosso comando, com plenos poderes e autoridade para apreender, capturar e tomar sob vossa custódia tanto o referido capitão Thomas Too, John Ireland, capitão Thomas Wake e o capitão William Maze, ou Mace,

---

* Oficial do Estado, na chefia da administração naval da Grã-Bretanha. (N.T.)

como também todos os piratas, filibusteiros e outros bandidos do mar, sejam nossos súditos ou de outras nações a eles associadas, com os quais vos encontrardes no mar ou nas costas da América, ou em quaisquer outros mares e costas, com todos os seus navios e outras embarcações; e todas as mercadorias, dinheiro, cargas e provisões que se encontrarem a bordo, ou de posse deles, no caso em que eles resolvam se entregar voluntariamente. Mas se eles não se entregarem sem luta, então vós tendes de os compelir a fazê-lo. E também requeremos a vós trazerdes, ou fazer com que sejam trazidos esses piratas, filibusteiros ou bandidos do mar, quando os apreenderdes, a um julgamento legal, com o objetivo de que possam ser processados de acordo com as leis aplicáveis a tais casos. E por este documento ordenamos a todos os nossos oficiais, ministros e quaisquer outros amados súditos a que ajudem, que deem assistência nessas missões. E por este documento solicitamos a vós que seja mantido um diário de bordo, no qual sejam registrados os vossos procedimentos na execução das missões, e os nomes dos piratas e de seus oficiais e membros da companhia, assim como os nomes desses navios e outras embarcações que, em virtude da presente autorização, vierdes a capturar, e as quantidades de armas, munições, provisões e cargas desses navios, e o valor verdadeiro destes, do modo mais aproximado que julgardes. E por este documento encarregamo-vos e vos ordenamos — caso contrário, devereis arcar com o risco — de que vós, de forma alguma, ofendais ou molestais nossos amigos ou aliados, seus navios ou súditos, alegando esta autorização ou sob pretexto desta ou da autoridade por ela garantida. Em testemunho de tudo isso afixamos na presente o nosso grande selo da Inglaterra. Conferido em nossa corte de Kensington, no dia 26 de janeiro de 1696, no sétimo ano do nosso reinado.

O capitão Kid recebeu também uma outra autorização, que ficou conhecida como a Autorização para Represálias. Pois, vivendo-se tempos de guerra, a posse daquele documento justificava a captura de navios mercantes franceses, no caso de Kid se deparar com algum deles pelo caminho. Mas, como isto nada tem a ver com nosso atual propósito, não vamos sobrecarregar o leitor entrando em mais detalhes.

Com essas duas autorizações, Kid zarpou de Plymouth no mês de maio de 1696, na galeota Adventure, de trinta canhões, com oitenta homens a bordo. O primeiro ponto do seu destino foi Nova York. Na ida para lá ele capturou um pesqueiro francês, porém não se tratou ali de nenhum ato de pirataria, uma vez que ele tinha autorização para aquilo, como há pouco observamos.

Ao chegar a Nova York, ele ofereceu contratos para empregar mais homens, que estavam sendo necessários à tripulação do navio, já que a proposta era combater um inimigo em situação desesperadora. Os termos que oferecia eram que cada homem teria direito a receber uma quota de tudo o que fosse apreendido. Para ele e para os proprietários do navio reservavam-se quarenta quotas. Com tal encorajamento, ele logo aumentou a companhia para cento e cinquenta e cinco homens.

Com essa companhia ele zarpou primeiro para Madera, onde se abasteceu de vinhos e de outros artigos necessários. Dali prosseguiu para Bonavista, uma das ilhas de Cabo Verde, para se munir de sal, indo imediatamente dali para St. Jago, outra ilha do mesmo arquipélago, a fim de embarcar provisões. Quando tudo isso foi feito, dirigiu seu curso para Madagascar, conhecido ponto de reunião dos piratas. No caminho encontrou-se com o capitão Warren, que comandava três fragatas. Deu-lhe conhecimento dos seus propósitos, acompanhou-o por dois ou três dias e depois, afastando-se da frota, apressou-se para Madagascar, onde chegou em fevereiro de 1697, exatamente nove meses depois da partida de Plymouth.

Aconteceu que naquele período os piratas, em sua maior parte, andavam à cata de presas. De modo que, segundo as melhores informações que obteve, não havia nenhum deles circulando naquele momento pelos arredores da ilha. Por isso, após passar um tempo abastecendo-se de água e de provisões, ele decidiu tentar a sorte na costa de Malabar, chegando ali no mês de junho seguinte, quatro meses após ter passado por Madagascar. Após um cruzeiro sem sucesso, detendo-se ou na ilha de Mohilla, ou na de Johanna, entre Malabar e Madagascar, suas provisões reduziam-se a cada dia e o navio começava a dar sinais de necessitar reparos. Por isso, quando se encontrava em Johanna, ele conseguiu algum dinheiro emprestado de alguns cidadãos franceses, que haviam perdido o navio porém salvo os seus carregamentos, e com esse dinheiro pôde comprar materiais para os necessários consertos.

Durante todo aquele tempo, nada indicava que Kid alimentasse algum desejo de se tornar pirata. Pois perto de Mohilla e de Johanna passaram por ele diversos navios indianos, cheios de ricos carregamentos, e ele não lhes ofereceu a menor ameaça, embora sua força fosse suficiente para lhes dar o tratamento que bem entendesse. E acho que os primeiros ultrajes e depredações que ele cometeu contra a humanidade aconteceram depois do conserto do navio, e de deixarem a ilha de Johanna. Aportaram a um lugar chamado Mabbee, no mar Vermelho, onde tomaram uma grande quantidade de sorgo da população nativa pela violência.

Depois disso velejaram para Bab's Key [Perim], local numa pequena ilha à entrada do mar Vermelho. Foi ali que pela primeira vez ele se revelou para a companhia, dando a entender a todos que tencionava modificar o seu modo de agir. Pois, ao falar sobre a frota de Mocha, prevista para passar por aquela rota, ele disse: "Até aqui não tivemos sucesso. Mas coragem, meus rapazes, vamos fazer a nossa fortuna com essa frota." E verificando que nenhum deles aparentava ser desfavorável à ideia, ordenou que enviassem à costa um barco bem equipado, para explorar o local, com instruções para capturar alguma presa e trazê-la até ele, ou obter todas as informações que pudessem. O bote retornou em alguns dias, trazendo a notícia de que tinham sido avistados quinze navios prontos para zarpar, uns com bandeiras inglesas, outros com bandeiras holandesas e outros com mouriscas.

Não temos como afirmar como se deu aquela súbita modificação no seu comportamento, a não ser supondo que as intenções dele fossem boas no início, enquanto havia esperanças de fazer fortuna com a captura dos piratas. Mas depois, cansado dos insucessos, e temendo que os proprietários da embarcação, aborrecidos com as grandes despesas, o despedissem e ele ficasse desempregado e marcado como homem de pouca sorte, acho que ao invés de correr o risco de ficar pobre, ele preferiu realizar os seus negócios de outra maneira, já que até então não obtinha sucesso.

Por isso deu ordens para que um vigia ficasse constantemente a postos no mastro principal, na expectativa da mencionada frota passar por eles. Cerca de quatro dias depois, perto do anoitecer, ela foi avistada, escoltada por uma fragata inglesa e outra holandesa. Kid imediatamente atacou-as e, aproximando-se bem, disparou contra um navio mouro que se encontrava mais perto. Mas ao receberem o alarme, as fragatas avançaram e responderam ao ataque de Kid, forçando-o a desviar-se e ir embora, pois as forças dele não eram suficientes para enfrentá-las. Agora, depois de iniciar a atitude de hostilidade, ele resolveu que iria prosseguir assim, e por isso foi navegar ao longo das costas de Malabar. A primeira presa que capturou foi uma pequena embarcação de Aden.* O barco era mouro, como também os comerciantes seus proprietários, mas o comandante era inglês, de nome

---

* Porto comercial árabe no mar Vermelho. (N.T.)

Parker. Kid forçou a este e a um português chamado don Antonio — os únicos europeus a bordo — a acompanharem-no, designando o primeiro como piloto e o outro como intérprete. Também tratou os homens do navio de maneira extremamente cruel, içando-os pelos braços e surrando-os com lâminas de cutelo, para forçá-los a revelar se tinham dinheiro a bordo e onde estava guardado. Mas como não havia ali nem ouro nem prata, nada conseguiu com toda aquela maldade. Tomou-lhes apenas um barril de pimenta e outro de café, deixando-os partir depois.

Pouco tempo depois aportou em Carwar, localidade na mesma costa, onde as notícias sobre o que fizera ao navio mouro já o haviam precedido. Alguns comerciantes ingleses dali tinham recebido um relatório do fato, pela correspondência que mantinham com os proprietários do navio. Assim, tão logo Kid chegou, desconfiaram que fosse ele o autor da pirataria. Dois ingleses, sr. Harvey e sr. Mason, membros da feitoria inglesa local, vieram a bordo para saber notícias de Parker e de Antonio, o português. Mas Kid negou que os conhecesse. Na verdade, eles se encontravam ali, presos num local secreto do porão, onde os mantiveram durante sete ou oito dias, ou seja, até Kid zarpar dali novamente.

Entretanto, a costa recebera o alarme, e uma fragata portuguesa foi enviada em viagem de buscas. Kid encontrou-a, dando-lhe um valente combate por seis horas, mas, ao perceber que ela era muito potente para ser capturada, afastou-se, pois pôde fugir quando assim lhe pareceu conveniente. Em seguida dirigiu-se para um local chamado Porca, onde se abasteceu de água e comprou dos nativos um certo número de porcos para dar carne fresca à sua tripulação.

Pouco depois ele se deparou com um navio mouro, comandado por um holandês de nome Schipper Mitchel. Hasteando uma bandeira francesa, partiu em sua perseguição, observando que o outro também hasteava a bandeira francesa. Quando se aproximou do navio fez a sua saudação em francês e, como eles tinham um francês a bordo, responderam-lhe na mesma língua. A isto, Kid ordenou que lhe enviassem o seu escaler, o que foi cumprido. Ao saber quem eram e de onde vinham, Kid perguntou ao francês, que não era mais que um passageiro, se trazia consigo documentos franceses. Ele respondeu que sim. Então Kid lhe disse que ele iria passar por capitão daquele navio, exclamando: "Ora, por Deus! Mas o senhor é o capitão!" O francês não ousou recusar-se. O que isto queria dizer era que Kid estava capturando o navio como uma legítima presa, pois tinha em seu poder uma autorização nesse sentido, já que o navio pertencia a súditos franceses. Embora se possa pensar que, depois de tudo o que já fizera, não precisava recorrer a estratagemas desse tipo para justificar seus atos.

Para resumir, ele levou a carga, e a vendeu certo tempo depois. Mesmo assim, parecia sentir algum temor de que esses procedimentos levassem a um mau resultado. Pois, um pouco mais tarde, depararam-se com um navio holandês e, quando seus homens não pensavam em outra coisa senão em atacá-lo, Kid foi contra. Então elevou-se um motim, a maioria dos homens querendo capturar o navio, e chegando mesmo a preparar o escaler para a abordagem. Mas Kid declarou que se eles fizessem isso, nunca mais voltassem ao seu barco. Isto acabou com a intenção deles. Assim, durante algum tempo a companhia ficou acompanhando o outro navio, sem manifestar o menor sinal de violência. Entretanto, aquela disputa interna acarretou um outro incidente, que mais tarde originou uma das acusações contra Kid. Foi quando Moor, o chefe da artilharia, que estava um dia no convés conversando com Kid, abordou a questão do navio holandês, o que deu início a uma discussão. Moor declarou a Kid que ele havia arruinado a todos ali com aquela atitude. A isto, Kid, depois de xingá-lo de cachorro, arremessou um balde contra a cabeça dele, quebrando-lhe o crânio, o que provocou a sua morte um dia depois.

Mas não durou muito esse acesso de culpa de Kid pois, quando navegava pelas costas de Malabar, deparou-se com um grande número de navios, e os saqueou a todos. Na mesma costa ele se apoderou de um navio português, detendo-o consigo por uma semana. Apropriou-se das arcas repletas de mercadorias indianas, de trinta jarras de manteiga, cera, ferro e mais cem tonéis de arroz, deixando depois o navio partir.

Logo em seguida foi para uma das ilhas de Malabar em busca de lenha e água. Quando o seu tanoeiro desembarcou em terra foi assassinado pelos nativos. Logo em seguida Kid foi lá pessoalmente incendiar e pilhar diversas casas, pondo em fuga o povo. Mas conseguiu apanhar um deles, amarrou-o a uma árvore e mandou que um dos seus homens o matasse a tiros. E então retornou ao mar, conseguindo a maior presa que já lhe caíra nas mãos, em todas as suas atividades de pirataria: um navio mourisco de quatrocentas toneladas, transportando uma carga imensamente rica, cujo nome era Queda Merchant. Era comandado por um inglês de nome Wright, pois os indianos frequentemente empregavam ingleses ou holandeses para comandarem seus navios, já que seus próprios marujos não eram muito bons em questões de navegação. Kid o perseguiu com uma bandeira francesa hasteada. Ao se aproximar, ordenou-lhes que baixassem o seu escaler e viessem ter com ele a bordo. Quando isso foi feito, ele deu voz de prisão a Wright. E, pelas informações que obteve a respeito do navio, ele viu que não havia nenhum europeu a bordo, a não ser dois holandeses e um francês, os demais sendo todos indianos e armênios, e que os armênios eram os coproprietários da carga. Kid fez-se entender aos armênios, dizendo-lhes que se lhe oferecessem algo que valesse a pena pelo seu resgate ele aceitaria. A isso, eles propuseram um resgate de vinte mil rúpias, quase três mil libras esterlinas. Mas Kid achou a proposta ruim, e a rejeitou. Decidiu desembarcar a tripulação aos grupos, em diversos pontos do litoral. Vendendo a carga, ele conseguiu perto de dez mil libras. Com parte dessa quantia, ele negociou provisões e outros artigos de que necessitava. Gradativamente distribuiu o total da carga e, completada a divisão, coube a cada homem cerca de duzentas libras. Tendo reservado quarenta quotas para si próprio, o seu dividendo atingiu cerca de oito mil libras esterlinas.

Os indianos ao longo da costa vinham a bordo com total liberdade para fazer negócio, e ele meticulosamente realizava as suas barganhas. Até que ficou pronto para partir novamente. Aí, vendo que não haveria outras ocasiões de comércio entre eles, não teve o menor escrúpulo em ficar com as mercadorias e os abandonar na praia sem qualquer pagamento, em dinheiro ou artigos, o que os deixou estupefatos. Pois, como os indianos já se haviam acostumado a negociar com piratas, sempre os haviam considerado homens honrados em questões de comércio. Um povo dado às trapaças, mas que desprezava o roubo que não fosse praticado da maneira deles.

Kid colocou alguns de seus homens no Queda Merchant e junto a esse navio velejou para Madagascar. Lá chegando, ao baixar a âncora, viu que uma canoa se aproximava, trazendo vários ingleses, os quais em outros tempos tinham sido bons amigos dele. Assim que o viram, cumprimentaram-no, dizendo que receberam informações de que ele vinha para prendê-los e os enforcar, o que seria uma grande indelicadeza para com tão velhos amigos. Kid logo dissipou aquelas dúvidas, jurando-lhes que não tinha tal propósito, e que agora ele era seu irmão em todos os aspectos, e tão malvado quanto eles. E, convidando-os para um trago de Bomboo [açúcar destilado de cana] todos beberam à saúde do capitão.

Aqueles homens pertenciam a um navio pirata chamado Resolution, que tinha sido antes o navio mercante Mocha. Agora era comandado pelo capitão Culliford, e estava ancorado ali perto. Kid foi a bordo, em sua companhia, e lhes prometeu amizade e toda assistência possível e Culliford, por sua vez, veio até o navio de Kid. Para provar como era solidário mesmo na iniquidade, Kid, vendo que Culliford necessitava de alguns artigos, presenteou-o com uma âncora e várias armas, para equipá-lo de forma que pudesse navegar pelos mares novamente.[2]

A galeota Adventure estava agora tão velha e esburacada que eles foram obrigados a manter duas bombas funcionando continuamente. Por isso, Kid transferiu todos os canhões e equipamentos para o Queda Merchant, com a intenção de transformá-lo em seu navio de guerra. E, assim como dividira o dinheiro antes, agora ele fez a divisão do que restava da carga. Pouco depois disso, a maior parte da companhia o deixou, uns seguindo com o capitão Culliford, outros indo espalhar-se pela região, de forma que agora ele não tinha mais do que quarenta homens consigo.

Ele se fez ao mar, e foi parar em Amboyna, uma das Spice Islands holandesas.* Ali ficou sabendo que as notícias sobre suas façanhas já tinham chegado à Inglaterra, e que estava sendo declarado como pirata.

Na verdade, seus atos de pirataria de tal forma alarmaram nossos comerciantes, que foram apresentadas algumas moções no Parlamento questionando as autorizações confiadas a ele, e também as pessoas que o haviam equipado. Esses processos pareciam denegrir a figura de lorde Bellamont, que se viu por isso tão atingido que publicou um panfleto para justificar-se, após a execução de Kid.[3] Nesse meio-tempo achou-se mais aconselhável, a fim de deter o prosseguimento daqueles atos de pirataria, publicar uma proclamação em que o rei oferecia o seu total perdão a todos os piratas que voluntariamente apresentassem sua rendição, quaisquer que houvessem sido os seus atos de pirataria, ou a época em que foram cometidos, antes do último dia de abril de 1699. Ou seja, todos os atos de pirataria cometidos a leste do cabo da Boa Esperança, na longitude e sobre o meridiano de Socatora e do cabo Comorin.** Naquela proclamação excluíam-se os nomes de Avery e Kid.

Quando Kid deixou Amboyna, nada sabia dessa proclamação, pois caso soubesse que seu nome estava manifestamente excluído dela, com toda certeza não teria sido tão louco de correr em direção às próprias garras do perigo. Mas tranquilizou-se, confiando nos seus interesses com

---

* Spice Islands ou ilhas Molucas, no arquipélago malaio, fazendo parte das Índias Holandesas. (N.T.)
** Socotra, ou Sokotra, ilha do oceano Índico. Cabo Comorin – situado na extremidade sul da Índia, no estado de Travancore. (N.T.)

lorde Bellamont, imaginando que um ou dois passes franceses, encontrados a bordo de alguns navios que capturou, serviriam para apoiar as suas ações, e que parte do butim que trazia haveria de granjear-lhe novas amizades. Acho que tudo isso o encorajou a pensar que a questão toda seria abafada, e que a justiça não faria mais do que dar-lhe apenas uma piscadela de censura. Por esse motivo, ele seguiu diretamente para Nova York, onde assim que chegou foi preso, com todos os seus documentos e pertences, por ordens de lorde Bellamont. Muitos dos seus antigos companheiros de aventuras, que o deixaram em Madagascar e que tinham vindo de lá como passageiros, alguns para New England, outros para Jersey, ao saberem da proclamação do rei perdoando os piratas, apresentaram sua rendição aos governadores daqueles locais. No início eles tiveram sua liberdade garantida sob fiança, mas logo em seguida foram presos em estrito confinamento, e mantidos assim por certo tempo, até chegar a oportunidade de serem todos enviados, com o seu capitão, para a Inglaterra, para lá serem julgados.

Segundo uma sessão do Almirantado realizada em Old Baily, em maio de 1701, o capitão Kid, Nicholas Churchill, James How, Robert Lumley, William Jenkins, Gabriel Loff, Hugh Parrot, Richard Barlicorn, Abel Owen e Darby Mullins foram processados por pirataria e roubo em alto-mar, e todos considerados culpados, com exceção de três. Esses eram Robert Lumley, William Jenkins e Richard Barlicorn, que provaram estarem no navio apenas como aprendizes de certos oficiais, e, como apresentassem ao tribunal suas contratações de aprendizes, foram absolvidos.

Quanto aos três acima mencionados, embora ficasse provada a sua participação na captura e na distribuição dos despojos, referidos no processo de acusação, ainda assim — como aqueles cavalheiros de longas vestes corretamente distinguiram — havia uma enorme diferença entre as circunstâncias deles e as dos demais acusados. Pois, quando se comete um ato de crueldade ou de pirataria, deve constar destes uma intenção mental e uma liberdade da vontade. Não se deve entender como pirata uma pessoa agindo sob constrangimento, mas sim alguém que age livremente. Pois nesse caso, não é o ato em si mesmo que torna alguém culpado, mas sim a sua livre vontade de cometê-lo.

No entanto, é verdade que um empregado, se agir voluntariamente e receber o seu quinhão, deve ser considerado pirata, pois agiu por sua própria conta, e não por compulsão. E aqueles acusados, segundo os depoimentos, receberam as suas quotas. Agora, se depois disso foram prestar contas aos seus chefes, este é o ponto central da questão. O que os distinguia como agentes livres ou como marujos, agindo sob o constrangimento dos oficiais, foi deixado à consideração do júri, que decidiu considerá-los inocentes.

Kid foi julgado também sob acusação de assassinato, por ter matado Moor, o chefe da artilharia, e considerado culpado. Nicholas Churchill e James How alegaram o perdão do rei, pois haviam apresentado a sua rendição dentro do prazo limite citado na proclamação. E o coronel Bass, governador de West Jersey, a quem eles se entregaram, estando presente ao tribunal por ter sido convocado, confirmou o fato por meio de provas. Entretanto a alegação foi derrubada pela Corte porque, como na proclamação eram citados nominalmente quatro membros autorizados — que eram o capitão Thomas Warren, Israel Hayes, Peter Delannoye e Christopher Pollard, esqrs., nomeados e enviados com esse propósito para receberem as rendições dos piratas que se apresentassem — concluiu-se que ninguém mais estava qualificado para receber as ditas rendições, que aqueles piratas não poderiam se beneficiar da referida proclamação por não haverem cumprido todas as condições exigidas por ela.

Darby Mullins insistiu, em sua defesa, que servia ali sob uma autorização do rei, não tendo pois como desobedecer ao seu comandante sem incorrer em severas punições. Que toda vez que um ou vários navios saíam numa expedição com autorização do rei, a tripulação jamais poderia questionar seus oficiais, exigindo saber por que estavam fazendo isso ou aquilo, pois uma tal liberdade destruiria qualquer disciplina. Se de fato cometeram atos ilegais, os oficiais é que tinham de responder por eles, pois os tripulantes não podiam fazer mais do que cumprir seu dever. O tribunal respondeu que agir sob uma autorização justificava os atos legais, mas não os ilegais. Ele replicou que não precisava nada para justificar os atos legais, mas que o caso dos marujos é muito difícil, pois se arriscam quando obedecem às ordens, e são punidos quando não as obedecem. E se lhes fosse permitido discutir as ordens, não poderia haver nada que se pudesse chamar de comando no mar.

Aquela pareceu a melhor defesa apresentada durante o processo. Mas o fato de ele ter participado da distribuição dos despojos, de terem surgido diversos motins a bordo para tentar dominar o capitão, tudo isso demonstrou que não existiu a alegada obediência à autorização. E que eles agiram, em todos os casos, de acordo com os regulamentos dos piratas e filibusteiros, o que, sendo devidamente ponderado pelo júri, ele foi julgado culpado, com todos os demais.

Quanto à defesa do capitão Kid, ele insistiu muito na sua inocência e na baixeza da sua tripulação. Declarou ter embarcado investido de uma louvável função, e, uma vez que sua situação era muito boa, não haveria qualquer motivo para ele se dedicar à pirataria. Que com muita frequência os seus homens se amotinaram contra ele, e fizeram do navio o que bem entenderam. Que ameaçaram matá-lo a tiros em sua cabine, e que de certa feita noventa e cinco homens o abandonaram e incendiaram o navio, tanto que ele não pudera trazê-lo de volta ao seu país, e tampouco as presas que havia capturado, para que fossem devidamente desapropriadas e que, segundo ele, foram tomadas graças a uma autorização de ampla chancela, pois tratava-se de navios franceses. O capitão solicitou a presença de um certo coronel Hewson para depor sobre sua reputação. Esse senhor descreveu-o como homem de extraordinário caráter, declarando ao tribunal que servira sob o seu comando, tendo participado com ele de duas batalhas contra os franceses, nas quais ele lutou como jamais vira qualquer outro homem fazer. Que eram apenas o navio de Kid e o seu próprio contra um esquadrão de seis barcos comandados por Monsieur du Cass, e que mesmo assim eles levaram a melhor.[4] Porém isso acontecera muitos anos antes dos fatos relatados no processo, e aquele depoimento de nada serviu ao prisioneiro em seu julgamento.

Quanto à amizade demonstrada por ele a Culliford, o famoso pirata, Kid negou, dizendo que sua intenção era prendê-lo, mas que sua tripulação, um bando de vagabundos e vilões, recusou-se a lhe dar apoio, enquanto muitos fugiam do navio para o serviço do mencionado pirata. Mas as evidências eram plenas e detalhadas contra ele, de modo que foi julgado culpado, como já foi dito.

Ao perguntarem a Kid o que ele tinha a declarar, antes que a sentença fosse pronunciada, a sua resposta foi que não tinha nada a dizer, apenas que fora caluniado por gente ruim que cometera perjúrio. E quando foi lida a sentença, ele disse: "Meu Deus, é uma sentença muito dura. Por minha parte, posso garantir que sou o mais inocente de todos, só que fui caluniado por gente perjura."

Então, cerca de uma semana depois, o capitão Kid, Nicholas Churchill, James How, Gabriel Loff, Hugh Parrot, Abel Owen e Darby Mullins foram enforcados em Execution-Dock, e depois seus corpos foram acorrentados e pendurados ao longo do rio, a certa distância um do outro, onde permaneceram expostos por muitos anos.

Comentário e notas

A seguir, os comentários a cada capítulo separadamente não têm nenhuma pretensão a ser completos ou abrangentes. Selecionei rigorosamente essas citações de um conjunto de materiais publicados (e algumas vezes não publicados) na época sobre o assunto, e que apontam as fontes usadas por Defoe. Assim, indicaram-se para o leitor os mais amplos registros a que Defoe teve acesso. Os registros nos jornais de Londres e das colônias geralmente fazem um relato mais completo sobre determinada aventura dos piratas. As notícias publicadas no *Mist's* e no *Applebee's Journal* indicam que provavelmente o próprio Defoe foi o seu autor. Também citei os julgamentos que foram publicados, as narrativas da época e os documentos de agências tanto particulares quanto do governo, e que foram usados por Defoe. A não ser nos casos mais evidentes, não se chamou a atenção para os diversos erros cometidos por Defoe quanto a fatos — nomes de alguns navios, de seus capitães, e datas e cronologias dos cruzeiros realizados pelos piratas. Foram citados os modernos estudos sobre alguns piratas individualmente, habilitando o leitor, se assim o desejar, a debruçar-se sobre eles, por serem mais documentais e históricos, e retirados de registros mais completos.

Os comentários e notas ao volume II seguem, de um modo geral, um processo diferente. Ao que parece, Defoe, ao escrever sobre a pirataria em Madagascar mais de um quarto de século depois dos acontecimentos, apresentou essa narrativa surpreendentemente precisa, aparentemente a partir de fontes de informação pessoais, que estão fora do nosso alcance. As citações, assim, apresentam não uma lista de prováveis ou possíveis fontes, mas sim os dados históricos que apoiam a precisão da cronologia e a reprodução da atividade dos piratas feitos por Defoe, e que geralmente não estão datados.

As informações que se seguem, assim, podem apenas ser consideradas um prolegômeno para qualquer estudo sobre a *História geral dos piratas* de Defoe. Inevitavelmente esses materiais irão sempre continuar a ser recuperados, o que poderá demonstrar a autenticidade de muitas outras partes deste livro. Permanece incerto, entretanto, saber se os resultados disso serão equivalentes ao esforço empregado nessa recuperação, ou se as contribuições vindouras irão modificar drasticamente a relativa confiabilidade da apresentação de Defoe.

Abreviaturas

Aitken – *Romances and Narratives by Daniel Defoe*, ed. George A. Aitken, 16 vols., 1895
BJ – *The British Journal*, Londres
BNL – *The Boston News-Letter*
Cal S P C – Calendar of State Papers, Colonial Series, America and the West Indies
C O – Colonial Office Records, Public Record Office, Londres
DC – *The Daily Courant*, Londres
DP – *The Daily Post*, Londres
EP – *The Evening Post*, Londres
Grey – Charles Grey, *Pirates of the Eastern Seas* (1618-1723), 1932
H C A – High Court of Admiralty Records, Public Record Office, Londres
Hamilton – Alexander Hamilton, *A New Voyage to the East Indies*, 2 vols., Edimburgo, 1727
Hill, *E S* – S. Charles Hill, *Episodes of Piracy in the Eastern Seas*, Bombaim, 1920
Hill, *E W* – S. Charles Hill, *Notes on Piracy in Eastern Waters*, Bombaim, 1923
Jameson – John Franklin Jameson, *Privateering and Piracy in the Colonial Period*, Nova York, 1923
LG – *The London Gazette*
LJ – *The London Journal*
Luttrell – Narcissus Luttrell, *A Brief Historical Relation of State Affairs from Sept. 1678 to April 1714*, 6 vols., Oxford, 1857
MWJ – *The Weekly Journal*, ou *Saturday's Post*, conhecido como *Mist's Weekly Journal*, Londres
OWJ – *The Original Weekly Journal*, conhecido como *Applebee's Journal*, Londres
PB – *The Post-Boy*, Londres
Powell – J. W. Damer Powell, *Bristol Privateers and Ships of War*, Bristol, 1930
Review – Daniel Defoe, *A Review of the Affairs of France*, org. Arthur W. Secord, 22 vols., Nova York, 1938
WEP – *The Whitehall Evening Post*, Londres
Wilkinson – Henry C. Wilkinson, *Bermuda in the Old Empire*, 1950
WJBG – *The Weekly Journal*, ou *British Gazeteer*, Londres.

Obs.: Os jornais semanais acompanhados das datas de sua publicação são registrados apenas com a última data, ex.: *The Boston News-Letter*, 5-12 nov 1716, aparece como *BNL*, 12 nov 1716.

Prefácio (p.11-17)

Sobre o interesse de Defoe pela pesca inglesa e a sua preocupação com as intrusões dos holandeses, veja-se *Review*, I [XI], 114b, 206b, e *A General History of Trade* (ago 1713), p.33-8. Estavam sendo discutidos, e já tinham sido apresentados ao governo, programas para a proteção da navegação inglesa e para o policiamento das rotas comerciais do Atlântico. Veja-se *LJ*, 16 nov 1723.

1. Defoe alude aos onze anos de paz desde o tratado de Utrecht (1713), quando cessaram as hostilidades entre a Grã-Bretanha, a Holanda e o Império, e entre a França e a Espanha, encerrando a guerra da sucessão espanhola.
2. Veja-se *Plutarch's Lives* (1703), III, 485-92, de Dryden.
3. A primeira edição foi vendida por quatro *shillings*; a edição seguinte, ampliada, por cinco.
4. John Atkins (1685-1757), cirurgião naval da fragata Swallow durante o seu cruzeiro contra os piratas na costa da Guiné, em 1721. Foi ele quem registrou o julgamento da tripulação de Roberts em Cape-Corso-Castle, em fevereiro de 1722. Retornou a Londres na Weymouth, na primavera de 1723. Publicou *A Treatise on the Following Chirurgical Subjects* em 1724 e, em 1735, *A Voyage to Guinea, Brasil and the West Indies*, na qual menciona superficialmente os lugares sobre os quais já escrevera antes, em *A General History of the Pyrates*, orientando os seus leitores para as suas contribuições ali. Deve-se observar que considerava-se a Guiné como a região da costa africana entre o cabo Verde e o cabo Lopez, entre 10° e 17° O de longitude e 5° N de latitude.

Introdução (p.19-41)

Defoe já registrara antes os ataques dos britânicos contra a *Frota Espanhola da Prata*, as proclamações da Coroa contra a pirataria e a utilização da frota das Índias Ocidentais, no *Mercurius Politicus* (set 1717), p.618-26; e repetiu esses registros em *The History of the Reign of King George* (1719), p.8-9; 160-9. Todas as notícias foram tiradas de *LG*, 17 set 1717. A expedição de Woodes Rogers à ilha de Providence, na primavera de 1718, foi noticiada em todos os jornais, como também o foi a sua chegada ali e as suas atividades colonizadoras. Veja-se *WJBG*, 3 jan 1719. A captura da Greyhound pelo capitão Walron foi registrada em *WJBG*, 30 jun 1722; a prisão de Matthew Luke em *MWJ*, 4 ago 1722. A troca de cartas entre as autoridades britânicas e espanholas foi tirada de *DP*, 14 jul 1721. As últimas notícias registradas por Defoe estão em *WJBG*, 22 ago 1724.

1. A guerra da sucessão espanhola, de 1702 a 1713.
2. Veja-se o *Plutarch* de Dryden, 351-4.
3. Fármaco, uma pequena ilha a leste de Salamis, ao largo da costa de Megara.
4. Na costa oeste da Turquia, ao sul de Samos, no mar Egeu.
5. Ver o *Plutarch* de Dryden, IV, 107-10.
6. *Idem*, IV, 110-19.

7. O pirata Arouj (1474-1518). A fonte de Defoe é *The Turkish History* (...) *by Richard Knolles. With a Continuation* (...) *By Sir Paul Rycaut*, 6ª ed. (1687), I, 428-9. O irmão de Barbarouse foi o igualmente abjeto Kheyr-ed-din.

8. O *Asiento* foi um contrato privilegiado entre o rei da Espanha e algumas outras potências para o fornecimento de escravos negros às colônias espanholas na América. Pelo Tratado de Utrecht o Governo Britânico concordou em fornecer anualmente quatro mil e oitocentos negros por um período de trinta anos. O contrato foi renovado em 1748, porém cancelado em 1750.

9. A frota anual carregada de barras de ouro e prata, comandada por Don Juan Esteban de Ubilla e Don Antonio de Echeverz y Zubiza foi destruída por um grande furacão ao largo da costa da Flórida, em julho de 1715. Das onze galeotas do comboio, dez foram a pique.

10. A madeira do *Haematoxylon campeachianum*, árvore que cresce em abundância no México e na América Central. Era usada como material para tintura vermelha, e o seu cozimento e extrato tinham fins medicinais. Para a exportação, cortava-se a madeira em toras, de onde vem o seu nome. Vendo essa atividade como um ostensivo roubo de uma preciosa matéria-prima, os espanhóis aplicavam severas penalidades às tripulações britânicas e francesas, quando as apanhavam. Os próprios cortadores do pau-campeche eram um grupo nada moderado. "Os cortadores de madeira são geralmente pessoas brutas e embriagadas, alguns deles já foram piratas e a maioria é de antigos marinheiros. O maior prazer deles é a bebida. E quando abrem uma jarra ou um barril de vinho, dificilmente o largam até acabar a última gota." (Wilkinson, p.77).

11. Woodes Rogers (1678-1732), navegante e projetista de Bristol, comandante dos dois navios corsários que capturaram a galeota espanhola. Fez a volta ao mundo em 1708-1711. William Dampier engajou-se como piloto na expedição ao Pacífico, que também é lembrada por ter realizado o resgate de Alexander Selkirk da ilha de Juan Fernandez, em 1709. Rogers fez uma viagem comercial e de recolhimento de escravos até Sumatra e Madagascar (1713-15), e em 1717 recebeu a missão de ser governador das Bahamas, onde chegou em julho de 1718, escoltado pelo Milford e o Rose. A despeito de suas poderosas habilidades como organizador, e dos seus constantes esforços, de modo geral ele não teve muito sucesso ao enfrentar os piratas e os colonos de Providence, e retornou à Inglaterra em 1721. Passou algum tempo prisioneiro por dívidas, em 1723, e em maio de 1729 foi novamente para as Bahamas como governador, onde permaneceu até sua morte.

12. Eram barcos particulares de guarda costeira, usados para reforçar o monopólio comercial espanhol no Caribe. Tinham consigo autorizações dos governos locais, e normalmente eram manobrados por competentes bandidos, que recebiam sua remuneração da venda das presas que traziam.

13. No original "lay aboard", abalroar, isto é, abordar um navio pela lateral para poder subir a bordo deste.

14. A Grã-Bretanha declarara formalmente guerra contra a Espanha em dezembro de 1718, e as hostilidades cessaram em fevereiro de 1720.

15. George Camocke (1666?–1722?), capitão da marinha inglesa que em 1715 escapou da corte marcial por ter escoltado a armada espanhola da Sicília para a Espanha, sob sua própria responsabilidade, passando-se para o serviço espanhol. Recebeu um comando de menor importância na frota que foi destruída por sir George Byng em 1718, e foi finalmente banido da marinha espanhola.

I. *O capitão Avery e sua tripulação* (p.43-57)

Ao registrar os comentários feitos por populares um quarto de século atrás, Defoe, muito compreensivelmente, é ambíguo a respeito das datas e atividades de Avery. Este e os seus rebelados tomaram o comando do Charles II, comandado pelo capitão Gibson, em Corunna, Espanha, no mês de maio de 1694. Puseram-lhe o novo nome de Fancy e velejaram para o oceano Índico. Em 1695 capturaram o Fateh Muhammed e o Gunjsawai, este último de propriedade de Aurangzebe, Mogul da Índia. No ano seguinte ele e a maior parte da tripulação viajaram para as Bahamas, abasteceram-se e prosseguiram até Rhode Island. Muitos deixaram as colônias com seu butim e retornaram para a Irlanda, onde foram capturados e enviados para a Inglaterra, para serem julgados. Veja-se *The Trials of Joseph Dawson* [...] *For Several Piracies* [...] (1696). Existe certa base documental para o relato de Defoe sobre o embuste de Avery para com uma tripulação de corsários. Consulte-se *Cal* S P C, 1699, p.129. Não há documentação sobre os últimos anos de Avery e sua morte na indigência. Ele também teve o seu nome excluído da Proclamação de Perdão de 1701. Veja-se *Cal* S P C, 1700, p.103. Jameson, p.153-87, apresenta todos os fatos relacionados à carreira de Avery através de documentos da época.

1. Meriveis foi um líder tribal do Afeganistão que se rebelou contra o domínio persa em 1720. Derrotou os exércitos persas em 1722. A instalação de sua capital em Ispahan levou à desintegração do poder dos persas no Oriente. Jornais londrinos de 1723 e 1724 traziam notícias sobre as suas campanhas militares, as suas vitórias e os seus ataques igualmente vigorosos contra feitorias europeias estabelecidas no Oriente. Para um relato contemporâneo, veja-se Hamilton, I, 104-11.

2. O lendário Aurangzebe, imperador do Hindustão (Índia), que reinou em Dehli de 1658 a 1707. A frota do Mogul, ou frota moura, compunha-se então, na linguagem comum, de navios mercantes pertencentes ao Imperador ou aos nativos da Índia, isto é, mouros ou maometanos.

3. Peça heroica de Charles Johnson, produzida em Drury Lane em novembro de 1712. O cenário é Madagascar e o rei pirata, Arvíragus, é modelado segundo a romântica imagem que Avery tinha em Londres. A peça é baseada no *Arviragus and Philicia*, de Carlell (1639).

4. O Tratado de Ryswick (1697) encerrou a guerra da Grande Aliança, da Inglaterra, Holanda e o Império contra a França.

5. Sir James Houblon, comerciante e senador de Londres e um dos diretores do Banco da Inglaterra, arrendou dois navios aos espanhóis, o Charles II e o James.

Eles ostentavam a bandeira espanhola e ficaram sob o comando de Don Arthuro Bourne.

6. O termo corresponde a 45° entre a trave do navio e a popa.

7. Agarrar as cordas do navio a fim de fazer a abordagem deste.

8. Na terminologia comum, qualquer navio de linha, da primeira até a quinta classe, e que transporta de cem a vinte e oito canhões.

9. Os capitães Dew e Tew zarparam das Bermudas em 1691. Este último, no navio Amity, chegou a Madagascar em 1693, retornando a Rhode Island em 1694. Saiu de Rhode Island no final do ano, juntando-se a Avery por um curto espaço de tempo no mar Vermelho, em 1695. Veja-se o volume II, cap. ii, para fatos adicionais sobre a carreira de Tew. As chalupas das Bermudas levavam autorizações assinadas por Isaac Richier, vice-governador das Bermudas, que foi suspenso pela Coroa e forçado a renunciar a seu posto em 1692.

10. Rogers, comandando o Delicia, partiu de Londres em 1713, chegou Madagascar em 1714, e permaneceu dois meses naquelas águas. Em meados de 1715, estava de volta à Inglaterra. Durante esse período, Tom Collins, um membro da tripulação de Avery que figura nas histórias dos capitães piratas White e Williams, no volume II, vivia naquela ilha, e controlava boa parte do comércio escravo na costa leste desta. Esses colonos piratas estavam lá há menos de vinte anos. Talvez Defoe tenha se confundido sobre a duração do estabelecimento deles ali, quando da visita de Rogers, com o seu próprio relatório sobre eles em *MWJ*, 23 set 1721, na verdade vinte e cinco anos após a sua colonização.

II. *O capitão Teach, conhecido como Barba Negra* (p.59-81)

Defoe tirou os relatos sobre o início da carreira de Teach, em 1717, de *MWJ*, 5 out 1717. Aqueles sobre o saque ao Great Allen foram tirados de *MWJ*, 1º mar 1718. O relato completo sobre Teach antes da sua rendição ao governador da Carolina do Norte foi recolhido de informações fornecidas em *The Tryals of Major Stede Bonnet and Other Pirates* (1719). O *BNL* trazia, em junho e julho de 1719, notícias sobre as atividades dele. Também publicou durante os meses de fevereiro e março de 1719 a Proclamação do governador Spotswood e os relatos da batalha do capitão Maynard, os quais foram reproduzidos em abril nos jornais londrinos. Israel Hands conseguiu obter o perdão do rei, que foi novamente oferecido em dezembro de 1718, prolongando-se também o prazo para a rendição para julho de 1719. Não encontrei nenhuma fonte para o extenso material exposto por Defoe no Apêndice. O professor John Robert Moore apresentou gentilmente a sugestão de que Defoe poderia ter recebido muitas informações dos comerciantes da Carolina, que então se encontravam em Londres, pois ele redigira três tratados para os dissidentes da Carolina, em 1705-6, e também lhes dera ajuda na sua petição junto à Câmara dos Lordes em 1706.

1. Defoe refere-se ao que ficou conhecido como Guerra dos Tuscaroras, iniciada pelos índios Tuscarora com o massacre da colônia de New Bern, em 1711.

Embora o poder deles se tenha enfraquecido por sucessivas derrotas em 1713, só em 1718 os Tuscaroras fizeram um tratado com a colônia. Por longo tempo as devastações e as despesas com a guerra minaram a estabilidade da colônia.

2. Charles Eden (1673-1722), governador da Carolina do Norte sob os Lordes Proprietários (1714-22). Uma carta do seu secretário, Tobias Knight, foi encontrada com o corpo de Teach, sugerindo uma prova da amizade de Knight, senão da conivência de Eden, com o pirata. Eden, censurado por esse relacionamento, apresentou seu caso ao Conselho Provincial da Colônia em 1719, e recebeu a sua aprovação.

3. Alexander Spotswood (1676-1740), soldado que se distinguiu sob as ordens de Marlborough em Blenheim e Oudenarde, e que foi governador da Virgínia de 1710 a 1722. Em 1730 ele foi nomeado vice-agente geral dos correios das Colônias Americanas, e até a sua morte esteve profundamente envolvido na melhoria dos serviços postais e nas defesas de fronteira.

4. Talvez garrafas de rum de formato quadrado que, assim, são as precursoras dos modernos coquetéis molotov.

5. O gurupés é uma grande trave alinhada a um mastro menor, e que se projeta adiante da proa, num barco a vela.

6. Sobre a verruga de Cícero, veja-se o *Plutarch* de Dryden, V, 292.

7. Peruca com um rabicho longo, trançado, que ia diminuindo gradualmente, seguro em cima por uma larga faixa de fita negra, e por uma faixa menor na extremidade inferior. O seu nome vem da batalha de Ramillies, em 1706, e era usada por oficiais e outros, segundo a moda dos militares daquele século.

III. *O major Stede Bonnet e sua tripulação* (p.82-100)

A fonte de Defoe é *The Trials of Major Stede Bonnet and Other Pirates* [...] *To which is Prefix'd An Account of the Taking of the said Major Bonnet, and the rest of the Pirates* (1719). Engenhosamente ele incorporou, reorganizou e resumiu em uma narrativa coerente a acusação do Promotor Geral para o Júri, os depoimentos em apêndice de Hariot, Pell e Manwaring, e as onze citações no tribunal. Não encontrei nenhum documento que descrevesse os últimos momentos de Bonnet.

1. Adernar o navio [no original, *careen*] significa inclliná-lo, descarregando-o de um lado, ou dando uma outra disposição ao lastro, ou também mantendo os mastros seguros à terra pelas âncoras, inclinando o navio de forma que um dos lados do casco, elevando-se acima da superfície da água, possa ser limpo, pintado ou reparado.

2. Esse sinal [no original *wiff* ou *waft*] é feito hasteando-se uma insígnia ou outra bandeira enrolada ou amarrada, ao invés de deixá-la livre, tremulando. É o sinal costumeiro pelo qual um navio chama de volta os seus próprios botes, e em alguns casos pode denotar necessidade imediata de ajuda. "Robinson Crusoé, tentando fazer sinal para um navio que passava, 'fez um *waft*' com a bandeira de seu patrão, em sinal de estar com problemas." (*Robinson Crusoé*, Aitken, I, 34.)

IV. **O capitão John Rackam e sua tripulação** (p.101-19)

A fonte de Defoe foi a publicação de *Tryals of Captain John Rackam, and Other Pirates, Viz. As Also, The Tryals of Mary Read and Anne Bonny* [...] (Jamaica, 1721), cujas cópias foram recebidas pelo Conselho do Comércio e das Colônias em agosto de 1721 (*C O*, 137, n. 14, 73). Não pude encontrar nenhum material publicado sobre as ligações Rackam-Read-Bonny, embora Defoe possa ter tido acesso aos relatos da época. Para um estudo popular fundamentado em documentos dos arquivos do Caribe, veja-se John Carlova, *Mistress of the Seas* (Nova York, 1964).

1. Em North Brabant, província ao sul da Holanda, local do Congresso da Paz em 1667, que encerrou a segunda guerra holandesa.

V. **O capitão Bartholomew Roberts e sua tripulação** (p.120-218)

O registro de Defoe deriva-se dos documentos do julgamento desse pirata, e muito provavelmente também de informações não publicadas, trazidas a Londres na primavera de 1723 por Atkins. Anunciou-se o *Account of the Tryal of all the Pirates lately taken by Capt. Ogle* como tendo sido publicado em fevereiro de 1723 (*DC*, 20 fev 1723). Ele foi usado quase inteiramente por Defoe. Atkins também contribuiu com a descrição do Brasil. A narrativa das atividades de Kennedy foram impressas durante o seu julgamento (*WJBG*, 29 jul 1721). Defoe tirou o episódio do capitão Quaker Knot de *DC*, 31 ago 1720. Esse capítulo foi ampliado para a segunda edição, com fatos fornecidos por Thomas Jones, que foi sequestrado por Davis em 1719, e que viajou com ele e Roberts, sendo capturado e preso ao retornar a Bristol, em 1723. Um relato anterior do combate entre o capitão Rogers (não se trata de Woodes Rogers) com Roberts, tirado de *PB*, 11 out 1720, foi escrito com algumas incorreções para a primeira edição, e corrigido na segunda. O *PB* também forneceu a Defoe um completo relato da chegada de Roberts à Terra Nova em junho, e também do ataque ao Samuel, que ele narrou novamente de forma dramática (veja-se *MWJ*, 15 out 1720). O leitor irá observar que Defoe astuciosamente relata duas vezes a mesma história, uma como narrativa, e a outra tal como foi apresentada nos documentos do julgamento, destituída de continuidade e de ação dramática. Um relato recente sobre a carreira de Roberts, extraído de documentos oficiais, e corrigindo Defoe em alguns detalhes de menor importância, é a obra de Stanley Richards, *Black Bart* (1966).

1. Limpou das cracas etc., a parte superior do casco do navio, e aplicou uma camada de enxofre, sebo etc.

2. As nuvens de Magalhães são duas manchas nebulosas, grandes e redondas, visíveis no hemisfério sul. São formadas por nebulosas e grupos de estrelas, uma das quais se encontra na constelação Dorado e a outra entre Hydrus e Toucan.

3. O Execution Dock localizava-se em Wapping, no leste, na margem esquerda do Tâmisa. Foi descrito por Stow como "o lugar habitual das execuções, para o

enforcamento dos piratas e de outros ladrões do mar, durante o nível mais baixo da água, onde permaneciam até serem encobertos por três marés sucessivas".

4. Joseph Bradish foi um pirata de Massachussetts que fugiu no navio Adventure em 1698, velejou para as Índias Orientais e retornou a Nova York em 1699, onde foi capturado. Foi mandado para sua terra, com Kid, para julgamento em 1700, e enforcado naquele verão.

5. Astrea, a deusa da justiça, que fugiu da terra após presenciar o deterioração do homem através das idades do ouro, da prata, do bronze e do ferro.

6. Chaloner Ogle (1681-1750) serviu sob as ordens de sir Clowdisley Shovell e George Byng, e recebeu o título de nobreza depois de derrotar Roberts e sua tripulação. Tornou-se contra-almirante em 1739, participou da desastrosa expedição a Cartagena chefiada pelo comodoro Vernon, em 1742, e em 1749 foi promovido ao posto de almirante.

7. Ric. Wytharynton (Rog. Widdrington), cavalheiro de Northumberland, lutou com lorde Percy contra lorde Douglas, e entrou para a história, na balada *Ancient Ballad of Chevy Chase*:

For Witherington needs must I wayle,
As one in doleful dumps [in deep concern];
For when his leggs were smitten off,
He fought upon his stumpes.

(Pois a Witherington eu devo lamentar/ como alguém tomado de profunda tristeza;/ pois mesmo tendo as pernas arrancadas,/ Ele ainda lutou, sobre seus dois tocos.)

Thomas Percy, *Reliques of Ancient English Poetry*, org. H.B. Wheatley (1885), I, 261.

8. Uma metralha [no original *grape-shot*] era uma descarga de tiros de canhão, com balas que se compunham, individualmente, por nove outras balas menores, de ferro, unidas entre si por meio de chapas circulares de ferro por cima e por baixo, com dois anéis e um eixo central. Cada uma dessas balas tinha de 5 a 8cm. de diâmetro, e pesava de 500g a 3kg.

9. Um mal em si mesmo, um crime contra a natureza.

10. Caçoilos [no original *Parrels*] são rolos de corda ou de couro, algumas vezes aros de ferro, que permitem a livre movimentação vertical das velas da proa e da popa ao longo do mastro.

11. Passar o cordame através de polias, e assim controlar a movimentação horizontal das traves.

12. Apelido popular de George I, originado em uma balada chamada *The Turnip-hoer* [o plantador de nabos], composta quando George, ao chegar pela primeira vez à Inglaterra, declarou que haveria de capinar o Parque de Saint James e cultivá-lo com nabos, empregando um homem para fazer a plantação.

13. A primeira e a segunda edições continham o seguinte trecho na introdução: "Nenhum dos quais, segundo ouço dizer, está vivo atualmente..."

VI. O capitão John Smith e sua tripulação (p.219-31)

O julgamento de Smith, conhecido como Gow, foi um dos eventos mais comemorados do ano de 1725. Defoe coligiu um capítulo sobre o pirata antes da sua execução no dia 11 de junho, que Warner acrescentou à terceira edição da História, publicada em junho de 1725. Depois, Defoe escreveu uma narrativa mais longa para John Applebee, que parece ter sido publicada em 1º de julho. Warner, então, publicou um panfleto independente — *A True and Genuine Account of the Last Confession and Dying Words of John Gow, alias Smith, Captain of the Pirates* [...] *By the Clergyman who attended them all the Time they were under Sentence*. Defoe, para a quarta edição da História, publicada por Thomas Woodward em 1726, revisou esse capítulo, resumindo-o e suprimindo boa parte do material, apresenta que um relato mais sucinto do episódio.

1. Uma ilha da província de North Holland, Holanda, no mar do Norte. É a maior ilha, e a que fica mais ao sul das West Frisian Islands, e é dotada de um amplo porto.

2. "O prisioneiro é deitado numa sala escura, baixa, situada no recinto onde se realiza a compressão, em Newgate. Coberto apenas sobre a genitália, suas costas tocam diretamente o chão, os braços e as pernas são esticados por cordas que ficam amarradas aos quatro cantos da sala. Feito isto, colocam sobre ele um grande peso de ferro e pedra. Seu alimento, até ele morrer, é de apenas três nacos de pão de centeio, sem qualquer líquido, até o dia seguinte. Se ele sobreviver, não recebe mais nenhum alimento, senão toda a água imunda que quiser beber, de três vezes, e isso sem nenhum pedaço de pão, até expirar." (*History of the Pyrates*, 3ª. ed., p.428.)

VII. O capitão William Kid (p.223-44)

O relato de Defoe sobre Kid (ou Kidd) foi tirado dos documentos publicados sobre o seu julgamento — *The Arraignement, Tryal, and Condemnation of Captain William Kidd, for Murder and Piracy* [...] (1701). Com Kid foi preso James Gillian, conhecido como Kelly, na Nova Inglaterra, um importante membro da tripulação que assassinara o capitão Edgecomb enquanto este dormia, apossando-se do Mocha, um navio da Índia Oriental, e começando a saquear os navios nos mares do Oriente. Ele foi mandado para a Inglaterra para ser julgado, e executado em julho de 1700 (*Cal* S P C, 1699, p.551-3). Veja-se também *A full and true Discovery of all the Robberies, Pyracies, and other Notorious Actions, of that Famous English Pyrate, Capt. James Kelly* [...] (1700).

1. Richard Coote, primeiro conde de Bellamont (1636-1701), foi nomeado governador da Nova Inglaterra em 1695, com a missão especial de suprimir a pirataria e o comércio ilegal. Ele chegou às colônias em 1698, para descobrir que Kid, a quem ajudara a conseguir autorização para ter um navio corsário e provisões, havia sido declarado como pirata. Ele prendeu Kid em Boston em 1699 e o mandou para a Inglaterra, para o julgamento no ano seguinte.

2. Defoe parece ter reunido uma substancial quantidade de material a respeito da vida de Robert Culliford, porém nunca chegou a escrevê-la. Culliford partiu sob o comando de Kid no Blessed William, e em 1692, com Samuel Burgess, roubou o navio e iniciou uma carreira de piratarias com a qual atingiu até a península Malaia. Era membro da tripulação do capitão Mace, ou Maze, e foi abandonado por eles em Mangalore, em 1694. Ele então juntou-se à tripulação do Resolution, ou Mocha, comandado pelos piratas Stout e Gilliam, e fez cruzeiros com eles na baía de Bengala e no estreito de Malacca, em 1697. Culliford assumiu o comando do Mocha depois que Stout foi morto, talvez assassinado por seus próprios homens por ter tentado fugir. Encontrou-se com Kid em Madagascar em maio de 1698. Depois que o Soldado e o Pelican vieram juntar-se a ele, capturou o Great Mahomet, que transportava uma valiosa carga em especiarias, em setembro de 1698. Retornou a Madagascar, conseguiu o perdão oferecido pelo rei em 1699 e retornou a Londres em 1700. Foi acusado de pirataria pelo saque ao Great Mahomet, mas parece que conseguiu comprar a sua liberdade, revelando tudo o que sabia — e sabia muitas coisas — a respeito dos piratas em Madagascar. Foi perdoado em 1702 (*H C A* I-15/27, 85; I-16/2, 5).

3. *A Full Account of the Proceedings in Relation to Captain Kidd. In Two Letters Written by a Person of Quality to a Kinsman of the Earl of Bellomont in Ireland* (1701). Não se poderia chamar exatamente de uma "autojustificativa", pois Bellamont faleceu antes de Kid ir a julgamento. O texto repetia os ataques tories a Bellamont por sua parte na questão, porém de um modo equilibrado e, de modo geral, contido.

4. O capitão Thomas Hewson recebera autorização do governador das Bermudas, em 1689, para atacar os navios franceses no Caribe. Veio juntar-se a ele, próximo às ilhas Leeward, um comboio de navios menores, dos quais uma chalupa, a Blessed William, estava sob o comando de Kid.

Índice de nomes, lugares e assuntos

Elaborei este índice para que fosse mais abrangente do que seletivo. Nele estão relacionadas as fontes secundárias citadas, e também os nomes menos importantes de piratas, marujos e lugares. Deve-se observar que Defoe alternava as formas "capitão" e "mestre" e dava grafias diversas aos nomes dos lugares mais comuns. Nomes de lugares mais conhecidos, como por exemplo "Madeira", estão relacionados na sua forma moderna, acrescentando as formas usadas por Defoe quando são tão variadas que podem causar certa confusão. Coloquei de modo geral os locais de Madagascar com a mesma grafia que Defoe os colocou. Os navios são relacionados separadamente.

Açores, 26
Algéria, 24
Allen, William, 210
Allwright, capitão, 186
Annobono, 122, 158, 163, 166
Anstis, capitão Thomas, 120, 152-3, 253n
Armstrong, Robert, 169-71
Ashplant, Valentine, 120, 150, 174
Assiento, o, 26, 248n
Atkins, John, 16, 247n, 252n
Augur, capitão John, 35
Avery, capitão Henry, 43-57, 241, 249-50n

Bab el Mandeb, 52
Bab's Key, 237
Bahamas; 27-30, 33-4
   destroços, 61
Bahia, Brasil, 124-5
Baldrick, Ralph, 182
Baldwin, Sr., agente da Royal African
   Company, 162, 165

Ball, Roger, 168
Barbados, 31, 82
Barba Negra, ver Teach,
Barbarouse, 24
Bare, Theodore, 41
Barlicorn, Richard, 242
Barnet, capitão, 104-5
Barnsley, Ten. John (de Sua Majestade), 179
Bass, Jeremiah, governador de Jersey
   Ocidental e Oriental, 243
Bath-Town, 63, 70-1
Bay, capitão, 29
Bellamy, Charles, 34
Bellinus, 22
Bellomont, conde de, ver Coote, Richard,
Belvin, James, 219, 221
Bernard, Jonathan, 60-1
Betty, Thomas, 165
Biddiford, 50-1
Bird, capitão, 164
Bonavista, 236
Bonnet, Major Stede, 60, 62, 82, 100, 251n

Bonny, Anne, 110-1, 113-9
Bowles, capitão, 144
Boye, Francis, 178
Bradish, Joseph, 144, 253n
Brasil, 26, 123-31
Brattle, Nicholas, 201
Brava, ilha de Cabo Verde, 145
Breda, 109
Bristol, 44, 50-1
Brown, Nicholas, 34, 38-9
Brundisium, 23
Burgess, capitão Josias (Thomas?), 34
Burnet, Isaac, 202
Butler, Nicholas, 206

Cabo Montzerado, 207
Cabo Verde, ilhas, 26
Cabral, Alvarez, 123
Caesar, Caius Julius, 20-1
Camocke, George, 41, 249n
Campeachy, Baía de, 28
Cane, 134
Carwar, 238
Cary, capitão, 144, 185, 197-8
Castel, Thomas, 190, 205
Chamberlain, capitão (de Sua Majestade), 38
Charleston, Carolina do Sul, 61, 78
Child, Sr., 202
Churchill, Nicholas, 242-4
Cícero, 72
Cilícia, 20-3
Clark, capitão Robert, 61
Cock, 87
Cocklyn, capitão Thomas, 34
Companhia das Índias Orientais, 48
Comry, Adam, 202, 205
Coote, Richard, conde de Bellomont, 233, 254n
Coracesium, 23-4
Cornet, capitão, 122
Corso, cabo, 163-5, 173-5, 202, 215
Coruña (The Groyne), 44
Cox, capitão (Bristol), 145
"Crackers", de Sierraleone, 153
Crisp, Edward, 196
Cross, Benjamin, 223
Culliford, capitão Robert, 240-1, 255n

D'Aubigny,
Darling, William, 206
Davis, Joel, 224
Davis, William, 210
De Haen, Geret, 192
Defoe, Daniel,
 sobre a lei, 149, 176
 sobre a pesca nacional, 12
Del Manzano, Benette Alfonso, Alcaides de Trinidad, 38-40
Delannoye, Peter, 243
Dennis, John, 120, 176
Deseada, ilha, 142, 145, 150
Dew, capitão George, 52
Diabo, Ilha do, 132
Dill, capitão, 87
Dittwitt, capitão, 160
Dodson, Henry, 178
Dominico, 143
Don Antonio, 238
Don Benito, 41
Dry Harbour Bay, Jamaica, 103
Du Cass, Monsieur, 244

Eden, Charles, Governador da Carolina do Norte, 63-5, 70, 80-1, 251n
England, capitão Edward, 34
Escravos, comércio de, no Brasil, 128, 131
Every, capitão Henry, ver Avery, capitão Henry,
Execution Dock, 231, 244, 252n

Fanshaw, Ten. Charles (de Sua Majestade), 179
Fea, Sr., 227
Fenn, George, 189, 194
Ferdinando, ilha de, 122
Ferneau, capitão Oliver, 219, 231
Fife, James, 34
Fletcher, capitão, 162, 180, 186
Florida, Golfo da, 27

Gabone, rio, 166
Gâmbia, rio, 52
Gardner, ilha de, 83
Gee, capitão, 155, 180, 185

George I, 31-3
Gernish, capitão, (levado pelos espanhóis), 29
Gibson, capitão, 44, 249n
Glasby, Harry, 149-50, 195-201, 204
Glyn, sr., de Sierra Leone, 180, 210
Gordyn, Joseph, 194
Goree, 52
Gow, capitão John, ver Smith, capitão John,
Grand Caimanes, 61
Grant, 137
Graves, capitão (Deseada), 142
Grimstone, capitão, (levado pelos espanhóis), 29
Groet, James, 192
Guiana, 132

Haiti, 35
Hamilton, Dr., 196
Hands, Israel, 60, 71-2, 250n
Harbour, ilha de, 103
Hariot, David, 89-90
Harper (Roberts), 205
Harriot, David, 60
Harris, James (Roberts), 202
Harvey, Sr. (Carwar), 238
Havana, 27-8
Hayes, Israel, 243
Herdman, Mungo, 178-9, 194, 214
Hewson, capitão Thomas, 244, 255n
Hill, capitão (Neptune), 169, 172
Hingstone, capitão, 150
Holland, Richard, 41
Honeyman, xerife, 227
Hornigold, capitão Benjamin, 34-5, 59
How, James, 242-4
Hyde, Edward, 178
Hyngston, capitão, 185

Índias Ocidentais, 12-4, 17, 19, 25-7, 30-2, 36, 38, 41, 43, 46-8, 57, 59, 83, 110-1, 120, 122-3, 129, 131, 137, 142, 145-6, 148, 150-1, 196-7, 207, 222-3, 225, 233, 247, 253
  pirataria em, 12-4, 19, 25, 27, 32
Indus, rio, 47
Ireland, John, 234

Jamaica, 25, 28, 31
James, capitão (levado por Teach), 60-1
James, rio, 65, 67, 71
Jaquin, 155, 157, 165, 180
Jeffreys, Benjamin, 208-9
Jelphs, Bonadventure, 220
Jenkins, William, 242
Jennings, capitão Henry, 28, 34
Johanna, Madagascar, 236-7
Johnson, Charles, The Successful Pyrate, 43, 249n
Johnson, Robert (Roberts), 203
Johnson, Robert, governador das Carolinas, 98
Jones, capitão (John and Mary), 41
Josseé, Seignor, de Sierra Leone, 180, 210
Junius, 21

Kanning, capitão, 180, 186
Kennedy, Walter, 122, 133-8, 252-3n
Kidd, capitão William, 144, 233-44, 254-5n
Knight, Tobias, 64, 67, 71, 251n
Knocks, capitão, (levado pelos espanhóis), 29
Knot, capitão, 134-5, 252n
Kreft, Benjamin, 192

Lady, capitão, 180
Laws, Governador Nicholas, 37, 104
Laws, Tem. Joseph (de Sua Majestade), 38-40
Loane, capitão, 186, 197
Loff, Gabriel, 242, 244
Lopez, cabo, 122, 158, 163, 166, 172-3, 181-2, 187-8, 191, 247n
Lumley, Robert, 242

Mabbee (Mar Vermelho), 237
Macarty, Dennis, 36
Mace (ou Maze), capitão William, 234, 255n
MacLaughlin, Daniel, 182
Madagascar, 26, 46-9
  costumes dos nativos, 52-3
  piratas em, 54-6
Madeira, ilha da, 236
Magnes, William, 174

Main, William, 168
Mansfield, Joseph, 208
Manwaring, Peter, 86-8, 251n
Mare, Michael, 174
Marius, 20
Marks, Sr., 61-2, 76-9
Maroni, rio, 147
Martel, capitão John, 34
Martinico, 44, 147
Mason, sr., 238
Masters, capitão John, 87
Maynard, Ten. Robert (de Sua Majestade), 65, 67-70, 250n
McCawley, Daniel, 220
Mecca, 47
Melvion, William, 220-1
Mens, Henry, 223
Meriveis, 43, 249n
Miletum, 21
Mitchel, Schipper, 238
Mitylene, 24
Mody, 174, 201, 205
Mohilla, 236
Montgomery, capitão, 82
Moor (Kidd), 239
Morrice, Conde, 123
Morwell, Samuel, 206
Mosson, capitão, 29
Mousell, Thomas, 41

New England, 242
Nicomedes, 20
Norton (levado por Roberts), 148
Nova York, 14, 31, 70, 83, 234-6, 242, 252-3n

Ocracoke, Estreito de, Carolina do Norte, 63, 66, 84
Odell, Samuel, 71
Ogle, capitão Chalonere, 163, 253n
Old Calabar, 157
Olinda, Brasil, 125
Orkneys, ilhas, 219, 225-6
Owen, Abel, 242, 244

Palmer, Joseph, 83
Parker (Kidd), 237-8
Parrot, Hugh, 242, 244
Peet, capitão, 179

Pell, Ignatius, 89, 251n
Penner, Major, 34
Perim, ver Bab's Key,
Pernambuca, Brasil, 124-5, 127-9
Peterson, John, 220
Phillips (King Solomon), 158
Phillips (Little York), 144, 179
Phillips, William (Roberts), 211
Phinnis, 221
Phips, Gen. James, 162, 164-5, 178
Pirataria, história da,
  Romana, 19-24
  Índias Ocidentais, 13-5, 24-41
Piratas, leis dos, 137-9
  crueldade dos, 22-3, 237-8
  cruzeiros dos, 13-4
  costumes dos, 140-2, 149-50, 158-9, 199-202
  últimas palavras dos, 35-6, 215-8
  bandeiras dos, 148-9, 153-4, 159-60, 172-3, 182-3
  listas dos, 73-4, 92-4, 104-5, 179-81, 184-7, 191-2, 214-6, 229-30, 241-3
  falsos julgamentos dos, 149-51
  julgamentos dos, 35-6, 90-1, 104-5, 177-218, 229-30, 241-4
Plummer, capitão, 164
Plunket, Sr., em Sierra leone, 210
Plutarco, 15, 71
Pollard, Christopher, 243
Pompeu, 23-4
Porco, 238
Porter, (Roberts), 148
Porter, capitão, 29
Porter, Thomas (Bonnet), 83
Proclamação, Virgínia, contra piratas, 65-6
Providence, 29-30

Rackam, capitão John, 101-19, 252n
Rawlinson, Peter, 221
Read, Mary, 106-14
Read, Thomas, 86, 93
Rhet., Coronel William, 86-90, 99
Rhode Island, 53, 132, 148, 249-50n
Rich (levado pelos espanhóis), 29
Richards (levado pelos espanhóis), 29
Richards (Reveenge), 60-2, 83
Richards, John, 145
Richier, Isaac, governador da Bermuda, 52-3, 250n

Rio de Janeiro, Brasil, 124
Roberts, capitão Bartholomew, 14-5, 70, 120-218, 252-3n
Rogers, capitão (Roberts), 142-4, 252-3n
Rogers, capitão Woodes, 32, 34, 55, 59, 101, 110, 247-50n
Rolls, capitão, 201
Roma, 15, 20-3
Royal African Company, 52, 153-4
Ryswick, Paz de, 44

Salvador, Brasil, 9, 124
Sample, Robert, 34
Santa Cruz, 123, 219-20
Satlely, 29
Scot, capitão (Endeavour), 82
Scudamore, Peter, 174, 201-3
Selim Entemi, rei da Algéria, 24
Senegal, rio, 153
Sextillius, 22
Sharp, capitão (Elizabeth), 180, 186, 196
Sharp, John, 204
Sierra Leone, relação dos comerciantes em, 154
Sierra Leone, rio, 153
Skyrm, James, 168, 198-9
Smith, capitão (levado pelos espanhóis), 29
Smith, capitão John, conhecido como Gow, 219-31, 254n
Smith, William, 199
Somerville, John, 221
Spenlow, Thomas, 103
Spotswood, Alexander, Governador da Virgínia, 64-7, 74-5, 81, 135, 250-1n
St. Christopher, ilha de, 145, 198
St. Jago, Cabo Verde, 236
St. Thomas, ilha de, Caribe, 84, 86
St. Thome, ilha de, 84, 86, 93, 202, 211
Stephenson, (Roberts), 170-1
Stockum, capitão, 29
Sullivan, ilha de, Carolina do Sul, 87, 90
Sun, Tem. Isaac (de Sua Majestade), 167, 182, 197
Swan, 219-20
Sylla, 20
Sympson, 120

Tarlton, capitão Thomas, 180, 204-5
Taylor, capitão Christopher, 60
Teach, capitão Edward, conhecido como Barba Negra, 34, 59-81, 83-5, 250-1n

Tennis, capitão, 29
Tew, capitão Thomas, 52-3, 234, 250n, 254-5n
Thomas, capitão (Roberts), 144-5
Thomas, capitão (Sudbury), 184
Thomas, capitão, ver Bonnet,
Thompson, capitão (levado por Vane), 184
Tisdel, Hosea, 101
Topsail Inlewt, 62, 71, 83-4
Trahern, capitão Joseph, 158, 180, 195, 199, 205
Trengrove, Elizabeth, 196
Tres Puntas, cabo, 164
Trot, Juiz Nicholas, 90, 94-8
Tuckjerman, 148
Turfield, capitão, 29
Turner, capitão, 185, 204
Turniff, 60
Turscarora, Guerra dos, 61, 250-1n

Utrecht, Paz de, 27

Vane, capitão Charles, 34, 61, 87
Vernon, capitão, 38

Wake, capitão Thomas, 234
Walden, John (Roberts), 159, 199-201
Walron, capitão (de Sua Majestade), 36-7, 247n
Warren, capitão Thomas (de Sua Majestade), 236, 243
Wentworth, capitão, (levado pelos espanhóis), 29
White, James (Roberts), 74, 186, 196, 250
Whitfield, Jonathan, 144
Whydah, 159-60
Williams, capitão Paul(Providence), 34
Wilson, George (Roberts), 203-8
Wincon, 202
Wingfield, John, 192, 196
Winter, capitão Christopher, 34, 38-9
Winter, James, 220-1
Wise, Thomas, 221
Wragg, Samuel, 62, 75-7
Wright (Queda Merchant), 239-40
Wyar, capitão, 61

Yeats, 87

Índice dos navios

Adventure (de Sua Majestade), 31
Adventure (Kid), 234
Adventure (levado por Teach), 60
Adventure, 185
Ann, 210
Anne (capitão Montgomery), 82
Anne (levado pelos espanhóis), 29

Batchelor, 223
Blessing, 185, 201

Charles (Misson), 228-9
Charlton, 186
Christopher, 185
Cornwall, 186
Crean, 37

Delicia, 55-6, 250n
Diamond (de Sua Majestade), 31
Diligence, 192
Dolphin (Topsham), 41
Dove (levado pelos espanhóis), 29
Duchess, 45
Duke (capitão Gibson), 44
DUKE (capitão Woodes Rogers), 32
Dutchess, 32

Elizabeth (capitão Sharp), 180, 186, 204
Endeavour, 82
Expectation (Topsham), 144, 184
Experiment, 122

Flushing, 159
Flushingham, 180
Fortune (Thomas Read), 93
Frances, 93
French Ranger (Roberts), 166

George, 219
Gertruycht, 180
Good Fortune (Anstis), 150

Great Allen, 60
Greyhound (capitão Walron), 36, 247n
Greyhound (de Sua Majestade), 230
Greyhound (levado por Roberts), 147, 179

Happy (de Sua Majestade), 38-9
Happy Return, 185
Hardey, 160
Henry (capitão Masters), 87, 89

Indian Emperor (levado pelos espanhóis), 29

Jason, 164
Jeremiah and Anne, 179, 185
Joceline, 186
John Tarlton, 204-5
Junk, 164

King Solomon, 158, 180, 186

Lanceston (de Sua Majestade), 37
Lewis and Joseph, 223
Lime (de Sua Majestade), 31, 65, 74
Little Ranger, 168, 172
Little York, 144, 179
Lloyd, 185
Love, 144, 179
Ludlow Castle (de Sua Majestade), 31

Margaret, 165
Martha (capitão Lady), 180, 185
Mary and Martha, 179, 185
May Flower, 185
Mercy, 180, 186

Neptune, 169, 172
Norman, 179, 185, 208

Onslow, 139, 155, 175, 180, 185

Índice remissivo

261

Pearl (de Sua Majestade), 31, 65, 74
Phoeniux (de Sua Majestade), 31
Phoenix (John Richards), 145
Porcupine, 160, 166, 180, 187
Portugal, 165
Princess (capitão Plumb), 120, 252n
Protestant Caesar, 61
Prudent Hannah, 41

Queda Merchant, 239
Queen Ann's Revenge, 60, 63

Ranger (capitão Maynard), 69
Ranger (Companheiro de Roberts), 147, 153
Resolution (Mocha, Culliford), 240, 255n
Revenge (Bonnet, Richards), 60, 62, 82, 84
Revenge (Smith), 221
Revenge, 184
Richard (Biddingford), 144, 179, 185
Robinson, 179, 186
Rose (de Sua Majestade), 31, 209, 248n
Rover, 184
Royal Fortune (Onslow), 156
Royal Fortune (Roberts), 145, 168
Royal James (Bonnet), 86

Sadbury, 184
Samuel, 144, 185, 197, 252n

Scarborough (de Sua Majestade), 31, 60, 250n
Sea Nymph, 87, 89
Seaford, 31
Shoreham, 31
Squirrel (de Sua Majestade), 31
St. Christophers, 137
Stafford, 29
Stanwich, 180
Success, 179, 185
Suffolk (de Sua Majestade), 41, 219
Swallow (de Sua Majestade), 157, 163, 247n
Swift (de Sua Majestade), 31

Tarlton, 180, 186
Thomas, 179
Triumvirate, 224
Tryal (de Sua Majestade), 31
Turbet, 82
Weymouth (de Sua Majestade), 155, 163
Whydah (levado por Roberts), 180-1
Willing Mind (Pool), 144, 179, 185
Winchelsea (de Sua Majestade), 31

York, 184
Young, 82

1ª EDIÇÃO [2008] 1 reimpressão

ESTA OBRA FOI COMPOSTA POR MARI TABOADA EM ADOBE CASLON E
BLACKADDER E IMPRESSA EM OFSETE PELA GRÁFICA PAYM SOBRE PAPEL
ALTA ALVURA DA SUZANO S.A. PARA A EDITORA SCHWARCZ EM MARÇO DE 2022

A marca FSC® é a garantia de que a madeira utilizada na fabricação do papel deste livro provém de florestas que foram gerenciadas de maneira ambientalmente correta, socialmente justa e economicamente viável, além de outras fontes de origem controlada.